SOPHIE EDENBERG

KOMM *NICHT* ZURÜCK

Roman

Umschlaggestaltung: ©Cover Up Buchcoverdesign,
Hamburg
Korrektorat: Birgit van Troyen, Bottrop

ISBN: 978-3-7597-7459-0

Verlag: BoD · Books on Demand GmbH,
In de Tarpen 42, 22848 Norderstedt
Druck: Libri Plureos GmbH, Friedensallee 273,
22763 Hamburg

Für meinen Bruder,
den ich über alles liebe.

KAPITEL 1

Lea

Lea drückte das Gaspedal bis zum Anschlag durch. *Schneller. Nur noch ein kleines bisschen schneller*, spornte sie den Wagen an.

Ein Grinsen breitete sich auf ihrem Gesicht aus, während der Audi in halsbrecherischem Tempo über die kurvenreiche Fahrbahn flog. Die Straßen waren wie ausgestorben, kein anderes Fahrzeug weit und breit. Lea schob sich ein paar widerspenstige Strähnen hinters Ohr und schloss für einen Moment genießerisch die Augen. Dem nahenden Winter zum Trotz war es für Ende Oktober ungewöhnlich mild, beinahe frühlingshaft. Zu ihrer Rechten schimmerte die Donau träge in der Sonne. Durch das heruntergelassene Dach des Cabrios drang ihr der erdige Geruch von Nadelbäumen in die Nase. Sie liebte das Zerren des Fahrtwinds an ihrem Haar, die Sonnenstrahlen, die ihre Wangen liebkosten, das Adrenalin, das ihr das rasante Tempo durch die Adern jagte. Sie wünschte, die Fahrt würde ewig dauern, dass sie das Ziel ihrer Reise niemals erreichen müsste.

Seufzend konzentrierte sie sich wieder auf die Fahrbahn. Sie könnte jetzt an einer fernen Insel am Strand liegen und sich die Sonne auf den Bauch scheinen lassen. Endlich die Besteigung des Fünftausenders in Angriff nehmen. Die kalte Jahreszeit bei entfernten Verwandten in Südafrika verbringen. Aber wie hieß es so schön? Das Leben ist das, was passiert, während du andere Pläne schmiedest. Und so sehr sich alles in ihr dagegen sträubte, wusste sie, dass sie keine Wahl hatte. Sie hatte ein Versprechen gegeben. Zumindest einmal in ihrem Leben würde sie das Richtige tun.

Wie aufs Stichwort erschien das Bild ihrer Tante in ihren Gedanken, die Augen tief in den Höhlen liegend, die Lippen vor Anstrengung zusammengepresst. Ächzend wuchtete sie ihren krebszerfressenen Körper in eine aufrechte Position, ihre dürren Finger tasteten nach Leas Handgelenk.

Resolut schluckte Lea die Tränen hinunter, schob die Wut und die Trauer mit aller Macht von sich. *Bloß nicht darüber nachdenken. Das ist jetzt nicht der richtige Zeitpunkt.*

Die Erinnerung verflüchtigte sich, an ihre Stelle trat die Erscheinung eines großgewachsenen Mannes mit dunklem Haar und ungewöhnlich blauen Augen. Die Hände waren in den Taschen seines Sakkos vergraben, die Mundwinkel zu einem spitzbübischen Lächeln verzogen. Ein flaues Gefühl regte sich in ihrer Magengegend. Wie er wohl reagierte, wenn er sie nach all der Zeit wiedersah?

Lea drosselte das Tempo ein wenig und fischte in der Mittelkonsole nach ihrem Handy. Sie tat bestimmt gut daran, ihn vorab über ihre Rückkehr zu informieren. Christopher hatte Überraschungen noch nie viel abgewinnen können.

Ihre Finger wühlten durch das Sammelsurium aus Schminkutensilien, Stiften und leeren Müsliriegelverpackungen. Schließlich entdeckte sie ihr iPhone unter ein paar alten Tankrechnungen. Sie schob die Papiere beiseite und zog es mit der Rechten näher zu sich heran. Gerade als es ihr gelungen war, das Display zu entsperren, glitt ihr das Handy wieder aus der Hand und landete mit einem scheppernden Geräusch im Fußraum des Wagens. Lea stieß einen leisen Fluch aus.

Mit einem raschen Blick vergewisserte sie sich, dass die Fahrbahn immer noch frei war. Dann beugte sie sich auf die Beifahrerseite. Nach zwei gescheiterten Versuchen bekam sie das Telefon endlich zu fassen. Das Gerät triumphierend in die Höhe gestreckt, wandte sie ihre Aufmerksamkeit wieder der Schnellstraße zu. Im Augenwinkel hatte sie eine Bewegung wahrgenommen.

Zu spät bemerkte sie das Reh, das vor ihr auf die Fahrbahn gesprungen war und den Wald auf der anderen Straßenseite ansteuerte. Ausgerechnet in diesem Moment nahte ein Fahrzeug auf der Gegenspur heran.

Scheiße.

In ihrer Panik verriss Lea das Steuer, in dem unglückseligen Versuch, zugleich dem Reh und dem schwarzen BMW auszuweichen. Der Audi schlingerte und brach nach rechts aus. Mit halsbrecherischem Tempo schlitterte er dahin, auf das nahegelegene Ufer zu. Lea klammerte sich an das Lenkrad, ein spitzer Schrei entfuhr ihrer Kehle. Verzweifelt versuchte sie, den Wagen wieder unter Kontrolle zu bringen. Doch vergebens.

Einen unwirklichen Moment hatte Lea das Gefühl, als würde sie fliegen. Dann ging alles sehr schnell.

Ein heftiger Ruck ging durch ihren Körper, als die Vorderreifen auf die Wasseroberfläche prallten. Von den Seiten drang Wasser durch die Ritzen der Karosserie in den Innenraum des Fahrzeugs. Eisige Kälte traf Leas Füße und sie sog scharf die Luft ein.

Das war's.

Im Schock gefangen, blieb sie zunächst wie versteinert sitzen. Am ganzen Leib zitternd beobachtete sie gebannt, wie das Wasser um sie herum höher stieg, ihre Beine umspielte, gierig an ihren Schenkeln leckte.

Wer hätte gedacht, dass es einmal so enden würde.

Ein Lachen kam aus ihrem Mund. Erst ein leises Glucksen, das schließlich in hysterisches Gelächter überging. Die Ironie war schlichtweg überwältigend.

Vielleicht habe ich es nicht anders verdient. Schicksal und das alles.

Der Wagen sank immer schneller. Schon bald reichte Lea das Wasser bis zu den Oberschenkeln, schwappte um ihre Hüfte. Und mit dem steigenden Wasserspiegel erwachte auch ihr Überlebensinstinkt.

Nein. Ich werde nicht sterben. Nicht jetzt. Nicht so.

Mit zitternden Fingern rüttelte sie am Sicherheitsgurt. Nach einigen Versuchen gab sie der Verschluss widerwillig frei. Lea stieß sich mit den Beinen von ihrem Sitz ab, bevor der Sog des sinkenden Wagens sie endgültig mit sich in die Tiefe ziehen konnte. Kälte umfing Lea, presste ihr den Sauerstoff aus den Lungen. Sie rang nach Atem.

Komm schon. Das Ufer ist nicht weit entfernt. Du kannst es schaffen.

Mit zusammengebissenen Zähnen begann sie zu schwimmen. Sie kam nur langsam voran, das eisige Wasser schien alle Lebensenergie aus ihr herauszusaugen, je länger sie sich in ihm aufhielt.

Ihre Schwimmzüge, erst routiniert und energisch, wurden kraftloser, schwerfälliger. Irgendwann fand sie nicht einmal mehr die Kraft zum Zittern. Doch sie gab nicht auf. Den Blick starr auf die Böschung gerichtet, kämpfte sie sich Meter für Meter vorwärts.

Nach einer schieren Ewigkeit erreichte sie das Ufer, wo sie erschöpft zusammenbrach.

Es tut mir so leid, dachte sie noch. *So unendlich leid.*

Dann versank sie in wohltuender Dunkelheit.

KAPITEL 2

Lea

Wie aus weiter Ferne drang eine Frauenstimme an ihr Ohr. »Frau Lamparta? Frau Lamparta, können Sie mich hören?«

Lea schlug die Augen auf. Die Stimme gehörte zu einer jungen Frau, die, ein Klemmbrett im Arm, mit sorgenvoller Miene auf sie herabblickte. Sogleich fielen unbarmherzige Sonnenstrahlen durch das nahegelegene Fenster auf ihr Bett und schossen glühende Schmerzenspfeile durch ihre halbgeschlossenen Lider. Von der plötzlichen Helligkeit geblendet, schloss sie die Augen rasch wieder.

»Wo bin ich?«, murmelte sie matt.

»Amstetten. Das Landeskrankenhaus. Wie fühlen Sie sich, Frau Lamparta? Geht es Ihnen heute schon etwas besser?«

Im Krankenhaus?

Widerwillig öffnete Lea die Augen. Erst jetzt bemerkte sie die medizinischen Geräte, die um das metallene Bettgestell aufgebaut waren und von denen ein monotones Piepsen ausging. Der Raum, in dem sie sich befand, war in klinischem Weiß gehalten. Die Laken, die kahlen Wände, die Vorhänge, selbst die Haut der Frau schien blass und durchscheinend. Es roch nach einer Mischung aus Desinfektionsmittel und abgestandener Luft.

Lea versuchte sich im Bett aufzusetzen, doch ihre Hände versagten ihr den Dienst. Hilflos ließ sie sich wieder in die Kissen sinken.

»Was ist passiert? Warum bin ich hier?«

»Sachte, sachte. Bleiben Sie bitte liegen. Sie hatten einen schweren Autounfall und müssen sich schonen.«
Leas Blick fiel auf die Infusionsschläuche, die aus ihrer Armbeuge ragten.

»Ein Autounfall?«

»Ja.« Die Schwester nickte. »Ihr Wagen ist von der Fahrbahn abgekommen und in die Donau gestürzt. Sie hatten großes Glück, dass Sie es rechtzeitig ans Ufer geschafft haben. Im Oktober hat der Fluss kaum acht Grad.«

»Ich – ich erinnere mich nicht. Wie lange bin ich schon hier?«

»Seit zwei Tagen.«

Ungläubig schüttelte Lea den Kopf. Ein stechender Schmerz durchzuckte ihre Schläfen und sie ließ es rasch wieder bleiben.

»Wer war der Fahrer?«

Die Schwester zog die Brauen hoch, was ihrem mondförmigen Gesicht einen dümmlichen Ausdruck verlieh.

»Sie natürlich. Sie waren alleine im Wagen.«

Lea traute ihren Ohren nicht.

»Ich soll gefahren sein? Das kann nicht sein.«

Verzweifelt durchforstete sie ihr Hirn nach einer Erinnerung. Hatte sie sich etwa den Wagen ihrer Mutter für eine Spritztour geliehen und damit einen Unfall verursacht? Sie verwarf den Gedanken rasch wieder. Bei ihren heimlichen Übungsfahrten wagte sie sich selten weiter vor als auf die Feldwege hinter dem Haus ihrer Eltern. Amstetten hingegen lag über 130 Kilometer von ihrem Elternhaus entfernt. Unmöglich. Nein, das konnte nicht sein.

Die Schwester lächelte nachsichtig. »Kein Wunder, dass Sie verwirrt sind, bei dem, was Sie durchgemacht haben. Hier ist Ihr Frühstück. Sie müssen essen, damit Sie rasch wieder zu Kräften kommen. Ich hole einstweilen

Doktor Fechter, Ihren behandelnden Arzt.«

Mit diesen Worten wandte sie sich um und verschwand aus Leas Blickfeld.

Wenige Minuten später trat ein sympathisch aussehender Mann an ihr Bett. Ein weißer Kittel spannte sich über seinen stattlichen Wohlstandsbauch, die Falten um seinen Mund verrieten, dass er die Fünfzig bereits weit überschritten hatte.

»Sie sind also endlich aufgewacht.« Er lächelte. »Sehr schön. Wie geht es Ihnen?«

Lea zuckte die Achseln.

»Sie haben starke Unterkühlungen erlitten. Ein Wunder, dass Sie es trotz des Kälteschocks ans Ufer geschafft haben. Außerdem ist die Straße, auf der Sie unterwegs waren, kaum befahren. Zum Glück hat ein vorbeikommendes Fahrzeug angehalten und rechtzeitig den Notarzt verständigt.«

»Ich kann mich nicht mal daran erinnern, überhaupt ins Auto gestiegen zu sein«, gab Lea zerknirscht zu.

»Es ist nicht ungewöhnlich, dass Sie sich nicht an den Unfallhergang erinnern. Wie gesagt, Sie hatten großes Glück. Ein paar Minuten länger im Wasser ...« Er brach ab. »In den letzten Stunden haben Sie immer wieder das Bewusstsein verloren. Aber wie es aussieht, befinden Sie sich jetzt auf dem Weg der Besserung. Wir werden Sie zur Sicherheit noch ein paar Tage hierbehalten, dann dürfen Sie nach Hause.«

»Sind meine Eltern hier?«

Lea hatte es geschafft, sich im Bett aufzurichten, und suchte den Raum mit den Augen ab, als erwarte sie, die beiden könnten jeden Moment hinter dem Vorhang hervorspringen. Doch von zwei unbelegten Betten abgesehen, war das Zimmer leer.

»Nein. In Ihrer Krankenakte war kein Notfallkontakt

11

vermerkt. Aber wenn Sie mir die Nummer geben, kann ich sie gerne für Sie anrufen.«

Aus dem Gedächtnis ratterte Lea die Festnetznummer ihrer Eltern herunter.

»In Ordnung, Frau Lamparta. Ich werde das in die Wege leiten.«

Lea fiel auf, dass sie sich gar nicht vorgestellt hatte.

»Woher kennen Sie eigentlich meinen Namen?«

»Die Feuerwehr hat Ihren Wagen aus dem Wasser geborgen. Darin befand sich auch Ihre Geldbörse mit Ihrem Führerschein.«

»Mein – Führerschein?«

»Ja. Dazu Ihre Handtasche und ein Koffer mit Kleidern.«

Lea schüttelte den Kopf. Nein, das konnte nicht sein.

»Ich – ich habe aber doch noch gar keinen Führerschein«, brach es aus ihr hervor.

Kaum dass die Worte ihren Mund verlassen hatten, hätte sie sich am liebsten die Zunge abgebissen. Schlimm genug, dass sie mit dem Auto ihrer Mutter einen Unfall verursacht hatte. Dass sie noch dazu keinen Führerschein besaß, würde die Polizei schon früh genug herausfinden.

Der Arzt musterte sie eindringlich. »Selbstverständlich haben Sie das«, erklärte er in beruhigendem Tonfall. »Warten Sie. Ich beweise es Ihnen.«

Er zog die Schublade des Nachtkästchens auf und förderte eine lederne Geldbörse im Louis Vuitton-Muster daraus zutage. Er entnahm ihr einen rosafarbenen Ausweis im Scheckkartenformat, den er Lea vor die Nase hielt.

Ungläubig starrte Lea auf das Dokument. Die Haare des Mädchens auf dem Foto waren länger, als sie es in Erinnerung hatte, aber ansonsten bestand kein Zweifel, dass sie es war. Dann fiel ihr Blick auf das Ausstellungsdatum. Sie keuchte auf.

»Alles in Ordnung mit Ihnen?«

»Sehen Sie doch selbst. Das Datum!«

Stirnrunzelnd nahm ihr der Arzt das Dokument aus der Hand.

»Was stimmt nicht damit?«

Lea unterdrückte ein Augenrollen. »Haben Sie es denn nicht gesehen? Hier steht, dass der Ausweis am 10. September 2007 ausgestellt worden ist.«

»Ja – und?«

Sie stöhnte auf. War er wirklich so schwer von Begriff? »Wir schreiben das Jahr 2006!«

Schweigend beäugte er sie. Sein Gesicht hatte einen besorgten Ausdruck angenommen. Behutsam, als spreche er mit einem Kleinkind, sagte er: »Frau Lamparta, heute ist der 20. Oktober 2019.«

Lea sackte in sich zusammen.

Unmöglich. Das kann unmöglich wahr sein.

»Aber ...«, wimmerte sie, »aber – wie ...«

Sie mühte sich, die richtigen Worte zu fassen zu bekommen, doch es gelang ihr nicht. Ihr Kopf war wie leergefegt.

Wortlos griff Doktor Fechter in die Tasche seines Kittels, zog sein Handy hervor und reichte es ihr.

Lea spürte, wie alle Farbe aus ihrem Gesicht wich. Da stand es, schwarz auf weiß. Sonntag, 20. Oktober 2019. Ein winselnder Laut entfuhr ihrer Kehle.

Der Arzt legte ihr beruhigend die Hand auf den Arm.

»Ganz ruhig, Frau Lamparta. Machen Sie sich keine Sorgen. Sie sind verwirrt. Das ist nach einem Unfall wie dem Ihren nichts Ungewöhnliches. Ich bin sicher, die Desorientierung wird in ein paar Tagen abgeklungen sein. Trotzdem werde ich eine neurologische Untersuchung anordnen. Nur um sicherzugehen, dass Ihr Gehirn keine Schäden davongetragen hat. Man kann schließlich nie vorsichtig genug sein. Einverstanden?«

Lea nickte matt. Ihr war übel.

Dreizehn Jahre.
Wie war es möglich, dass sie die letzten dreizehn Jahre ihres Lebens vergessen hatte?

»Gibt es irgendwelche Vorerkrankungen, von denen wir wissen sollten? Epilepsie vielleicht?«

»Nein!«, erwiderte Lea lauter als beabsichtigt.

»Gut. Nun, warten wir ab, was die Tests ergeben.«

KAPITEL 3

Lea

Gute Nachrichten, Frau Lamparta. Kernspintomographie und Computertomographie haben gezeigt, dass ihr Gehirn keine sichtbaren Schäden aufweist. Laut EEG sind Ihre Gehirnströme ebenfalls normal«, erläuterte Doktor Fechter, der in Begleitung einer dunkelhaarigen Ärztin an ihr Bett getreten war.

»Und warum kann ich mich dann an nichts erinnern?« Ihre Stimme war kaum mehr als ein Krächzen. »Irgendetwas stimmt nicht mit mir, das spüre ich genau.«

»Wir vermuten, dass Ihre Amnesie, also Ihr Gedächtnisverlust, psychische Ursachen hat. Möglicherweise leiden Sie an einer posttraumatischen Belastungsstörung infolge des Unfalls. Machen Sie sich keine Sorgen, wir werden der Sache auf den Grund gehen. Meine Kollegin, Frau Doktor Spieß hier, ist Psychiaterin und eine Koryphäe auf ihrem Gebiet.«

»Freut mich, Sie kennenzulernen, Frau Lamparta.« Die Ärztin lächelte sie aufmunternd an. Sie trug eine Hornbrille und mit den Linien um ihren Mund strahlte sie Kompetenz und auf unaufdringliche Weise Selbstvertrauen aus.

»Ich lasse Sie jetzt alleine.«

Doktor Fechter nickte Lea und seiner Kollegin noch einmal zu, dann wandte er sich um und verließ das Zimmer.

Lea hob zum Abschied nur müde die Hand. Sie wünschte, Doktor Spieß würde ebenfalls gehen und ihr eine kurze Verschnaufpause gönnen. Stundenlang war sie von einem Behandlungszimmer ins nächste gekarrt worden und die Untersuchungen, gepaart mit der Sorge um ihre geistige Gesundheit, hatten ihren Tribut gefordert.

»Sie müssen völlig erschöpft sein, das ist mir bewusst«, ergriff Frau Doktor Spieß erneut das Wort, kaum dass die Tür ins Schloss gefallen war. »Trotzdem ist es wichtig, dass Sie mir ein paar Fragen beantworten. Wir müssen herausfinden, wie weit Ihr Gedächtnisverlust reicht und welche Bereiche davon betroffen sind. Damit wir die richtigen Schritte setzen. Es dauert nicht lange, versprochen.«

Lea seufzte resigniert. »Okay.«

»Fein. Beantworten Sie meine Fragen einfach so gut Sie können, und machen Sie sich keine Gedanken, sollte Ihnen nichts einfallen. In Ordnung? Dann legen wir mal los. Was ist das Letzte, an das Sie sich erinnern?«

»Der Ball meiner ehemaligen Schule«, sagte Lea nach kurzem Nachdenken. »Ich war mit meinem Freund Christopher dort. Es war ein toller Abend. Wir haben getanzt und auch etwas Alkohol getrunken. Nicht viel«, ergänzte sie mit einem schuldbewussten Blick zu der Ärztin.

Diese nickte ihr aufmunternd zu.

»Christopher hat mich in den frühen Morgenstunden mit dem Auto nach Hause gefahren. Ich weiß noch, dass ich Ärger bekommen habe, weil ich erst so spät daheim war. Meine Eltern bestehen darauf, dass ich spätestens um zwei Uhr morgens zurück bin. Selbst am Wochenende.« Sie verdrehte die Augen. »Ich musste eine einstündige Standpauke meines Vaters über mich ergehen lassen. Dann ging ich schlafen.«

Angestrengt versuchte Lea sich zu erinnern, was danach passiert war. Doch da war nichts. Bedauernd schüttelte sie den Kopf. »Das ist alles.«

»In Ordnung. Sie machen das sehr gut. Wann war das? Der Ballabend, meine ich?«

»2006. Der 24. November. Ein Samstag.«

»Bleiben wir im Jahr 2006. Wer war unser Bundeskanzler?«

»Wolfgang Schüssel, ÖVP.«

Die Ärztin überlegte einen Moment und nickte dann kaum merklich.

»Wie alt sind Sie?«

»Achtzehn«, kam es von Lea wie aus der Pistole geschossen. »Aber – wenn wir Oktober 2019 haben, muss ich jetzt – einunddreißig sein.« Sie schüttelte fassungslos den Kopf.

Doktor Spieß verzog keine Miene.

»Was haben Sie heute Morgen zum Frühstück gegessen?«

»Wie bitte?«

»Beantworten Sie einfach meine Frage, Frau Lamparta. Was hat Ihnen Schwester Emilia serviert?«

Lea dachte angestrengt nach. »Ein Käsebrot«, sagte sie schließlich. »Und ein Erdbeerjoghurt.«

Die Ärztin notierte sich etwas auf ihrem Klemmbrett.

»Ich lese Ihnen jetzt eine Reihe von Zahlen vor. Versuchen Sie, diese zu behalten. Ich werde Sie später danach fragen.«

»In Ordnung.«

»17, 8, 3, 19, 1.«

Lea nickte und wiederholte die Zahlen.

»Was ist die Quadratwurzel von 64?«

»Acht.«

»Was ist Ihr Geburtsdatum? Wie lautet der Name ihrer Mutter? Haben Sie Geschwister?«

»2. April 1988. Teresa Lamparta. Mein Bruder heißt Lorenz. Er wurde 1996 geboren.«

»Bitte wiederholen Sie die Zahlenkombination, die ich Ihnen zum Merken gegeben habe.«

»17, 8, 3, 19, 1.«

Die Ärztin nickte und notierte sich abermals etwas.
»Sehr gut. Das ist völlig korrekt.«

Eine Weile war nur das Kratzen des Stifts auf dem Papier zu hören.

»Frau Doktor?«, fragte Lea schließlich schüchtern.

»Ja?«

»Wissen Sie, ob jemand meine Eltern erreicht hat? Ich habe Ihrem Kollegen heute Morgen die Nummer gegeben.«

Die Ärztin bedachte sie mit einem raschen Seitenblick, den Lea nicht recht einordnen konnte.

»Wir haben an der von Ihnen angegebenen Festnetznummer angerufen und mit einem gewissen Andreas Lamparta gesprochen«, sagte sie schließlich zögerlich.

Lea atmete erleichtert auf. »Ja, das ist mein Vater! Gott sei Dank! Wann kommt er mich holen?«

Die Ältere wand sich. »Ja – nun – es gab ein Problem. Herr Lamparta hat behauptet, er hätte keine Tochter.«

Pfeifend ließ Lea die Luft aus den Wangen entweichen. »Was?!«

Unvermittelt schossen ihr Tränen in die Augen. »Aber – wieso? Ich verstehe das nicht. Wie kann er so was nur sagen?«

Doktor Spieß senkte betreten den Kopf. »Es tut mir wirklich leid. Ich habe keine Ahnung.«

»Was ist mit meiner Mutter? Und Lo? Meinen Bruder meine ich. Er müsste jetzt zweiundzwanzig sein. Haben Sie mit ihnen geredet?«

»Über die beiden weiß ich leider nichts.«

Zitternd sank Lea ins Bett zurück. Ihre Arme trugen sie nicht mehr und ihre Eingeweide fühlten sich an, als wären sie zu Stein erstarrt. Das ergab alles keinen Sinn. Warum hatte ihr Vater sie verleugnet? Und was war mit dem Rest ihrer Familie? Sie hatte einen Autounfall, verdammt

18

nochmal! Ihre Mutter war doch sonst so überfürsorglich. Wieso war sie nicht an ihrer Seite? Die Erschöpfung drohte Lea zu überwältigen. Was sie brauchte, war Schlaf. Sie wünschte sich nichts sehnlicher, als die Augen zu schließen und im Jahr 2006 in ihrem Kinderzimmer wieder aufzuwachen. Ihre Mutter würde sie am Morgen wecken und ihr versichern, dass alles in Ordnung war. Dass sie nur schlecht geträumt hatte.

»Werden meine Erinnerungen zurückkommen?«

»Es mag ein schwacher Trost für Sie sein, aber es ist nicht alles weg. Ihr Kurzzeitgedächtnis ist intakt, ebenso Ihr semantisches Gedächtnis. Sie leiden an einer sogenannten retrograden Amnesie. Das bedeutet, dass Ihre Erinnerungen an die biografischen Ereignisse Ihrer letzten Jahre blockiert sind. Das ist selten, kommt jedoch gelegentlich vor. Besonders nach traumatischen Erlebnissen wie dem Ihren.« Sie tätschelte Lea beruhigend den Arm. »Das menschliche Gedächtnis ist eine komplexe Angelegenheit. Garantien gibt es keine. Aber wenn Sie mich fragen, stehen die Chancen nicht schlecht. Geben Sie ihrem Körper die Zeit, die er braucht, um das erlittene Trauma zu verarbeiten. Dann kehren Ihre Erinnerungen bestimmt zurück.«

KAPITEL 4

Anna

Fröhlich vor sich hin summend strich Anna Butter und Marmelade auf eine Scheibe Vollkorntoast. »Christopher, Felicitas, Frühstück ist fertig!« Leises Stöhnen drang aus dem Kinderzimmer an ihre Ohren.

Anna grinste in sich hinein. Felicitas war wie ihr Vater. Auch der war morgens nur unter Protest aus dem Bett zu bewegen.

Sie platzierte den Teller mit dem Toastbrot auf dem Küchentisch und eilte ins Kinderzimmer.

Die Friedlichkeit des Anblicks erwärmte ihr Herz. Felicitas lag zusammengerollt auf der Seite. Helles Haar ergoss sich über den Kopfpolster, ihre Finger umklammerten den Hals von Lucky, ihrem schon etwas ramponierten Lieblingskuscheltier in Gestalt eines Dalmatiners. Einen Moment hielt Anna inne und lauschte den gleichmäßigen Atemzügen des Mädchens.

Schließlich streckte sie die Hand aus und rüttelte die Kleine sanft an der Schulter.

»Felicitas, Süße, du musst jetzt wirklich aufstehen. Sonst kommst du noch zu spät zur Schule. Das wollen wir doch nicht, hmm?«

Keine Reaktion. Nicht einmal ein Blinzeln.

»Heute findet der Ausflug ins naturhistorische Museum statt, weißt du nicht mehr? Willst du den etwa verpassen?«

Das schien Wirkung zu zeigen. Die Kleine rollte sich auf den Rücken und öffnete die Augen einen Spaltbreit.

»Ist es wirklich schon so spät?«, murmelte sie verschlafen.

»Es ist Viertel vor sieben. Also los! Ab mit dir ins Bad, Zähne putzen, dann gibt es Frühstück, ja?«

»Na gut.« Felicitas und strampelte mit den Beinen, sodass die Decke zu Boden glitt. Schlaftrunken rappelte sie sich hoch und tapste ins Badezimmer.

Anna blickte ihr lächelnd hinterher. Wie so oft war sie von der kindlichen Schönheit des Mädchens verzaubert. Mit ihren riesigen blauen Augen, der zierlichen Stupsnase und dem langen blonden Haar, das ihr zerzaust in alle Richtungen abstand, war sie außergewöhnlich hübsch. *Wie groß sie geworden ist*, dachte Anna wehmütig. In den vergangenen Monaten war Felicitas mindestens fünf Zentimeter gewachsen. Ihr rosafarbener Pyjama mit Elefantenprint war viel zu kurz und reichte ihr kaum bis zu den Schienbeinen. Christopher und sie hatten ihr zwar längst einen neuen gekauft, aber Felicitas liebte dieses alte Teil wie kein anderes und wollte sich einfach nicht davon trennen.

Das Schrillen der Eieruhr riss Anna aus ihren Gedanken. Rasch lief sie in die Küche. Mit geübten Handgriffen fischte sie die weich gekochten Eier aus dem Kochtopf und steckte sie in die dafür vorgesehenen Becher. Zufrieden betrachtete sie ihr Werk. Der Frühstückstisch bog sich unter Tellern mit Käse, Schinken sowie einer Auswahl aus Marmelade und Honig. Der Duft von goldgelb getoastetem Vollkornbrot lag in der Luft.

In diesem Moment schlossen sich kräftige Arme von hinten um ihre Schultern.

»Guten Morgen, mein Schatz«, wisperte Christopher an ihrem Ohr. »Hast du gut geschlafen?«

Wohlig seufzend lehnte sich Anna gegen seine breite Brust. Sie wandte das Gesicht zur Seite, um sich einen Kuss auf die Wange aufdrücken zu lassen.

»Neben dir schlafe ich immer gut.«

Christophers Barthaare kitzelten ihren Hals, als er ihr seinen Kopf liebevoll auf die Schulter legte. Anna kicherte. Eine Woge des Glücksgefühls wallte in ihr hoch. Selbst nach drei Jahren Beziehung fiel es ihr manchmal immer noch schwer zu glauben, dass dieser unverschämt gutaussehende Mann tatsächlich zu ihr gehörte.

»Komm, lass uns frühstücken. Felicitas sollte auch gleich mit Zähneputzen fertig sein.«

Wie aufs Stichwort erschien das Mädchen vollständig angezogen im Türrahmen. »Daddy!«

Christopher wandte sich um und schenkte seiner Tochter ein strahlendes Lächeln.

»Hallo Zwerg. Wie geht es meiner kleinen Prinzessin? Bereit für den Tag?«

»Wir gehen heute ins naturhistorische Museum!« Felicitas grinste stolz und enthüllte dabei ein paar Zahnlücken.

»Das ist aber cool! Dann seht ihr euch bestimmt auch die Dinosaurier an. Die fand ich immer toll.«

Felicitas' Augen blitzten vor Vorfreude. »Ja, natürlich, was denkst du denn? Und die ganzen Vögel. Ich liebe Vögel.«

»Na dann musst du mir am Abend ganz genau berichten, was du alles gesehen hast. Versprochen?«

»Versprochen.«

Mit einem sehnsüchtigen Blick auf den üppig gedeckten Tisch wandte sich Christopher wieder an Anna. »Ich kann leider nicht zum Frühstück bleiben. Heute ist diese Verhandlung am Straflandesgericht, von der ich dir erzählt habe, und ich muss vorher noch in der Kanzlei vorbeischauen. Könnte außerdem sein, dass ich erst spät nach Hause komme.«

»Stress dich nicht. Ich warte mit dem Abendessen auf dich. Schreib mir einfach, sobald du auf dem Heimweg bist.«

»Ist gut, das mache ich.«

Mit einem schelmischen Seitenblick auf Felicitas stibitze er eines ihrer Marmeladebrote, bevor er nach der Aktentasche zu seinen Füßen griff.

Der Protest folgte prompt. »Hey, Papa! Das ist meines!«

»Na dann solltest du es essen. Anna hat sich solche Mühe gegeben«, feixte er mit vollem Mund.

»Ich hab dich lieb!«, krähte Felicitas zum Abschied.

»Ich dich auch, Zwerg. Pass auf dich auf, ja?«

Mit diesen Worten wandte er sich zum Gehen, nicht jedoch, ohne Anna einen Schmatz auf den Mundwinkel zu drücken.

»Danke für das Frühstück. Tut mir leid, dass ich nicht bleiben kann.«

»Jetzt geh schon.« Sie lächelte. »Und vergiss den Schirm nicht. Es soll heute noch regnen.«

KAPITEL 5

Anna

Gemächlich steuerte Anna ihren Wagen die Josefstädter Straße entlang. Wie jeden Morgen hatte sie Felicitas pünktlich vor der Schule abgesetzt und machte sich nun auf den Weg in den dritten Bezirk, wo sie am Sacré-Coeur, einer Wiener Privatschule, als Volksschullehrerin unterrichtete. Während sie darauf wartete, dass die Ampel auf Grün sprang, warf sie einen kritischen Blick in den Spiegel in der Sonnenblende. Volles, kastanienbraunes Haar umrahmten ein etwas zu rundliches Gesicht. Mit ihrer geraden Nase, den graugrünen Augen und den ebenmäßig weißen Zähnen, konnte man sie durchaus als attraktiv bezeichnen. Nichts an ihr war störend. Aber sie war auch nicht schön im herkömmlichen Sinn.

Rasch wandte Anna ihre Aufmerksamkeit wieder dem Verkehr zu. Sie sollte sich nicht so viele Gedanken über ihr Äußeres machen. Sie hatte Christopher. Das war alles, was zählte.

Nach der gut fünfzehnminütigen Fahrt manövrierte sie ihren Wagen durch das Tor auf den Parkplatz der Schule. Kalte Luft schlug ihr entgegen, kaum dass sie die Wagentür geöffnet hatte. Der Wind zerrte an ihrem langen Rock und sie schlang ihren Mantel enger um den Körper. Kein Zweifel, der Herbst lag in seinen letzten Zügen. Die Rosenstöcke waren zurückgeschnitten worden und die hohen Kastanienbäume hatten sich bereits einer Vielzahl ihrer Blätter entledigt. In kniehohen Haufen auf dem Schulhof zusammengekehrt, warteten sie auf den Abtransport.

24

Anna durchquerte den Hof und betrat das imposante Schulgebäude über einen Seiteneingang. Das Sacré-Coeur war ein riesiger Gebäudekomplex, der neben einer Volksschule auch ein Gymnasium und den hauseigenen Kindergarten beherbergte. In grauer Vorzeit war es einmal eine reine Mädchenschule mit Unterrichtssprache Französisch gewesen. Damals, als das Lehrerkollegium noch ausschließlich aus Nonnen bestanden hatte. Doch diese Zeiten waren lange vorbei. Inzwischen wurde die Schule von ebenso vielen Jungen wie Mädchen besucht, und Ordensschwestern gab es – von einer steinalten Religionslehrerin abgesehen – hier auch keine mehr.

Anna wandte sich nach links und steuerte auf das Klassenzimmer der 2b zu, das im Erdgeschoss untergebracht war. Ihre Schritte hallten auf dem gefliesten Steinboden wider, während sie sich an einer Gruppe kichernder Erstklässler vorbeischlängelte.

»Guten Morgen, Kinder!«, rief sie in die lärmende Meute, die übermütig in dem geräumigen Klassenzimmer auf und ab hopste. Der Raum war hofseitig ausgerichtet, die Wände über und über mit selbstgemalten Bildern und einer raumhohen Weltkarte gepflastert.

»Guten Morgen, Frau Lehrerin!«, schallte es im Chor zurück.

Gemächlich nahmen ihre Schützlinge ihre angestammten Plätze ein. Anna ließ den Blick lächelnd durch die Bänke schweifen. Die Mädchen trugen eine Kombination aus hellblauen Blusen und mit Knöpfen befestigten dunkelblauen Faltenröcken, darüber Schürzen in derselben Farbe. Die Schuluniform der Jungen bestand aus Stoffhosen, auf den ebenfalls dunkelblauen Pullovern prangte das Logo der Schule.

Anna liebte die Arbeit mit den Kindern. Im Alter von acht Jahren waren die meisten von ihnen noch aufmerksam, begierig darauf, Neues zu lernen und darum bemüht, ihre Lehrerin zu beeindrucken. Von der Aufmüpfigkeit, die die Pubertät mit sich bringen würde, noch keine Spur.

Nach dem üblichen Morgengebet stand Mathematik auf dem Stundenplan. Anna hatte sich diesmal etwas Besonderes einfallen lassen, um mit den Kindern das kleine Einmaleins zu wiederholen.

»Wir spielen heute ein Spiel«, erklärte sie.

Sofort kehrte Stille im Klassenzimmer ein. Vierundzwanzig Augenpaare richteten sich erwartungsvoll auf sie. »Es heißt Rechenkönig und funktioniert so: Erst einmal steht ihr alle auf. Ich werde immer zwei von euch aufrufen und eine Rechenaufgabe zum Einmaleins stellen. Also zum Beispiel vier mal drei.«

Sofort schoss der Arm einer ihrer Schülerinnen, der kleinen Julia, die rechts außen in der zweiten Reihe saß, nach oben. Anna bedeutete ihr, die Hand wieder herunterzunehmen.

»Moment, noch nicht. Lass mich zuerst die Spielregeln zu Ende erklären.«

Sie schenkte dem Kind ein aufmunterndes Lächeln. Julia war ein zartes Mädchen mit feinem, dunkelblondem Haar und rehbraunen Augen. Sie war erst Anfang September acht Jahre alt geworden und damit die Jüngste ihrer Klasse. Julia hing in den Stunden regelrecht an Annas Lippen, blieb aber, anders als ihre Kommilitonen, in den Pausen meist still und zurückgezogen. Oft fragte sich Anna, was wohl in dem hübschen Köpfchen vorgehen mochte.

»Derjenige der beiden Aufgerufenen, der mir zuerst die richtige Lösung zuruft, bleibt im Spiel. Der andere muss sich setzen. Dann ist das nächste Paar an der Reihe, und so weiter. Der oder diejenige, die am Ende übrig ist, hat gewonnen und bekommt einen Preis.« Erwartungsvoll blickte sie in die Runde. »Noch Fragen? Wenn nicht, dann steht jetzt bitte auf.«

Folgsam erhoben sich die Kinder.

»Also – los geht's.« Sie wandte sich an zwei Schüler in der vordersten Reihe. »Agnes und Matthias: Wie viel ist drei mal acht?«

»Vierundzwanzig!«, riefen die beiden wie aus einem Munde. Matthias war eine Zehntelsekunde schneller.

»Sehr gut. Agnes, setz dich bitte. Matthias bleibt im Spiel.«

Und so ging es weiter. Nach knapp zwanzig Minuten waren nur noch Julia, Matthias, Philipp und Sophie im Rennen.

»Ihr macht das wirklich gut«, sagte Anna anerkennend. »Wie ich sehe, habt ihr in den Ferien fleißig geübt. Jetzt kommt das Halbfinale. Sophie und Philipp: Wie viel ist sieben mal acht?«

»Fünfundsechzig!«, kam es von Sophie prompt, bevor Philipp, ein großer, etwas übergewichtiger Junge mit Brille, Gelegenheit hatte, den Mund aufzumachen.

»Falsch!«, rief der. »Das stimmt nicht! Sieben mal acht ist doch sechsundfünfzig!« Vor Eifer rutschte ihm die Brille von der Nase. Ungeduldig schob er sie an ihren Platz zurück.

»Stimmt. Da ist dir ein Zahlendreher unterlaufen, Sophie. Setz dich.«

Sie wandte sich an das andere Paar. »Julia und Matthias – nun zu euch: sechs mal acht?«

»Achtundvierzig!«

Das war Julia. Anna nickte anerkennend in ihre Richtung. »Richtig.«

»Jetzt kommt das Finale: Philipp und Julia. Zur Krönung diesmal eine schwierigere Rechenaufgabe. Das große Einmaleins haben wir zwar noch nicht durchgenommen, aber wollen wir mal sehen, ob ihr die Aufgabe trotzdem lösen könnt.«

Sie ließ einen Moment verstreichen und fixierte beide Kinder mit ernster Miene. Sie spürte regelrecht, wie die Spannung im Raum anstieg.

»Wie viel ist elf mal elf?«

Einen Augenblick herrschte atemlose Stille. Philipp runzelte die Stirn, er schien angestrengt nachzudenken. Auf diese Frage war er nicht vorbereitet gewesen. Während er noch überlegte, wusste Julia schon die Antwort. Mit leiser Stimme murmelte sie: »Einhunderteinundzwanzig.«

»Richtig!« Strahlend klatschte Anna in die Hände. »Super, Julia! Das hast du ganz toll gemacht!«

»Das war unfair!« Philipp bedachte seine Klassenkameradin mit einem wütendem Blick. »Das haben wir doch noch gar nicht gelernt! Julia muss geschummelt haben!«

Argwöhnisch lugte er auf Julias leeres Pult.

»Nichts da! Julia hat gewonnen. Gratuliere, Julia, ich bin wirklich stolz auf dich. Und hier ist dein Preis.«

Sie überreichte dem Mädchen eine Tafel der teuren Lindt-Schokolade, die sie extra für diesen Zweck von zu Hause mitgebracht hatte.

Die Augen der Kleinen leuchteten, als sie ihre Belohnung entgegennahm.

»Danke, Frau Lehrerin.«

»Elende Streberin!«, fluchte Philipp leise.

Bevor Anna reagieren konnte, war er mit einem Satz bei Julia und entriss ihr die Schokolade. Mit einer flinken Bewegung öffnete er die Verpackung und leckte mit der Zunge der Länge nach über die Tafel.

Julias Augen weiteten sich vor Entsetzen. Verzweifelt blickte sie zwischen Philipp und der Lehrerin hin und her. Die Enttäuschung und das Flehen in ihrem Blick zerrissen Anna das Herz.

Die anderen Kinder, die das Geschehen atemlos beobachtet hatten, brachen in johlendes Gelächter aus.

Anna war sofort auf den Beinen und baute sich, die Hände in die Hüften gestemmt, vor den beiden auf.

»Was sollte das, Philipp! Das ist Julias Preis! Sei kein schlechter Verlierer!«

»Hier hast du deine Belohnung« Betont unschuldig hielt er dem Mädchen die feuchte Tafel hin. Wohl bekomm's.« Er grinste.

Mit hängenden Schultern starrte die Kleine auf die klebrige Schokolade. In ihren Augen glänzten Tränen.

»Heulsuse!«, zischte Philipp, gerade so laut, dass Anna ihn hören konnte.

Anna drückte Julia tröstend den Arm. »Nicht traurig sein, Süße. Ist nicht schlimm. In der Pause gehen wir beide rüber zum Buffet und du darfst dir dort etwas aussuchen, ja?«

Das sogenannte Buffet war der Kiosk der Anlage, der dem Lehrpersonal und den Schülern des Gymnasiums vorbehalten war.

Das Mädchen nickte zwar, wich Annas Blick jedoch aus.

»Und was dich angeht«, sagte Anna mit strenger Miene zu Philipp »Wir sprechen uns noch. In der Pause kommst du zu mir. Verstanden?«

Der Junge zuckte mit den Achseln. »Von mir aus.«

KAPITEL 6

Lea

Staunend ließ Lea den Blick durch die Halle des Wiener Hauptbahnhofs schweifen. Die einst heruntergekommenen Gleise und die alte *Anker*-Filiale waren verschwunden, stattdessen reihte sich feinsäuberlich ein Geschäft an das nächste, Bäckereien und Imbissbuden luden zum Verweilen ein. Der moderne und mindestens zehn Meter hohe Eingangsbereich war lichtdurchflutet und gepflegt. Eine raumhohe Anzeigetafel kündigte die ankommenden und abfahrenden Züge an. Der ehemalige Südbahnhof war kaum wiederzuerkennen. Wie sie einem Schild am Eingang entnommen hatte, war er vor einigen Jahren komplett um und ausgebaut worden.

Nach einem zehnminütigen Fußmarsch erreichte Lea das Bahngleis mit der Nummer neun, wo ihr Zug gen Süden schon zur Abfahrt bereitstand. Sie entschied sich für einen Platz am Fenster und ließ sich, von plötzlicher Müdigkeit übermannt, gegen die Rückenlehne sinken.

Die Tage im Krankenhaus waren nervenaufreibend gewesen. Schier endlosen Tests hatte sie sich unterziehen müssen, die jedoch allesamt nichts ergeben hatten. Abgesehen von ihrem hartnäckig streikenden Gedächtnis schien sie kerngesund zu sein. Frau Doktor Spieß hatte ihre Amnesie auf eine posttraumatische Belastungsstörung zurückgeführt, eventuell in Kombination mit einem nicht verarbeiteten Kindheitstrauma, und ihr Psychotherapie verordnet. Mit den Kontaktdaten einiger namhafter Wiener Psychologen in der Tasche hatten sie Lea schließlich entlassen.

Was die Frage aufgeworfen hatte, was sie jetzt tun sollte. Ihr Handy funktionierte nicht mehr. Sie konnte nicht einmal in ein Hotel einchecken oder ein Taxi bestellen, denn selbst wenn ihre Bankomat und Kreditkarten den Sturz ins Wasser überlebt haben sollten – ohne Code halfen ihr die auch nicht weiter. Die letzten Tage hatte sie die Hoffnung nicht aufgegeben, dass ihre Eltern doch noch auftauchen würden, um sie abzuholen, und war bei jedem Klopfen an der Tür in freudiger Erwartung hochgeschreckt. Aber es waren stets Doktor Spieß oder eine der Schwestern gewesen, die gekommen waren, um nach ihr zu sehen.

Nachdem Lea zu allem Überfluss erfahren hatte, dass ihr Wagen als Totalschaden auf dem Schrottplatz gelandet war, hatte sie sich zähneknirschend zu Fuß auf den Weg zum Bahnhof gemacht. Was angesichts der Tatsache, dass sie sich nicht daran erinnerte, überhaupt im Besitz eines Führerscheins zu sein, vermutlich ohnehin vernünftiger war. Denn obwohl man ihr versichert hatte, dass ihr prozedurales Gedächtnis, das für automatisierte Handlungsabläufe wie das Lenken eines Fahrzeugs verantwortlich ist, völlig intakt war, zog sie es vor, es fürs Erste nicht darauf ankommen zu lassen.

Lea ließ den Blick zum Fenster wandern. Aus der Reflexion der Fensterscheibe starrte ihr eine schlanke Frau mit langem blonden Haar entgegen. Irritiert schüttelte sie den Kopf. Die Frau in der Scheibe tat es ihr gleich. Ihr Gesicht war ihr vertraut und auf merkwürdige Weise trotzdem fremd. Es war ernster, erwachsener, als sie es in Erinnerung hatte. In ihren Augen lag eine Traurigkeit, die Lea nicht verstand. Mit Erschrecken registrierte sie den Ansatz feiner Linien auf ihrer ansonsten makellosen Stirn. Sie seufzte. Sie war eindeutig nicht mehr achtzehn.

Schließlich setzte sich der Zug in Bewegung und Lea wandte den Blick von ihrem Spiegelbild ab. Sogleich schob sich das Gesicht ihres Vaters in ihre Gedanken. Sein merkwürdiges Verhalten machte ihr schwer zu schaffen. Seit Tagen zermarterte sie sich das Hirn, was passiert sein musste, dass sie diese Reaktion verdient hatte. Warum hatte er sich geweigert, sie aus dem Krankenhaus abzuholen? Andreas Lamparta mochte starrköpfig und nachtragend sein, ein autoritäres Familienoberhaupt. Aber sooft er sich auch über seine abenteuerlustige und aufmüpfige Tochter beklagt hatte – im Grunde waren sie doch gut miteinander ausgekommen. Und was war mit ihrer Mutter? Ihre sanfte, harmoniebedürftige Mutter, die niemals lockerließ, bis sich ihre Lieben nach einem Streit wieder ausgesöhnt hatten. Auf Teresa Lamparta war Verlass. Wo war sie nur? Wieso hatte sie nicht angerufen, um sich nach ihr zu erkundigen?

Feuchter Wind umfing Lea, als sie kurz darauf auf den Kirrendorfer Bahnsteig trat. Graue Wolken verdeckten den Himmel und es hatte zu nieseln begonnen. Mit einem Anflug von Erleichterung stellte sie fest, dass hier noch alles war, wie sie es in Erinnerung hatte. Die beiden Gleise, der spartanische Unterstand, der den Wartenden Schutz vor Regen bot, und die alten Bahnschranken waren unverändert. Sie packte den Griff des RimowaKoffers, der ihre aus dem Autowrack geborgenen Habseligkeiten enthielt, und machte sich auf den Weg, die vertraute Ortsstraße entlang. Der Bahnhof lag nicht weit vom Haus ihrer Eltern entfernt, kaum fünfzehn Minuten Fußmarsch.

Nur wenige Menschen begegneten ihr auf dem Weg und Lea nützte die Zeit, die Gegend auf sich wirken zu lassen. Bei einigen Gebäuden blätterte der Verputz von den Mauern, die Fenster stierten aus leeren Augen auf den Asphalt. Die Fensterläden sahen aus, als wären sie seit Jahren nicht mehr geöffnet worden. Fröstelnd zog Lea ihren Schal enger um den Hals.

Nach einer Weile erreichte sie das Zentrum des kleinen Orts. Dieser Teil des Dorfes schien in besserem Zustand zu sein. Neben der freiwilligen Feuerwehr erkannte sie den Tabakladen und die Bäckerei aus ihrer Kindheit, wo sie samstags oft mit ihrer Mutter frische Brötchen geholt hatte. Durch die Fenster des Kindergartens erhaschte Lea einen Blick auf eine Gruppe spielender Kleinkinder. Das Gebäude war erst kürzlich gestrichen worden, denn die Mauern leuchteten in kräftigen bunten Farben. Lea beschleunigte ihre Schritte. Gleich war sie daheim. Ihr Rimowa rumpelte hinter ihr die steile Bergstraße hinauf, an deren Ende das Anwesen ihrer Eltern lag. Sie passierte die letzte Biegung – und keuchte überrascht auf.

In ihrer Jugend war ihr Elternhaus das einzige Gebäude weit und breit gewesen. Von Äckern umgeben, auf denen im Sommer hüfthoch die Gerste stand. Der ideale Ort zum Verstecken spielen. Doch die Felder aus ihrer Erinnerung waren verschwunden. Stattdessen reihte sich eine Doppelhaushälfte an die nächste, in unterschiedlichen Gelb und Orangetönen gestrichen. Lea verzog das Gesicht. Wie hatte die Gemeinde zulassen können, dass das einst homogene Dorfbild derart verschandelt worden war?

Schließlich kam die Villa ihrer Eltern am Ende einer Reihe besonders abscheulicher Fertigbauhäuser zum Vorschein. Der vormals blütenweiße Verputz hatte einen gräulichen Stich angenommen und die Farbe des dunkelgrünen Gartenzauns blätterte an einigen Stellen ab, doch ansonsten schien auf den ersten Blick alles unverändert. Sie spähte in den Garten. Stirnrunzelnd beäugte sie die Poollandschaft, dann das verwitterte Klettergerüst. Regenwasser hatte sich am Boden des ausgelassenen Pools angesammelt, auf der Wiese kämpfte sich ein Mähroboter durch ein Dickicht aus Unkraut. Nichts erinnerte mehr an den einst penibel gepflegten Rasen, selbst das geliebte Rosenbeet ihrer Mutter war von Brennnesseln überwuchert.

Lea wandte ihre Aufmerksamkeit dem Inneren der Villa zu. Die Jalousien der Fenster im unteren Stock waren heruntergelassen, von außen war nicht zu erkennen, ob jemand zu Hause war.

Auf einmal unsicher, trat sie von einem Bein aufs andere. Sie war so erleichtert gewesen, dem Gestank nach Desinfektionsmittel und dem grauenhaften Krankenhausfraß zu entkommen, dass sie nicht daran gedacht hatte, ihren Eltern ausrichten zu lassen, dass sie entlassen worden war. Sofern sie das überhaupt interessierte.

Reiß dich zusammen. Sie werden sich freuen, dich zu sehen. Sie sind immerhin deine Eltern.

Lea straffte die Schultern und holte tief Luft. Ihre Finger fanden den Klingelknopf. Aus dem Inneren des Hauses drang ein Schellen an ihr Ohr. Wenige Augenblicke später wurden die Jalousien in der Küche hochgezogen. Lea erkannte die Schemen ihres Vaters hinter der Scheibe. Einen Moment wirkte er unschlüssig, dann verschwand die Gestalt aus ihrem Sichtfeld.

Lea, die es nicht länger erwarten konnte, langte über den Zaun und betätigte den automatischen Türöffner. Quietschend schwang das Tor nach innen auf. Sie ließ ihren Koffer in der Einfahrt stehen und erklomm im Eilschritt die vier Stufen zur Eingangstür, die just in diesem Moment aufgerissen wurde.

Der Mann, der im Türrahmen aufgetaucht war, war so groß wie in ihrer Erinnerung und fast ebenso breit. Wie immer war er mit dem hellblauen Hemd, das sich über den leicht untersetzten Leib spannte, der beigen Hose und dem dunkelblauen Sakko akkurat gekleidet. Dennoch schien der Alte nichts mit ihrem Vater aus Teenagerzeiten gemein zu haben. Die Schultern waren nach vorne gekrümmt, als

34

hätte sein Rücken Schwierigkeiten, die Last seines Körpers zu tragen. Keine Spur von seiner einst so selbstbewussten, fast militärischen Haltung. Sein Haar, früher voll und dicht, hatte sich an einigen Stellen gelichtet. Tiefe Furchen durchzogen sein Gesicht und ließen ihn wie eine Karikatur seiner selbst wirken. Er schien um mehr als nur dreizehn Jahre gealtert. Mit zusammengekniffenen Lippen starrte er auf sie hinab.

»Was willst du hier?«

Kein Wort der Begrüßung, keine Umarmung, nicht einmal der Ansatz eines Lächelns. Sein Tonfall troff vor Ablehnung und Argwohn.

Lea fuhr der Schreck in die Glieder. »Papa, ich bin's.« Ihre Stimme zitterte. »Wieso habt ihr mich denn nicht aus dem Krankenhaus abgeholt? Ich habe Stunden gebraucht, um mit dem Zug von Amstetten hierher zu fahren.«

Ihr Gegenüber zuckte bloß mit den Schultern.

Lea starrte den Mann, der ihr Vater sein sollte, ungläubig an. »Papa – ich verstehe das nicht. Was habe ich denn gemacht, dass du so sauer auf mich bist?« Ihr Blick war flehend. »Und wo ist eigentlich Mama?«

Bei diesen Worten schnappte der Alte nach Luft. Seine Augen hatten sich zu Schlitzen verengt. »Das ist nicht dein Ernst!«, knurrte er.

Leas Eingeweide zogen sich zusammen. »Komm schon, Papa. Willst du mich denn nicht hereinbitten? Dann können wir in Ruhe über alles sprechen.«

Er gab ein verächtliches Schnauben von sich. »Wozu soll das gut sein?«

Tränen der Enttäuschung traten Lea in die Augen. Ärgerlich wischte sie sie fort. Wieso verhielt er sich bloß so seltsam?

»Papa, *bitte*. Was ist denn passiert? Haben es dir die Ärzte denn nicht gesagt? Ich leide an Amnesie. Seit ich vor einigen Tagen im Krankenhaus aufgewacht bin, erinnere ich mich an gar nichts mehr. Das Letzte, was ich weiß, ist, dass ich nach dem Ball meiner alten Schule nach Hause gekommen bin. Aber das war 2006.«

Ihr Vater hob ungläubig die Brauen. Er schien ihr kein Wort zu glauben.

»Bitte, Papa«, flehte sie. »Das ist kein Scherz. Ich erinnere mich tatsächlich an nichts. Ich brauche deine Hilfe. Bitte, so lass doch mich rein!«

Einen Augenblick sah sie ein Flackern in seinen Augen. Trauer, Verwirrung, Wut? Sie konnte es nicht sagen.

»Das ist ja praktisch. Dann hast du Glück. Ich wünschte, auch ich könnte einfach vergessen.«

Mit diesen Worten drehte er sich auf dem Absatz um und knallte ihr die Tür vor der Nase zu.

KAPITEL 7

Anna. Damals (1999)

N a los, Anna. Worauf wartest du?«
Anna rührte sich nicht und umklammerte den Sicherheitsgurt nur noch fester. Ihr Blick war starr auf ihre Schuhspitzen gerichtet, einem neuen Paar dunkelblauer Loafer, die ihre Eltern extra für diesen Anlass gekauft hatten.
»Kannst du nicht mit reinkommen? Ich weiß doch gar nicht, wo ich hinmuss«, piepste sie und warf ihrer Mutter, die bereits ungeduldig mit den Fingern aufs Lenkrad trommelte, einen flehenden Blick zu.
Bettina Wittmann schüttelte unerbittlich den Kopf.
»Das geht nicht, Anna. Was sollen denn die anderen Kinder denken? Die lachen dich bestimmt aus, wenn du deine Mutter zum ersten Schultag mitbringst. Du bist im Gymnasium, schon vergessen? Fast erwachsen! Oder willst du etwa einen schlechten ersten Eindruck machen?«
Der Einwand hatte etwas für sich. Widerwillig löste Anna ihren Gurt.
»Na gut. Aber du holst mich gleich nach der Schule ab?«
»Natürlich. Pünktlich um kurz vor zwölf treffen wir uns wieder hier, versprochen. Und jetzt ab mit dir!« Sie gab ihrer Tochter einen liebevollen Schubs.
Mit einem letzten wehmütigen Blick ins sichere Wageninnere schulterte Anna ihre Schultasche und stieg aus. Kaum hatte sie die Autotür hinter sich zugeschlagen, war ihre Mutter auch schon davongebraust.

Mit zögerlichen Schritten näherte sich Anna dem Schulgebäude, das ehrfurchtgebietend vor ihr emporragte. Sie war in Gmunden, einer kleinen Stadt in Oberösterreich, aufgewachsen und erst letzte Woche mit ihren Eltern in die Hauptstadt gezogen. Bereits jetzt vermisste sie ihre Heimat schrecklich. Den verführerisch glitzernden Traunsee, die geliebten Berge und Wiesen, die Pferde, und vor allem ihre Freundin Mona, die sie hatte zurücklassen müssen. Aber die Firma, für die ihr Vater arbeitete, hatte ihm einen gut bezahlten Posten als Filialleiter in Wien angeboten und so hatte die Familie, die auf das Geld angewiesen war, trotz Annas Protest den Umzug angetreten.

Hier war sie nun. Neu in einer Stadt, die ihr fremd war und in der sie niemanden kannte. Ausstaffiert mit einer weißen Bluse und dunkelblauen Hosen, die bei jedem Schritt unangenehm kneiften. Ihr mausbraunes Haar war zu einem braven Flechtzopf geknotet, an dessen Ende eine Schleife baumelte. Zu Hause in Gmunden hatte Anna meist Jeans und Sneakers getragen, aber ihre Mutter hatte auf die förmliche Garderobe bestanden. In der neuen Schule sind alle so schick angezogen, hatte sie gesagt und die Diskussion damit im Keim erstickt. Nur ihre geliebte Schultasche mit den Pferdeköpfen darauf hatte sie behalten dürfen.

Seufzend betrat Anna die Aula, wo sich bereits viele Kinder der unterschiedlichen Altersklassen tummelten. Ein paar der Jüngeren drängten sich um eine Pinnwand aus Kork am anderen Ende der Halle.

Sie schlängelte sich durch die Menge und warf einen Blick auf das Brett. Auf einer Liste mit der Überschrift 3c entdeckte sie ihren Namen. Offenbar befand sich ihr Klassenraum im zweiten Stock.

Anna ließ sich von dem Strom ihrer Kommilitonen mitziehen und erklomm die breite Marmortreppe, die in die oberen Stockwerke des Gebäudes führte. Vor der Tür zum Klassenzimmer 3c hielt sie inne.

Los, du kannst das! In deiner alten Schule hast du doch auch Freunde gefunden, oder etwa nicht? So schlimm werden die Wiener schon nicht sein.

Trotzdem ließ sich das ungute Gefühl in ihrer Magengrube nicht vollends vertreiben. Sie holte tief Luft und drückte die Klinke hinunter.

Der dahinterliegende Raum war größer, als sie erwartet hatte, und ob der straßenseitigen Fenster lichtdurchflutet. Neben der dunkelgrünen Tafel prangte ein Overheadprojektor. So einen hatten sie in Gmunden auch gehabt. Dahinter befanden sich die Sitzbänke. Anna zählte vier Reihen.

Wie es schien, waren die meisten ihrer Mitschüler bereits eingetroffen. Gut zwanzig Kinder drängten sich in Grüppchen zusammen und unterhielten sich angeregt, tauschten sich lachend und schwatzend über ihre Sommerferien aus. Auf einmal vermisste Anna die Mädchen aus ihrer ehemaligen Schule schrecklich. Vor allem Mona. Wie viel lieber würde sie jetzt in ihrer alten Klasse sitzen, aus dem Fenster auf die umliegenden Wiesen blicken und mit Mona ihren nächsten Ausritt planen!

»Platz da, Brillenschlange«, riss sie eine raue Stimme jäh aus ihrem Tagtraum. Ein stechender Schmerz fuhr durch Annas linkes Schulterblatt, als sich ein breit gebauter Bursche an ihr vorbei ins Klassenzimmer drängte. Beinahe hätte sie das Gleichgewicht verloren und sie trat rasch ein paar Schritte zur Seite, weg von der Tür. Ihr Kommilitone schien nicht einmal bemerkt zu haben, dass er sie gerempelt hatte, sondern stapfte zielstrebig auf eine Traube Jungs in der letzten Reihe zu, die er einen nach dem anderen mit Handschlag begrüßte.

Anna rieb sich die schmerzende Stelle und blickte ihm unschlüssig nach. Ihre Mitschüler wirkten so ausgelassen und vertraut. Ob sie sich einfach irgendwo dazustellen sollte? Allein bei der Vorstellung machte sich ein nervöses Ziehen in ihrer Magengegend bemerkbar.

Gerade als sie sich mental dazu durchgerungen hatte, einen Schritt auf zwei Mädchen zuzumachen, die unweit von ihr in ein Gespräch vertieft waren, betrat eine ältere Dame den Raum. Sie war fast ebenso breit wie hoch. Die tiefen Falten in ihrem Gesicht erinnerten an eine verdorrte Pflaume.

Im Klassenzimmer kehrte mehr oder weniger Ruhe ein, ihre Mitschüler nahmen nach und nach ihre Plätze ein. Nur Anna verharrte verloren neben der Klassentür.

»Guten Morgen, Kinder! Na, hattet ihr einen schönen Sommer?«, begrüßte die Professorin ihre Schüler, gefolgt von zustimmendem Gemurmel. Dann wandte sie sich an Anna »Ich bin Professor Wiedermayer, Klassenvorstand der 3c. Du musst die Neue sein. Anna Wittmann, richtig?«

Anna nickte und sah zu Boden, unfähig auch nur einen Ton hervorzubringen.

Die Lehrerin richtete ihre Aufmerksamkeit wieder auf die Klasse. »Ich möchte euch eine neue Mitschülerin vorstellen: Das ist Anna Wittmann. Sie kommt aus Gmunden.«

Alle Augen richteten sich auf Anna und sie spürte, wie ihr die Hitze in die Wangen stieg. Verlegen rückte sie ihre Brille zurecht und zupfte an ihrer Haarschleife. Langsam hob sie den Kopf und ließ ihrerseits den Blick durch den Raum schweifen. Verschlossene Gesichter, wohin sie auch sah. Ihr rutschte das Herz in die Hose.

»Jetzt schauen wir mal, wo wir dich hinsetzen«, überlegte Frau Wiedermayer und suchte die Bänke nach einem freien Sitzplatz ab.

»Ist irgendwo noch Platz für Anna?«

Niemand regte sich oder sagte etwas. Ein Mädchen in der zweiten Reihe stellte demonstrativ ihren Schulranzen auf den leeren Stuhl neben sich. Professor Wiedermayers Blick blieb an einem ihrer Mitschüler in der letzten Bank hängen, der sich flüsternd mit dem Jungen unterhielt, der sie Brillenschlange genannt hatte. Der Platz zu seiner Linken war unbesetzt.

»Wo ist Markus?«, wunderte sich die Lehrerin. »Weiß jemand, wo er steckt?«

»Markus hat doch die Schule gewechselt«, erinnerte sie ein Mädchen direkt vor dem Lehrerpult. »Er geht jetzt ins Gymnasium Fichtnergasse.«

»Ach stimmt ja. Na dann haben wir einen Platz für dich gefunden, Anna. Letzte Reihe.«

Anna betrachtete den Jungen, der ihr neuer Sitznachbar werden sollte. Er hatte dunkle Haare und war braun gebrannt. Ihr fiel auf, dass seine Nase etwas zu groß für seine ansonsten feinen Gesichtszüge war, aber die warmen, blauen Augen machten diesen Makel mehr als wett. Anna fand ihn auf Anhieb sympathisch.

Erleichtert schob sie sich zwischen den Bänken hindurch und ließ sich neben ihm nieder. Der Junge streckte ihr höflich die Hand zur Begrüßung entgegen. »Ich bin Christopher.«

Anna ergriff sie dankbar. »Freut mich. Anna.«

KAPITEL 8

Lea

Fassungslos starrte Lea auf die geschlossene Eingangstür. Sie konnte nicht glauben, was da gerade passiert
war. Was war nur los mit ihrem Vater? Erst jetzt fiel ihr auf, wie kühl es geworden war. Der
Regen hatte zugenommen, ein grausiger Wind peitschte ihr
das Wasser ins Gesicht. Und mit der Kälte kam die Angst.
Die Dämmerung war hereingebrochen und erinnerte sie
daran, dass sie keine Bleibe für die Nacht hatte. Das Zug-
ticket nach Kirrendorf hatte ihre ohnehin kümmerlichen
Bargeldvorräte fast zur Gänze aufgebraucht. Was sollte
sie jetzt nur tun? An wen konnte sie sich wenden?
*Erinnere dich, verdammt nochmal! Wo wohnst du?
Wer sind deine Freunde? Es muss doch irgendjemanden
geben, der nach dir sucht.*
Lea spürte, wie sich der Druck um ihre Lunge verstärkte.
Das Atmen fiel ihr zunehmend schwer. Sie rang um Luft,
gegen die sich anbahnende Panikattacke ankämpfend.
*Atmen, Lea, atmen. Beruhige dich. Es gibt immer eine
Lösung, du musst sie nur finden. Denk nach. An wen erinnerst du dich?*
Christophers lächelndes Gesicht schob sich vor ihr
inneres Auge. Die Grübchen auf seinen Wangen, die
Wärme, die von seinem Körper ausging, der sanfte Druck
seiner Hände auf ihrer Taille. Für Lea war es, als hätte er
sie erst gestern vor ebendiesem Gartentor abgesetzt. Aber
das war dreizehn Jahre her. Ob sie wohl noch in Kontakt
standen? Sie seufzte. Unwahrscheinlich.

Christophers kantige Züge wurden von jenen eines zierlichen Mädchens mit rotblondem Lockenschopf verdrängt. Isabella, ihre beste Freundin aus Grundschulzeiten. Wie im Zeitraffer sah sie sich mit ihr als Zehnjährige durch den Garten ihrer Eltern toben, als Vierzehnjährige bei einer Gruselnacht haufenweise Popcorn verschlingen, als Teenager mit ihr über das perfekte Partyoutfit debattieren. Selbst nach ihrem Wechsel auf ein Gymnasium in der Stadt, während Isabella auf der nähergelegenen öffentlichen Schule geblieben war, hatten sie sich nicht aus den Augen verloren. Wenn sie mit jemandem aus ihrer Vergangenheit Kontakt gehalten hatte, dann mit ihr.

Der Knoten um Leas Brust lockerte sich ein wenig. Isabellas Handynummer hätte sie selbst um drei Uhr nachts noch auswendig aufsagen können.

»Entschuldigen Sie?«

Die Dame mittleren Alters, die in diesem Augenblick, gefolgt von einem missmutig aussehenden Golden Retriever, die Straße entlanggeschritten kam, blieb zögerlich stehen. »Meinen Sie mich?«

»Dürfte ich vielleicht kurz Ihr Handy benutzen? Meines hat keinen Akku mehr und ich muss dringend telefonieren.«

Die Frau bedachte sie mit einem argwöhnischen Blick, als überlegte sie, mit welcher Ausrede sie Lea am besten abwimmeln könnte.

»Es dauert wirklich nur ganz kurz«, schob Lea rasch nach und kramte in ihrer Geldbörse. »Hier!« Sie hielt eine Zwei-Euro-Münze hoch. »Ich komme selbstverständlich für die Telefonkosten auf. Ich möchte nur kurz meine Freundin anrufen, damit sie mich von hier abholt. Bitte, es ist wirklich wichtig!«

Die Hundebesitzerin seufzte resigniert, zog aber ihr Handy aus der Manteltasche und reichte es Lea. »Aber beeilen Sie sich, ich muss gleich weiter.«

Lea nickte dankbar und hämmerte mit zitternden Fingern die Nummer aus ihrer Erinnerung in die Tasten.

Lieber Gott, bitte mach, dass Isabella noch dieselbe Handynummer hat.

Es läutete vier Mal und Lea wollte gerade auflegen, da drang eine vertraute Stimme an ihr Ohr.

»Isabella Unterberger?«

Lea schickte ein stummes Dankesgebet gen Himmel.

»Isa«, keuchte sie. »Ich bin ja so froh, dass ich dich erreiche. Ich bin's, Lea!«

Einen Augenblick herrschte Schweigen am anderen Ende der Leitung.

»Lea – Lamparta?«

»Ja, genau!«

»Na das ist eine Überraschung. Von dir habe ich ja seit Ewigkeiten nichts mehr gehört. Wie geht es dir denn?«

Lea sank das Herz in die Hose. Was zum Teufel war nur passiert? Nicht genug, dass ihr Vater sich weigerte, mit ihr zu sprechen, hatte sie etwa auch den Kontakt zu ihrer besten Freundin abgebrochen?

»Ich habe nicht viel Zeit, Isa, also hör mir gut zu: Ich habe mir ein Telefon ausgeborgt, um dich anzurufen, meines hat den Geist aufgegeben. Kannst du mich aus Kirrendorf abholen? Vom Haus meiner Eltern – du weißt doch noch, wo das liegt? Ich hatte einen Autounfall und bin völlig neben der Spur. Ich – ich brauche dringend deine Hilfe.«

Isabella sog scharf die Luft ein. »Lea, um Gottes willen! Was ist denn passiert? Geht es dir gut? Bist du verletzt?«

Bei diesen Worten warf ihr die Passantin einen erschrockenen Blick zu.

»Jaja, ich bin in Ordnung« Lea wurde allmählich ungeduldig. »Würdest du das für mich tun? Mich hier abholen?«

Die Freundin schwieg. Lea konnte spüren, wie sie innerlich mit sich rang.

44

»Bitte, Isa! Ich würde dich nicht anrufen, wenn es nicht wirklich wichtig wäre! Du bist die Einzige, dir mir jetzt helfen kann.«

Schließlich stieß Isabella einen resignierten Seufzer aus. »Also gut. Martin sollte jeden Moment nach Hause kommen und kann so lange auf Ben aufpassen. Ich könnte in einer halben Stunde da sein.«

Lea atmete erleichtert auf. »Danke, Isa, du bist die Beste! Ich wusste, auf dich ist Verlass! Bis gleich.«

Mit zitternden Fingern beendete Lea das Telefonat und gab der Frau ihr Telefon zurück.

»Vielen Dank. Sie haben ja keine Ahnung, wie sehr Sie mir geholfen haben«, bedankte sie sich überschwänglich und streckte ihr die Zwei-Euro-Münze entgegen.

Diese hob abwehrend die Hände. »Behalten Sie das Geld. Sind Sie sicher, dass mit Ihnen alles in Ordnung ist?«

Erneut ließ sie den Blick prüfend über Leas Körper wandern, als suchte sie nach einer Verletzung, die ihr erst nicht aufgefallen war.

»Ja, ich bin mir sicher. Jetzt wird alles gut. Und tausend Dank nochmal!«

Mit einem letzten argwöhnischen Blick auf Lea zog die Hundebesitzerin von dannen.

Eine knappe Stunde später hielt ein anthrazitgrauer BMW vor dem Haus. Die Frau, die aus dem Wagen stieg, maß keine 1,60 Meter. Dieser Tage trug sie ihre Lockenmähne kürzer, sie endete knapp unterhalb ihres Kinns und brachte ihren schlanken Hals zur Geltung. Unter einer lockeren Bluse konnte Lea den Ansatz eines Babybauchs erkennen.

Selten war Lea so erleichtert gewesen, ihre Freundin zu sehen. Hastig sprang sie auf und bevor sie sich versah, hatte sie die Arme um Isabellas Schultern geschlungen.

Diese blieb zunächst stocksteif stehen. Nach einer Weile schien sie sich zu entspannen und erwiderte die Umarmung, wenn auch zögerlich.

Die Angst und die Panik, die seit Tagen ihre ständigen Begleiter gewesen waren, durchbrachen einen Damm in Leas Inneren. Tränen strömten ihr unkontrolliert über die Wangen, tropften auf das Oberteil ihrer Freundin. Isabella, von dem plötzlichen Gefühlsausbruch überrascht, tätschelte ihr ein wenig hilflos den Rücken.

»Entschuldige«, keuchte Lea schniefend, nachdem sie endlich von ihr abgelassen hatte. »Jetzt habe ich deine Bluse ruiniert.«

»Schon gut, die muss sowieso in die Wäsche. Aber sag mal: Was in Gottes Namen ist passiert? Du hast was von einem Unfall gesagt?«

Sie hielt Lea eine Armlänge von sich, ihren Körper mit den Augen nach sichtbaren Verletzungen absuchend. »Jetzt sag schon!«

»Ich erzähle dir alles in Ruhe, sobald wir im Auto sind. Können wir zu dir fahren? Bitte! Ich ertrage es nicht, auch nur eine Sekunde länger in diesem elenden Kaff zu bleiben.«

Isabella bedachte sie mit einem besorgten Blick. »Wie du willst. Ist das alles, was du dabeihast?«, fragte sie mit einem Kopfnicken in Richtung des Koffers.

»Ja, das ist alles.«

Sie verstauten die Sachen im Kofferraum, dann ließ sich ihre Freundin hinters Steuer gleiten und das Fahrzeug setzte sich in Bewegung.

»Ich bin dir so dankbar, dass du gekommen bist.« Stöhnend ließ sich Lea gegen die Rückenlehne sinken. »Du bist meine Rettung. Um es kurz zu machen – ich hatte einen Autounfall. Offenbar habe ich die Kontrolle über meinen Wagen verloren und bin mit ihm in die Donau gestürzt. Ich wurde vom Notarzt ins Krankenhaus gefahren, wo ich erst vor ein paar Tagen wieder zu mir gekommen bin.«

Isabella schnappte hörbar nach Luft. »Nicht dein Ernst!«

»Ich hatte Glück, dass ich es trotz des Kälteschocks überhaupt ans Ufer geschafft habe.«

»Das kann ich mir vorstellen. Gott, Lea! Was machst du nur für Sachen!«

»Ich weiß. Aber das ist nicht alles. Ich ...«, sie schluckte. »Ich habe mein Gedächtnis verloren. Nicht nur, dass ich mich nicht an den Unfallhergang erinnere, ich weiß überhaupt nichts mehr. Die gesamten letzten dreizehn Jahre sind weg.«

»Wie bitte?!«

»Ja!«, schniefte Lea, der schon wieder Tränen in die Augen stiegen. »Das Letzte, an das ich mich erinnere, ist, dass ich mit Christopher auf dem Ball meiner ehemaligen Schule war. Das war 2006 – kannst du dir das vorstellen? Dann – nichts mehr.«

Isabella schüttelte fassungslos den Kopf. »Unglaublich. Und was haben die Ärzte gesagt? Können sie denn gar nichts dagegen unternehmen?«

»Angeblich ist es kein physisches Problem. Mein Kurzzeitgedächtnis funktioniert einwandfrei. Sie hoffen, dass die Erinnerungen in den nächsten Wochen oder Monaten zurückkehren. Aber mit Sicherheit wissen sie es nicht.«

Frustriert vergrub Lea das Gesicht in den Händen. »Was ich nicht verstehe – warum gerade dreizehn Jahre? Das kann doch kein Zufall sein. Ist damals irgendwas passiert? Und noch was ist seltsam. Ich habe meine Eltern anrufen lassen, damit sie mich aus Amstetten abholen. Stell dir vor – mein Vater hat sich schlichtweg geweigert, meinte sogar, er hätte überhaupt keine Tochter. Also bin ich nach meiner Entlassung hergefahren. Ich meine – wo hätte ich auch sonst hinsollen?« Sie schnaubte. »Papa wollte mich nicht einmal hereinbitten. Und als ich ihn nach Mama gefragt habe, hat er total merkwürdig reagiert. Kannst du dir einen Reim darauf machen? Immerhin bist du meine beste und älteste Freundin. Wenn mir jemand weiterhelfen kann, dann du.«

Isabella schwieg, ihre Augen waren starr auf den Verkehr gerichtet. Lea bemerkte, dass sie das Lenkrad auf einmal so fest umklammert hielt, dass ihre Fingerknöchel weiß hervortraten.

»Was ist es, Isa? Jetzt sag schon!«

Die Freundin warf ihr einen raschen Seitenblick zu. Sie schien mit sich zu hadern. »Du weißt es also wirklich nicht mehr?«, brachte sie schließlich hervor.

»Isa!«

»Ich fasse nicht, dass ich diejenige bin, die dir das sagen muss«, krächzte Isabella und räusperte sich vernehmlich. »Lorenz und deine Mutter – sie sind tot. Sie sind vor dreizehn Jahren gestorben.«

KAPITEL 9

Anna. Damals (1999)

Anna hastete die Stufen des Schulgebäudes empor. Sie warf einen gehetzten Blick auf ihre Armbanduhr. Viertel vor acht. Sie musste sich beeilen. So schnell sie ihre Füße trugen, lief sie die Treppe hinauf in den zweiten Stock. Ihre Kameraden hoben nicht einmal den Kopf, als sie ins Klassenzimmer huschte. Seufzend schlängelte sie sich durch die Reihen auf ihren Platz. So war es jeden Tag. Niemand nahm Notiz von ihr, von einer morgendlichen Begrüßung ganz zu schweigen. Es war, als wäre sie unsichtbar.

Seit über drei Monaten ging sie jetzt auf die Wiener Schule. Doch trotz ihrer Bemühungen, sich in die Klassengemeinschaft zu integrieren, war und blieb sie eine Außenseiterin. Anna war immer schon schüchtern gewesen und ihre Kommilitonen machten es ihr gewiss nicht leichter, Anschluss zu finden. Die Mädchen ihrer Klasse waren eine eingeschworene Clique und zeigten sich der Neuen gegenüber abweisend. Die Jungs wiederum interessierten sich ausschließlich für Fußball und Videospiele und schenkten ihr kaum Beachtung. Ob sie hier jemals Freunde haben würde? Sie bezweifelte es. Die Pausen verbrachte sie alleine auf ihrem Platz, wo sie die Zeit nutzte, sich auf die nächste Stunde vorzubereiten.

Jeden Tag, wenn ihre Mutter sie von der Schule abholte, fragte sie Anna, ob sie Freunde gefunden habe und ob sie denn nicht jemanden zum Spielen einladen wolle. Anna antwortete stets ausweichend. Das Letzte, was sie wollte, war, ihre Mutter zu beunruhigen oder – noch schlimmer – sie zu enttäuschen. Wie sollte sie ihr nur klarmachen, dass ihre Klassenkameraden nichts von ihr wissen wollten? Dass sie bei der Suche nach Freunden auf ganzer Linie versagte? Ihre Mutter hätte das nicht verstanden. Bettina Wittmann war zu ihrer Zeit das beliebteste Mädchen der Schule gewesen. Als geborene Anführerin war sie erst zur Klassensprecherin, später zur Schulsprecherin gewählt worden. Mit ihrer natürlichen Schönheit hatte es ihr an Aufmerksamkeit und Verehrern nie gemangelt. Hatte stets eine Bande Mitschülerinnen um sich geschart, die ihr nacheiferte und um ihre Freundschaft buhlte. Nein, mit ihrer Mutter konnte sie nicht über ihre Probleme in der Schule sprechen.

»Guten Morgen, Christopher!«, vernahm sie in dem Moment die Stimme zweier Mädchen vor ihr.

»Hallo, Mann!«, stimmte ein Junge ein paar Plätze weiter mit ein.

Ihr Sitznachbar erwiderte die Begrüßung mit einem lässigen Winken und ließ sich geräuschvoll auf seinem Platz nieder.

Anna seufzte innerlich. Christopher war ganz offensichtlich alles andere als unsichtbar. Wen wunderte es? Er strahlte Selbstbewusstsein aus, ohne angeberisch zu wirken, nie war er um einen blöden Spruch verlegen. Seine Erfolge im Fußball brachten ihm die Anerkennung der Jungs ein, sein attraktives Erscheinungsbild machte ihn zu einem begehrten Zielobjekt der Mädchen. Auch wenn Anna vermutete, dass ihn das – so er die Blicke der reiferen Mädchen der Klasse überhaupt bemerkte – nicht sonderlich interessierte. Wiederholt hatte sich Anna gefragt, wieso in Gottes Namen sie ausgerechnet neben ihn gesetzt worden war.

»Hey, Mädels! Hat wer von euch die Hausübung für Mathe gemacht?«, hörte sie jemanden rechts von sich rufen.

Es war Tobias, ein blonder Junge mit der Statur eines Rugbyspielers. Der, der sie am ersten Schultag Brillenschlange genannt hatte. Instinktiv rückte Anna ihre Brille zurecht. Seit jenem Tag hatte er kein Wort mehr mit ihr gewechselt. Offensichtlich hielt er es für unter seiner Würde, sich mit dem *Landei*, wie die anderen sie nannten, zu befassen.

»Sorry, Tobi«, erwiderte Paula aus der zweiten Reihe bedauernd.

»Gestern lief Germanys next Topmodel im Fernsehen«, schob ihre Sitznachbarin Fiona nach, als würde das alles erklären. »Mal sehen, wie weit wir in der großen Pause kommen.«

»Ich habe die Aufgaben gelöst. Du kannst sie abschreiben, wenn du willst«, hörte sich Anna sagen. Sie biss sich auf die Unterlippe. Hatte sie das gerade wirklich laut gesagt?

Tobias' Blick flog zu ihr, seine Brauen hoben sich vor Überraschung. Anna konnte förmlich sehen, wie die Gedanken in seinem Kopf durcheinanderwirbelten, als wäre es eine abwegige Vorstellung, ausgerechnet die Neue um Hilfe zu bitten.

Er fing sich jedoch rasch wieder, denn mit den Worten »Klasse. Her damit!«, wuchtete er seinen massigen Körper auf sie zu und streckte die Hand nach ihrem Heft aus.

Mit fahrigen Fingern reichte Anna es ihm.

Zumindest ein Danke wäre nett gewesen, dachte sie, als Tobias triumphierend grinsend auf seinen Platz zurückgekehrt war, behielt den Gedanken aber für sich. Ihre Laune hatte sich deutlich gehoben. Immerhin wusste er jetzt, dass sie existierte. Vielleicht war das ja ihr Durchbruch!

Der Schultag schien nicht und nicht vergehen zu wollen. Anna konzentrierte sich auf den Unterricht. So unwohl sie sich auch in der neuen Stadt fühlte, das Lernen fiel ihr leicht und machte sogar Spaß. Schon nach wenigen Wochen hatte sie sich zu einer der besten Schülerinnen ihrer Klasse gemausert. Ein Umstand, der ihr zwar Lob von ihrer Mutter einbrachte, ihrer Beliebtheit aber, wie sie befürchtete, kaum zuträglich war. Die genervten Blicke ihrer Kameraden, besonders jene von Tobias, Paula und Vanessa, entgingen ihr nicht, wann auch immer sie die richtige Lösung auf eine der Fragen ihrer Lehrer parat hatte. Doch vielleicht, so hoffte sie, würde sich mit ihrer Hilfsbereitschaft das Blatt endlich wenden.

In der Zwölfuhrpause trat Tobias mit dem Heft in der Hand erneut an ihren Tisch.

»Danke. Anne, oder?«

»Anna«, berichtigte sie mit einem scheuen Lächeln.

»Wie auch immer.«

»Du kommst doch zu meiner Geburtstagsparty am Samstag? Ich habe ein paar coole neue Videospiele, außerdem konnte ich meine Eltern überreden, dass ihr alle bei mir übernachten dürft.«

Anna starrte mit einer Mischung aus Überraschung und Freude zu ihm hoch. Mit Videospielen kannte sie sich zwar nicht aus, aber ein Versuch konnte ja nicht schaden.

Gerade als sie zu einer Antwort ansetzen wollte, kam ihr Christopher zuvor.

»Klar, Alter! Ich komme gleich nach dem Training zu dir. Spätestens um sechs bin ich da.«

Die Enttäuschung trieb Anna die Schamesröte ins Gesicht, als ihr klar wurde, dass die Frage nicht an sie, sondern an ihren Nachbarn gerichtet gewesen war.

Natürlich, was hast du denn erwartet, dumme Gans?

Beschämt senkte sie den Kopf. Was war sie doch für ein naiver Trottel. Tobias eine Hausübung abschreiben zu lassen, machte sie noch lange nicht zu Freunden.

»Wir kommen selbstverständlich auch«, pflichteten ihm Paula und Fiona bei, die das Gespräch mitbekommen hatten. »Die ganze Klasse wird da sein. Das wird super!« Anna schluckte. Hatte sie richtig gehört? Die *ganze* Klasse? Aber was war mit ihr? Flehend sah sie zu Tobias hoch, der immer noch an ihrem Pult lehnte. Er musste sie einfach einladen. Er *musste*!

Tobias jedoch redete immer noch auf Christopher ein und ignorierte sie beharrlich.

»Hast du Anna auch eingeladen? Sie ist doch jetzt eine von uns«, sagte Christopher plötzlich. Offenbar war ihm Annas Verzweiflung nicht entgangen.

Tobias stöhnte. »Samstag. Ab fünf. Sag Paula, sie soll dir die Adresse simsen.« Augenrollend wandte er sich zum Gehen. »Ist aber kein Problem, wenn du keine Zeit hast. Ist ja recht kurzfristig.«

KAPITEL 10

Lea

L eas Blick war starr auf ihre Füße gerichtet. *Ein Schritt. Und noch einer. Atmen nicht vergessen. Nicht nachdenken. Egal, was du tust – denk bloß nicht nach.*

Vor der Wohnungstür mit der Nummer zwölf hielt Isabella an. Einen Moment stocherte sie mit dem Schlüsselbund im Schloss, dann schwang die Tür nach innen auf und gab den Blick auf ein geräumiges Vorzimmer frei.

»Nach dir.«

Kaum dass Lea die Schwelle überschritten hatte, kam etwas Großes und Haariges auf sie zugeschossen. Ein raues Bellen war zu hören, begleitet von heftigem Schwanzwedeln.

»Leise, Oscar«, schimpfte Isabella.

Doch der Vierbeiner ließ sich nicht beirren. Zielstrebig tapste er auf die beiden zu. Spitze Krallen bohrten sich in Leas Oberschenkel, als der Hund an ihr hochsprang und sie taumelte – vom plötzlichen Gewicht überrascht – nach hinten. Beinahe wäre sie gestürzt.

»Oscar, aus!«

»Schon in Ordnung«, murmelte Lea, die ihr Gleichgewicht wiedergefunden hatte. Liebevoll tätschelte sie dem Labrador den Kopf.

»Tja, der Rabauke hier will einfach nicht folgen. Das liegt daran, dass Isabella ihn so verhätschelt.«

Lea hob den Kopf. Ein Bär von einem Mann, die Haare bis auf wenige Millimeter abrasiert, und einem offenen

Lächeln im Gesicht war im Türrahmen erschienen. Das musste Isabellas Ehemann sein. Vorsichtig befreite Lea ihre Jeans von Oscars Pfoten und streckte ihm die Hand zur Begrüßung entgegen.

»Hallo. Ich bin Lea.«

»Sehr erfreut. Martin.«

»Lea wird heute Nacht bei uns im Gästezimmer schlafen«, erklärte Isabella. Sie bedeutete Lea, ihr zu folgen. »Komm, ich zeig dir, wo.«

Lea folgte ihr den Flur entlang in den hinteren Teil der Wohnung. Sie erreichten das Wohnzimmer, von wo aus mehrere Türen in angrenzende Räume abzweigten.

»Esszimmer, Arbeitszimmer, unser Schlafzimmer, Kinderzimmer, Bad«, erklärte Isabella knapp. »Und das«, sie deutete auf eine weitere Tür, »ist das Gästezimmer. Fühl dich wie zu Hause. Ich kümmere mich einstweilen um Ben, der muss nämlich dringend ins Bett.«

Wie zum Beweis drang vom Kinderzimmer her ein quengelndes Geräusch an ihre Ohren.

»Danke, Isa«, flüsterte Lea. »Ich wusste echt nicht, an wen ich mich sonst hätte wenden sollen.«

»Ist doch selbstverständlich. Ruh dich erst mal aus. Und gib Bescheid, wenn du etwas brauchst. Ich bringe dir nachher noch Handtücher und eine Zahnbürste.«

Sie drückte Lea mitfühlend die Schulter, dann eilte sie in die Richtung, aus der das Kindergeschrei gekommen war.

Lea ließ sich auf den geblümten Bettüberwurf sinken und sah sich in dem knapp zehn Quadratmeter großen Raum um. Die Ausstattung erinnerte Lea auf angenehme Weise an die Wohnung von Isabellas Eltern. Der Holzboden war mit einem flauschigen Teppich ausgelegt, am Fenster stand ein Schreibtisch, daneben ein Kleiderschrank, beide aus Eichenholz gefertigt. Es waren keine teuren Möbelstücke – nicht die Mischung aus Designer und Biedermeiermöbeln, mit der Lea aufgewachsen war – doch sie strahlten Wärme und Behaglichkeit aus.

Nun, da die Anspannung des vergangenen Tages allmählich von ihr abfiel, bemerkte Lea, wie erschöpft sie war. Seltsam, dass sie erst an diesem Morgen aus dem Krankenhaus entlassen worden war. Ihr kam es vor, als wäre sie seither mindestens zehn Jahre gealtert. Vollständig angezogen streckte sie sich auf dem Bett aus und schloss für einen Moment die Augen.

Kaum hatte sie die Lider geschlossen, hörte sie wieder Isabellas Stimme. Jene Worte, die in ihren Gedanken widerhallten, seit sie den Mund ihrer Freundin verlassen und die Welt, wie sie sie kannte, dem Erdboden gleichgemacht hatten.

Lorenz und deine Mutter – sie sind beide tot. Sie sind vor dreizehn Jahren gestorben.

Was – was soll das heißen, sie sind tot?

Es war ein Unfall. Du warst mit Lo in Laxenburg Eislaufen. Er ist im Eis eingebrochen. Du hast versucht, ihn zu retten und den Notarzt gerufen, aber er hat es nicht geschafft. Es gab nichts, was du hättest tun können.

Nein! Das darf nicht wahr sein. Bitte sag, dass das nicht wahr ist!

Ich weiß, es ist furchtbar. Es tut mir so leid, Lea.

Und Mama? Was ist mit ihr?

Ein paar Monate später. Ein Herzinfarkt.

Nein, Nein, nein, nein, nein, *nein*!

Lea presste die Hände an die Ohren, um die Stimmen in ihrem Inneren zum Verstummen zu bringen.

Der Ausdruck schieren Entsetzens im Gesicht ihres Vaters kam ihr in den Sinn. Nie zuvor hatte sie ihn so außer sich erlebt. Im Gegensatz zu ihrer Mutter war er stets beherrscht und zog es vor, seine Gefühle für sich zu behalten. Die Gelegenheiten, in denen er zugelassen hatte, dass seine Kinder einen Blick hinter seine Fassade erhascht hatten, ließen sich an einer Hand abzählen. Aber wenn Lo und ihre Mama tatsächlich tot waren ... Sie erschauerte. Er hatte die beiden abgöttisch geliebt. Und da war noch etwas anderes in seinen Augen gewesen. Hass. Abscheu. Verachtung. Ihr Herz krampfte sich zusammen. Erneut fühlte sie, wie sich ihre Luftröhre zusammenzog. Die ersten Anzeichen einer Panikattacke, wie sie inzwischen wusste.

Mit einem Ruck setzte sie sich auf und zog ihre Handtasche zu sich heran, die sie neben dem Bett fallengelassen hatte. Wühlte nach der Pillenpackung, die ihr Doktor Spieß mitgegeben hatte. Beruhigungstabletten. Gegen die Angstattacken und die Albträume. Sie drückte eine Pille aus dem Blister und würgte sie trocken hinunter.

Nur eine kleine Verschnaufpause. Eine kurze Auszeit, ein paar Momente des Friedens.

Bald darauf versank sie in unruhigen Schlaf.

KAPITEL 11

Anna

Nur mit BH und Höschen bekleidet begutachtete Anna den Inhalt ihres Kleiderschranks. Bloß triste Farbtöne, wohin sie auch blickte. Faszinierend, wie viel Nichts-Anzuziehen sie doch besaß. Halbherzig zog sie ein Etuikleid von einem Kleiderbügel und hielt es mit ausgestreckter Hand von sich. Das würde gehen. Sie schlüpfte hinein und beäugte sich kritisch im Spiegel. Erst jetzt bemerkte sie den Kaffeefleck am Saum des Kleides. Fluchend zog sie es wieder aus und ließ es achtlos hinter sich aufs Bett fallen.

Anna warf einen Blick auf ihre Uhr und fühlte einen Anflug von Panik in sich aufsteigen. Keine vierzig Minuten blieben ihr noch bis zum Eintreffen von Christophers Mutter. Und sie war noch ungeschminkt, der Tisch musste gedeckt werden und obendrein hatte sie nichts anzuziehen. Mal wieder. Dabei sollte heute doch alles perfekt sein!

Mit wachsender Verzweiflung zog sie ein Kleid nach dem anderen hervor, nur um es dann neben das dunkelblaue fallen zu lassen. Zu bieder. Zu eng. Zu langweilig. Anna fluchte. Wäre sie doch noch einkaufen gegangen, so wie sie es sich eigentlich vorgenommen hatte. Aber die Korrekturen der Hausaufgaben hatten mehr Zeit in Anspruch genommen als erwartet und den Nachmittag hatte sie sich mit dem Gänsebraten abgemüht, der jetzt im Rohr vor sich hin schmorte.

Annas Blick wanderte an ihrem und Christophers Kleiderschrank vorbei zu der Tür am anderen Ende des

Schlafzimmers. Konnte sie es wagen? Andererseits – warum eigentlich nicht. Christopher würde sowieso nicht bemerken, wenn das Kleid, das sie trug, nicht ihres war. Er gehörte der Sorte Männer an, der nicht einmal auffallen würde, wenn sie beim Friseur zwanzig Zentimeter Haarlänge gelassen hätte. Manchmal hatte das auch sein Gutes.

Verstohlen blickte sie über die Schulter. Christopher war noch bei der Arbeit, Felicitas spielte artig in ihrem Zimmer.

Jetzt oder nie.

Bevor sie es sich noch einmal anders überlegen konnte, huschte sie auf die Tür zu und zog sie mit einem Ruck auf. Ein Abstellraum, bis zur Decke mit Kisten gefüllt, kam dahinter zum Vorschein.

Die ersten drei Kartons enthielten Pumps in allen erdenklichen Farben und Varianten. Anna schob sie beiseite. Zu ihrem Bedauern hatte Christophers Exfrau Schuhgröße siebenunddreißig – und damit zwei Größen kleiner als sie. Stattdessen konzentrierte sie sich auf jene Kartons, auf die mit schwarzem Textmarker »Cocktailkleider« gekritzelt stand.

Mit einer Mischung aus Unbehagen und Neugierde inspizierte sie den Inhalt der Kiste. Kein Wunder, dass Lea immer ausgesehen hatte, als wäre sie einem Modekatalog entsprungen – bei der Auswahl. Beinahe ehrfürchtig strich sie mit den Fingerspitzen über die zarten Stoffe. Ein olivfarbenes Abendkleid gefiel ihr besonders und sie nahm es näher in Augenschein. Es war knielang und etwas weiter geschnitten, besaß aber einen mit schwarzer Spitze besetzten Ausschnitt, der auf unaufdringliche Art bestimmt ein wunderschönes Dekolleté zauberte. Das Etikett verriet, dass es von Prada war.

Natürlich. Wie sollte es auch anders sein.

59

Vorsichtig zog sie es heraus, öffnete den Reißverschluss an der Seite auf und stieg hinein. Dann lief sie zurück ins Schlafzimmer, um ihr Spiegelbild zu begutachten. Sie lächelte zufrieden. Das Kleid saß vielleicht einen Hauch enger als vom Designer vorgesehen, betonte aber ihre weiblichen Rundungen und das Grün ihrer Augen.

Rasch verstaute Anna die Kisten an ihren angestammten Platz und vergewisserte sich, dass sie alles so hinterließ, wie sie es vorgefunden hatte. Dann hastete sie ins Badezimmer, um etwas Wimperntusche und Rouge aufzutragen.

Das durchdringende Piepsen des Ofens rief Anna in die Küche, wo sie die Temperatur des Gänsebratens drosselte, der bereits in der ganzen Wohnung seinen köstlichen Duft verströmte. Anschließend eilte sie ins Esszimmer und holte das Silberbesteck und die Serviettenringe aus der Kommode, die für besondere Anlässe vorbehalten waren. Für ihre Schwiegermutter in spe war nur das Beste gut genug. Gerade überlegte sie, ob sie sich lieber für das cremeweiße oder das Tischtuch mit Blumenmuster entscheiden sollte, da vernahm sie hinter sich eine helle Stimme.

»Kann ich dir helfen?«

Felicitas war im Türrahmen aufgetaucht.

»Hallo, mein Schatz! Lieb von dir, aber ich bin gleich fertig.« Erst jetzt bemerkte sie, dass das Mädchen immer noch in Jeans und der weißen Bluse steckte, die es in der Schule getragen hatte. Das Oberteil war zerknittert und hatte Flecken am Kragen. Ganz offensichtlich hatte es zu Mittag Spaghetti gegeben.

»Deine Großmutter wird jeden Moment hier sein! Ich habe dir doch extra das blaue Kleid und den Haarreifen mit der Schleife rausgelegt, den dein Daddy dir gekauft hat. Bitte zieh dich um, ja? Jetzt gleich.«

Das Mädchen verzog das Gesicht. »Ich mag das Kleid nicht. Es kneift. Kann ich nicht bleiben, wie ich bin?«

Hoffnungsvoll blinzelte sie Anna an, die jedoch bedauernd den Kopf schüttelte.

»Das geht nicht, Felicitas. Was soll denn deine Omi denken? Komm, ich helfe dir mit dem Kleid.« Sie lief voraus in Richtung Kinderzimmer. Die Kleine folgte ihr zögerlich. Augenrollend schälte sich Felicitas aus Jeans und Oberteil und Anna stülpte ihr das Kleid vorsichtig über den Kopf. Es war aus Samt und hatte einen entzückenden runden Kragen. Wohlwollend musterte sie Felicitas von oben bis unten.

»Du siehst so hübsch aus! Richtig erwachsen. Dein Papa wird begeistert sein!«

Felicitas lächelte verlegen. »Ich mag die Jeans aber lieber.«

»Unsinn, du siehst hinreißend aus!«

Mit Mühe unterdrückte sie ein Schmunzeln. Sie selbst hatte Kleidern und Röcken auch nie etwas abgewinnen können, als sie in Felicitas' Alter war, und nicht selten ähnliche Diskussionen mit ihrer Mutter geführt. Wer hätte gedacht, dass sie sich einmal an ihrer Stelle wiederfinden würde?

Plötzlich flog ein Schatten über das Gesicht des Mädchens. Anna entging das nicht. Zärtlich strich sie ihr eine blonde Strähne aus der Stirn.

»Was hast du denn, Süße? Stimmt etwas nicht?«

»Ist – ist das Mamis Kleid?«

Anna erstarrte mitten in der Bewegung. Sie spürte eine Woge der Schuld in sich aufsteigen.

Verdammt.

Was hatte sie sich nur dabei gedacht, sich an Leas Sachen zu vergreifen? Die Kleine hatte es schließlich ohnehin schon schwer genug. Aber sie war schlicht nicht auf die Idee gekommen, dass ausgerechnet Felicitas das Kleid wiedererkennen könnte.

»Dieses alte Teil?« Sie lachte zittrig und tat Felicitas'
Bemerkung mit einer wegwerfenden Handbewegung ab.
»Das habe ich schon ewig. Deine Mutter muss ein Ähnliches besessen haben. Gefällt es dir?«
Unbehaglich beobachtete sie das Mienenspiel des
Mädchens, das mit leicht gerunzelter Stirn auf das Kleid
starrte. »Aber ...«
Das Geräusch der ins Schloss fallenden Wohnungstür
unterbrach die beiden. Anna schickte ein stummes Dankesgebet gen Himmel.
Perfektes Timing, Christopher.
»Das muss dein Vater sein«, sagte sie betont fröhlich.
»Willst du ihn denn gar nicht begrüßen?«
Die Kleine nickte artig. Mit einem letzten argwöhnischen Blick auf Anna wirbelte sie herum und lief aus dem
Zimmer.

***

»Anna! Was für eine Freude, dich zu sehen. Wie geht es
dir?«
»Danke, Kerstin, ich kann nicht klagen. Schön, dass du
gekommen bist«, flötete Anna. »Darf ich dir die Jacke abnehmen? Bitte komm doch weiter. Christopher wartet im
Esszimmer mit dem Aperitif.«
Sie nahm ihrer Schwiegermutter in spe Hut und Mantel
ab, verstaute sie in der Garderobe und deutete ihr mit einer
angedeuteten Verbeugung, ihr zu folgen. Was diese auch
tat.
Nervös wischte sich Anna die feuchten Hände an ihrem
Kleid ab. Sie kannte diese Frau jetzt über fünfzehn Jahre,
doch noch immer fühlte sie sich von ihrer vornehmen
Kleidung und der aufwendigen Föhnfrisur eingeschüchtert. Kerstin ließ ihr Haar mindestens einmal pro Woche

extra vom Friseur legen, wie Christopher ihr einmal gesteckt hatte.

Es kam ihr vor, als wäre es erst gestern gewesen, dass Christopher sie ins Wohnzimmer geführt hatte, um sie seiner Mutter vorzustellen. Damals waren sie dreizehn Jahre alt gewesen. Bei der Erinnerung, wie Kerstins Blick von ihrem Schlabberpullover über die Baumwollhose hinabgewandert und an ihren Sneakers hängengeblieben war, stellten sich ihr die Nackenhaare auf. Sie seufzte. Kerstin hatte sich ihr gegenüber zwar nie offen feindselig gezeigt, dennoch wusste sie, dass diese sich insgeheim eine andere Partnerin für ihren Sohn gewünscht hatte. Jemand Außergewöhnlicheren. Jemanden wie Lea.

»Du bist wie immer pünktlich auf die Minute«, sagte Christopher, als die beiden das Esszimmer betraten. Er umarmte seine Mutter herzlich. »Möchtest du ein Glas Rosé?«

»Gern. Wo ist eigentlich meine Enkeltochter?«

»Ich bin hier!«, krähte Felicitas, die hinter ihrem Vater hervorgetreten war, und warf sich in die Arme ihrer Großmutter.

»Du bist ja schon wieder gewachsen! Wie machst du das nur?« Lächelnd strich Kerstin dem Mädchen übers Haar.

Während sich die anderen schon zu Tisch setzten, lief Anna in die Küche, um die Vorspeise – selbst gemachte Zucchinicremesuppe mit KräuterCroûtons – zu holen.

»Was macht das Canasta, Mutter?«, fragte Christopher und führte einen Löffel Suppe zum Mund.

»Ach, du weißt ja, wie es ist.« Sie seufzte. »Seit Friedrich, der Mann meiner Freundin Stephanie, gestorben ist, wird es immer schwieriger, eine Viererrunde zusammenzubekommen. Altwerden ist kein Honigschlecken, das lass dir gesagt sein.«

»Du bist doch nicht alt!«

»Zweiundsiebzig Jahre werden es im Frühling. Aber ich kann nicht klagen, gesundheitlich geht es mir gut, und dafür muss man dankbar sein. Aber nun zu dir, Felicitas: Was macht die Schule? Bist du schön fleißig?«

»Klar, Omi. Letzte Woche habe ich sogar eine Eins auf mein Diktat bekommen!«

»Alle Achtung, junge Dame. Das freut mich zu hören.« Sie wandte sich wieder an ihren Sohn. »Und was macht die Juristerei? Du machst hoffentlich nicht zu viele Überstunden.«

Der Vorwurf in ihrer Stimme war kaum zu überhören.

»Nun ja, eine eigene Kanzlei aufzubauen ist kein Pappenstiel. Ich muss mich schließlich erst etablieren, einen Kundenstamm aufbauen. Aber ich versuche natürlich trotzdem, so viel Zeit wie möglich mit meinen Lieben zu verbringen.«

Kerstin hob die Brauen.

»Christopher ist ein toller Vater und ein ebenso guter Partner«, sprang Anna für ihn in die Bresche. »Er tut wirklich, was er kann.«

Wie zum Trotz ertönte in diesem Moment das Klingeln eines Handys. Christopher nestelte in seiner Sakkotasche und warf einen verstohlenen Blick auf das Display. Seine Miene verfinsterte sich.

»Wenn man vom Teufel spricht«, stöhnte er und sprang vom Stuhl auf. »Das ist ein wichtiger Mandant. Ich muss da kurz rangehen. Dauert bestimmt nicht lange. Kann ich euch bei der Gelegenheit noch was zu trinken mitbringen?«

Dem vorwurfsvollen Blick seiner Mutter ausweichend, verließ er das Esszimmer und schloss die Tür leise hinter sich.

»Ich bin dir wirklich dankbar, dass du dich so gut um meinen Sohn und meine Enkelin kümmerst«, raunte

Kerstin Anna zu, sodass Felicitas sie nicht hören konnte. »Ich kann das gar nicht oft genug betonen. Weiß der Himmel, wie er es nach dem Verschwinden von Felicitas' Mutter ohne dich geschafft hätte.«

Annas Schultern verkrampften sich. Betreten starrte sie auf ihre ineinander verknoteten Finger. Früher war Kerstin ganz vernarrt in Lea gewesen und die beiden hatten über die Jahre ein enges Verhältnis zueinander gepflegt. Dass Lea ihre Familie im Stich gelassen hatte, hatte Kerstin auch persönlich schwer getroffen. Verzweifelt durchforstete sie ihr Hirn nach einer neutralen Entgegnung, doch bevor sie Gelegenheit hatte, etwas zu erwidern, war Christopher auch schon wieder an den Esstisch zurückgekehrt. Anna atmete erleichtert auf.

»Bitte entschuldigt. Das war leider wichtig. Da macht man sich selbständig und glaubt, nun endlich frei über seine Zeit verfügen zu können, nur um festzustellen, dass man zwar nicht länger Sklave seiner Vorgesetzten, jedoch stattdessen zum Sklaven seiner Mandanten geworden ist. Aber jetzt drehe ich das blöde Ding ab. Heute stört uns keiner mehr, versprochen!«

Wie zum Beweis hob er sein iPhone und schaltete es aus.

KAPITEL 12

Lea

Gedankenverloren starrte Lea aus dem Fenster. Dicke Wassertropfen fielen aus dem wolkenverhangenen Himmel und trommelten gegen die Fensterscheiben. Der Wind zerrte an den Ästen der Bäume im Augarten, ein paar tollkühne Jogger zogen ihre Kreise durch die von Kastanienbäumen gesäumten Alleen der Anlage. In der Ferne erkannte sie einen alten Flakturm. Sie wandte den Blick ab. So schön es im Sommer hier auch sein mochte, jetzt, Anfang November, empfand Lea die Szenerie abweisend und trostlos.

Sie hatte sich auf der Couch im Wohnzimmer zusammengekauert, einem heimelig anmutenden Raum, der von einer dunkelroten Sofalandschaft mit Ausrichtung auf einen riesigen Flachbildfernseher eingenommen wurde. Auf dem Longboard stapelten sich Videospiele um eine Spielekonsole. Die Wände waren voll von Familienfotos. Auf den meisten war Ben, Isabellas zweijähriger Sohn, zu sehen, mal mit Martin beim Sandburgenbauen, mal in der Wanne, übers ganze Gesicht grinsend, von Kopf bis Fuß mit Badeschaum bedeckt. Auf der Kaschmirdecke neben ihr fläzte Oscar, leise schnarchend, seine feuchte Schnauze ruhte auf Leas Oberschenkel.

Vorsichtig, um den Hund nicht zu wecken, reckte sich Lea nach ihrer Tasse Früchtetee auf dem Couchtisch. Der Tee war heiß und der bittersüße Geschmack nach Blutorangen fühlte sich tröstlich an. Allmählich fühlte Lea, wie ihre Lebensgeister zurückkehrten.

Die Schlaftabletten hatten ihr zwar eine kurze Verschnaufpause vergönnt, trotzdem fühlte sie sich wie gerädert. Gegen zwei Uhr nachts war sie schweißgebadet und panisch um sich schlagend aufgewacht, bis ihr eingefallen war, wo sie sich befand. Und was sie erfahren hatte. Danach war sie in einen unruhigen Dämmerschlaf verfallen, bis sie gegen sieben resigniert aufgegeben hatte. Nachdem sie Isabella dabei geholfen hatte, Ben zu füttern, hatten sie ihn mit vereinten Kräften in seine Klamotten bugsiert. Vor zwanzig Minuten war ihre Freundin schließlich losgefahren, um den Kleinen in den Kindergarten zu bringen.

Lea wandte ihre Aufmerksamkeit wieder Isabellas iPad zu. Der Versuch, im Internet mehr über den Tod ihrer Mutter herauszufinden, war erfolglos geblieben. Lea war nicht sicher, ob sie deswegen enttäuscht oder erleichtert sein sollte. Zu wissen, dass ihre Mama nicht mehr am Leben war, war schon kaum zu ertragen, und bei der Vorstellung, schwarz auf weiß darüber zu lesen, wurde ihr ganz übel.

Schluss damit. Lass dich jetzt nicht von deiner Trauer überwältigen. Lorenz' Unfall. Du musst es wissen.

Lea holte tief Luft und tippte ein paar Begriffe in die Suchmaschine. Irgendeine Zeitung hatte doch bestimmt über den Vorfall berichtet. Nach wenigen Klicks stieß sie tatsächlich auf einen alten Zeitungsartikel aus dem Jahr 2006.

Bezirk Mödling: In See eingebrochener Junge verstorben.

Der Junge, der vergangenen Samstag im Schlosspark Laxenburg im Eis eingebrochen ist, ist verstorben. Die Ärzte des Landeskrankenhauses Mödling kämpften vergeblich um das Leben des Zehnjährigen.»Der Sauerstoffmangel und die Unterkühlung, die das Kind erlitten hat, waren zu groß«, erklärte der Vorstand der Klinik.

Der Junge war beim Eislaufen eingebrochen. Aufgrund der für Ende Dezember ungewöhnlich warmen Temperaturen war das Eis in der Mitte des Teichs nur von einer dünnen Eisschicht bedeckt. Entdeckt wurde der Unfall von der Schwester des Jungen. Als er endlich geborgen werden konnte, hatte er bereits einen Herz-Kreislauf-Stillstand erlitten. Der Junge konnte erst fünfundvierzig Minuten nach dem tragischen Unfall mit schwerer Unterkühlung ins Krankenhaus gebracht werden. Die behandelnden Ärzte räumten dem Kind nur sehr geringe Überlebenschancen ein, da sein Gehirn durch die lang andauernde Nichtversorgung mit Sauerstoff bereits irreversible Schäden erlitten hatte.

Darunter prangte ein Foto von Lorenz. Das Bild war an Weihnachten des Vorjahres aufgenommen worden. Ihr Bruder trug eine dunkelrote Zipfelmütze, die ihm tief ins Gesicht gerutscht war. Unschuldig strahlte er in die Kamera, sein breites Lächeln enthüllte ein paar Zahnlücken. Lea musste bei dieser Erinnerung heftig schlucken. Die Mütze hatte er damals einem als Weihnachtsmann verkleideten Angestellten abgeluchst, als sie gemeinsam mit ihrer Mutter in einem Kaufhaus gewesen waren.

Atmen, Lea, atmen. Du stirbst nicht. Das ist nur eine Panikattacke. Du kennst das schon. Ganz ruhig.

Plötzlich spürte sie einen sanften Schubs in die Seite. Irritiert lugte sie auf ihren Schoß. Ihr Blick traf den treuherziger Hundeaugen. Oscar musste ihren Kummer gespürt haben, denn er begann tröstend ihre Hand zu lecken, überdeckte jeden Zentimeter ihres Handrückens mit zarten Hundeküssen. Ungewollt stahl sich ein Lächeln auf Leas Gesicht.

»Du bist ein Guter«, krächzte sie und tätschelte ihm liebevoll den Kopf. »So ein lieber Hund.«

Das weiche Fell des Vierbeiners und das Kratzen der Zunge auf ihrer Haut beruhigten sie ein wenig. Gierig sog sie Luft in ihre Lungen, konzentrierte sich ganz auf Oscar. Während sie ihn hingebungsvoll hinter den Ohren kraulte, schloss der Hund vor Wonne die Augen.

Das Geräusch der ins Schloss fallenden Eingangstür ließ die beiden aufhorchen.

»Ich bin wieder da!«, hörte sie Isabellas Stimme aus dem Flur. »Lea?«

»Im Wohnzimmer!«

»Uff.« Erschöpft sank ihre Freundin neben ihr auf die Couch, wobei sie sich irrtümlich auf Oscars Rute setzte, der gekränkt aufjaulte.

»Ich sage dir, dieses Kind macht mich fertig.« Sie stöhnte. »Immer dieses Theater im Kindergarten. Der Gute kriegt jedes Mal einen Weinkrampf, wenn ich gehe. Als würde ich ihn aussetzen und nie wiederkommen.« Sie verdrehte die Augen.

Dann langte sie in die Handtasche zu ihren Füßen und förderte eine Tüte daraus zutage, die sie Lea reichte.

»Ich war beim Bäcker und habe dir ein Briochekipferl mitgebracht«, erklärte sie. »Wann hast du überhaupt das letzte Mal was gegessen?«

Lea verdrehte die Augen. »Einmal Mutter, immer Mutter, was?«, grinste sie, nahm die Papiertüte aber dankbar entgegen.

»Ich meine es ernst, Lea. Du musst essen. Damit du wieder zu Kräften kommst. Du siehst mager aus.«

»Jaja, schon gut.«

Als Isabella fortfuhr, hatte ihre Stimme einen sanfteren Tonfall angenommen. »Geht es dir heute wenigstens ein bisschen besser?«

Lea zuckte die Achseln. »Wenn du wissen willst, ob meine Erinnerungen wieder da sind – nein, sind sie nicht.«

»Das meinte ich nicht. Wie fühlst du dich?«

»Wie ich mich *fühle*?«

Lea spürte, wie die Verzweiflung in ihrem Inneren in Zorn umschlug. »Ich habe eben erfahren, dass meine Mutter und mein Bruder tot sind. Mein Vater zieht es vor, mich zu verleugnen und ich habe keine Ahnung wieso. Ich weiß nicht, wo ich wohne, wo ich arbeite, wer meine Freunde sind – oder ob ich überhaupt welche habe – kurzum – mein Leben ist ein einziger Albtraum.« Sie schnaubte. »Aber abgesehen davon ist alles bestens, danke.«

Die Worte waren nur so aus Lea hervorgesprudelt. Als sie Isabellas erschrockene Miene bemerkte, verebbte der Wutanfall so jäh wie er gekommen war.

»Entschuldige. Du kannst ja nichts dafür.« Beschämt wischte sie sich über ihre feuchten Augen. »Ich weiß nicht, was ich ohne dich täte. Wenn du mich nicht aufgenommen hättest, säße ich zu allem Überfluss auch noch auf der Straße. Bitte verzeih. So war das nicht gemeint.«

»Ich verstehe dich ja. Ich will mir gar nicht ausmalen, wie das für dich sein muss.«

Nach einer kurzen Pause fügte sie hinzu. »Ich habe übrigens mit Martin geredet. Du kannst so lange bei uns bleiben wie nötig. Das heißt – so lange du möchtest.«

Eine Woge der Dankbarkeit überkam Lea. »Das ist schrecklich nett von euch. Aber ich will eure Gastfreundschaft nicht überstrapazieren.«

»Das ist mein Ernst«, erklärte Isabella mit Nachdruck. »Wofür hat man sonst Freunde? Durch dick und dünn. Weißt du nicht mehr?«

Eine Erinnerung, wie aus einem anderen Leben, schob sich in Leas Gedanken. Zwei achtjährige Mädchen, die in der Abenddämmerung im Baumhaus am Rande des Grundstücks von Isabellas Elternhaus kauerten. Wie sie mit angehaltenem Atem auf ihre Mütter hinablugten, die im Garten umherliefen und nach ihnen riefen, weil Lea nach Hause musste. Doch die beiden blieben mucksmäuschenstill, regten sich nicht. Als die Erwachsenen schließlich mit ratloser Miene ins Haus zurückkehrten, gluckste Lea triumphierend. Isabella tastete nach ihrer Hand und drückte zu.

Beste Freundinnen, durch dick und dünn, versprochen?
Versprochen.

Doch sie waren keine acht mehr und sie lebten auch in keinem Baumhaus. Das hier war das richtige Leben.

»Danke, Isa – wirklich. Danke.«

»Jetzt hör endlich auf, dich ständig zu bedanken. Das passt nicht zu dir. Außerdem ist es überflüssig.«

»Ist ja gut.« Lea hob beschwichtigend die Hände. »Es ist nur – eines will mir die ganze Zeit schon nicht aus dem Kopf. Gestern hast du gesagt, du hättest schon seit Jahren nichts mehr von mir gehört. Aber – wieso? Wir waren doch so eng befreundet. Was ist passiert?«

Isabella stieß einen tiefen Seufzer aus. »Um ehrlich zu sein, ich habe auch nicht verstanden, wie es so weit kommen konnte. Ich schätze, wir haben uns einfach – auseinandergelebt. Unsere Freundeskreise sind ja schon viel früher auseinandergedriftet, du warst immer öfter mit den Leuten aus deiner neuen Schule unterwegs. Dann hast du Christopher kennengelernt und dich vollkommen von ihm vereinnahmen lassen. Als dein Bruder gestorben ist, wollte ich für dich da sein, aber da war auf einmal diese Distanz zwischen uns. Ich hatte den Eindruck, du wolltest meinen Beistand gar nicht. Du hast dich immer weiter von mir zurückgezogen, mich ausgeschlossen.« Traurig ließ sie die Schultern hängen. »Es war auch meine Schuld. Ich hätte hartnäckiger sein sollen. Dich dazu zwingen müssen, mit mir zu reden. Und dann ist deine Mutter gestorben und die Kluft zwischen uns ist noch größer geworden.«

Lea sah sie ungläubig an. »Und das war's? Seither herrscht Funkstille?«

»Anfangs haben wir uns noch ein paar Mal getroffen,

aber es war nicht mehr wie früher. Ich hatte den Eindruck, dass du alle Brücken zu deinem alten Leben abbrechen wolltest und dass ich dir dabei nur im Wege stehe.« Sie brach ab. Dann schüttelte sie den Kopf, als wollte sie eine lästige Fliege verscheuchen.»Ist ja auch egal. Das ist Vergangenheit. Es bringt doch nichts, in alten Wunden herumzustochern. Du bist jetzt hier. Bei mir. Das ist alles, was zählt, oder etwa nicht?«

Nur zu gerne hätte Lea weiter nachgebohrt, mehr über die Zeit erfahren, die ihr abhandengekommen war. Aber Isabella schienen die Erinnerungen zu schmerzen und sie beschloss, es für heute dabei zu belassen. Sie wollte das zarte Pflänzchen ihrer neu erblühten Freundschaft nicht über Bedarf strapazieren.

»Und was ist mit dir? Wie ist es dir in den letzten Jahren ergangen?«, fragte sie stattdessen.

»Nach der Schule habe ich eine Ausbildung zur Physiotherapeutin angefangen. Mit fünfundzwanzig war ich fertig und begann in einer Gemeinschaftspraxis zu arbeiten. Mir gefällt es, Menschen zu helfen. Der Job macht mir Spaß.«

»Und Martin? Er scheint ja ein richtiger Goldschatz zu sein.«

Ein breites Lächeln huschte über Isabellas Gesicht. »Wir haben uns in meinem letzten Studienjahr kennengelernt. Nur sechs Monate später sind wir zusammengezogen, zwei Jahre danach haben wir geheiratet.« Sie zuckte die Achseln.»Der Rest ist Geschichte.«

»Das freut mich für dich, Isa. Ehrlich.«

Eine Weile schwiegen beide, in ihre jeweiligen Gedanken vertieft.

»Was willst du jetzt eigentlich machen?«, fragte Isabella schließlich.

»Wenn ich das bloß wüsste.« Sie seufzte.»Ich muss

herausfinden, was passiert ist. Wer ich geworden bin. Gibt es irgendetwas, das du über mich weißt und das mir weiterhelfen könnte? Ich kann mir einfach nicht vorstellen, dass mich niemand sucht. Mit irgendjemandem muss ich doch Kontakt gehalten haben.«

Isabella dachte einen Moment lang nach. »Vor vielen Jahren ist mir das Gerücht zu Ohren gekommen, dass du und Christopher verlobt wart. Das ist aber wirklich schon lange her. Keine Ahnung, ob ihr letztlich geheiratet habt, geschweige denn, ob ihr noch zusammen seid.«

»Christopher und ich – geheiratet?«

Leas Herzschlag beschleunigte sich und ihr Blick flog zum Ringfinger ihrer rechten Hand. Einen Ehering trug sie jedenfalls nicht.

»Auf der Feier war ich nicht, wenn es denn eine gab.« In ihrem Tonfall schwang ein Hauch von Verbitterung mit und sie fügte mit einem Seitenblick auf Lea hinzu: »Das sollte jetzt kein Vorwurf sein. Ich meine nur, ich weiß es nicht mit Sicherheit. Hast du schon auf Facebook nachgesehen?«

»Habe ich versucht. Das Problem ist nur – ich kenne meine Zugangsdaten nicht. Mein Passwort von damals funktioniert jedenfalls nicht mehr.«

»Hm. Ich bin auf Facebook zwar schon seit unserer Schulzeit nicht mehr aktiv, aber wir müssten noch befreundet sein. Du kannst von meinem Account schauen, was du herausfinden kannst. Das heißt – sofern du mich nicht aus deiner Freundesliste entfernt hast.« Es war als Scherz gemeint, doch ihr Lachen klang hölzern und konnte das Körnchen Wahrheit, das dahintersteckte, nicht ganz verbergen.

»Das ist eine gute Idee. Danke.«

»Ich muss jetzt los, noch ein paar Besorgungen machen und Ben vom Kindergarten abholen. Soll ich dir irgendwas mitbringen? Brauchst du etwas?«

»Nein, danke, ich bin bestens versorgt.«

Isabella nickte und griff nach ihrem iPad. Als sie es Lea zurückgab, leuchtete die Website von Facebook auf dem Display.

»Bitte sehr.«

Mit diesen Worten erhob sie sich ächzend und verließ das Zimmer, nicht jedoch ohne sich im Türrahmen noch einmal zu Lea umzudrehen.

»Und vergiss nicht, dein Kipferl zu essen.«

KAPITEL 13

Anna. Damals (1999)

Die U-Bahntüren glitten auf und Anna ließ sich vom Strom der Passanten auf den überfüllten Bahnsteig ziehen. An einem Samstag wie diesem war die Stadt brechend voll. Die blaue Geschenktüte schützend an die Brust gepresst, trippelte sie ein paar Schritte zur Seite, um eine Gruppe Teenager durchzulassen, die mit großen Einkaufstaschen hinter ihr aus dem Wagon drängten. Die Meute lichtete sich und Anna atmete erleichtert auf. Sie hasste das Gedränge. Zu viele Menschen auf einem Fleck machten sie nervös.

Langsam folgte sie der Beschilderung in Richtung der Fahrstühle, die den Ausgang zur Neubaugasse, eine der beliebtesten Einkaufsstraßen Wiens, markierte. Kalter Nieselregen empfing Anna am Ende der Rolltreppe und sie zog den ausziehbaren Regenschirm hervor, den ihr ihre Mutter vorsorglich mitgegeben hatte.

Mit eingezogenem Kopf eilte sie zum Eingang des Kaufhauses gegenüber. Es trug die Nummer 70. Tobias' Wohnhaus hatte Nummer 62.

Sie lief weiter stadteinwärts.

68, 66, 64. Da war es ja, das Haus mit der Nummer 62. Im Erdgeschoss war ein Schuhgeschäft untergebracht, aus dem stetig Menschen hinein und hinausströmten. Suchend blickte sie sich nach einem Klingelschild um, fand jedoch keines.

Stirnrunzelnd holte Anna ihr Handy aus der Tasche und rief die SMS von Paula auf.

Tobias hat mich gebeten, dir die Adresse für die Party zu geben. Neubaugasse 62, 1070 Wien, Tür 10, dritter Stock. Xoxo. Paula.

Ob es einen zweiten Eingang gab, den sie übersehen hatte? Sie schlängelte sich durch das Gedränge und umrundete den Häuserblock. Hauseingang fand sie jedoch keinen. Zu dem Nieselregen hatten sich inzwischen Windböen hinzugesellt, bald war sie trotz des Schirms nass bis auf die Haut.

Das gibt es doch nicht, dachte sie zunehmend verzweifelt.

Auf gar keinen Fall wollte sie Paula anrufen, um sich von ihr den Weg erklären zu lassen. Mit Sicherheit würde sie sich bloß über sie lustig machen.

War ja klar, dass das Landei zu dämlich ist, die Adresse zu finden.

Dazu das zustimmende Gelächter von Tobias und Vanessa.

Nein, diese Blöße würde sie sich bestimmt nicht geben. Diese Party war *die* Gelegenheit, den anderen zu zeigen, dass man mit ihr Spaß haben konnte. Dass sie es wert war, in ihre Clique aufgenommen zu werden. Sie durfte es auf keinen Fall vermasseln.

Entschlossen stieß sie die Tür des Schuhgeschäfts auf und wandte sich an eine Verkäuferin, die gerade mit zwei Kartons im Arm an ihr vorbeieilte.

»Verzeihung?«

Die korpulente Dame drehte sich gehetzt zu ihr um. »Sag schnell, Herzchen. Welche Schuhe möchtest du probieren?«

»Das ist es nicht«, piepste Anna. »Ich suche den Eingang zu Nummer 62. Können Sie mir sagen, wo der ist?«

»Der Hauseingang?« Die Verkäuferin runzelte verwundert die Stirn. »Das *ist* die Nummer 62.«

»Ja, schon. Aber wo finde ich den Eingang zu den oberen Stockwerken? Ich bin eine ganze Runde um den Block gelaufen und habe keinen gefunden. Ein Freund von mir wohnt hier – Neubaugasse 62.«

»Du musst dich irren, Herzchen. Im oberen Stock ist nur unser Lager. Keine Privatwohnungen. Tut mir leid.« Dann war sie auch schon davongewuselt, auf eine Mutter mit ihrer Tochter zu, die bereits ungeduldig winkte.

Anna stöhnte frustriert auf. Ein Blick auf ihre Armbanduhr verriet ihr, dass es bereits halb sechs war – die Party hatte vor einer halben Stunde begonnen. Seufzend griff sie erneut nach ihrem Handy. Ihr blieb wohl nichts anderes übrig, als Paula doch um Hilfe zu bitten.

Das ist der Anschluss von Paula Wechter. Wie du siehst, bin ich beschäftigt. Aber wenn du mir eine Nachricht aufs Band sprichst, rufe ich später zurück.

»Hi Paula, ich bin's, Anna. Ich bin bei der Adresse, die du mir gegeben hast. Neubaugasse 62.« Sie hielt einen Moment inne, als ihr auffiel, wie dünn und armselig ihre Stimme klang. Sie räusperte sich vernehmlich. »Ich kann den Eingang nicht finden. Bitte ruf mich zurück. Danke!«

Ein ungutes Gefühl regte sich in ihrer Magengegend. Was sollte sie machen, wenn Paula nicht zurückrief? Wahrscheinlich war die Party schon in vollem Gange und Paula konnte ihr Telefon bei dem Lärm nicht hören. Die Nummer anderer Klassenkameraden hatte sie nicht.

Ohne recht zu wissen, wo sie jetzt hinsollte, verließ sie das Geschäft und trat hinaus auf die Straße. Sofort fuhr ihr der Wind in die Haare und peitschte ihr ein paar feuchte Strähnen ins Gesicht. Sie musste an die Worte ihrer Mutter beim Frühstück denken.

Ich bin ja so stolz, dass du endlich Freunde gefunden hast. Ich weiß, der Umzug war nicht leicht für dich, aber du wirst sehen, jetzt wird alles gut. Ehe du dich versiehst, bist du eine der beliebtesten Mädchen der Schule. Verlass dich drauf!

Mit hängenden Schultern trottete sie los. Sie konnte nicht nach Hause zurück und ihrer Mutter sagen, dass sie nicht auf der Party gewesen war. Auf keinen Fall. Stundenlang waren sie gemeinsam im Elektronikgeschäft gestanden und hatten das perfekte Geburtstagsgeschenk für Tobias ausgewählt. Anna hatte sich schließlich für ein Videospiel entschieden, mit dem man virtuell Eishockey spielen konnte. Es war teuer und hatte fast ihr gesamtes Erspartes aufgefressen, aber nach Angaben des Verkäufers war es das Neueste vom Neuesten. Nein, sie konnte jetzt nicht nach Hause zurück. Sie würde sich in ein Kaffeehaus in der Nähe setzen und auf Paulas Rückruf warten.

Das Café, für das sie sich entschied, lag nur ein paar hundert Meter weiter stadteinwärts und war gesteckt voll. Dicke Rauchschwaden umschlossen Anna, kaum dass sie die Tür aufgestoßen hatte. Angewidert rümpfte sie die Nase. Immerhin konnte sie einen Platz am Fenster ergattern, wo der Gestank nach Rauch einigermaßen erträglich war. Das Handy legte sie griffbereit auf den Tisch.

Gedankenverloren beobachtete sie die Menschen auf der Straße. Geschäftig eilten sie dahin, um noch die letzten Einkäufe vor dem Wochenende zu erledigen. Ihr Blick blieb an einem Grüppchen dreier Mädchen haften, die sich lachend unter einem riesigen Schirm aneinanderdrängten. Der Anblick versetzte Anna einen Stich.

Mit einem Anflug von Verzweiflung konsultierte sie erneut ihr Handy. Immer noch kein Rückruf. Gerade überlegte sie, ob sie nochmal bei Paula anrufen oder ihr eine SMS schreiben sollte, da bemerkte sie den Jungen, der mit einer großen Sporttasche über der Schulter die Mariahilfer Straße entlanggeschritten kam. Er hatte die Kapuze seiner

Regenjacke tief ins Gesicht gezogen, dennoch erkannte Anna die etwas zu groß geratene Nase sofort.

Sie sprang auf und lief nach draußen, dem Kameraden hinterher.

»Christopher!«

Der Junge wandte sich um. Blaue Augen trafen graugrüne.

»Christopher, ich bin's, Anna!«

Er kam ihr ein paar Schritte entgegen, seine Miene spiegelte Verwirrung.

»Anna – was machst du hier? Solltest du nicht längst bei Tobi sein? Was wolltest du denn da drinnen?«

Er deutete auf das rote Schild der Kaffeehauskette.

»Ich – ich konnte die Adresse nicht finden«, stammelte Anna, die sich auf einmal dumm vorkam, wie sie da völlig durchnässt im Regen stand. »Und Paula hebt nicht ab«, fügte sie kläglich hinzu.

Na toll, jetzt hält er dich für komplett bescheuert.

Doch wenn dem so war, ließ er es sich nicht anmerken, denn er schenkte ihr ein aufmunterndes Lächeln. »Du Arme! Na komm, ich zeige dir den Weg. Es ist nicht mehr weit.«

»Danke. Ich muss nur schnell meinen Kakao zahlen. Warte kurz, ja?«

Sie sprintete zurück ins Lokal und platzierte einen Geldschein auf dem Tisch, dann stürmte sie zurück zu Christopher.

Eine Weile trotteten sie schweigend nebeneinander her, an dem Haus mit der Nummer 62 vorbei und bogen ein paar Querstraßen weiter in die Nelkengasse ab. Vor einem backsteinernen Gebäude blieb Christopher stehen.

»Da sind wir«, verkündete er und drückte den Klingelknopf.

Anna runzelte die Stirn. »Bist du sicher?«

»Natürlich bin ich sicher. Ich war schon öfter bei Tobi zu Hause. Warum fragst du?«

»Die Adresse, die Paula mir geschickt hat, lautete Neubaugasse 62. Nicht Nelkengasse.«

Wie zum Beweis hielt sie das Handy mit Paulas SMS hoch.

Christopher warf einen Blick auf das Display und seine Augen weiteten sich kaum merklich.

»Sie muss sich verschrieben haben«, sagte er schließlich. Doch Anna konnte sehen, dass er log. Täuschte sie sich, oder las sie da Mitleid in seiner Miene? Ihr Magen krampfte sich zusammen, als ihr ein schrecklicher Verdacht kam. Hatte ihr Paula etwa *absichtlich* die falsche Adresse gegeben?

Offenbar stand ihr ihre Verunsicherung ins Gesicht geschrieben, denn Christopher packte sie sanft am Arm.

»Komm, lass uns reingehen. Das war bestimmt nur ein Missverständnis.«

Wider besseren Wissens folgte sie ihm ins Innere des Gebäudes und sie fuhren mit dem Aufzug in die dritte Etage. Durch eine angelehnte Tür drangen Musik und Gelächter ins Treppenhaus. Der Klang von Paulas grellem Lachen ließ Anna erschauern. Auf einmal hatte sie keine Lust mehr auf die Party. Alles, was sie wollte, war nach Hause laufen und sich mit einer Tafel Schokolade unter der Bettdecke verkriechen.

»Kommst du?«

Anna zwang sich, Ruhe zu bewahren. Sie konnte jetzt keinen Rückzieher machen. Man würde sie nie wieder irgendwohin einladen, wenn sie jetzt kniff. Also holte sie tief Luft und schlüpfte hinter Christopher in die Wohnung.

»Hey Mann, da bist du ja endlich!« Tobias begrüßte seinen Freund mit einem Schulterklopfen. »Wurde auch Zeit!«

Dann fiel sein Blick auf Anna und seine Augen weiteten sich vor Überraschung. »Anne – du bist hier?«

»Anna«, brachte diese zwischen zusammengebissenen Zähnen hervor und rang sich ein Lächeln ab.

»Anna ist hier? Aber ...«

Das war Paula, die hinter Tobias zum Vorschein gekommen war. Ihr ungläubiger Gesichtsausdruck bestätigte Annas schlimmste Befürchtungen.

Reflexartig krümmten sich Annas Schultern nach vorne und sie wandte den Blick ab, damit Paula die Tränen nicht sehen konnte, die ihr in die Augen getreten waren.

»Paula, hast du Anna eine falsche Adresse gegeben?«, hörte sie Christopher neben sich sagen. Seine Stimme war scharf und anklagend.

»Was soll ich? Nein – wie kommst du auf die Idee?« Paula klimperte unschuldig mit den Wimpern.

»Lass den Scheiß, Paula. Lüg mich nicht an. Das war wirklich eine miese Aktion von dir. Geht man so etwa mit neuen Kollegen um?«

»Unser Landei findet sich hier einfach noch nicht zurecht. Gib nicht mir die Schuld daran!« Sie warf Anna einen zornigen Blick zu.

»Ist schon gut«, murmelte Anna. »Lass sie. Ich weiß es zu schätzen, dass du mich verteidigen willst, aber ich werde jetzt gehen. Im Ernst. Es ist besser so.«

»Bullshit!«, knurrte Christopher. »Anna hat mir deine SMS gezeigt. Versuch nicht, es abzustreiten. Das ist echt das Letzte!«

»Hey, Mann, reg dich nicht auf und lass sie zufrieden«, ging Tobias dazwischen. »Es war meine Idee, Paula hat nur gemacht, was ich ihr gesagt habe. Und jetzt kommt endlich rein, es zieht.«

»Weißt du was, Alter? Ich habe keine Lust mehr auf eure dämliche Party.«

Er wirbelte herum. »Komm, gehen wir, Anna. Das haben wir nicht nötig.«

Mit einem letzten vernichtenden Blick auf Tobias und Paula, packte er ihre Hand und zog sie aus der Wohnung.

KAPITEL 14

Lea

Langsam ließ Lea den Blick über die Fotokacheln auf dem Bildschirm wandern. Sie hatte beschlossen, bei ihrer Recherche chronologisch vorzugehen.

Das zeitlich am weitesten zurückliegende Foto war im Garten ihrer Eltern aufgenommen worden, im Hintergrund erkannte sie die vertraute Poollandschaft. Arm in Arm strahlten ihr zwei Mädchen von der Aufnahme entgegen. Isabellas Zahnspange glänzte im Sonnenlicht mit ihren roten Haaren um die Wette. Lea musste bei diesem Anblick unwillkürlich grinsen. Sie erinnerte sich noch gut an jenen Junitag. Wie jung und unbeschwert sie doch damals gewesen waren!

Wie in einem Stummfilm zog das darauffolgende Schuljahr an ihr vorbei. Es war das Jahr, in dem sie die Schule gewechselt hatte. Lea mit ihren Freundinnen aus der neuen Klasse, allen voran Helena und Katrin. Mal in der *Starbucks*-Filiale, in der sie sich nach dem Unterricht so oft zusammengefunden hatten, mal im Einkaufszentrum, ein anderes Mal beim Skifahren. Dazwischen immer wieder Aufnahmen von Isabella und Lea.

Ein Foto, das im Juli 2005 hochgeladen worden war, und sie in einem hochgeschlossenen hellblauen Abendkleid zeigte, erregte ihre Aufmerksamkeit. Neben ihr, die Hand um ihre Taille gelegt, grinste ein großgewachsener Junge im Smoking in die Kamera. Sein dunkles Haar fiel ihm in die Stirn und verdeckte eine etwas zu groß geratene Nase. Die Grübchen in seinen Wangen ließ ihr Herz schneller schlagen. Da war er ja. Christopher. Ihre erste große Liebe.

Sie hatten sich erst wenige Wochen zuvor kennengelernt. Mit ihrer elfengleichen Gestalt und der blonden Mähne hatte Lea immer viele Verehrer gehabt und war es gewöhnt, die Aufmerksamkeit der Jungen auf sich zu ziehen. Mit dem einen oder anderen war sie ausgegangen, hatte sich jedoch nie ernsthaft für einen von ihnen erwärmen können. Bis sie Christopher getroffen hatte. Wenn sie an ihre erste Begegnung zurückdachte, konnte sie das Kribbeln in ihrer Magengrube immer noch spüren. Der Gedanke an den Augenblick, als sich ihre Blicke trafen, jagte ihr einen wohligen Schauer über den Rücken. Sie sah ihn in ihrer Erinnerung mit der Anmut eines Raubtiers die Bar durchqueren und geradewegs auf sie zukommen. Lässig lehnte er sich neben sie gegen die Theke, einen Ausdruck im Gesicht, der verriet, dass er sich seiner Wirkung auf Frauen wohlbewusst war.

Du wartest auf mich.

Eine Feststellung, keine Frage.

Wieso sollte ich auf dich warten?

Weil ich dein Leben verändern werde. Ich bin der, nach dem du schon immer gesucht hast.

Jeden anderen hätte sie ob der plumpen Anmache abgewiesen, doch die Intensität von Christophers Blick hatte sie auf Anhieb verzaubert. Er schien damit bis in die dunkelsten Winkel ihrer Seele vordringen zu können.

Und er hatte nicht zu viel versprochen. In den folgenden Monaten war sie wie im Rausch gewesen. Und die Fotos, die sie im Netz fand, bestätigten sie in ihrer Erinnerung. Sie zeigten die beiden beim Tanzen auf einem Ball, beim Wildwasserrafting, eng umschlungen auf einer Party oder verschwitzt und grinsend neben einem Gipfelkreuz. Sogar eines auf der riesigen Harley Davidson von Christophers

84

Onkel war dabei. Ob sie tatsächlich geheiratet hatten? Die Vorstellung war fast zu schön, um wahr zu sein. Allerdings – wer heiratete schon seine erste Liebe? Und wenn doch, warum trug sie dann keinen Ehering? Hatte sie ihn womöglich bei ihrem Sturz ins Wasser verloren? Lea seufzte frustriert und scrollte weiter nach oben, ließ die Eindrücke ihrer Teenagerzeit auf sich einprasseln.

Im Dezember 2006 riss der Strom an Fotoaufnahmen nahezu gleichzeitig mit ihren Erinnerungen unvermittelt ab. *Das muss die Zeit gewesen sein, in der Lo und Mama gestorben sind*, dachte Lea und fühlte den bekannten Schmerz in der Brust.

Das nächste Bild war erst im Juli 2008, also gut eineinhalb Jahre später, hochgeladen worden. Es zeigte Lea inmitten einer Traube von Menschen. Den Kleidern der Anwesenden nach zu urteilen, handelte es sich um eine Cocktailparty. Sie besah sich die Aufnahme näher. Sie sah verändert aus, erwachsener. Obwohl in ihrem Gesicht keine einzige Falte zu erkennen war, wirkte sie deutlich älter. Ein merkwürdiger, fast melancholischer Ausdruck lag in ihrem Blick. Derselbe, mit dem sie die Frau im Spiegel heute Morgen bedacht hatte.

Auch die Stimmung der folgenden Fotos war eine andere. Sie waren in schummrigen Bars oder Clubs aufgenommen worden, zumeist hielt sie ein Glas mit einer durchsichtigen Flüssigkeit in der Hand. Auf vielen war sie unverkennbar betrunken. Sie schien in ihren frühen Zwanzigern oft auf Reisen gewesen zu sein, denn sie fand ganze Alben von Urlaubsfotos. Südafrika, Thailand, New York, China, um nur einige herauszugreifen. Oft war Christopher an ihrer Seite, aber nicht immer.

Lea tippte auf das Pfeilsymbol und öffnete ein weiteres Album. Als die Fotos geladen waren keuchte sie überrascht auf. Sie spürte, wie ihre Hände zu zittern begannen.

Die Fotos zeigten sie in einem Traum von einem Kleid vor einer atemberaubenden Strandkulisse. Christopher trug einen perfekt sitzenden Cut mit hellblauer Weste, die die Farbe seiner Augen zur Geltung brachte. Sie beide strahlten über das ganze Gesicht. Leas Herz machte vor Freude einen Satz. Sie hatten also wirklich geheiratet. Das Album enthielt gut fünfzig Fotos. Sie besah sich eines nach dem anderen, fand aber unter den wenigen Hochzeitsgästen kaum ein bekanntes Gesicht.

Nach ihrer Hochzeit schien Lea allmählich das Interesse an Facebook verloren zu haben, denn es fanden sich bloß noch vereinzelte Fotos, immer größere Abstände lagen zwischen den Aufnahmen. Nur ein letztes Album war übriggeblieben, hochgeladen im Mai des Jahres 2011.

Doch wenn Lea geglaubt hatte, dass sie nichts mehr überraschen konnte, hatte sie sich getäuscht. Sie öffnete den Ordner – und erstarrte.

Unmöglich.

Sie hielt das Display näher ans Gesicht, um genauer hinzusehen. Nein, sie hatte sich nicht geirrt. Die Person auf dem Foto war unverkennbar sie. Es zeigte sie in einem Krankenhausbett, inmitten eines Meeres von Laken, ein winziges Wesen im Arm.

52 cm. 3100 Gramm. Willkommen im Leben, Felicitas.
Sie hatte eine Tochter.

KAPITEL 15

Anna

Mit einem Ruck stieß Anna die Tür des Kaffeehauses auf. Das Lokal war klein und von dunklem Holz dominiert, eine Handvoll Tische säumten die Fenster zur Straße, der Großteil des Raums wurde von einem langen ovalförmigen Tisch eingenommen. Wie immer war das kleine französische Bistro gesteckt voll. An der Theke hatte sich bereits eine lange Schlange gebildet, die Augen der Wartenden waren wachsam auf die belegten Tische gerichtet.

Anna schlängelte sich zwischen ihnen hindurch, wofür sie einige wütende Blicke kassierte.

»Ich habe eine Reservierung auf den Namen Wittmann.«

»Einen Moment bitte«, entgegnete die Kellnerin mit unverkennbar französischem Akzent, ohne den Blick von der Boniermaschine zu nehmen. Anna wartete geduldig, bis sie die Bestellung eingetippt hatte und sich endlich ihr zuwandte.

»Wittmann – da habe ich Sie ja«, verkündete die Angestellte schließlich und deutete Anna, ihr zu folgen. Vor einem der beliebtesten Plätze, einem winzigen Tisch in der Ecke nahe dem Fenster, blieb sie stehen.

»Voilà. Votre table.«

»Vielen Dank.«

Anna ließ sich auf den dargebotenen Stuhl sinken. Als sie die eifersüchtigen Blicke der Wartenden auffing, schüttelte sie den Kopf. Sie konnte nicht verstehen, warum die Leute es auf sich nahmen, Ewigkeiten hier anzustehen, nur um von arrogantem Personal einen überteuerten Kaffee serviert zu bekommen. Sie selbst war extra vor einigen Tagen schon einmal hier gewesen, und hatte um genau diesen Platz gebeten – denn telefonische Reservierungen wurden im *Le Bol*, einem der beliebtesten Kaffeehäuser inmitten der Innenstadt, nicht entgegengenommen. Aber es war das Lieblingslokal ihrer Mutter und um ihretwillen hatte sie die Mühe gerne auf sich genommen.

Sie schälte sich aus ihrem Mantel und bestellte eine Tasse Café Brûlot, dem hauseigenen Milchkaffee mit Zimtaroma. Nachdem die Kellnerin ihre Bestellung aufgenommen hatte, warf sie einen prüfenden Blick auf das Display ihres Handys. Vierzehn Uhr fünfzig. Wie gewohnt war sie etwas zu früh.

Pünktlichkeit ist der Beweis für gute Erziehung, hörte sie die Worte ihrer Mutter in ihren Gedanken. Lieber eine Stunde zu früh als auch nur eine Minute zu spät.

Kaum hatte das Servicemädchen das georderte Getränk vor ihr abgestellt, wurde die Lokaltür auch schon aufgerissen und ihre Mutter trat ein. Wie immer war sie aufwändig gestylt in ihren enganliegenden dunkelbraunen Hosen und den farblich abgestimmten Wildlederstiefeletten. Ihr dunkles und zu einem Longbob geschnittenes Haar war frisch gefärbt und fiel ihr glänzend bis auf die Schultern.

Zielstrebig bahnte sie sich einen Weg durch die Menge und drückte ihrer Tochter Küsschen auf beide Wangen.

»Anna, mein Schatz. Ich hoffe, du musstest nicht zu lange auf mich warten.«

»Du bist pünktlich wie immer, Mama.«

Sie spürte den kritischen Blick ihrer Mutter über ihren Körper wandern. Im Gegensatz zu ihr hatte sie sich für Jeans und bequeme Mokassins zu einer weißen Bluse entschieden.

»Du siehst – gut aus.«

»Ich komme direkt aus der Schule und hatte keine Zeit mehr, mir etwas Hübscheres anzuziehen«, rechtfertigte sich Anna automatisch. »Aber *du* siehst toll aus. Die neue Haarfarbe steht dir fantastisch!«

»Meinst du?« Verlegen strich sich die Mutter über die dunkle Haarpracht. »Ich war gestern beim Friseur. Diese grauen Haare sind wirklich eine Plage, das wirst du auch bald merken.«

»Un Café au Lait, s'il vous plaît«, wandte sie sich an die Kellnerin. »Und den Salat Monsieur Seguin bitte. Isst du etwas, Anna?«

»Ein Schokoladecroissant bitte.«

Bettina Wittmann schürzte die Lippen. Anna überging die unausgesprochene Kritik.

»Wie geht es dir, Mama? Wir haben uns jetzt«, sie überlegte kurz, »fast vier Wochen nicht gesehen! Was macht die Arbeit?«

Ihre Mutter war seit einigen Jahren als Filialleiterin einer kleinen Boutique tätig, eine Aufgabe, in der sie regelrecht aufzublühen schien und in der sie ihr Interesse für Mode voll ausleben konnte.

»Wie immer. Viel zu tun. Kommende Woche bin ich wieder in Mailand, die Sommerkollektion für nächstes Jahr aussuchen. Aber du kennst mich ja, die Arbeit macht mir Freude. Du solltest bei uns im Geschäft vorbeikommen! Wir haben tolle Winterkleider. Du wirst sie lieben.«

Ihr Blick war an ihren Jeans hängengeblieben und ohne dass sie es aussprechen musste, wusste Anna, was sie dachte.

Dann hast du endlich mal etwas Anständiges anzuziehen.

»Das werde ich«, umschiffte sie das Minenfeld geschickt. »Und Papa? Wie geht es ihm?«

Das Unternehmen, für das ihr Vater über dreißig Jahre tätig gewesen war, hatte ihn mit knapp sechzig ausgemustert und frühzeitig in Rente geschickt. Manch anderer hätte sich darüber gefreut, doch für Ernst Wittmann, dem sein Beruf stets über alles gegangen war, war es ein großer Schock gewesen.

»Die Pensionierung macht ihm zu schaffen. Den ganzen Tag zu Hause rumzusitzen tut ihm nicht gut. Ständig versucht er, mir im Haushalt zu helfen, den Garten hat er auch völlig umgestaltet.« Sie verdrehte vielsagend die Augen. »Und stell dir vor, er spielt wieder Tennis! Keine gute Idee, mit seinem Knie, wenn du mich fragst, aber was soll ich sagen? Ich verstehe ihn ja.«

Die Vorstellung ihres Vaters in Tennisdress und Sportschuhen entlockte Anna ein Schmunzeln. Anna konnte sich nicht erinnern, ihren Vater jemals auch nur joggen gesehen zu haben. Seine Tenniskarriere hatte er mit Ende zwanzig an den Nagel gehängt, kurz bevor Anna auf die Welt gekommen war. Seither hatte er sich in Arbeit vergraben, mit der er lange Zeit alleine für den Unterhalt der Familie aufgekommen war.

»Na ja, wahrscheinlich dauert es eine Weile, bis er sich an den neuen Lebensabschnitt gewöhnt hat. Aber gib auf ihn acht, ja?«

»Natürlich. Ich habe schon überlegt, ob wir im Frühling nicht gemeinsam einen Golfkurs machen sollen. Ich glaube, das wäre eher etwas für ihn. Und mir würde ein bisschen Bewegung sicher auch nicht schaden.«

Sie strich sich über den nicht vorhandenen Bauch.

Anna zuckte die Achseln. »Gute Idee. Warum nicht?«

»Wir werden sehen. Aber nun zu dir: Wie läuft es in der Schule? Ich habe ja nie verstanden, warum du ausgerechnet Lehrerin geworden bist. Bei deiner Begabung standen dir alle Türen offen. Du hättest etwas Anständiges studieren können, aber du lässt dir ja lieber von irgendwelchen fremden Bälgern auf der Nase herumtanzen.«

Das war Minenfeld Nummer zwei. Anna zählte in Gedanken bis drei, um sich eine spitze Erwiderung zu verkneifen. Ihre Mutter konnte – oder wollte – einfach nicht verstehen, dass ihr die Arbeit mit den Kindern gefiel. Einen Beitrag zu leisten, den Erwachsenen von morgen ein offenes Ohr zu schenken, wenn sie eines brauchten, sie zu ermutigen und in diesen prägenden Lebensjahren zu begleiten.

»Mama, bitte.« Anna rang sich ein Lächeln ab. »Das hatten wir doch bereits. Ich liebe meinen Job. Und nur weil er nicht so gut bezahlt ist, heißt das nicht, dass das, was ich tue, keinen Wert hat.«

»Das sage ich doch gar nicht. Ich meine ja nur, dass du klug bist, Anna. Viel klüger als ich. Das hast du von deinem Vater.«

»Ich weiß, dass du es nur gut meinst, und das schätze ich auch. Aber wie gesagt, ich wache jeden Morgen auf und freue mich, den Tag mit den Kleinen in der Klasse zu stehen. Und wenn du mich fragst, ist das mehr wert als alles Geld der Welt.«

Ihre Mutter seufzte. »Ein Gutes hat es jedenfalls: Du hast den perfekten Job, um eine Familie zu gründen. Eine eigene Familie meine ich. Wann ist es bei dir und Christopher denn nun eigentlich endlich soweit? Habt ihr nochmal über das Thema gesprochen? Du wirst schließlich auch nicht jünger.«

Anna verschluckte sich beinahe an ihrem Kaffee. »Mama!«, knurrte sie. »Ich bin einunddreißig.«

»Bald zweiunddreißig, mein Schatz. Als ich in deinem Alter war ...«

»Jaja«, vollendete Anna den Satz für sie. »Als du in meinem Alter warst, war ich schon sechs. Ich weiß. Aber die Zeiten haben sich geändert, Mama.« Sie seufzte. »Christopher hat sich gerade selbständig gemacht, die

Kanzlei hält ihn ziemlich in Atem. Außerdem haben wir Felicitas. Sie ist fast wie eine Tochter für mich.«

»Aber sie *ist* nicht deine Tochter.« Ihre Stimme war sanft, trotzdem fühlte sich jedes ihrer Worte an wie ein Stich ins Herz. »Versteh mich bitte nicht falsch – ich finde es wirklich bewundernswert, wie hingebungsvoll du dich um die Kleine kümmerst. Aber das Mädchen hat eine Mutter. Es liegt nicht an dir, zu beurteilen, ob sie gut genug für sie ist.«

»Mir ist bewusst, dass du gerne Enkelkinder hättest«, fiel Anna ihr zunehmend ärgerlich ins Wort. »Momentan ist einfach nicht der richtige Zeitpunkt. Du wirst die Erste sein, die davon erfährt, sollte sich das ändern. Und jetzt lassen wir das Thema bitte, ja?«

Außerdem liegt es nicht an mir, dass wir keine gemeinsamen Kinder haben, dachte Anna, behielt den Gedanken jedoch für sich. Erst vor einigen Wochen hatte sie Christopher auf ihren Kinderwunsch angesprochen. Die Antwort war an Deutlichkeit nicht zu überbieten gewesen. Nach dem Fiasko mit Lea wäre er noch nicht soweit, hatte er gesagt. Und Anna respektierte das. Sie würde ihm die Zeit geben, die er brauchte. Einunddreißig war schließlich kein Alter.

»Sei doch nicht so empfindlich. Es war nur eine simple Frage.«

Die restliche Unterhaltung drehte sich um weniger konfliktträchtige Themen. Ihre Mutter versorgte sie mit den Neuigkeiten aus ihrem Freundeskreis, Anna wiederum gab einige lustige Schulgeschichten zum Besten.

Doch Anna war nur halb bei der Sache. Sie liebte ihre Mutter, keine Frage. Und sie wusste, dass sie nur ihr Bestes im Sinn hatte. Aber warum musste sie immer den Finger in die Wunde legen und das Thema Heiraten und Kinderkriegen ansprechen?

Seit sie ein kleines Mädchen war, tat sie alles, um den hohen Ansprüchen ihrer Mutter gerecht zu werden. Und es schmerzte sie, sie ein ums andere Mal wieder zu enttäuschen.

Sie war nicht so schön, nicht so beliebt wie ihre Mutter. Sie konnte keine Bilderbuchehe vorweisen und auch keinen hochangesehenen Beruf. Aber sie hatte eine tolle Beziehung und war obendrein glücklich. Wieso war das bloß nicht genug?

KAPITEL 16

Lea

Beeindruckt starrte Lea auf das Messingschild mit der Aufschrift *Taler und Figl Rechtsanwälte GmbH.* Das Altbaugebäude, in dem Christophers Kanzlei untergebracht war, befand sich unweit der Innenstadt in einer kaum frequentierten Seitenstraße. Der Geruch nach Farbe lag in der Luft, offenbar war die Fassade gerade erst frisch gestrichen worden. Wie sie der Homepage entnommen hatte, war die Zweimannkanzlei im letzten Jahr gegründet worden und auf Urheber und Strafrecht spezialisiert.

Unsicher trat Lea von einem Bein aufs andere.

Entspann dich. Es ist bloß Christopher. Dein Ehemann. Er wird sich freuen, dich zu sehen. Bestimmt sucht er schon überall nach dir.

Mit einem Ruck öffnete sie die Haustür und schlüpfte hinein. Sie befand sich nun in einem geräumigen Stiegenhaus, der Geruch nach frischer Farbe war auch hier unverkennbar. In der Ecke lehnte eine Leiter neben einem leeren Eimer. Lea folgte der Beschilderung in den zweiten Stock, wo sie vor einer dunklen Mahagonitür anhielt.

Mit zitternden Händen strich sie sich eine Strähne hinters Ohr, zupfte nervös an ihrem Kleid. Dann nahm sie all ihren Mut zusammen und legte den Finger auf den Klingelknopf. Sogleich sprang die Tür mit einem Summen auf und gab den Blick auf einen schmalen Eingangsbereich frei. Am Ende des Flurs prangte ein riesiger Empfangstresen, hinter dem eine korpulente Dame mit rostbraunem Haar saß.

Lea zerrte ein letztes Mal am Saum ihres Kleids. Sie hatte es sich von Isabella geliehen, doch während es ihr bis zu den Knien reichte, war es Lea, die mindestens einen Kopf größer war als ihre Freundin, unangenehm kurz. Schließlich straffte sie die Schultern und trat mit allem Selbstbewusstsein, das sie aufbringen konnte, an den Tresen.

»Guten Morgen.« Sie setzte eine fröhliche Miene auf. »Ich möchte zu Herrn Taler. Ist er zu sprechen?«

Die Empfangsdame runzelte leicht die Stirn zum Zeichen, dass sie Leas Anwesenheit bemerkt hatte, hob den Blick jedoch nicht von ihrem Bildschirm. »Der Herr Magister ist bei Gericht. Haben Sie denn einen Termin?«

»Ich fürchte nein. Können Sie mir sagen, wann er zurückkommt?«

Die Ältere tippte eine Weile auf ihrer Tastatur.

»Die Verhandlung ist bis zwölf Uhr ausgeschrieben«, verkündete sie. »Herr Magister Taler sollte also gegen Mittag wieder hier sein. Um was für eine Angelegenheit handelt es sich? Ich sehe gerade – Herr Magister Figl, sein Kollege, hat gerade keinen Termin und ist ebenfalls ein ausgezeichneter Rechtsanwalt. Möchten Sie vielleicht stattdessen mit ihm sprechen?«

»Nein, danke. Es handelt sich um – es geht um eine Privatangelegenheit.«

Erst jetzt hob die Frau den Kopf. Eingehend betrachtete sie Lea von oben bis unten. Ihr Blick wanderte über das kleine Schwarze, das unter ihrem beigefarbenen Trenchcoat hervorlugte, und blieb an ihren ebenfalls schwarzen Pumps hängen. Ihr Gesicht nahm einen freundlicheren Ausdruck an. Dennoch wies nichts darauf hin, dass sie Lea wiedererkannte.

»Ist es dringend? Ich kann ihm eine E-Mail schreiben, wenn Sie möchten. Dann ruft er Sie bestimmt in der Verhandlungspause zurück.«

»Nein, nein, nicht nötig.« Lea winkt ab. »Würde es Ihnen etwas ausmachen, wenn ich hier auf ihn warte?«

Die Frau zuckte die Achseln »Natürlich – wenn Sie möchten. Aber wie gesagt, es könnte eine Weile dauern.« Sie deutete auf eine Sitzecke nahe dem Fenster. »Kann ich Ihnen einstweilen eine Tasse Kaffee anbieten?«

Lea lächelte dankbar. »Das wäre toll, danke.«

Sie steuerte auf die lederne Sitzgarnitur zu und ließ sich in die weichen Kissen sinken. Seufzend zog sie eine der Zeitschriften aus dem Zeitungsständer. Bis Mittag hatte sie noch gut zwei Stunden totzuschlagen.

Doch so sehr sie sich auch mühte, sich auf den neuesten Klatsch und Tratsch der englischen Königsfamilie zu konzentrieren – es wollte ihr einfach nicht gelingen. Die Zeilen verschwammen immer wieder vor ihren Augen, sodass sie das Lesen schließlich aufgab.

Wie so oft in den letzten Tagen kreisten ihre Gedanken um ihre Mutter. Der Verlust schmerzte Lea mehr, als sie mit Worten auszudrücken vermochte. In ihrer Kindheit war sie ihr Fels in der Brandung gewesen. Ihre Verbündete, die ihr in den zahlreichen Streits, die ihre Eltern ihretwegen ausgefochten hatten, stets die Stange gehalten hatte.

Lass sie machen. Unsere Lea findet schon noch ihren Weg.

Gedankenverloren nippte Lea an ihrem Kaffee.

Hatte sie das? Hatte sie ihren Weg gefunden? Bevor sie hierhergekommen war, hatte sie der Bank einen Besuch abgestattet und sich ihre Kontoauszüge des letzten Jahres ausdrucken lassen. Auf ihrem Konto, das einen hohen sechsstelligen Betrag auswies – ein Teil ihres Erbes, wie sie vermutete –, waren verschiedene Abbuchungen zu finden, jedoch keine Einzahlungen, die auf ein Angestelltenverhältnis hätten schließen lassen. Hatte sie überhaupt gearbeitet? Den Kontobewegungen zufolge hatte sie sich zuletzt überwiegend in Italien aufgehalten. Tante Angela, die Schwester ihrer Mutter, wohnte in Triest. Ob sie die Zeit bei ihr verbracht hatte? Sie nahm sich vor, später bei ihr anzurufen und sie danach zu fragen.

Lea konnte nicht sagen, wie lange sie in ihre Gedanken versunken dagesessen hatte, als der Türsummer sie aus ihren Grübeleien riss.

Der Mann, der durch die Tür gekommen war, trug einen anthrazitfarbenen Anzug zu einem weißen Hemd. Blaue Augen blitzten unter einem Regenhut hervor, in seinen Haarspitzen glänzten Regentropfen. Leas Herz machte einen nervösen Hüpfer. Die Jahre hatten Christophers Attraktivität keinen Abbruch getan, im Gegenteil. Die Linien um den Mund und die Augenwinkel verliehen ihm eine Reife und Seriosität, die Lea ungemein anziehend fand.

Noch schien er sie nicht entdeckt zu haben.

»Hallo Martha, ich bin wieder da«, rief er in Richtung Empfangstresen. »Was für ein Mistwetter draußen.« Stöhnend beutelte er seinen Schirm. »Aber die Verhandlung ist gut gelaufen. Zwei Jahre bedingt, Bewährung.«

»Gratuliere.« Die Frau, die Martha hieß, lächelte. Dann deutete sie auf die Sitzgruppe. »Du hast übrigens Besuch.«

»Besuch? Ich dachte, ich hätte heute Nachmittag keine Termine.«

Dann fiel sein Blick auf Lea und er hielt mitten in der Bewegung inne. Sein Gesicht hatte einen ungläubigen Ausdruck angenommen.

»Was machst *du* denn hier?«, keuchte er.

Lea sank das Herz in die Hose.

»Was ich hier tue?«, stotterte sie. »Aber – wir sind doch verheiratet.« Ihre Stimme hob sich am Ende des Satzes, sodass ihre Worte mehr wie eine Frage denn wie eine Feststellung klangen.

Die Sekretärin, die das Gespräch mitangehört hatte, riss die Augen auf. Ihr Blick flog abwechselnd zwischen Lea und ihrem Vorgesetzten hin und her. Christophers Miene verfinsterte sich. »Komm mit in mein Büro«, knurrte er. »Da können wir in Ruhe reden.«

Ohne Lea eines weiteren Blickes zu würdigen, stapfte er voran, den Gang entlang, weg von Martha, die den beiden mit offenem Mund hinterherstarrte. Er steuerte auf eine Tür zu, die in einen Raum mit hohen Fenstern und kahlen Wänden führte.

»Setz dich.«

Er deutete auf einen Stuhl gegenüber seines Schreibtisches.

»Du hättest die Papiere nicht extra persönlich vorbeibringen müssen«, blaffte er sie an, kaum dass die Tür hinter ihnen ins Schloss gefallen war. »Der Rücksendeschein lag bei. Was hast du dir nur dabei gedacht, einfach hier aufzutauchen?«

»Was für Papiere?«

»Na die Scheidungspapiere!«

Scheidung? Lea schnappte nach Luft. Sie spürte, wie sämtliche Farbe aus ihrem Gesicht wich. »Scheidung? Aber – warum in aller Welt lassen wir uns scheiden?«

Fassungslos starrte er auf sie herab. »Das kann nicht dein Ernst sein.«

»Christopher – ich ...« Verzweifelt rang sie nach Worten. Die Art, wie er mit ihr sprach, gefiel ihr gar nicht. Weshalb war er nur so wütend? Freute er sich denn gar nicht, sie zu sehen?

»Ich habe keine Lust auf deine Spielchen, Lea. Unterschreib die verdammten Papiere, dann können wir endlich mit unserem Leben weitermachen.«

Lea spürte, wie ihr die Tränen in die Augen schossen. »Ich verstehe überhaupt nichts, Christopher. Bitte hör mir zu und lass mich erklären. Ich hatte einen Autounfall. Ich weiß nicht genau, wie es passiert ist. Jedenfalls bin ich erst im Krankenhaus in Amstetten wieder zu mir gekommen. Dort haben sie eine posttraumatische Belastungsstörung diagnostiziert. Ich – ich leide an Amnesie. Mir fehlen sämtliche Erinnerungen an die letzten dreizehn Jahre. Das Letzte, woran ich mich erinnere, ist, dass du mich nach dem Ball meiner alten Schule nach Hause gefahren hast. Damals im Herbst 2006, weißt du noch?«

Christopher hob spöttisch eine Augenbraue.

Bevor er zu einer Erwiderung ansetzen konnte, fügte Lea hinzu:»Ich weiß, das muss absurd für dich klingen. Aber es ist die Wahrheit.«

Der ungläubige Ausdruck in seinem Gesicht verwandelte sich jäh in Wut.

»Ich habe deine Dramen sowas von satt«, brachte er zwischen zusammengepressten Lippen hervor.»Hältst du mich wirklich für so blöd? Was glaubst du eigentlich? Wie kannst du es wagen, nach all den Jahren einfach hier aufzutauchen und mir diese haarsträubende Geschichte aufzutischen?«

Rastlos begann er vor ihr im Zimmer auf und abzulaufen.»Drei Jahre sind eine lange Zeit, Lea. Ich bitte dich also: Hör auf mit dem Theater. Lass mich gehen. Vertrau mir, es ist für uns beide das Beste so.«

»Christopher, bitte, so glaub mir doch«, flehte Lea.»Das ist kein Scherz. Ich weiß wirklich nicht mehr, was passiert ist. Und was soll mit Felicitas werden, wenn wir geschieden sind? Wer wird für sie sorgen?«

Bei diesen Worten verengten sich seine Augen zu Schlitzen. Feuerten glühende Pfeile des Zorns in ihre Richtung.»Du wagst es, mich nach Felicitas zu fragen? Die letzten Jahre hat es dich doch auch nicht gekümmert, was mit unserer Tochter ist. Also brauchst du jetzt nicht damit anfangen. Felicitas bleibt bei mir. Und jetzt verschwinde aus meinem Büro!«

Mit schreckgeweiteten Augen starrte Lea ihren Ehemann an. Der Hass und die Abscheu in seinem Blick verstörten sie zutiefst.

»Christopher, es tut mir leid, ich weiß nicht, was ...«

»Genug ist genug. Hau ab, Lea.«

Leas Hände bebten, als sie in ihrer Tasche nach Stift und Zettel kramte. Sie fand beides und kritzelte ihre Handynummer auf eine Papierecke, die sie abriss und ihm hinhielt.

»Ist ja gut, ich gehe. Doch ich flehe dich an, Christopher, überleg es dir nochmal. Ruf mich an. Das ist meine neue Nummer. Ich weiß nicht, was ich getan habe, dass du mich derart verachtest. Aber ich brauche dringend deine Hilfe.«

Mit diesen Worten floh sie aus dem Büro, bevor er die Tränen bemerken konnte, die ihr über die Wangen strömten.

KAPITEL 17

Anna

Jeder nimmt sich bitte ein Blatt und gibt den Rest weiter«, rief Anna in die Klasse. Heute stand Deutsch auf dem Stundenplan, genauer gesagt sinnerfassendes Vorlesen.

»Der Text vor euch handelt von den Aborigines. Wer die sind, werdet ihr gleich erfahren. Jeder wird einen Satz vorlesen. Dann ist der Nächste an der Reihe. Auf der Rückseite des Arbeitsblatts sind Fragen aufgelistet, die wir anschließend gemeinsam beantworten werden. Alles klar?«

Ein paar Schüler nickten.

»Na dann los. Matthias, du fängst an. Lies bitte den ersten Satz vor.«

»Die Ureinwohner Australiens heißen Aborigines«, kam dieser der Aufforderung nach.

»Sie sind aber kein homogenes Volk, sondern bestehen aus etwa 400 bis 700 unterschiedlichen Stämmen und Clans, die verschiedene Sprachen sprechen und verschiedene Bräuche haben«, setzte Sophie neben ihm fort.

»Was heißt homogen?«, wollte Lukas aus der ersten Reihe wissen.

»Das bedeutet so viel wie einheitlich, gleich«, erklärte Anna.

Der Junge nickte. Er hatte verstanden.

»Sie leben als Jäger und Sammler im Einklang mit der Natur und den Tieren.« Philipp.

»Sie betreiben keinen Ackerbau, gebrauchen keine Werkzeuge aus Metall.« Andrea.

Und so ging es weiter.

»Das Land ist ihr Freund, sie schätzen ...«, Julia brach ab. Ein gackerndes Geräusch hatte sie abgelenkt. Sie sah sich verwirrt im Klassenraum um, einige Kinder kicherten hinter vorgehaltener Hand.

»Wer war das?«, schimpfte Anna und ließ den Blick durch die Reihen ihrer Schüler wandern.

Niemand sagte etwas.

»Lies weiter, Julia«, forderte sie das Mädchen auf, ohne die übrigen Kinder aus den Augen zu lassen.

»Sie schätzen die nutzbringenden Kräfte ...«

Erneut ertönte ein Gackern, gefolgt vom Grinsen der Schüler.

»Hört auf mit dem Mist. Ruhe!«, rief Anna. Sie lächelte Julia aufmunternd zu. »Bitte fahr fort, Julia.«

Die Kleine rang um Fassung. Mit zusammengebissenen Zähnen stierte sie auf das Blatt.

»Sie schätzen die nutzbringenden Kräfte von Pflanzen und Tieren, zu denen sie eine spirituelle Verbindung haben.«

»Philipp! Schluss damit«, schnitt Annas Stimme durch den Raum. »Ich habe genau gesehen, dass du das warst! Lass Julia in Ruhe und konzentrier dich auf den Unterricht. Oder willst du wieder zum Direktor?«

Der Junge lächelte unschuldig. Anna hätte ihm am liebsten eine Ohrfeige verpasst, um ihm das süffisante Grinsen aus dem Gesicht zu wischen. Aber natürlich tat sie es nicht.

Julia saß stocksteif da, die Hände auf dem Schoß zu Fäusten geballt.

Die Leseübung wurde fortgesetzt, doch jedes Mal, wenn Julia an der Reihe war, wurde sie erneut unterbrochen. Das Gackern wurde von Hundegebell abgelöst, Matthias und die anderen stimmten in die Hänseleien mit ein.

Und so sehr sich Anna auch abmühte, Ruhe in die Klasse zu bringen, es half nichts. Die Kinder, allen voran Philipp, hörten nicht auf.

Als die Glocke endlich die Pause einläutete, war nicht nur Julia den Tränen nahe, auch Anna war mit ihren Nerven am Ende. Sie würde die Eltern der drei vorladen müssen. So ging es nicht weiter.

»Einen Moment noch.«

Sie hielt Julia sanft am Arm zurück, die mit ihren Mitschülern an ihr vorbei in den Hof strömen wollte. Das Mädchen blieb mit hängendem Kopf vor dem Lehrerpult stehen und sie warteten geduldig, bis die anderen Kinder den Raum verlassen hatten.

»Das war wirklich nicht nett von deinen Kameraden.«

Die Kleine starrte stumm auf ihre Schuhspitzen.

»Ich werde die Eltern von Philipp und den anderen vorladen und mit ihnen über diesen Vorfall sprechen. So kann es nicht weitergehen. Erst die Aktion mit der Schokolade und jetzt das.« Sie seufzte.

Das Mädchen sagte immer noch nichts.

»Hey, ich rede mit dir.« Tröstend drückte Anna ihre schmale Schulter.

Endlich hob Julia den Kopf. In ihren braunen Augen glänzten Tränen.

»Bitte tun Sie das nicht. Ich möchte nicht, dass jemand Ärger bekommt. Es ist in Ordnung – wirklich. Die meinen das nicht so.«

»Ach, Julia.« Anna seufzte. »Ich verstehe ja, dass du dich bei deinen Klassenkameraden nicht unbeliebt machen willst. Aber so ein Verhalten kann ich nicht tolerieren. Das geht zu weit.«

Das Mädchen nickte schicksalsergeben und wandte ihre Aufmerksamkeit wieder ihren Schuhen zu. Anna erkannte, dass es dunkelblaue Loafer waren.

»Wenn ich dir einen Rat geben darf: Versuch, dir die Hänseleien nicht zu Herzen zu nehmen. Ich weiß, es ist schwer. Doch du kannst mir glauben, es liegt nicht an dir. Ignorier sie, irgendwann wird es ihnen zu blöd und sie hören von selbst damit auf. Verlass dich drauf. Und wenn du mal darüber reden willst – ich bin immer für dich da.«

»Okay«, flüsterte Julia. »Darf ich jetzt Pause machen?«

»Aber natürlich. Ab mit dir.«

Mit einem sorgenvollen Lächeln ließ Anna die Kleine ziehen, die schon an ihr vorbeigeflitzt war.

Gedankenverloren strich sich Anna eine widerspenstige Strähne aus der Stirn. Sie selbst hatte am eigenen Leib erfahren, wie grausam Kinder sein konnten. War das nicht mit ein Grund gewesen, warum sie sich dazu entschieden hatte, Lehrerin zu werden? Um es besser zu machen als ihre Professoren damals?

Doch die Sache ließ ihr keine Ruhe.

Was für ein bescheuerter Rat, dachte sie bitter. Die Kameraden ignorieren, sie nicht ernst nehmen? Wusste sie nicht selbst am besten, dass das nicht half? Aber was sonst hätte sie ihr raten sollen? Die Ironie, am anderen Ende der Fahnenstange zu sitzen – als Lehrerin, nicht mehr als Schülerin – und trotzdem nichts unternehmen zu können, entging ihr nicht.

Tobias' feixende Fratze, wie er sie hämisch angrinste, erschien vor ihrem inneren Auge. Lateinunterricht, sechste Klasse. Anna war zur Stundenwiederholung aufgerufen worden und sollte einen Text vom Lateinischen ins Deutsche übersetzen. Sie kannte die Stelle, war wie immer gut vorbereitet gewesen. Aber diese eine Vokabel hatte ihr einfach nicht einfallen wollen. Sie stockte. Zermarterte sich das Hirn nach der richtigen Lösung. Dann hörte sie das Wispern aus einer der hinteren Reihen. Eine willkommene Hilfestellung, wie es in der Klasse üblich war, wenn jemand nicht weiterwusste. Ohne nachzudenken, wiederholte sie, was sie gehört hatte. Hurensohn. In der damaligen Zeit ein Schimpfwort, das niemand im Beisein eines Erwachsenen laut auszusprechen gewagt hätte. Schon gar nicht in der Schule. Professor Kruger war außer sich gewesen und hatte Anna zum Nachsitzen verdonnert.

Anna hatte sich nach hinten umgewandt, auf der Suche nach ihrem Widersacher, und in Tobias' grinsendes Gesicht geblickt.

Anna schüttelte den Kopf, um die unangenehme Erinnerung abzuschütteln. Das hier war nicht Tobias und sie war auch keine fünfzehn mehr. Sie würde die Situation in den Griff bekommen. Julia zuliebe.

KAPITEL 18

Lea

Lea nahm einen tiefen Schluck aus ihrem Cocktailglas. Der Alkohol brannte in ihrer Kehle, doch ärgerlicherweise blieb die gewünschte Wirkung aus. Sie stocherte mit dem Strohhalm in der klaren Flüssigkeit, schob die Limettenscheibe darin auf die eine, dann auf die andere Seite. Beobachtete die Bläschen, die vom Boden des Glases aufstiegen, bevor sie an der Oberfläche zerplatzten.

Nachdem sie aus Christophers Kanzlei gestürmt war, war sie eine Weile ziellos durch die Gegend gelaufen. Schließlich hatten ihre Füße von allein die Führung übernommen und sie ins goldene Quartier, das teuerste Einkaufsviertel der Wiener Innenstadt, getragen. Wie in Trance war sie durch die Läden gestreift, hatte unzählige Klamotten anprobiert und kein Geschäft ohne Tüte unterm Arm verlassen.

Konzentrier dich auf das Naheliegende. Du hast nichts Brauchbares anzuziehen. Du brauchst Schuhe, eine neue Handtasche, Kleider, Unterwäsche. Nicht nachdenken. Bloß nicht nachdenken.

Irgendwann war der Kaufrausch versiegt, stattdessen hatte tiefe Erschöpfung von ihr Besitz ergriffen. Doch sie konnte jetzt nicht nach Hause. Allein der Gedanke, Isabella von ihrem Zusammentreffen mit Christopher zu erzählen, verursachte ihr Übelkeit. Der Schock war noch zu frisch. Die Ereignisse der letzten Woche hatten die Ausmaße eines nicht enden wollenden Albtraums angenommen. Nur, dass es kein Erwachen daraus geben würde. Sie war mit ihren Nerven am Ende. Was sie dringend brauchte, war eine Verschnaufpause. Schließlich hatte sie Zuflucht in der nahegelegenen Bar des Nobelhotels *Park Hyatt* gesucht. Da war sie nun. Bei ihrem zweiten Gin Tonic, daneben ein halbleeres Schälchen Erdnüsse.

Sie sehnte sich danach, zu vergessen. Den Ausdruck von Empörung und Wut in Christophers Gesicht nicht länger vor sich sehen zu müssen, der sie seit ihrer Begegnung nicht mehr losließ. Eben noch hatte sie sich nichts sehnlicher gewünscht, als ihre Erinnerungen wiederzuerlangen. Jetzt war sie sich da nicht mehr so sicher. Wollte sie tatsächlich wissen, was für eine Person sie geworden war? Was sie bisher herausgefunden hatte, reichte ihr vollkommen. Die Menschen, die sie am meisten geliebt hatte, waren tot, sie hatte ihren Vater dazu gebracht, sich von ihr abzuwenden, und Isabella – ihre einzige echte Freundin – vergrault. Zu allem Überfluss hatte sie ihren Mann verloren und ihre Tochter im Stich gelassen. *Drei Jahre.*

Ein eisiger Schauer lief ihr über den Rücken.

Mit einem Zug leerte sie ihr Glas zur Hälfte. Ihr Magen gab ein unwilliges Grollen von sich und erinnerte sie daran, dass sie den ganzen Tag noch nichts gegessen hatte. Doch Lea ignorierte das Hungergefühl und deutete stattdessen dem Kellner, ihr ein neues Getränk zu bringen. Vielleicht verhalf ihr der Gin ja zu der ersehnten Entspannung, wenn auch nur für eine kurze Weile.

Ein Schellen zerriss die Luft und ließ Lea zusammenzucken. Sie sah sich in dem spärlich besetzten Raum nach der Quelle des Geräusches um, bis ihr dämmerte, dass es aus ihrer Tasche kam. Sie zog ihr neues Handy zu sich heran und warf einen Blick auf den Screen. Seufzend nahm sie den Anruf entgegen.

»Wie ist es gelaufen?«, fragte Isabella ohne Umschweife.

»Nicht so gut.« Überrascht bemerkte Lea, dass sie nuschelte. Womöglich war sie doch nicht so immun gegen die Wirkungen des Alkohols, wie sie gedacht hatte.

»Hast du etwa *getrunken*?«

»Nur 'n wenig«, gab Lea zu. Ein Glucksen bahnte sich den Weg durch ihre Kehle und verwandelte sich in ein heiseres Lachen.

»Es ist vier Uhr nachmittags!«

Lea zuckte die Achseln und schwieg.

»Sag mir, wo du bist. Ich komme dich holen.«

»Das *Park Hyatt*. In der Bar. Die haben hier wirklich hervorragende Gin Tonics. Du solltest auch einen probieren.« Sie kicherte.

Ihre Freundin schnaubte. »Gib mir dreißig Minuten.«

Achselzuckend ließ Lea ihr Telefon wieder in die Tasche gleiten und wandte ihre Aufmerksamkeit dem frischen Drink zu, den der Kellner eben vor ihr abgestellt hatte.

Isabella hielt Wort. Keine halbe Stunde war vergangen, als die Tür zur Hotellobby aufgestoßen wurde und ihre Freundin hereinstürmte. Schnurstracks eilte sie auf ihren Tisch zu, einen Kinderbuggy mit dem schlafenden Ben darin vor sich herschiebend. Mit schmerzverzerrtem Gesicht presste sie sich die Hand gegen den Bauch.

»Was zum Teufel machst du hier?«, japste sie. »Du kannst mir doch nicht so einen Schrecken einjagen.«

»Isaaaa – schön, dass du da bist. Komm, trink was mit mir.«

Lea sah sich suchend nach dem Kellner um. »Herr Ober, noch zwei Gin Tonic bitte.«

»Lea, bitte. Ich bin schwanger! Und du hattest auch genug, denke ich.«

Sie wandte sich an die Bedienung, die herbeigeeilt war. »Bitte keinen Alkohol mehr. Für mich einen koffeinfreien

Latte, und für die da ein großes Glas Wasser«, sagte sie und deutete auf Lea.

Mit einem tiefen Seufzer zog sie einen der Lehnstühle zu sich heran und ließ sich hineinfallen.

»Jetzt sag schon – was ist passiert, dass du meinst, deinen Kummer in Alkohol ertränken zu müssen?«

Lea wich ihrem Blick aus und konzentrierte sich stattdessen auf ihr inzwischen leeres Glas. Die Eiswürfel waren geschmolzen, am Boden schwamm die zerdrückte Limettenscheibe. »Ich möchte nicht darüber reden.«

»Komm schon, Lea. Wie soll ich dir denn helfen, wenn du mir nicht sagst, was los ist?«

»Ich bin ein schrecklicher Mensch, das ist los. Du kannst mir nicht helfen. Niemand kann das.« Sie wagte es immer noch nicht, ihre Freundin anzusehen. Das Mitleid in ihrem Blick hätte sie nicht ertragen.

»Ich finde nicht, dass du ein schrecklicher Mensch bist.«

Isabellas Stimme war sanft. In ihren Worten lag eine Bestimmtheit, die Lea wider Willen den Kopf heben ließ. Ihre Freundin streckte die Hand aus und strich Lea zärtlich über den Arm.

»Rede mit mir, Lea. Was hat Christopher gesagt? Ist es wahr? Seid ihr noch verheiratet?«

Lea stieß ein freudloses Lachen aus. »Ja, sind wir. Aber wahrscheinlich nicht mehr lange.« Ihr Lachen erstarb und ging in haltloses Schluchzen über.

»Ich habe es vermasselt. Nicht bloß mit dir und mit Papa, sondern auch mit Christopher. Ich habe ihn geliebt, Isa! Mehr als jeden anderen auf der Welt. Wie konnte ich das nur so in den Sand setzen? Wir haben eine gemeinsame Tochter! Eine Tochter, an die ich mich nebenbei bemerkt nicht einmal erinnere. Was für eine Mutter vergisst, dass sie ein Kind hat? Kannst du dir vorstellen, dass ich die beiden drei Jahre nicht gesehen haben soll? Drei Jahre! Was habe ich in der Zeit bloß getrieben, verdammt nochmal?« Verzweifelt schlug sie die Hand vor den Mund. »Ich bin eine einzige Katastrophe. Eine fürchterliche Person. Mir geht es elend und ich habe es nicht anders verdient.«

»Unsinn«, widersprach Isabella. »Du leidest an Amnesie. Dafür musst du dich nicht schämen. Denk an das, was die Ärzte gesagt haben: Die Erinnerungen werden zurückkommen. Was auch immer war, ich bin sicher, du hattest deine Gründe. Und Christopher – der wird sich schon wieder einkriegen.«

Zweifelnd blickte Lea in das Gesicht ihrer Freundin. Suchte nach Anzeichen von Unaufrichtigkeit in ihrem Blick. Doch sie fand keine.

»Meinst du das ernst? Glaubst du wirklich, ich kann ihn zurückgewinnen? Oder sagst du das nur, weil du mich aufheitern willst?«

Isabella seufzte. »Willst du das denn? Versteh mich nicht falsch – aber der Christopher, an den du dich erinnerst, war noch ein Teenager. Du weißt doch nicht mal, wie eure Ehe war, geschweige denn, was dich dazu bewogen hat, ihn zu verlassen.«

»Ja, das will ich«, sagte Lea, ohne zu zögern. »Er ist die Liebe meines Lebens. Dieses Kribbeln im Bauch, als ich ihn gesehen habe, selbst nach all den Jahren – unbeschreiblich.«

Isabella knabberte nachdenklich an ihrer Unterlippe.

»Vielleicht weißt du es nicht mehr, aber ich war nie ein großer Fan von Christopher. Aber ihr wart ganz verrückt nacheinander. Wenn es stimmt, was er gesagt hat, habt ihr euch sehr lange nicht gesehen. Also gib ihm Zeit. Wenn du ihn wirklich wiederhaben willst, wird es dir auch gelingen. Ich glaube fest an dich, und das solltest du auch. Aber überstürze bitte nichts. Okay?«

Der Eisklumpen in Leas Brust begann zu schmelzen und sie spürte eine Woge der Dankbarkeit in sich hochsteigen.

»Danke«, murmelte sie. Dann schüttelte sie den Kopf. »Es – es war schlimm, Isa. Ich habe ihm von meiner Amnesie erzählt, doch er hat mir nicht mal richtig zugehört. Und als ich ihn nach Felicitas gefragt habe, hat er mich regelrecht rausgeworfen. Diese Abscheu in seinen Augen ...« Sie erschauerte.

»Wie gesagt, lass ihn deine Rückkehr erst mal verdauen. Und in der Zwischenzeit – krieg das jetzt bitte nicht in die falsche Kehle, aber ich finde, du solltest einen Therapeuten aufsuchen. Diese Ärztin aus Amstetten hat dir doch ein paar Empfehlungen mitgegeben. Es ist keine Schande, sich helfen zu lassen, Süße. Vor allem nach dem, was dir widerfahren ist.«

KAPITEL 19

Anna

Anna vergrub das Gesicht in den Kissen. Helles Mondlicht fiel durch das Fenster und drang, von der Spiegeltüre ihres Kleiderschranks reflektiert, durch ihre geschlossenen Lider. Seufzend wälzte sie sich auf die andere Seite. Es war bereits weit nach ein Uhr morgens, doch all ihren Bemühungen zum Trotz war sie hellwach.

Schon immer hatte ihr das Einschlafen Schwierigkeiten bereitet, bereits das leiseste Geräusch reichte aus, um sie hochschrecken zu lassen. Und Christophers Schnarchlaute, die in unregelmäßigen Abständen die Stille durchbrachen, machten es auch nicht besser. Für Anna war es ein Rätsel, wie er es fertigbrachte, jeden Abend binnen Minuten in einen komaähnlichen Zustand zu verfallen. Neben ihm könnte eine Bombe explodieren und er würde trotzdem selig weiterschlafen.

Annas Gedanken kreisten um ihre Schüler. Beim Elternsprechtag letzte Woche hatte sie die Gelegenheit beim Schopf gepackt und ein längeres Gespräch mit Philipps Eltern geführt. Sie hatte gehofft, dass, wenn sie ihn als den Anführer der Klasse in die Schranken wies, auch die übrigen Kinder aufhören würden, Julia zu hänseln. Mit sorgsam ausgewählten Worte hatte sie versucht, den beiden begreiflich zu machen, dass das Verhalten ihres Sohnes an Mobbing grenzte. Diese hatten Philipps Verhalten zwar als die üblichen Kabbeleien zwischen Heranwachsenden abgetan, jedoch zumindest versprochen, mit Philipp zu sprechen.

Bislang ohne erkennbaren Erfolg. Philipp ließ Julia zwar in Frieden, solange er eine Aufsichtsperson in der Nähe wähnte, in den Pausen allerdings, auf dem Schulhof, sah die Sache anders aus. Erst heute Vormittag hatte Anna durch das Fenster beobachtet, wie er das Mädchen absichtlich gerempelt hatte. Anna fühlte, wie sich Julia immer weiter zurückzog und jedes Mal, wenn Philipp den Mund aufmachte, panisch zusammenzuckte. Anna zerriss es das Herz, die Kleine so zu sehen und nichts dagegen unternehmen zu können.

Christopher gab ein lautes Schnarchen von sich und Anna verdrehte die Augen. An Schlaf war nicht zu denken. Stöhnend richtete sie sich im Bett auf und griff nach ihrer Brille. Wenn sie schon nicht einschlafen konnte, würde sie wenigstens etwas Produktives tun.

Lautlos tapste sie ins Badezimmer und schaltete das Deckenlicht ein. Eine blasse, mit nichts als einem Morgenmantel bekleidete Frau mit zerzausten Haaren starrte ihr aus dem Spiegel über dem Waschbecken entgegen. Sie wandte den Blick ab und zog stattdessen den Wäschekorb zu sich heran. Sorgsam sortierte sie die Schmutzwäsche nach Farben – schwarze, weiße und Buntwäsche. Sie stopfte einen der Haufen in die Maschine und schaltete den Schnellwaschgang ein. Dann wandte sie sich dem Klamottenhaufen auf dem Hocker zu. Wiederholt hatte sie Christopher darum gebeten, seine Wäsche entweder direkt in den Wäschekorb zu befördern oder in den Schrank zurückzuhängen. Vergebene Liebesmühe. Am Ende jeder Woche türmten sich die Klamotten auf dem Stuhl, bis Anna sich ihrer erbarmte.

Das Hemd, das obenauf lag, wanderte auf den Stapel mit der Weißwäsche. Unter ein paar Socken und Unterleibchen kam der anthrazitgraue Anzug zum Vorschein, den Christopher am Vortag getragen hatte. Zärtlich strich sie mit der Hand über die glatte Oberfläche. Sie selbst hatte ihm das teure Stück geschenkt. Damals, anlässlich der Kanzleigründung. Ein halbes Jahr hatte sie dafür Geld auf die Seite gelegt, bis sie endlich genug beisammenhatte. Aber die Mühe hatte sich gelohnt, das Leuchten in seinen Augen hatte sie mehr als entschädigt. Sie beschloss, den Anzug mitsamt ihren Kleidern am nächsten Morgen in die Reinigung zu bringen.

Plötzlich runzelte Anna die Stirn. Täuschte sie sich oder hatten ihre Fingerspitzen die Konturen eines harten Gegenstands in der Brusttasche des Sakkos erspürt? Sie griff hinein und förderte eine quadratische Schachtel sowie einen zusammengefalteten Zettel daraus zutage. Ihr stockte der Atem.

Das ist doch nicht etwa ...

Sie wandte den Kopf in Richtung Tür und lauschte angestrengt in die Stille. Über das Lärmen der Waschmaschine hinweg hörte sie Christopher schnarchen. Er schien tief und fest zu schlafen.

Einen Moment haderte sie mit sich, dann siegte die Neugier. Sie ließ den Klappmechanismus aufschnappen – und erstarrte. Ihre Augen weiteten sich, als ihr Blick auf das Schmuckstück fiel.

Es war ein Ring. Aber was für einer! Inmitten einer schlichten weißgoldenen Fassung prangte ein atemberaubender Brillant. Zeitloses Design, Tiffany-Schliff.

Ja, ja, ja! Ich will, schrie ihr Herz, so laut, dass sie überzeugt war, Christopher müsste es hören.

Am liebsten wäre sie zu ihm ins Schlafzimmer gelaufen und ihm um den Hals gefallen. Könnte ihm endlich die Antwort auf die Frage geben, die sie schon so lange herbeisehnte. Aber das ging natürlich nicht. Christopher wäre enttäuscht, wenn sie ihm die Überraschung verdarb. Und das wollte sie auf keinen Fall. Der schicksalskräftigste

Moment ihrer Beziehung sollte etwas ganz Besonderes sein. Also klappte sie die Schachtel wieder zu. An den zusammengeknüllten Zettel verschwendete sie keinen Gedanken. Nichtsahnend ließ sie beides zurück in die Sakkotasche gleiten und machte sich auf den Rückweg ins Schlafzimmer.

Noch nie zuvor war sie so glücklich gewesen.

KAPITEL 20

Lea

Wie in Trance tapste Lea den schmalen Gang entlang auf die Treppe zu. Das Haus lag ruhig und friedlich da, einzig das Geräusch ihrer Schritte durchbrach die Stille.

Tap, tap, tap.

Ihr Pyjama schlackerte um ihre schlanken Beine, unter ihren bloßen Füßen spürte sie die kühlen Dielen des Parkettbodens.

Am Treppenabsatz angelangt, hielt sie inne. Zögerte.

Geh nicht nach oben. Das ist ein Fehler! Kehr um, solange du noch kannst!

Sie warf einen sehnsüchtigen Blick über die Schulter. Ein schwacher Lichtschein fiel durch die angelehnte Tür ihres Kinderzimmers, ansonsten war es vollkommen dunkel. Schemenhaft erkannte sie die von Bücherregalen gesäumten Wände, die vertrauten Familienfotos, den kleinen Beistelltisch neben einem goldverzierten Spiegel.

Sie spürte instinktiv, dass die Stimme in ihrem Kopf recht hatte. Denn auch wenn sie nicht sagen konnte, was sie dort oben erwartete, fühlte sie mit jeder Faser ihres Körpers, dass es danach kein Zurück mehr geben würde. Dass nichts mehr wäre wie zuvor.

Ich will das nicht. Ich kann nicht. Bitte – ich muss umkehren!

Doch ihre Beine gehorchten ihr nicht. Ohne auf ihr Flehen zu achten, setzten sie ihren Weg fort. Erklommen unaufhaltsam Stufe um Stufe. Ein mulmiges Gefühl machte sich in ihrem Magen breit, wurde immer stärker, je näher sie der Tür am Ende der Treppe kam.

Halt! Ich kann nicht. Bitte! Ich will umkehren, verdammt!

Ohne Erfolg. Wenn überhaupt, schien sie sogar noch an Tempo zuzulegen. Sie hatte keine Wahl.

Ihr Puls begann zu rasen, als sich ihre Finger wie von einer unsichtbaren Macht angezogen um die Klinke legten. Das kühle Metall unter ihren Fingerkuppen ließ sie erschauern.

Einen Moment lang gab sich Lea der Hoffnung hin, die Tür wäre abgeschlossen, sodass sie unverrichteter Dinge ihrer Wege ziehen konnte. Doch ihre Gebete wurden nicht erhört und die Tür schwang knarrend auf.

Gleißendes Licht fiel durch den Türspalt. Von der plötzlichen Helligkeit geblendet, riss Lea die Hand vor die Augen. Auf einmal packte sie heftiges Schwindelgefühl. Ihre Welt schwankte zur Seite, verzweifelt machte sie einen Schritt vorwärts, in das Innere des Zimmers.

Doch der Raum hinter der Treppe war verschwunden. Und Lea stürzte ins Nichts.

Schreiend fuhr Lea aus dem Schlaf. Ihr Nachthemd klebte wie eine zweite Haut an ihrem Körper. Wumm, wumm, wumm, hämmerte ihr Herz in der Brust.

Es dauerte qualvolle Sekunden, bis die Schemen des Schranks und des Schreibtisches am Fenster durch den dichten Nebel ihrer Gedanken drangen und sie erkannte, wo sie sich befand. Bei Isabella. Im Gästezimmer. In Sicherheit.

Mühsam versuchte sie, ihren rasenden Herzschlag zu beruhigen.

Es ist alles in Ordnung. Es war ein Albtraum. Nur ein böser Traum.

117

Mit atemberaubendem Tempo stürmten die Erinnerungen an die vergangenen Wochen auf sie ein. Das Krankenhaus, Isabella, Christopher, ihre Tochter. Natürlich war nichts in Ordnung. Sie war immer noch sie – wer das auch sein mochte. Ihre Mutter und ihr Bruder waren immer noch tot, ihr Vater sprach nicht länger mit ihr, ihr Ehemann hatte nichts als Verachtung für sie übrig. Und obwohl der Unfall inzwischen über zwei Wochen zurücklag, verweigerte ihr Gedächtnis ihr immer noch hartnäckig den Dienst.

Am ganzen Körper bebend, wälzte sie sich auf die Seite und vergrub das Gesicht in ihrem Kopfpolster.

Eine weitere Erinnerung kämpfte sich durch die allmählich verblassenden Eindrücke des Albtraums an die Oberfläche. Gestern hatte sie in Isabellas Beisein in Italien angerufen und sich zu dem Anschluss ihrer Tante verbinden lassen. Sie hatte so gehofft, dass die Schwester ihrer Mutter ihr dabei helfen könnte, Licht in das Dunkel ihres letzten Lebensabschnitts zu bringen – doch erneut hatte sie einen herben Rückschlag erlitten.

Tante Angela war tot. Brustkrebs im Endstadium. Erst vor ein paar Wochen war sie endgültig ihrer Erkrankung erlegen.

Eine einsame Träne bahnte sich den Weg über Leas Wangen und versickerte in den Laken.

Tante Angela war wie eine zweite Mutter für sie gewesen. Ihre Taufpatin, die sich hingebungsvoll um sie gekümmert, ihr an Geburtstagen teure Geschenke geschickt und sie jeden Sommer zu sich nach Triest eingeladen hatte. Dass sie ebenfalls tot war, hatte Lea erneut den Boden unter den Füßen weggerissen. Ein weiterer geliebter Mensch, den sie verloren hatte. Eine weitere Sackgasse.

Lea schüttelte heftig den Kopf, als könnte sie so die Trauer und Verzweiflung vertreiben. So schwer es auch sein mochte, sie musste nach vorne blicken. Versuchen, ihr Leben irgendwie wieder in den Griff zu bekommen.

***

Pünktlich um vierzehn Uhr hielt Lea vor einem unscheinbaren Nachkriegsgebäude. Sie ließ den Blick suchend an der Gebäudewand emporwandern. Wallensteinstraße 48a. Hier war sie richtig. Seufzend betätigte sie den Türsummer mit der Aufschrift *Dr. Aicher, Psychologische Beratung, Trauerbegleitung, Systemische Familienberatung.* *So weit ist es also gekommen,* dachte sie mit einem Anflug von Bitterkeit.

Lea hatte diesem Psychokram, wie sie ihn nannte, nie etwas abgewinnen können. Sie zog es vor, ihre Probleme mit sich selbst auszumachen. Fand es unsinnig, fremden Menschen teures Geld dafür zu bezahlen, ihr Zusammenhänge zu erklären, die sie längst kannte. Aber so, wie die Dinge derzeit standen, war sie mit ihrem Latein am Ende. Sie brauchte dringend Hilfe, so viel war klar. Zumindest ein Versuch konnte nicht schaden.

Man schien sie bereits erwartet zu haben. Kaum dass Lea den Empfangsbereich betreten hatte, wurde ihr von einer freundlichen Sprechstundenhilfe der Mantel abgenommen und sie wurde in ein angrenzendes Behandlungszimmer geleitet.

Der Raum war genauso, wie sie ihn sich vorgestellt hatte. In der Mitte prangte eine bequem aussehende Sitzgarnitur aus dunkelrotem Stoff, auf dem filigranen Glastisch standen gleich mehrere Packungen Taschentücher bereit. Die Bücherregale an den Wänden waren bis zum Anschlag mit medizinischer Fachliteratur gefüllt. In der Ecke befand sich ein dunkler Holztisch, der vor Büchern und Akten regelrecht überzugehen schien.

Erst jetzt entdeckte sie den Mann, der halb verdeckt von einem Bücherstapel hinter dem Schreibtisch gesessen hatte und bei Leas Eintreten aufgestanden war. Selbst in den Ballerinas, die sie trug, reichte er Lea gerade einmal bis zu den Schultern. Die dürre Gestalt des Männleins erweckte den Eindruck, als drohte er jeden Moment zusammenzubrechen. Mit einem offenen Lächeln kam er auf Lea zu und streckte ihr die Hand zur Begrüßung hin. Überrascht stellte sie fest, dass sein Händedruck entgegen seinem äußeren Erscheinungsbild erstaunlich kräftig war.

»Doktor Aicher, sehr erfreut. Sie müssen Frau Lamparta sein. Schön, dass Sie gekommen sind.«

»Danke, dass Sie sich so kurzfristig Zeit genommen haben«, erwiderte Lea und wischte sich die vor Nervosität feuchten Handflächen an ihren Jeans ab.

»Nun, Sie kommen auf Empfehlung von Doktor Spieß. Wir haben damals gemeinsam unsere Facharztausbildung gemacht. Ich halte große Stücke auf sie. Außerdem – in einem so interessanten Fall wie dem Ihren ...« Er vollendete den Satz nicht.

Eindringlich musterte er sie und Lea beschlich das ungute Gefühl, als könnte er ihr direkt in ihre geschundene Seele blicken. Beschämt senkte sie den Kopf.

»Bitte – nehmen Sie doch Platz.«

Er deutete auf die Sitzgruppe und nickte seiner Sekretariatskraft in einer stummen Aufforderung, sich zu entfernen, kurz zu.

Diese verabschiedete sich mit einer angedeuteten Verbeugung von Lea, dann fiel die Tür hinter ihr ins Schloss.

Zögerlich ließ sich Lea auf die Sofakante sinken.

»Erwarten Sie, dass ich mich hinlege?«

Der Arzt gluckste. »Ganz wie Sie belieben. Aber von mir aus können Sie auch ruhig sitzen bleiben. Das ist Ihre erste Sitzung in Sachen Psychotherapie?«

Lea spürte, wie sie rot anlief. »Ist das so offensichtlich?«

»Ich versuche nur, mir ein Bild zu machen, Frau Lamparta. Und nun ja – die Frage eben hat Sie entlarvt. Aber machen Sie sich keine Gedanken. Bei mir sind Sie in guten Händen.«

Er griff nach der Wasserkaraffe vor ihnen und füllte zwei Gläser. Eines davon schob er Lea über den Tisch hinweg zu. Dankbar nahm sie gleich mehrere Schlucke. Ihre Kehle war wie ausgetrocknet.

»Nach unserem Telefonat neulich habe ich wie vereinbart mit Frau Spieß Rücksprache gehalten. Ich bin mit Ihrer medizinischen Vorgeschichte daher dem Grunde nach vertraut. Sie leiden an retrograder Amnesie, ausgelöst durch eine posttraumatische Belastungsstörung. Ein Autounfall – nicht wahr?«

Lea nickte.

»Was ist das Letzte, an das Sie sich aktiv erinnern?«

»Der Ball meiner ehemaligen Schule vor dreizehn Jahren. Mein damaliger Freund Christopher hat mich im Anschluss nach Hause gebracht.« Sie zuckte resigniert die Schultern. »Dann bin ich im Krankenhaus wieder aufgewacht. Das war vor gut zwei Wochen.«

Der Arzt nickte kaum merklich. »In Ordnung. Ich werde Ihnen jetzt ein paar Fragen stellen. Diese erste Sitzung dient dazu, dass ich mir ein Bild von Ihnen und Ihrer Situation mache. Damit wir gemeinsam entscheiden, wie wir weiter vorgehen. Alles klar?«

Fasziniert beobachtete Lea ihren Therapeuten. Gerade noch hatte er wie ein altes, dürres Männlein gewirkt, doch kaum öffnete er den Mund, fühlte sie die Kraft, die von ihm ausging. Seine Worte strahlten Selbstsicherheit und Ruhe aus. Ihre Anspannung legte sich ein wenig.

»Das alles muss ein ziemlicher Schock für Sie sein. Aufzuwachen und nicht zu wissen, was die letzten Jahre passiert ist – was für eine schreckliche Vorstellung. Wie geht denn Ihr Umfeld mit Ihrem Gedächtnisverlust um? Waren Sie bereits in der Lage, die fehlenden Puzzlestücke zusammenzusetzen?«

Lea gab ein heiseres Lachen von sich, das eher wie ein Bellen klang. »Sie haben ja nicht die geringste Ahnung. Es ist ein einziger Albtraum. Gleich nachdem ich entlassen wurde, bin ich zum Haus meiner Eltern gefahren. Immerhin habe ich in meiner Erinnerung noch bei ihnen gewohnt. Fehlanzeige. Mein alter Herr weigert sich, mit mir zu sprechen, hat mir wortwörtlich die Tür vor der Nase zugeschlagen. Wie es scheint, haben wir Jahre schon keinen Kontakt mehr. Kurz darauf habe ich herausgefunden, dass mein Bruder und meine Mutter tot sind. Seit dreizehn Jahren, um genau zu sein. Ach ja – meine Tante, die Schwester meiner Mutter, übrigens auch. Brustkrebs.«

Sie seufzte. »Wir standen uns sehr nahe, müssen Sie wissen. Ich vermute, dass ich die letzten Jahre viel bei ihr gewesen bin. Meinen Kontoauszügen konnte ich jedenfalls entnehmen, dass ich durchwegs im Ausland war, vor allem in Italien. Inzwischen weiß ich außerdem, dass ich verheiratet war – oder eigentlich bin ich das noch, aber mein Mann hasst mich und will die Scheidung. Ich habe eine Tochter, Felicitas, sie müsste jetzt neun Jahre alt sein. Auch an sie kann ich mich nicht erinnern. Können Sie sich das vorstellen? Herauszufinden, dass Sie ein Kind haben und Sie wissen nichts mehr davon?«

Lea atmete schwer, erschöpft von ihrem Redeschwall.

»Das muss eine extreme Belastung sein«, sagte Doktor Aicher behutsam. Seine Miene war voller Anteilnahme. »Woran sind sie gestorben? Ihre Mutter und Ihr Bruder, meine ich?«

In kurzen Sätzen berichtete Lea ihm das Wenige, das sie wusste.

Am Ende herrschte bedrückendes Schweigen.

»Herr Doktor«, ergriff Lea nach einer Weile wieder das Wort. »Glauben Sie, dass meine Erinnerungen wiederkommen? Doktor Spieß – sie hat gesagt, je länger die Amnesie anhält ...« Sie brach ab.

Doktor Aicher hob den Kopf und fixierte Lea mit einem durchdringenden Blick. Erneut fühlte sie Unbehagen in sich aufsteigen, doch diesmal hielt sie dem Blickkontakt stand.

»Das kann ich Ihnen nicht versprechen, Frau Lamparta. Aber ich denke, die Chancen stehen nicht schlecht. In Fällen von retrograder Amnesie kehrt das Gedächtnis meistens irgendwann zurück. Zumindest teilweise. Meiner ersten Einschätzung nach war Ihr Unfall nur der Auslöser. Das eigentliche Problem liegt woanders, tiefer. Vermutlich in einem nicht verarbeiteten Trauma. Davon hatten Sie ja so einige zu bewältigen. Der Sturz ins Wasser hat diesen seelischen Schock wieder an die Oberfläche getragen. Es könnte mit dem Tod Ihres Bruders und Ihrer Mutter zusammenhängen, mit dem Zerwürfnis mit Ihrem Vater. Oder es gab ein anderes Ereignis, das Sie tief erschüttert hat, von dem wir zu diesem Zeitpunkt noch nichts wissen. Vor uns liegt eine Menge Arbeit. Aber ich bin zuversichtlich. Geben Sie sich die Zeit, die Sie brauchen.«

Lea nickte. Das war zwar nicht die Antwort, die sie sich erhofft hatte, aber zumindest wirkte er ehrlich.

»Und wie geht es jetzt weiter?«

»Für den Anfang halte ich es für das Beste, wenn sie zweimal pro Woche zu mir kommen. Termine vereinbaren Sie bitte mit meiner Sprechstundenhilfe. Und eines noch, Frau Lamparta: Haben Sie seit Ihrer Entlassung mit Ihrem Vater gesprochen?«

Lea gab ein abfälliges Schnauben von sich. »Seit er mich vor die Tür gesetzt hat, meinen Sie? Nein. Ich glaube nicht, dass das viel Sinn macht.«

»Nun, ich kann Ihnen nur den Rat geben, es noch einmal zu versuchen. Vielleicht liefert er Ihnen Informationen, die Ihnen helfen zu verstehen, was passiert ist. Und so traurig es auch sein mag – wie es scheint, ist er Ihr einziger lebender Verwandter. Von Ihrer Tochter einmal abgesehen.«

Zweifelnd blickte sie auf den Therapeuten hinab. »Sie hätten sein Gesicht sehen sollen, als ich vor seiner Tür aufgetaucht bin.« Sie erschauerte. »Es war furchtbar. Dieser Hass in seinen Augen ...«

»Ich kenne Ihren Vater nicht, Frau Lamparta. Und ich weiß nicht, was zwischen Ihnen vorgefallen ist. Aber auch ich habe Kinder. Und glauben Sie mir: Kein Vater hasst sein eigenes Fleisch und Blut. Geben Sie ihm und sich noch eine Chance. Ich bin mir sicher, die Mühe wird sich lohnen.«

KAPITEL 21

Anna. Damals (2004)

Anna fächelte sich mit der Hand Luft zu. Obwohl es
erst kurz nach zehn Uhr morgens war, war es auf der
Zuschauertribüne bereits unerträglich heiß. Die Sonne
strahlte unbarmherzig auf sie herab, kein Wölkchen verdeckte den strahlend blauen Himmel.
Gespannt ließ sie den Blick über den Kunstrasen wandern. Das Spiel hatte soeben begonnen, die zweiundzwanzig Jugendlichen schienen wahllos auf dem Spielfeld verteilt, auch wenn Anna natürlich wusste, dass sich hinter
ihrer Formation eine ausgeklügelte Spieltaktik verbarg.
Am rechten äußeren Rand entdeckte sie Christopher, der
mit hohem Tempo auf den Ball in der Mitte des Felds zulief. Sein hellrotes Trikot mit der Nummer sieben flatterte
im Wind.

Anna kam nicht umhin, die bewundernden Blicke der
Mädchen ringsum zu bemerken, die die Augen nicht von
seinem muskulösen Oberkörper nehmen konnten, und ein
Anflug von Stolz überkam sie. Christopher war in den
letzten Monaten um mindestens eine Kopflänge gewachsen und mit seinen 1,86 Metern einer der Attraktivsten der
Mannschaft.

»Hey, Anna, ist der Platz neben dir frei?«
Die Stimme gehörte zu einem dunkelhaarigen Mädchen
mit imposanter Oberweite, die so gar nicht zu ihrer ansonsten zierlichen Gestalt passen wollte. Der Eindruck wurde
durch den Push-up-BH, der unter ihrem engen Top hervorlugte, noch verstärkt. Sie sah aus, als würde sie jeden

Moment vorne überkippen. Mit ihrem knallrot lackierten Fingernagel deutete sie auf den leeren Platz links von ihr. »Klar, setz dich.«

Anna schenkte ihrer Klassenkameradin ein freundliches Lächeln. Fiona war die Freundin von Tom, des Captains der Fußballmannschaft. Die beiden waren erst vor einigen Monaten zusammengekommen und ihre Kommilitonin ließ keine Gelegenheit aus, ihrem Freund beim Spielen zuzusehen – beziehungsweise ihre Besitzansprüche vor den anderen Mädchen zu verteidigen, wie Anna insgeheim vermutete.

Anfangs hatte ihr die Vorstellung, dass sie Fiona nun auch in den Sommerferien sehen musste, gar nicht gefallen. Seit sich Christopher in der Klasse vor einigen Jahren offen zu ihrer Freundschaft bekannt hatte, ließen Tobias und die anderen sie zwar vordergründig in Frieden, aber Anna war nicht dumm. Sie wusste, wie hinter ihrem Rücken über sie geredet wurde, wenn Christopher nicht in Hörweite war, um sie zu verteidigen.

Landpomeranze. Mauerblümchen. Schoßhündchen.

Erst in der letzten Schulwoche vor den Ferien hatte sie eine tote Maus in ihrem Spint gefunden, als Christopher wegen einer Erkältung für eine Weile das Bett hatte hüten müssen. Anna wusste, was das bedeutete. Sie wurde geduldet. Um Christophers Willen. Das war aber auch schon alles.

Anna schüttelte sich beim Gedanken an das Tier, dessen kahler Schwanz in ihrem Wörterbuch festgeklemmt gewesen war. Mit einem ohrenbetäubenden Kreischen war sie zurückgeschreckt und der Inhalt ihres Spints hatte sich über den Fußboden ergossen. Noch heute hallte das Gelächter ihrer Klassenkameraden in ihren Ohren wider.

Unser Landei wird doch nicht vor einer harmlosen Maus Angst haben?

Auch Fiona hatte sich eines trägen Grinsens nicht erwehren können. Immerhin hatte sie den Anstand besessen, beschämt den Kopf zu senken, als sich ihre Blicke trafen.

Doch hier, fernab der Schule und zusammengeschweißt durch die vielen gemeinsamen Nachmittage auf den Zuschauertribünen, hatte sich Fiona zu Annas Erstaunen als recht angenehme Gesellschaft entpuppt.

»Tut mir leid, dass ich zu spät bin. Habe ich was verpasst?«, riss Fionas Stimme sie aus ihren Gedanken.

»Nein, bisher ist nicht viel passiert. Du kommst gerade recht.«

»Schickes Teil übrigens!«

»Danke.«

Stolz blickte Anna an ihrem Körper hinab. Sie trug ein weites hellgelbes Sommerkleid, ein Geschenk ihrer Mutter zum siebzehnten Geburtstag.

Die beiden wandten ihre Aufmerksamkeit dem Spielfeld zu. Tom war im Ballbesitz und rannte mit hoher Geschwindigkeit auf das gegnerische Tor zu. Zwei Jungen mit blauen Trikots folgten ihm dicht auf den Fersen. Fiona erhob sich.

»Komm schon, Tom, du schaffst das!«, brüllte sie.

Gerade als ihn einer der gegnerischen Spieler erreicht hatte, kickte Tom den Ball in einem scharfen Winkel zur Seite. Darauf hatte Christopher gewartet. Er fackelte nicht lange. Bevor der Tormann reagieren konnte, hatte er den Ball bereits in die linke Ecke des Netzes befördert.

»Tor!«, rief die eine Hälfte der Zuschauertribüne und die beiden Mädchen mit ihr. Fionas Brüste hüpften vor Freude auf und ab. »Bravo, Tom!«

»Unsere Männer sind wirklich ein tolles Team«, keuchte sie, nachdem der Applaus verklungen war und sie sich wieder an Annas Seite niedergelassen hatte.

»Ja, das sind sie wohl.«

»Du gibst es also endlich zu?« Fiona grinste verschwörerisch.

»Hm? Was soll ich zugeben?«

»Komm schon, Anna, jetzt tu doch nicht so unschuldig.« Fiona verdrehte die Augen. »Ich bin doch nicht blöd. Zwischen dir und Christopher – da läuft doch etwas, das sehe ich genau.«

»Blödsinn.« Anna, spürte, wie sie rot anlief. Rasch wandte sie den Blick ab. »Wir sind nur beste Freunde. Das ist alles.«

Fiona hob eine Augenbraue. Sie wirkte alles andere als überzeugt.

»Tatsächlich?«

»Ja«, erwiderte Anna mit Nachdruck. »Können wir uns jetzt bitte auf das Spiel konzentrieren? Dafür sind wir schließlich hergekommen.«

Demonstrativ starrte sie auf die grüne Rasenfläche.

»Dann ist er also nicht heimlich in dich verliebt?«

»Bitte was?« Anna schnappte nach Luft. »Wie kommst du denn auf die Idee?«

»Ich kann nicht glauben, dass du es nicht siehst.« Fiona schüttelte den Kopf. »Wenn Christopher nicht auf dich steht, wie erklärst du dir dann, dass er keine Freundin hat? Nicht mal eine Affäre? Ich meine, schau ihn dir doch an!« Sie deutete auf das Spielfeld, wo Christopher gerade versuchte, einem gegnerischen Spieler den Ball abzujagen. »Ich meine, er ist echt heiß. Er könnte praktisch jede haben! Und was macht er? Verbringt seine Zeit lieber mit seiner *besten Freundin*.« Die letzten Worte trieften nur so vor Sarkasmus. »Die, nebenbei bemerkt, auch nicht übel aussieht.«

»Du meinst mich?«

»Wen soll ich sonst meinen. Ich gebe zu, ich hatte es nicht erwartet, aber du hast dich gemausert. Bist endlich diese scheußliche Brille und die Zahnspange losgeworden

128

und flach wie ein Brett bist du auch nicht mehr. Wenn du dir etwas mehr Mühe beim Schminken geben würdest, könnte man dich glatt hübsch finden.«

Anna starrte sie ungläubig an. »Du verarschst mich doch, oder?«

»Wieso sollte ich? Vertrau mir. Er steht auf dich. Betrachte es als gut gemeinten Rat von Frau zu Frau: Schnapp ihn dir, bevor es eine andere tut.«

Anna machte eine wegwerfende Handbewegung. »Das bildest du dir ein. Glaub mir. Wir sind nur gute Freunde.«

Doch in ihrem Kopf wirbelten die Gedanken nur so durcheinander. Hatte Fiona womöglich recht? War Christopher in sie verliebt und sie hatte es bloß nicht bemerkt? Jetzt, wo sie darüber nachdachte, musste sie zugeben, dass ihre Klassenkameradin nicht völlig unrecht hatte. Sie hatte ihren besten Freund tatsächlich nur selten mit einer anderen gesehen. Obwohl es ihm an Angeboten gewiss nicht mangelte, hatte er sich nie sonderlich für die Frauen in seinem Umfeld interessiert.

»Aber natürlich.« Fiona verdrehte erneut die Augen. »Im Ernst, Anna. Ich sehe ja, wie ihr euch gegenseitig anschmachtet. Da ist mehr zwischen euch. Gib dir einen Ruck und mach du den ersten Schritt. Was hast du zu verlieren? Die Männer von heute sind doch viel zu eingeschüchtert von uns Klassefrauen!«

Anna grinste, sagte aber nichts. Fiona mit ihrem aus dem Shirt quellenden Busen hätte sie wohl kaum mit dem Begriff Klassefrau in Verbindung gebracht. Dennoch gaben ihr ihre Worte zu denken.

Was, wenn es wahr ist?

Den Gedanken hatte sie bislang nicht einmal zu träumen gewagt.

Ihr Gespräch wurde durch einen gellenden Pfiff unterbrochen. Annas Blick flog zurück auf die Rasenfläche, wo sich Christophers Mannschaft mit lauten Jubelrufen in die Arme fiel. Das Spiel war vorbei. Sie hatten gewonnen.

Die Zuschauer strömten dem Ausgang zu, während sich die Mädchen ihren Weg durch die Menschenmassen in Richtung Spielfeld bahnten. Schon hatte Fiona die Bande überwunden und stürzte sich mit einem Jauchzer in Toms offene Arme.

Anna wandte den Blick ab.

»Hey, du.«

Sie wirbelte herum und erblickte Christopher.

»Selber hey. Ich gratuliere. Ihr wart großartig«, beglückwünschte sie ihren besten Freund.

»Danke, ich weiß.« Er grinste. »Ich muss jetzt erst mal unter die Dusche. Aber – Anna?«

»Ja?«

»Heute Abend trifft sich die Mannschaft in einer Bar zum Feiern. Die meisten bringen ihre Freundin oder eine Begleitung mit. Ich kann doch auf dich zählen?«

Anna stockte der Atem. Meinte er das tatsächlich so, wie sie dachte? Im Augenwinkel fing sie Fionas Blick auf, die ihr triumphierend zulächelte. Na bitte, schien er zu sagen. Habe ich es dir nicht gesagt?

Annas Herz pochte wie wild.

»Klar. Bin dabei.«

KAPITEL 22

Christopher

Mit eiligen Schritten überquerte Christopher die Straße. Das Wasser peitschte ihm ins Gesicht, Regen tropfte ihm von der Hutkrempe in den Mantelkragen. Grimmig hob er die Schultern und beschleunigte sein Tempo. Das *Kaffee Stein* lag nicht weit von seiner Kanzlei entfernt, keine fünf Minuten Fußmarsch.

Wenn ich nicht vorher ertrinke, dachte er düster und wich einer Pfütze von der Größe eines Planschbeckens aus.

Mit einem Ruck stieß er die Lokaltür auf und schlüpfte durch den Vorhang, der den Eingang markierte. Während er sich den Regen von der Kleidung beutelte, sah er sich in dem vertrauten Lokal suchend nach seiner Verabredung um. Wie üblich war das Kaffeehaus überwiegend von Studenten bevölkert, die meisten Tische waren belegt. Schließlich entdeckte er sie an einem Platz am Fenster, in eine Tageszeitung vertieft, in der rechten Hand eine halbvolle Kaffeetasse.

Sofort machte sich das vertraute Ziehen in seiner Brust bemerkbar und er konnte nicht anders, als atemlos innezuhalten. Sein Blick wanderte über das blonde Haar, das ihr in weichen Wellen bis über die Brust fiel, und blieb an ihren langen Beinen hängen. Sein Puls beschleunigte sich. Gebannt beobachtete er, wie Lea die Tasse an die vollen Lippen führte, die Stirn nachdenklich gerunzelt.

Verdammt. Beinahe hätte ich vergessen, wie schön sie doch ist.

Ärger wallte in ihm hoch, ob seiner Schwäche. Was hatte diese Frau bloß an sich, dass sie immer noch eine solche Wirkung auf ihn hatte? *Contenance bewahren, Christopher. Sie mag unschuldig wirken, aber hinter ihrer Fassade verbirgt sich ein egoistischer, flatterhafter Charakter. Du weißt, wie sie wirklich ist. Vergiss das ja nicht.*

Seit Lea überraschend in der Kanzlei aufgetaucht war, haderte er mit sich, ob er sie anrufen sollte. Unzählige Male hatte er zum Hörer gegriffen, die Nummer gewählt, die er inzwischen auswendig kannte. Wieder aufgelegt, bevor das Freizeichen ertönte. Letztendlich hatte die Neugierde gesiegt. Trotz allem, was passiert war, wie schrecklich ihre Ehe auch geendet hatte – Lea war seine erste große Liebe. Und die erste Liebe vergisst man nicht. Schon gar nicht, wenn sie die Mutter des einzigen Kindes ist.

Er stieß einen tiefen Seufzer aus.

Vielleicht hatte das alles auch sein Gutes. Endlich bekam er die Gelegenheit, die Sache abzuschließen. War es nicht das, wonach er sich die letzten Jahre gesehnt hatte? Die Vergangenheit hinter sich zu lassen? Frieden zu finden?

Er zwang seine Schultern in eine selbstbewusste Haltung und legte die verbleibenden Meter zu ihrem Tisch zurück.

»Hallo, Lea.«

Sie zuckte zusammen, wobei sie beinahe ihren Kaffee über die Zeitung geleert hätte.

»Tut mir leid, ich wollte dich nicht erschrecken.«

»Unsinn, das hast du nicht. Ich habe dich nur nicht kommen hören.« Sie schob das Heft beiseite. »Bitte, setz dich doch.«

Christopher gab der Kellnerin ein Zeichen, ihm einen Espresso zu bringen, und ließ sich auf den Platz gegenüber sinken. Die Arme platzierte er bewusst einnehmend in der Mitte des Tisches. Ein paar Sekunden herrschte peinliches Schweigen.

»Ich habe mich gefreut, dass du angerufen hast«, sagte Lea schließlich zaghaft. »Ich hatte schon nicht mehr damit gerechnet.«

Beim Anblick ihres scheuen Lächelns zog sich Christophers Herz schmerzhaft zusammen.

»Darf ich fragen, was dich umgestimmt hat?«

»Du hast die Scheidungspapiere nicht unterschrieben, deswegen.«

Seine Stimme war forscher als beabsichtigt und beinahe tat es ihm leid. Ihrem Blick ausweichend griff er in die Tasche und zog ein dickes Bündel Papiere heraus.

»Ich habe sie noch einmal für dich ausgedruckt. Es ist eine Standardvereinbarung. Sieh sie dir in Ruhe durch. Du wirst keine Unterhaltsverpflichtungen oder dergleichen darin finden. Ich brauche dein Geld nicht. Aber es steht dir natürlich frei, den Vertrag von einem Rechtsanwalt deiner Wahl prüfen zu lassen.«

Sein Gesicht brannte unter ihrem verletzten Blick und er hielt den Kopf gesenkt. Er kannte diesen Ausdruck in ihren Augen. Er hatte ihn noch nie ertragen.

Widerwillig fügte er hinzu. »Und – natürlich wollte ich auch wissen, wie es dir geht. Ich hatte ein aufschlussreiches Gespräch mit einer gewissen Doktor Spieß. Deiner Ärztin. Sie hat deine Geschichte bestätigt.«

Lea keuchte auf. »Meine Geschichte? Dachtest du wirklich, ich hätte das alles bloß erfunden?«

Ihre Hände waren fest ineinander verknotet, ein untrügliches Zeichen, dass sie aufgebracht war.

»Offen gestanden – ja, dieser Gedanke ist mir durchaus gekommen.« Er seufzte. »Sieh mal, Lea. Ich habe drei Jahre nichts von dir gehört. Kein Anruf, keine Nachricht, nichts. Ich wusste nicht, ob es dir gut geht, geschweige denn, wo du bist. Und dann – und zwar kurz nachdem ich die Scheidungspapiere auf gut Glück an die Adresse deiner Tante geschickt habe – tauchst du aus heiterem Himmel wieder auf. Behauptest, du könntest dich an nichts erinnern. Du kannst wohl nicht abstreiten, dass du temperamentvoll und manchmal etwas – dramatisch – sein kannst. Versetz dich doch mal in meine Lage. Was hättest du an meiner Stelle gedacht?«

»Verstehe.« Dann schüttelte sie heftig den Kopf. »Nein, eigentlich verstehe ich gar nichts. Danke für dein Mitgefühl, aber ich komme schon klar.«

Sie griff nach ihrer Handtasche und machte Anstalten sich zu erheben.

Christopher unterdrückte ein Stöhnen.

Typische Trotzreaktion. Typisch Lea.

Am liebsten hätte er sie einfach gehen lassen. Sollte sie doch schmollen. Aber er war nicht hergekommen, um unverrichteter Dinge wieder abzuziehen. Was er brauchte, waren Antworten. Also streckte er die Hand aus und legte sie behutsam auf ihren Oberarm.

Als er diesmal das Wort ergriff, hatte seine Stimme einen sanften Tonfall angenommen. »Du hast meine Frage nicht beantwortet. Wie geht es dir? Nur weil wir getrennt sind, heißt das schließlich nicht, dass du mir völlig gleichgültig bist.«

Lea hielt mitten in der Bewegung inne.

»Wie es mir geht? Wie sollte es mir denn deiner Meinung nach gehen? Ich bin verzweifelt. Aber das beschreibt es nicht einmal annähernd. Kannst du dir auch nur im Entferntesten vorstellen, wie es sich anfühlt, aufzuwachen, und dreizehn Jahre sind vergangen? Puzzlestück für Puzzlestück herauszufinden, was aus deinem Leben geworden ist? Und – bislang gefällt mir nicht, was ich erfahren habe. Mutter und Bruder tot, ein Vater, der mich hasst, die einzige echte Freundschaft im Sande verlaufen, eine gescheiterte Ehe, kein nennenswerter beruflicher Werdegang.«

Sie ließ sich wieder auf den Stuhl sinken und vergrub ihr Gesicht in den Händen.

»Mag sein, dass ich selbst schuld bin an dem, was aus mir geworden ist. Aber das macht es nicht weniger schrecklich.«

Mit einer theatralischen Geste fuhr sie sich über die Stirn.

»Und sieh nur – Falten habe ich auch bekommen. Ist das nicht furchtbar?«

Christopher konnte sich nur mit Mühe ein Lachen verkneifen.

»Du hast recht. Von allem, was du gerade gesagt hast, sind die Falten mit Abstand das Schlimmste. Jetzt, wo du es sagst – dein Gesicht gleicht einer schrumpeligen Rosine. Dass du dich überhaupt noch vor die Tür traust ...«

Er grinste.

»Mach dich nicht über mich lustig!«, rief sie aufgebracht, doch ihre Mundwinkel zuckten verräterisch.

»Ach komm schon. Du hast keine Falten, das weißt du genau. Im Gegenteil, ich glaube nicht, dass du jemals schöner gewesen bist. Das lass dir mal von jemandem gesagt sein, der dich praktisch dein Leben lang kennt.«

»Meinst du wirklich?«

Hoffnung schimmerte in ihren Augen und Christopher biss sich auf die Unterlippe. Demonstrativ rückte er ein paar Zentimeter von ihr ab.

»Ja«, erwiderte er, diesmal schroffer. »Und jetzt sag mir, was ich für dich tun soll. Deswegen bist du doch zu mir gekommen, oder etwa nicht? Was ist es, das du willst, Lea?«

Der Funke in ihren Augen erlosch und sie senkte den Blick.

»Ich brauche Antworten. Ich muss einfach wissen, was passiert ist. Mit meiner Familie, mit uns.«

Christopher seufzte. Das hatte er befürchtet. »Was genau willst du denn wissen?«

»Alles. Von Anfang an. Ich weiß, dass Lo bei einem Eislaufunfall ums Leben gekommen ist. Kurz darauf ist Mama gestorben. Was war dann? Und wieso spricht Papa nicht mehr mit mir? Ich war vor ein paar Wochen bei ihm.« Sie erschauerte sichtlich. »Es war schrecklich. Er hasst mich. Warum? Was habe ich getan?«

Für einen Augenblick schloss Christopher die Augen. Das Letzte, wonach ihm stand, war, alte Wunden aufzureißen. Über die Phase seines Lebens nachzudenken, die er so gerne endlich hinter sich gelassen hätte. Dennoch kam er nicht umhin, Mitleid für Lea zu empfinden.

Also begann er stockend zu sprechen.

»Der Unfall deines Bruders war ein großer Schock. Es war eine schwere Zeit, für deine Familie, für uns.« Er schluckte und spürte, wie ihm ein kalter Schauer den Rücken hinunterlief. Bilder schossen ihm durch den Kopf, Bilder, die er mit aller Kraft verdrängt hatte. Erinnerungen, die er hinter einer Tür mit der Aufschrift »Betreten verboten« tief in seinem Unterbewusstsein weggesperrt hatte.

Lea schien von seiner inneren Qual nichts mitbekommen zu haben, denn sie sagte: »In der Zeitung stand, ich hätte ihn gefunden. Sag mir die Wahrheit, Christopher. Ich muss es wissen. War es – war es meine Schuld?«

Ihre Augen waren angstvoll aufgerissen, ihre Finger so fest ineinander verschlungen, dass die Fingerknöchel weiß hervortraten. Es tat ihm in der Seele weh, sie so zu sehen.

Die Wahrheit. Was für ein überbewertetes Wort. Wozu ist sie nütze, nach all den Jahren?

»Es war ein Unfall«, sagte er schließlich. »Du konntest nichts tun. Aber ja, du warst dort. Du hast versucht, ihn zu retten, doch es war zu spät.«

Lea atmete erleichtert auf.

»Kurz darauf ist deine Mutter verstorben. Ein Herzinfarkt, kam ganz plötzlich.«

»Sie war doch noch nicht einmal fünfzig!«

Christopher zuckte die Achseln. »Mag sein. Aber so ist es gewesen. Ich denke, sie hat Lorenz' Tod nicht verkraftet.« Er seufzte schwer. »Das hat für deinen Vater das Fass zum Überlaufen gebracht. Er hat sich abgekapselt, sich immer weiter zurückgezogen. Nicht nur vor dir, vor allen. Du konntest nicht zu ihm durchdringen. Niemand konnte das.«

»Aber warum hasst er mich dann so? Wenn mich doch keine Schuld trifft?«

»Ich kann es dir beim besten Willen nicht sagen. Ich glaube, seine Reaktion war eine Art Selbstschutz. Kurz darauf bist du ausgezogen, in unsere erste gemeinsame Wohnung. Dein Vater, deine ganze Familie, waren Tabuthemen zwischen uns. Du wolltest nicht darüber sprechen. Nicht mal mit mir.«

Er seufzte.

»Ich habe mit dem Jusstudium begonnen. Du zunächst auch. Dann hast du auf die Wirtschaftsuni gewechselt, schließlich zu Politikwissenschaften. Keines davon schien das Richtige für dich zu sein. Du warst viel unterwegs, ständig auf Achse. Mit mir, aber nicht nur. Mit dem Erbe deiner Mutter war das finanziell kein Thema. Du wolltest die Welt sehen, wurdest nervös, wenn du gezwungen warst, zu lange an einem Ort zu bleiben. Anfangs warst du oft wochenlang weg.«

Er hielt inne. Nahm einen Schluck aus seinem Wasserglas. »Das alles fand ein jähes Ende, als wir erfahren haben, dass du schwanger bist. Da war ich gerade mit dem Studium fertig. Wir haben geheiratet. Es war eine kleine Feier. Du bist in deiner Mutterrolle regelrecht aufgegangen. Ich dachte, du wärst endlich zur Ruhe gekommen.« Ungewollt schob sich ein Lächeln auf sein Gesicht.»Ich glaube, das war die glücklichste Zeit meines Lebens.«

»Und warum haben wir uns dann getrennt? Wenn wir doch so glücklich waren?«

Christopher sah traurig auf Lea hinab.»Als Felicitas fünf war, hat dich erneut die Unruhe gepackt. Du wurdest zunehmend unzufrieden, wolltest dein altes Leben zurück. Tja. Eines Tages, das muss ungefähr ein Jahr später gewesen sein, kam ich nach Hause und du hast mir eröffnet, dass du wegwolltest. Nicht länger so weitermachen könntest. Ich habe versucht, dich davon abzuhalten – vergebens. Felicitas blieb bei mir.«

Er zuckte die Achseln.»Den Rest kennst du.«

Einen Moment sagte niemand von ihnen ein Wort. Lea war in sich zusammengesunken, sie sah aus wie das personifizierte Häufchen Elend.

»Es tut mir so leid«, flüsterte sie nach einer Weile.»Was ich dir angetan habe, auch wenn ich mich nicht daran erinnern kann. Mit mir verheiratet zu sein, muss ein Albtraum für dich gewesen sein.« Sie schluckte.»Als ich dich gesehen habe, in deiner Kanzlei, habe ich die Verachtung in deinem Blick erkannt. Ich habe es nicht begriffen. Jetzt verstehe ich es. Ist es das, was du empfindest, wenn du mich ansiehst? Hass?«

Ihre letzten Worte waren kaum zu vernehmen, so leise hatte sie gesprochen.

Christopher fuhr sich mit beiden Händen durchs Haar. Horchte in sich hinein. Tat er das? Hasste er sie?

»Nein«, sagte er schließlich langsam.»Ich gebe zu, es gab Zeiten nach unserer Trennung, in denen ich dir die

Pest an den Hals gewünscht habe, für das, was aus uns geworden ist. Du hast mich verlassen. Mich und Felicitas. Doch nein, gehasst habe ich dich nie. Ich denke, das könnte ich gar nicht. Ich habe Jahre gebraucht, um darüber hinweg zu kommen, mein Leben wieder auf die Reihe zu kriegen, und du kannst mir glauben, das war nicht leicht. Ich wollte die Scheidung, Lea. Das heißt – das will ich immer noch. Aber nein, ich hasse dich nicht.«

Leas Blick ruhte auf ihm. Ihre Miene war unergründlich. Was wohl in ihrem Kopf vorging? Er konnte es nicht sagen.

»Du musst mich gehen lassen, Lea«, murmelte er eindringlich. »Das bist du mir nach allem, was wir durchgemacht haben, schuldig.«

Sie sagte immer noch nichts. Mit hängenden Schultern starrte sie auf ihre zusammengekrampften Hände.

»Warum bist du zurückgekommen? Nach all den Jahren? Was willst du überhaupt hier in Wien?«

»Wie ist sie so?«, fragte Lea unvermittelt, ohne auf seine Fragen einzugehen.

Christopher runzelte irritiert die Stirn. »Was? Wen meinst du?«

»Unsere Tochter. Felicitas. Wie ist sie so?«

Wie immer, wenn er an seine Tochter dachte, musste er unwillkürlich lächeln. »Felicitas ist – ein Engel. Blond, blaue Augen, süßes Lachen. Manchmal sehe ich sie an und denke, du bist es, die da vor mir steht und mich um noch eine Gute-Nacht-Geschichte anbettelt. Sie ist die beste Tochter, die man sich wünschen kann. Und so intelligent! Sie ist jetzt in der dritten Schulstufe. Ich habe sie in die Piaristengasse gesteckt. Eine tolle Schule: Anständige Kinder, kleine Klassen und die Lehrerin ist ein Schatz.«

Er hielt keuchend inne.

»Kann ich sie sehen?«

Christophers Nacken versteifte sich. »Wie bitte?«

»Ich würde meine Tochter gerne kennenlernen. Das heißt, wenn du nichts dagegen hast.«

Unwillkürlich ballten sich seine Hände zu Fäusten. »Ob ich was dagegen habe? Natürlich habe ich was dagegen! Wie stellst du dir das vor? Hast du dir mal überlegt, wie das für sie wäre? Nach drei Jahren ihre Mutter plötzlich wiederzusehen, die zu allem Überfluss nicht einmal mehr weiß, wer sie ist? Sie war sechs, als du weggegangen bist. Denk doch nach!«

Lea zog den Kopf ein. »Du hast ja recht. Entschuldige – das war egoistisch von mir.«

»Warum bist du hier, Lea?«, wiederholte Christopher seine Frage.

Sie legte das Gesicht schief, als würde sie angestrengt nachdenken.

»Wenn ich ehrlich bin – ich weiß es nicht«, flüsterte sie. »Ich war bereits auf dem Weg nach Wien, als ich verunfallt bin.« Sie blickte ihm ernst in die Augen. Erneut spürte er das Flattern in seiner Magengrube, er schien machtlos dagegen zu sein. »Aber es kann nur zwei Gründe dafür geben. Dich. Und unsere Tochter. Und wenn ich dich so ansehe – bin ich mir sicher, dass es so sein muss.«

Der Zorn kam unvermittelt. Jäh kochte er in ihm hoch, verdrängte auf einen Schlag die Sehnsucht und die Begierde, die ihn bei Leas Anblick erfüllte.

Wie konnte sie ihm das antun? Ausgerechnet jetzt? Sein Blick fiel auf seine zu Fäusten geballten Hände. Unter Aufbringung all seiner Selbstbeherrschung zwang er sich, die Verkrampfung zu lösen.

Beruhige dich, verdammt.

»Du hast am Telefon gesagt, du wohnst bei Isabella?«, wechselte er unvermittelt das Thema, gegen die Wut in seinem Inneren ankämpfend.

Sie nickte.»Und du?«

»Wir sind vor zwei Jahren in eine größere Wohnung gezogen. Achter Bezirk. Hohe Räume, tolle Küche. Mehr Platz, als wir brauchen.«

Lea zog eine Augenbraue hoch.»Wir?«

»Felicitas und ich. Und – Anna.«

»Du hast eine Freundin?«

Die Bestürzung in ihrem Blick schürte seinen Zorn nur noch weiter. Diesmal gelang es ihm nicht, ihn in Schach zu halten.

»Ja. Ich habe eine Freundin. Was dachtest du denn? Es sind drei Jahre vergangen, Herrgott nochmal! Und es ist ja nicht so, als hätte ich dich für eine andere verlassen.«

»Wer ist sie?«

Ihre Stimme klang vollkommen ruhig, doch der harte Zug um ihren Mund verriet, wie aufgebracht sie war. Herausfordernd reckte sie das Kinn.

»Du kennst sie. Anna Wittmann.«

Lea riss ungläubig die Augen auf.»Anna? Deine beste Freundin Anna? Dieses unscheinbare Ding, das dir damals immer am Rockzipfel hing?« Sie schüttelte den Kopf.»Ich fasse es nicht.«

»Wofür hältst du dich eigentlich?«, brüllte er unvermittelt auf. Im Augenwinkel registrierte er, dass sich einige Studenten an den umliegenden Tischen verwirrt zu ihnen umdrehten. Doch es war ihm egal.

»*Du* hast *mich* verlassen! Ich liebe Anna. Und wir passen gut zusammen. Du hast kein Recht, Besitzansprüche an mich zu stellen!«

Lea stieß ein heiseres Lachen aus. Mit einer unwirschen Geste fegte sie die Papiere vom Tisch und erhob sich.

»Ich denke, es ist besser, wenn ich jetzt gehe. Ich will dein Leben nicht durcheinanderbringen, Christopher. Das war nicht meine Absicht.« Ein trauriges Lächeln umspielte

ihre Mundwinkel, als sie sich ein letztes Mal zu ihm um-
drehte. »Sag mir nur eines: Wenn du mit ihr zusammen
bist, ist es dann so wie mit uns?«

Mit diesen Worten wirbelte sie herum und verließ das
Lokal. Christopher starrte ihr mit offenem Mund hinterher.

KAPITEL 23

Lea

Anna Wittmann. Das verschwommene Bild eines Mädchens mit mausbraunem Haar erschien vor ihrem inneren Auge, die Hände in den Taschen ihrer Jeans vergraben, den Blick ehrfürchtig auf Christopher gerichtet. In Leas Erinnerung war sie ein stilles und unscheinbares Mädchen, das ihm wie ein Schatten auf Schritt und Tritt überallhin gefolgt war. Nach seiner Aufmerksamkeit und um Zuspruch lechzend, wie ein Hund nach einem Knochen.

Lea rümpfte die Nase.

Facebook sei Dank wusste sie alles über Anna Wittmann, was es zu wissen gab. Dass sie als Volksschullehrerin an einer Privatschule arbeitete, in ihrer Freizeit am liebsten mit den Frauen aus dem Lesezirkel zusammensaß oder mit Freundinnen ins Kino ging. Von ihrer großen Leidenschaft – dem Zubereiten exquisiter Kochrezepte – und von ihrer offensichtlichen Vorliebe für unförmige Schlabberpullover.

Ungläubig schüttelte sie den Kopf. Wieso hatte Christopher, *ihr* Christopher, sich ausgerechnet für sie entschieden? Die süße, brave Hausfrau in allen Ehren – aber Christopher Taler spielte in einer völlig anderen Liga.

Wie unzählige Male zuvor ließ sie ihr letztes Treffen Revue passieren. Nachdem sie sich von dem ersten Schock erholt hatte, war ihr einiges klar geworden. Christophers ablehnende Haltung, der Zorn, die Schuldzuweisungen, die sie so verstört hatten – das alles war bloß Show gewesen.

Ein Selbstschutzmechanismus, nichts weiter. Denn auch wenn er sich Mühe gegeben hatte, es nicht zu zeigen – tief in ihrem Herzen war sie sich sicher, dass er es ebenfalls gespürt hatte. Zwischen ihnen gab es diese spezielle Verbindung, ein Band, das selbst drei Jahre Trennung nicht zu zerreißen vermocht hatten. Sie hatte es gewusst, als sie ihn zum ersten Mal gesehen hatte und sie wusste es heute: Sie liebte diesen Mann. Und er liebte sie. War es nicht das, was am Ende zählte? War sie nicht genau deswegen überhaupt erst nach Wien zurückgekehrt? Die Art, wie er sie angesehen hatte, wenn er sich unbeobachtet wähnte, die flüchtige Berührung seiner Hand auf ihrem Arm, sagten mehr als tausend Worte.

Und gleich, wie viele Hürden es zu überwinden galt, durch wie viele brennende Reifen er sie springen ließ, bis er ihr vergab – sie würde ihn zurückgewinnen. Das musste sie einfach.

Resolut schob Lea den Gedanken an Christopher beiseite und warf einen Blick auf das Armaturenbrett ihres nagelneuen Audi Cabrios, das sie erst heute Morgen vom Händler geholt hatte. Dreiviertel eins. Ein nervöses Flattern machte sich in ihrer Magengrube breit. Gleich war es soweit. In wenigen Augenblicken würde sie ihre Tochter wiedersehen.

Sie öffnete die Wagentür und stieg aus. Hoch über ihr auf der gegenüberliegenden Straßenseite ragte ein imposantes Gebäude empor. Felicitas' Schule war in einem majestätischen Bauwerk mit hellgelbem Anstrich und hohen Fenstern untergebracht, das hinter einem begrünten Hof nahe der Maria Treu-Kirche gelegen war, inmitten des achten Wiener Gemeindebezirks.

Mit dem Rücken gegen ihren Wagen gelehnt, beobachtete sie wie die Kinder auf den Platz strömten. Sie hatte das Auto vorsorglich am Ende der Straße im Schatten zweier Kastanienbäume geparkt, sodass sie vom Eingang nicht sofort zu erkennen war.

Ihre Hände zitterten vor Aufregung, als sie die Menge nach einem bekannten Gesicht absuchte. Eines, das dem ihren ähnlich war. Dann machte Leas Herz unvermittelt einen Satz.

Das muss sie sein!

Ein kleines Mädchen war auf dem Treppenabsatz erschienen, das honigblonde Haar zu Zöpfen geflochten, die ihr fröhlich um die Schultern tanzten. Auf ihrem Rücken prangte ein knallroter Schulranzen, der so groß war, dass Lea fürchtete, Felicitas würde jeden Moment das Gleichgewicht verlieren. Ihre blauen Augen blickten suchend umher.

Leas Brust zog sich zusammen und sie spürte, wie sich Erleichterung in ihr breitmachte. Denn auch wenn sie sich nicht aktiv an ihre Tochter erinnern konnte, wusste sie doch mit hundertprozentiger Sicherheit, dass dieses Kind zu ihr gehörte. Sehnsucht und Freude drohten sie zu überwältigen. Am liebsten wäre Lea zu ihr hinübergelaufen und hätte die Arme um Felicitas' schmalen Körper geschlungen. Ihre Hände umklammerten das Dach ihres Wagens, im letzten Moment konnte sie sich davon abhalten, laut nach ihr zu rufen.

Sie musste einen kühlen Kopf bewahren. Nicht auszudenken, was passieren würde, wenn Christopher sie hier ertappte.

Lea runzelte unvermittelt die Stirn. Wo blieb er überhaupt? Holte er Felicitas denn gar nicht von der Schule ab? Das Mädchen war doch erst neun, sie konnte unmöglich alleine nach Hause laufen. Lea ließ alle Vorsicht fahren und machte ein paar unsichere Schritte in Richtung Schulgebäude.

In diesem Moment sah sie sie.

Die Frau, die um die Ecke geeilt kam und zielstrebig auf den Eingang zulief, trug Jeans zu einem dicken Wollmantel. Dunkle Haare flatterten im Wind. Lea konnte ihr Gesicht von ihrem Standort aus zwar nicht erkennen, trotzdem wusste sie sofort, wer die Frau sein musste. *Anna.*

Auch Felicitas hatte sie gesehen. Ihre Miene hellte sich schlagartig auf. Mit zusammengepressten Lippen beobachtete Lea, wie sich ihre Tochter in Bewegung setzte und sich mit Anlauf in Annas Arme warf.

KAPITEL 24

Anna

Anna nippte gedankenverloren an ihrem Glas. Sie genoss den samtig weichen Geschmack des Rotweins auf ihrer Zunge, die Stille, die über der Wohnung lag. Es war ein langer Tag gewesen, die Schüler außergewöhnlich aufgeweckt, sodass sie Mühe gehabt hatte, sie zu bändigen und beinahe zu spät gekommen wäre, um Felicitas vom Unterricht abzuholen.

Das muss am Vollmond liegen, dachte sie und blickte aus dem Fenster, wo die helle Scheibe, ein vollkommener Kreis, bereits aufgegangen war.

Jetzt lag die Kleine im Bett und Anna hatte endlich etwas Zeit für sich. Auf ihrem Schoß aufgeschlagen lag das Buch, das sie gerade las. Doch anders als sonst hatten es die Worte heute nicht vermocht, sie in ihren Bann zu ziehen. Sie war einfach zu erschöpft.

Anna warf einen Blick auf die turmhohe Pendeluhr an der Wand. Viertel nach zehn, von Christopher immer noch keine Spur. Dieser Tage hatte er viel um die Ohren, ein wichtiger Prozess stand bevor, der seine volle Aufmerksamkeit forderte. Mit einem Anflug von Bedauern dachte sie daran, dass sie in den letzten Wochen kaum Zeit füreinander gehabt hatten.

Wie so oft wanderten ihre Gedanken zu dem Ring, den sie in seiner Sakkotasche gefunden hatte. Seit ihrem Fund waren inzwischen zehn Tage vergangen. Ob er sie bald fragen würde? Und wie würde er es anstellen? Zu wissen, dass ihre Verlobung unmittelbar bevorstand, versetzte sie in Hochstimmung. Sie sehnte den Moment herbei wie ein Kind den Weihnachtsmann.

Endlich. Nach all den Jahren.

Doch da war noch etwas anderes, das sie beschäftigte. Die Frau, die sie heute gegenüber von Felicitas' Schule gesehen hatte, wollte ihr einfach nicht mehr aus dem Kopf. Honigblonde Haare, die im Wind tanzten, das Gesicht hinter einer großen Sonnenbrille verborgen. Für einen Moment hätte sie schwören können, dass es Lea, Christophers Ex, war. Aber als sie sich mit Felicitas im Schlepptau auf den Rückweg zu ihrem Wagen gemacht und noch einmal nach der Frau Ausschau gehalten hatte, war sie verschwunden gewesen. Als wäre sie niemals da gewesen.

Anna schüttelte den Kopf.

Du bist paranoid. Dein Unterbewusstsein hat dir einen Streich gespielt, weil deine Verlobung bevorsteht. Entspann dich. Lea ist fort und sie kommt nicht zurück.

Das Geräusch der leise ins Schloss fallenden Wohnungstür ließ Anna aufhorchen.

»Ich bin im Wohnzimmer!«

Schritte näherten sich und Christopher erschien im Türrahmen. Er gab ihr einen flüchtigen Kuss auf die Wange, dann sank er neben ihr aufs Sofa.

»Was für ein Tag.« Stöhnend fuhr er sich mit der Hand übers Gesicht. »Ich bin völlig fertig.«

Anna strich ihm liebevoll über den Arm. »Mein armer Schatz. Du musst hungrig sein. Ich habe heute für Felicitas Risotto gekocht. Ich mache es dir warm, wenn du willst.«

Christopher lächelte. »Danke, das ist lieb. Aber ich habe eigentlich gar keinen Hunger.« Dann deutete er auf Annas Weinglas. »Aber zu einem Glas hiervon würde ich nicht nein sagen.«

Grinsend erhob sich Anna und holte ein zweites Glas aus dem Wandschrank.

Gierig trank Christopher einen großen Schluck Rotwein, wobei er einen genießerischen Laut ausstieß. »Herrlich. Genau das, was ich gebraucht habe. Danke.«

»Ist heute etwas Spezielles vorgefallen, dass du so erschöpft bist?«

Er zuckte die Schultern. »Eigentlich nicht. Nur der ganz normale Wahnsinn. Und bei dir? Wie war dein Tag?«

Sie verdrehte die Augen. »Genauso. Die Kinder waren anstrengend und dann habe ich mit Felicitas für das Diktat morgen geübt.«

»Mein großes Mädchen. Wird sie es packen?«

»Bestimmt. Ehrgeizig wie sie ist, wird sie den Test mit Bravour meistern, da bin ich mir sicher.«

Sie hielt inne. Die nächsten Worte verließen ihren Mund, bevor sie sich bewusst dazu entschieden hatte.

»Ich werde übrigens schon völlig paranoid. Ich hätte schwören können, Lea heute vor Felicitas' Schule gesehen zu haben.«

Sie lachte, aber es war ein hohles Lachen. Sie warf Christopher einen Bestätigung heischenden Blick zu. »Absurd, nicht? Ich meine – sie kann es schließlich nicht gewesen sein.«

Christopher schwieg. Einen Moment zu lange für ihren Geschmack. Seine Schultern hatten sich versteift, um seinen Mund war ein merkwürdiger Zug getreten.

»Ja, du hast recht«, sagte er schließlich gedehnt. »Völlig absurd.«

Annas Herz krampfte sich zusammen. Zur Beruhigung nahm sie einen Schluck aus ihrem Weinglas, aber die Flüssigkeit schmeckte auf einmal schal und bitter.

»Ich merke doch, dass irgendwas nicht stimmt. Was verschweigst du mir?«

Nervös nestelte Christopher an seinen Manschettenknöpfen. Auf einmal sah er sehr erschöpft aus. »Vielleicht bist du doch nicht paranoid. Lea – sie ist unlängst überraschend bei mir in der Kanzlei aufgetaucht.«

Anna spürte, wie ihr das Blut aus dem Gesicht wich.

»Wie bitte? Und das sagst du mir erst jetzt? Wann war das?«

»Letzte Woche. Am Montag.«

Pfeifend ließ sie die Luft aus ihren Wangen entweichen. »Und du hast es nicht für notwendig befunden, mir davon zu erzählen?«

»Ich – ich wollte es dir ja sagen.«

Annas Herz begann wie wild zu pochen. Nur mit Mühe gelang es ihr, die Fassung zu wahren.

Beruhige dich. Bestimmt gibt es dafür eine vernünftige Erklärung. Nicht das, was du denkst.

»Und warum hast du es nicht?« Ihr Tonfall war betont beiläufig, konnte ihre innere Anspannung jedoch nicht ganz verbergen.

Christopher wand sich. »Ich wusste selbst erst nicht, was ich davon halten sollte. Immerhin haben wir uns drei Jahre nicht gesehen!« Er seufzte. »Ich schätze, ich musste den Schock erst verdauen.«

»Verstehe.« Doch es war gelogen. Sie verstand überhaupt nichts. »Und was wollte sie von dir?«

»Es ist – kompliziert.«

»Christopher!«

Er hob beschwichtigend die Hände. »Ist ja gut. Ich erzähle es dir ja.«

Mit vor der Brust verschränkten Armen deutete Anna ihm, fortzufahren.

»Es war der Tag der Verhandlung in dieser Feldmann-Causa. Ich war bei Gericht, kam erst gegen Mittag in die Kanzlei. Dort hat sie auf mich gewartet. Ich war komplett von der Rolle. Drei Jahre! Und dann steht sie in meinem Büro – einfach so.« Er schüttelte ungläubig den Kopf. »Sie machte einen völlig verwirrten Eindruck, faselte etwas von einem Autounfall, und dass sie seither an Amnesie leide. Dass ihre letzten Erinnerungen aus der Zeit nach ihrem Schulabschluss stammten und sie sich daher auch nicht an unsere Trennung erinnern könne.«

»Du meinst, dass sie dich von einem Tag auf den anderen sitzengelassen hat.« Anna schnaubte verächtlich. »Das ist wohl ein Scherz! Und kein sehr lustiger, wie ich finde. Denkt sie wirklich, dass sie mit dieser haarsträubenden Geschichte durchkommt? Das ist doch nichts weiter als ein mieser Versuch, dein Mitleid zu erregen und dich wieder in ihren Bann zu ziehen.«

Christopher nickte langsam. »Das habe ich zunächst auch geglaubt. Ich habe ihr gesagt, sie soll verschwinden. Und endlich diese verdammten Scheidungspapiere unterschreiben, damit wir beide mit unserem Leben weitermachen können.«

Anna hätte sich beinahe an ihrem Wein verschluckt. »Ihr seid immer noch verheiratet? Ich dachte, das hättest du längst erledigt!«

Christopher senkte schuldbewusst den Kopf. »Das stimmt und das wollte ich auch. Aber ich hatte ja nicht mal eine Adresse von ihr. Erst vor kurzem bin ich auf die Idee gekommen, es bei ihrer Tante in Triest zu versuchen. Also habe ich die Papiere auf gut Glück dort hingeschickt. Sie hätte nur unterschreiben müssen, aber ...«

»Aber das hat sie nicht«, vollendete Anna den Satz für ihn. Auf einmal war ihr speiübel.

»Nein, das hat sie nicht. Als sie in der Kanzlei aufgetaucht ist, dachte ich zunächst, sie wäre gekommen, um über die Scheidung zu sprechen.« Er stieß ein freudloses Lachen aus. »Tja, ganz offenbar war das nicht der Fall.«

»Und was wollte sie dann?«

»Informationen. Wissen, was in den letzten Jahren passiert ist. Sie klang völlig verzweifelt.«

»Die Arme. Mir kommen gleich die Tränen. Bitte sag mir, dass du ihr die Geschichte nicht abgekauft hast.«

»Das hab ich zunächst auch nicht. Aber die Sache hat mir keine Ruhe gelassen. Was, wenn sie wirklich Hilfe braucht?«

»Ernsthaft, Christopher? Trotz allem, was sie getan hat, willst du ihr helfen?«

»Lass mich erst zu Ende erzählen, bevor du dir ein vorschnelles Urteil bildest.« Er warf ihr einen flehenden Blick zu. »Ich habe mich im Krankenhaus erkundigt. Die behandelnde Ärztin hat sich erst geziert, mir Auskunft zu geben, aber nachdem ich ihr erklärt habe, dass ich ihr Ehemann bin, ist sie schließlich doch mit der Wahrheit herausgerückt. Sie hat Leas Erzählungen bestätigt. Sie hatte tatsächlich einen Autounfall. Die Sache mit der Amnesie stimmt.«

Anna wollte ihren Ohren nicht trauen. »Sie kann sich also wirklich an nichts erinnern? Wie – praktisch.«

Christopher zuckte die Achseln. »Mag sein.«

Ein kalter Schauer lief Anna über den Rücken.

»Ich kann nicht glauben, dass du das vor mir geheim gehalten hast.« Sie versuchte erst gar nicht, ihre Enttäuschung zu verbergen. »Ich dachte, dass wir die Art Beziehung führen, in der wir über alles reden können. Warum hast du mich denn nicht eingeweiht? Das muss dich doch wahnsinnig belastet haben.«

»Es tut mir leid. Wirklich. Ich hätte dir gleich von ihrer Rückkehr erzählen sollen, das weiß ich. Irgendwie hatte ich das Gefühl, ich müsste dich aus der Sache heraushalten. Mir ist jetzt klar, wie falsch das war. Bitte verzeih.«

Ohne auf seine Entschuldigung einzugehen, bohrte Anna weiter nach.

»Und was wollte sie von Felicitas? Was hatte sie vor ihrer Schule zu suchen?«

»Als ich zuletzt mit ihr gesprochen habe, hat sie sich nach Felicitas erkundigt. Wollte wissen, ob sie sie sehen darf. Felicitas sei immerhin auch ihre Tochter und so weiter. Dabei muss ich erwähnt haben, dass sie in die Piaristengasse geht.«

»Tolle Mutter, die ihr Kind einfach im Stich lässt.« Anna schüttelte so heftig den Kopf, dass sich einige Strähnen aus ihrem Pferdeschwanz lösten und ihr ums Gesicht flogen. »Wie konntest du das zulassen? Ich fasse es nicht!«

Christopher hob beschwichtigend die Hände. »Das habe ich doch gar nicht. Wofür hältst du mich? Lea erinnert sich doch nicht mal an sie. Das wäre Felicitas gegenüber nicht fair.«

Und nicht nur ihr gegenüber, dachte Anna, sagte es aber nicht.

»Was soll das überhaupt heißen – als du zuletzt mit ihr gesprochen hast? Habt ihr euch seit letztem Montag etwa noch einmal getroffen?«

Christopher schwieg betreten.

Das Gefühl der Übelkeit verstärkte sich.

Das passiert gerade nicht wirklich. Das darf nicht wahr sein.

Glühender Hass auf ihre Vorgängerin wallte in Anna hoch. Wie konnte Lea ihnen das antun? Nach allem, was sie ihretwegen durchgemacht hatten?

Eine Weile herrschte betretenes Schweigen.

»Und was bedeutet das jetzt für uns?«, hörte sich Anna flüstern. Sie bemerkte die Hilflosigkeit und Angst in ihrer Stimme und verabscheute sich zugleich dafür.

Christopher griff nach ihren Händen. Zwang sie, ihm in die Augen zu sehen.

»Nichts! Wirklich! Für uns beide ändert das rein gar nichts. Ich liebe dich, Anna. Und zwar nur dich. Bitte – das musst du mir glauben. Aber versetz dich doch mal in meine Lage: Ich will die Scheidung endlich über die Bühne bringen. Und dafür muss ich mit ihr reden, ob es mir nun gefällt oder nicht.«

Was er sonst tun sollte? War das sein Ernst? Er hätte sie wegschicken sollen. Ihr erklären, dass er sich in Zukunft ausschließlich mit ihrem Anwalt unterhalten würde. Ihr sagen, was für ein egoistisches Miststück sie war. Nicht einen einzigen Gedanken daran verschwenden, ihr nach allem, was sie angerichtet hatte, auch noch zu helfen. Aber das hatte er nicht getan. Natürlich nicht.

Und ich habe gedacht, er will um meine Hand anhalten. Dabei ist er nicht einmal geschieden.

Die Enttäuschung drohte sie zu überwältigen und sie rang hörbar nach Luft.

Mit einem Ruck entwand Anna ihre Finger aus Christophers und schloss sie stattdessen um ihr halbvolles Weinglas, das sie auf einen Satz leerte. Dann erhob sie sich, ehe Christopher Gelegenheit hatte, sie davon abzuhalten. Traurig sah sie auf den Mann hinab, den sie schon geliebt hatte, bevor sie wusste, was Liebe überhaupt bedeutete.

»Versteh mich nicht falsch. Es geht nicht darum, dass Lea zurück ist oder dass du dich mit ihr getroffen hast. Das kann ich nachvollziehen. Aber du hast es vor mir verheimlicht. Das ist es, was mir zu denken gibt. Das sind nicht wir, Christopher. Dieses Verhalten ist unserer Beziehung nicht würdig. Ich schätze, auch ich muss das erst verdauen.«

Mit diesen Worten wandte sie sich um und lief aus dem Zimmer. Sie spürte seinen Blick in ihrem Nacken, doch sie drehte sich nicht noch einmal zu ihm um. Und er ließ sie ziehen.

KAPITEL 25

Anna. Damals (2004)

Das Klingeln der Wohnungstür ließ Anna zusammenzucken. Sie warf einen letzten prüfenden Blick in den Badezimmerspiegel. Sie hatte sich Fionas Ratschlag zu Herzen genommen und sich die vergangenen anderthalb Stunden mit ihrem Gesicht abgemüht. Ihre Wimpern waren getuscht, ihre Augen katzengleich mit dunklem Kajalstift umrandet. Sie hatte geschlagene fünf Versuche gebraucht, um eine einigermaßen gerade Linie hinzubekommen, aber das Ergebnis konnte sich sehen lassen. Ihre Wangenknochen waren mit einem Hauch Rouge, die Lippen mit Gloss in derselben Farbe betont. Die Frau, die ihr im Spiegel entgegenstarrte, kam ihr vor wie eine Fremde. Sie streckte ihrem Spiegelbild die Zunge raus.

Schon viel besser.

Ein weiteres ungeduldiges Schellen ertönte und Anna hastete in Richtung Vorzimmer, während sie versuchte, ihre Zehen in die hohen Pumps zu zwängen, die sie sich von ihrer Mutter geliehen hatte.

»Viel Spaß, mein Schatz. Du siehst wunderschön aus. Die Männer werden dir zu Füßen liegen«, hörte sie die Stimme ihrer Mutter, die hinter ihr in den Flur getreten war.

»Danke, Mama. Ich werde nicht zu spät zu Hause sein, versprochen.«

»Bleib, solange du willst, Schätzchen. Aber – Anna? Sicherheit geht vor. Vergiss das bitte nicht.« Sie zwinkerte ihrer Tochter verschwörerisch zu.

»Mama!« Anna keuchte entsetzt auf. Beinahe wäre sie auf den hohen Hacken verunfallt. »Ich bin nur mit Christopher unterwegs. Nicht, was du vielleicht denkst.«

»Ich weiß, Liebes.«

Mit einem Augenrollen verabschiedete sie sich von ihrer Mutter und riss die Tür auf. Christopher sah wie immer umwerfend aus in seiner dunkelbraunen Wildlederjacke, die er über ein schlichtes schwarzes Shirt geworfen hatte. Das Haar trug er nach hinten gegelt, nur eine einzige Locke hatte sich gelöst und fiel ihm keck in die Stirn.

Er musterte sie von Kopf bis Fuß. »Wie siehst du denn aus?«

Verlegen strich sie sich eine widerspenstige Strähne hinters Ohr. »Was meinst du?«

»Keine Ahnung. Irgendwas ist anders als sonst.« Er zuckte die Achseln. »Wir müssen jetzt jedenfalls los. Die anderen sind sicher schon da.«

Er lief voraus, die Treppe ihres Elternhauses hinunter. Anna folgte ihm so schnell es ihr die hohen Absätze erlaubten.

Ihre anfängliche Nervosität legte sich etwas und eine lockere Unterhaltung kam in Gang. Zwanzig Minuten später fuhr das Taxi rechts ran und sie stiegen aus.

»Bist du sicher, dass wir hier richtig sind?«, fragte Anna mit einem zweifelnden Blick auf die dicht befahrene Straße und die wenig einladenden Schaufenster.

»Klar sind wir das. Ich weiß, hier sieht es trostlos aus, aber der Club ist in Ordnung, du wirst schon sehen.«

Und er sollte Recht behalten. Sie passierten zwei grimmig aussehende Türsteher und fanden sich in einem weitläufigen Areal wieder. Anna staunte. Das Lokal war größer als es von außen den Anschein gehabt hatte. Die riesige Tanzfläche vor dem DJ-Pult war gut gefüllt, die Bar zu ihrer Linken von Jungs und Mädchen in ihrem Alter umringt.

»Oben sind Tische für uns reserviert«, erklärte Christopher und navigierte sie an den Menschenmassen vorbei nach rechts, wo eine Treppe ins obere Stockwerk führte.

Sie hielt sich dicht hinter ihm und umklammerte den Saum ihres Kleids. Es war kürzer und aufreizender, als sie sich sonst kleidete. Auf einmal wünschte sie, sie hätte sich doch lieber für gemütliche Jeans entschieden. Dieses Outfit passte so gar nicht zu ihr.

Kaum hatten sie den Treppenabsatz erreicht, stolperte Tom ihnen bereits grinsend entgegen. Er sah schon jetzt ziemlich betrunken aus.

»Hey, Mann, na endlich! Wir sind schon bei der zweiten Runde. Komm, ich muss dir ein paar Leute vorstellen.«

Als er Anna bemerkte, zog er überrascht die Brauen hoch. »Wen haben wir denn da? Ich hätte dich fast nicht erkannt. Siehst klasse aus!«

Das Kompliment klang ehrlich gemeint. Doch bevor sie Gelegenheit hatte, sich zu bedanken, hatte er sich schon bei Christopher untergehakt. Christopher warf Anna über die Schulter hinweg einen entschuldigenden Blick zu. »Dauert nur fünf Minuten«, formte er mit den Lippen. Dann war er in der Menge verschwunden.

Anna sah sich hilfesuchend um. Der obere Stock des Clubs glich mehr einer Bar denn einem Tanzlokal. Zu ihrer Linken fanden sich viele kleine Tische und Sitzgruppen, die allesamt belegt waren. Sie erkannte ein paar von Christophers Kollegen aus dem Fußballclub. An die Brüstung zu ihrer Rechten gelehnt, von der man das untere Stockwerk überblicken konnte, entdeckte sie Fiona, die sich angeregt mit einem Mädchen unterhielt, das Anna noch nie gesehen hatte. Wahrscheinlich die Freundin einer der anderen Spieler.

Sie überlegte, ob sie sich zu ihnen gesellen sollte, doch irgendetwas hielt sie davon ab. Ein ungutes Gefühl hatte sich in ihrer Magengrube ausgebreitet. Sie fühlte sich fehl am Platz. Orte wie dieser waren nicht ihre Welt. Zu viele Menschen auf zu engem Raum. Zu laute Musik. Dazu der Geruch von billigem Alkohol gemischt mit Schweiß und Testosteron. Triebgesteuerte Männer, die nach der perfekten Frau für die Nacht suchten, zwischen Frauen, die sich nach der großen Liebe sehnten. Und sie inmitten von all dem, auf sich alleine gestellt, wie bestellt und nicht abgeholt.

Selbstbewusstsein, Anna! Du bist jung und attraktiv. Christopher wird sicher gleich wiederkommen. Reiß dich zusammen!

Doch die Nervosität ließ sich nicht vertreiben. Fionas Worte wollten ihr nicht aus dem Kopf.

Du musst ihn dir schnappen, bevor es eine andere tut.

Sie schüttelte den Gedanken ab wie ein lästiges Insekt und steuerte zielstrebig die Bar an. Was sie brauchte, war eine Portion flüssigen Mutes.

»Einen Gin Tonic, bitte.«

Der Cocktail war stark. Der scharfe Geschmack des Alkohols ließ Anna das Gesicht verziehen. Augenblicklich fühlte sie ein Kribbeln, das sich, von ihren Knien ausgehend, bis in ihre Brust ausbreitete. Sie trank normalerweise nicht. Ein Glas Wein am Abend zum Essen, ein paar Bier mit Freunden – ja. Aber nie Hochprozentiges. Sie nahm einen weiteren Schluck. Der Zweite schmeckte schon deutlich weniger grauenhaft. Sie schenkte dem Barkeeper ein dankbares Lächeln und zückte ihre Brieftasche.

»Wie viel kriegst du?«

»Ist in Ordnung, geht aufs Haus.« Er zwinkerte ihr zu. »Siehst aus, als könntest du den Drink brauchen.«

Bevor Anna protestieren konnte – oder nachfragen, wie er das gemeint hatte – vernahm sie Christophers vertraute Stimme hinter sich.

»Da bist du ja. Ich habe einen Tisch für uns ergattert.«
Er deutete in Richtung eine der Sitzgruppen. »Tut mir leid,
dass ich dich alleine gelassen habe. Tom wollte mich unbedingt mit dem neuen Coach bekannt machen, da konnte
ich nicht nein sagen.«

»Kein Problem. Ich komme schon klar«, entgegnete
Anna selbstbewusster, als sie sich eigentlich fühlte.

»Das sehe ich.« Er zog eine Augenbraue hoch. »Da
lässt man dich mal fünf Minuten alleine und schon flirtest
du mit dem Barkeeper. Ts ts ts.«

»So war das gar nicht«, wollte Anna widersprechen,
ließ es im letzten Moment aber bleiben. Irrte sie sich, oder
war da ein eifersüchtiger Unterton in seiner Stimme gewesen? Weil der Kellner ihr ein Getränk spendiert hatte?
Blödsinn. Christopher war bestimmt nicht eifersüchtig.
Und schon gar nicht ihretwegen. Doch Fionas Anspielun-
gen hatten ein Pflänzchen der Hoffnung in ihr gesät, das
unaufhörlich wuchs und sich nicht so leicht ausmerzen ließ.

»Tom hatte übrigens recht, du siehst wirklich toll aus
heute. Das Kleid steht dir.«

Mit diesen Worten wandte er sich um und führte Anna
zu ihrem Tisch. Er befand sich direkt am gläsernen Geländer mit Blick auf die Bar im Erdgeschoss.

»Danke, dass du mitgekommen bist. Ich weiß, dass du
diesen Trubel nicht besonders magst. Umso mehr freue ich
mich, dass du trotzdem mit von der Partie bist.«

»Ist doch selbstverständlich. Eure Siegesfeier konnte
ich mir doch auf keinen Fall entgehen lassen.«

»Ja, stimmt schon. Aber dennoch. Du bist die beste
Freundin, die man sich wünschen kann, das musste mal
gesagt werden.«

Sein Blick war auf den Boden seines Glases gerichtet.
»Erinnerst du dich noch an deinen ersten Tag bei uns?«,
sagte er unvermittelt.

»Wie könnte ich den vergessen.«

Christopher nickte gedankenverloren. »Soll ich dir was verraten? Damals war ich genervt, dass die alte Wiedermayer dich zu mir gesetzt hat. Ich hatte den Platz extra für Markus freigehalten. Er hat mir nicht mal gesagt, dass er die Schule gewechselt hat. Und dann setzt man mir ausgerechnet die Neue vor die Nase. Das Landei.« Er grinste schief. »Und jetzt – sieh uns an.«

»Da wird doch nicht jemand sentimental«, scherzte Anna. Ihr Mund war auf einmal wie ausgetrocknet und sie genehmigte sich rasch einen Schluck ihres Getränks.

»Ich meine es ernst. Im Nachhinein betrachtet war das eine der bedeutendsten Tage meines Lebens.«

Annas Herz machte einen Hüpfer.

»Ja, das war er für mich auch. Ich bin so froh, dass ich dich getroffen habe. Du hast mich gerettet. Vor Tobias und den anderen. Keine Ahnung, wie ich die letzten Jahre ohne dich überstanden hätte.«

»Du hättest für mich dasselbe getan, wenn du an meiner Stelle gewesen wärst. Sie waren wirklich ekelhaft zu dir. Das konnte ich nicht zulassen.«

Anna schwieg.

Entspann dich. Das ist Christopher. Dein Freund. Ihr seid schon tausend Mal miteinander rumgehangen. Keine große Sache.

Doch es war eine große Sache. Sie nahm einen weiteren tiefen Schluck. Die Eiswürfel waren inzwischen geschmolzen, der Cocktail lauwarm. Sie fühlte sich vom Alkohol angenehm benebelt und auf einmal war ihr etwas Wichtiges klar geworden. Etwas, das sie sich zuvor nie eingestanden hatte. Fiona hatte völlig recht. Sie liebte diesen Mann. Die Art, wie er sich die widerspenstige Locke aus dem Gesicht strich. Die Grübchen auf seinen Wangen, wenn er lachte. Die ungebrochene Loyalität, die er ihr entgegenbrachte. In seiner Gegenwart konnte sie ganz sie selbst sein.

Eine merkwürdige Stille hatte sich zwischen ihnen ausgebreitet. So viele Abende hatten sie gemeinsam verbracht, aber heute war es irgendwie anders. Annas Augen ruhten auf Christophers Mund. Zogen den fein geschwungenen Bogen seiner Lippen nach. Ob er sie küssen würde? Fionas Worte kamen ihr in den Sinn. *Mach du den ersten Schritt. Was hast du zu verlieren?* Sie leerte ihr Glas mit einem Zug und holte tief Luft.

»Christopher, ich – es gibt da etwas, das ich dir schon lange sagen wollte.« Sie brach ab, als sie bemerkte, dass er ihr nicht zuhörte.

Er schien von ihrem inneren Hadern nichts mitbekommen zu haben. Sein Blick war auf die Glasfront gerichtet. Irritiert wandte sie sich um. An der Bar im unteren Stockwerk war einer der Barkeeper gerade damit beschäftigt, mit affektiertem Schütteln und aufwendigen Handbewegungen cremig gelbliche Cocktails zu mischen.

»Christopher?«

»Hm? Entschuldige, ich war kurz abgelenkt.«

Sie nahm all ihren Mut zusammen und versuchte es erneut. »Ich muss dir was sagen. Du und ich, ich meine – du hast es selbst gesagt, wir – haben etwas ganz Besonderes«, stammelte sie. Ihr Herz klopfte so laut, dass sie sicher war, dass Christopher es über die Musik hinweg hören musste.

»Ich meine, du bist mein bester Freund. Der wichtigste Mensch in meinem Leben. Neben meinen Eltern natürlich.« Sie stockte. Warum musste sie ausgerechnet jetzt von ihren Eltern anfangen? Wie alt war sie, Herrgott nochmal? Zwölf?

»Wir waren immer ehrlich zueinander. Deswegen ist das, was ich dir sagen muss, auch so wichtig. Ich – Christopher, was ist denn los? Hörst du mir überhaupt zu?«

Erneut hatte sie das Gefühl, als würde er durch sie hindurchsehen. Christopher stand abrupt auf und riss den Blick von der Brüstung los.

»Tut mir leid, Anna. Entschuldigst du mich einen Moment? Ich nehme uns am Rückweg noch was zu trinken mit. Dort drüben sitzt Fiona, vielleicht setzt du dich kurz zu ihr, solange ich weg bin?«

Bevor sie Gelegenheit hatte, etwas zu erwidern, war er auch schon aufgesprungen und eilte auf die Treppe zu.

Anna starrte ihm mit offenem Mund hinterher. Was war das denn gerade? Er hatte sie doch noch nie einfach sitzen lassen. Durch die Glasscheibe beobachtete sie, wie Christopher zielstrebig auf die Bar zuhielt, wo er sich lässig gegen die Theke lehnte. Ihr stockte der Atem.

Das Mädchen, das neben ihm stand und an ihrem Cocktail nippte, war atemberaubend schön. Blondes Haar fiel ihr in Wellen bis zur Mitte des Rückens. Sie trug tief auf den Hüften sitzende Jeans zu einem weißen Tanktop, die ihre zierliche Gestalt und die sanften Rundungen auf unaufdringliche Weise zur Geltung brachten. Sie sah aus wie ein Fleisch gewordener Engel.

Anna konnte nicht hören, worüber die beiden sprachen, aber offenbar hatte Christopher einen Scherz gemacht, denn die Blondine begann herzhaft zu lachen. Annas Herz zog sich schmerzhaft zusammen, als sie sah, wie ihr Freund sein Getränk entgegennahm und ihr zuprostete. Beschämt senkte sie den Kopf.

»Ich wollte sagen – ich liebe dich«, flüsterte sie tonlos.

Sie wandte sich um und ihr Blick traf den von Fiona und Tom, die unweit an einem der anderen Tische saßen.

Fiona kicherte hinter vorgehaltener Hand. Ein mitleidiger Ausdruck lag auf ihrem Gesicht. Auf einmal kam sich Anna unglaublich dumm vor. Was hatte sie sich nur gedacht?

Mit einem Ruck erhob sie sich und floh mit brennen-
den Augen aus dem Raum. Weg von der Party, von Christophers allzu offensichtlichen Flirtversuchen, von der
Demütigung.

KAPITEL 26

Lea

Ich habe sie gesehen«, sprudelte es aus Lea hervor, kaum dass sie das Behandlungszimmer betreten hatte. Ihr Mantel landete achtlos auf der Couch. »Ich habe meine Tochter wiedergesehen!«

Doktor Aicher hob den Kopf. »Das sind ja tolle Neuigkeiten. Freut mich zu hören, dass Sie Ihren Mann doch noch umstimmen konnten.«

Lea senkte schuldbewusst den Blick. »Nun – nicht so ganz. Ich bin zu Felicitas' Schule gefahren und habe beobachtet, wie sie rauskam. Christopher wusste nichts davon. Und er wird es auch nicht erfahren. Aber ich musste sie sehen. Musste einfach, verstehen Sie?«

Zustimmung heischend blickte sie auf ihn herab.

Die Miene des Therapeuten blieb unbewegt. »Ich verstehe.«

»Unglaublich, wie ähnlich sie mir ist. Sie sieht genauso aus wie ich, als ich in ihrem Alter war. Als wäre sie eine jüngere Ausgabe von mir.«

»Wie haben Sie sich dabei gefühlt, Ihre Tochter wiederzusehen? Irgendwelche Erinnerungen?«

Nachdenklich starrte Lea auf ihre Hände. »Aktive Erinnerungen – nein, das nicht. Weder an meine Schwangerschaft, ihre Geburt, die Zeit, als Felicitas ein Baby war, – nichts. Trotzdem habe ich sofort gespürt, dass sie meine Tochter ist. Das Gefühl war überwältigend. Ich weiß gar nicht, wie ich es beschreiben soll. Erleichterung, Freude, Sehnsucht, Bestürzung. Von allem ein bisschen, denke ich.«

Sie schüttelte den Kopf. »Am liebsten hätte ich sie in den Arm genommen und nicht mehr losgelassen.«

Der Therapeut lächelte. »Der Mutterinstinkt ist doch etwas Erstaunliches, nicht wahr?«

Lea nickte. »Ich kann es gar nicht erwarten, sie wiederzusehen. Morgen fahre ich wieder zur Schule. Ich hoffe nur ...« Sie brach ab und stieß einen frustrierten Laut aus. »Ich hoffe nur, dass Anna nächstes Mal nicht dort ist. Sie wissen schon, Christophers Neue.«

»Wie war es für Sie, Ihre Tochter mit der neuen Partnerin Ihres Mannes zu sehen?«, hakte der Doktor ein.

Leas Miene verfinsterte sich schlagartig. »Wie wohl? Felicitas ist *meine* Tochter! Nicht nur, dass sich Anna meinen Mann gekrallt hat, spielt sie jetzt auch noch Mutter für mein Kind? Wie würden Sie sich denn an meiner Stelle fühlen?«

»Einen Mann, den Sie verlassen haben.«

Bei diesen Worten richtete sich Lea kerzengerade auf und reckte angriffslustig das Kinn.

»Einen Mann, zu dem ich zurückgekommen bin. Felicitas und Christopher – ich werde sie mir wiederholen. Alle beide.«

Schweigend musterte der Therapeut sie über den Rand seiner Brillengläser hinweg. Lea fragte sich, was in ihm vorgehen mochte. Ungeduldig beobachtete sie, wie er mit gerunzelter Stirn an seinem Schwarztee nippte.

»Geben Sie sich und Ihrer Familie Zeit, das Geschehene zu verarbeiten«, lautete schließlich seine kryptische Antwort.

Lea stöhnte auf. »Nehmen Sie es mir nicht übel, aber damit kann ich nichts anfangen. Was soll ich Ihrer Meinung nach denn konkret tun?«

»Es steht mir nicht zu, Ihnen vorzuschreiben, was Sie zu tun und zu unterlassen haben, Frau Lamparta. Doch wenn ich ehrlich bin, denke ich nicht, dass Christopher und Ihre Tochter der Grund für Ihren Gedächtnisverlust sind. Oder der Schlüssel für das Wiedererlangen Ihrer Erinnerungen. Und darum sind Sie schließlich hier, nicht wahr?« Seine Stimme war sanft, was Lea nur umso rasender machte.»Ich weiß, es ist schmerzhaft, aber Sie müssen sich Ihrer Vergangenheit stellen. Mit meiner Hilfe. Was mich zu meiner nächsten Frage führt. Sie sehen müde aus. Bekommen Sie zu wenig Schlaf? Was ist mit den Albträumen, von denen Sie mir erzählt haben. Quälen die Sie immer noch?«

Leas verzog das Gesicht.»Es ist eigentlich immer derselbe. Ich bin im Haus meiner Eltern. Es ist spät abends. Ich laufe auf die Tür zum Schlafzimmer meiner Eltern zu. Wie in Trance tappe ich die Stufen hinauf, jede Phase meines Körpers schreit mich an, dass ich umkehren soll, aber ich kann es nicht. Die Tür zieht mich wie magisch an. Also gehe ich nach oben. Drücke die Klinke hinunter, überschreite die Schwelle – und falle ins Nichts.«

»Was denken Sie, was der Traum Ihnen sagen will?«

»Ich habe nicht die leiseste Ahnung. Was denken Sie? Sie sind doch der Profi.«

»Das funktioniert so nicht, Frau Lamparta. Horchen Sie in sich hinein. Was fühlen Sie?«

Lea knabberte an ihren Fingernägeln, während sie angestrengt nachdachte.

»Diese Einsamkeit, die unheimliche Stille – ich schätze, es hat mit dem Verlust von Mama und Lo zu tun. Und im übertragenen Sinn auch dem meines Vaters.« Sie zuckte frustriert die Schultern.»Oder es geht um mein Gedächtnis an sich. Der Raum hinter der Tür steht für meine verlorenen Erinnerungen, und mein Unterbewusstsein versucht mich davon abzuhalten, sie wiederzuerlangen.«

Der Therapeut nickte erfreut.»Das wäre eine Deutungsmöglichkeit. Erzählen Sie mir von ihnen. Wie waren

Ihre Eltern? Wie war Ihr Verhältnis zu den beiden? Finden Sie, Sie hatten eine glückliche Kindheit?«

Lea stieß einen tiefen Seufzer aus. Das Letzte, das sie wollte, war, über ihre tote Familie nachzudenken oder über die komplizierte Beziehung zu ihrem Vater zu sprechen. Doch Doktor Aicher hatte recht. Dafür war sie schließlich hergekommen.

Ihr Blick wanderte zum Fenster. Regen prasselte gegen die Scheiben, in der Ferne konnte sie die Schemen der sich im Winde wogenden Äste erkennen. Sie schenkte ihnen keine Beachtung. Vor ihrem inneren Auge liefen Schnappschüsse ihrer Kindheit ab, wie eine Diashow, flackernd und unscharf.

Eine jüngere Version von ihr, die mit ihrer Mutter am Küchentisch saß und Muster in Kürbisköpfe schnitzte. Lorenz, der mit ihrem Vater im Garten Elfmeterschießen übte. Der Geruch von selbst gebackenen Vanillekipferln. Die Stimme ihrer Mutter, wenn sie ihr vor dem Zubettgehen ein Schlaflied vorsang.

Sing in the sunshine, Baby.
And don't let the world get you down.

»Ja«, sagte sie schlicht. »Ja, ich denke, ich hatte eine glückliche Kindheit.«

»Erzählen Sie mir davon.«

»Ich bin in Kirrendorf aufgewachsen, einem winzigen Dorf mit knapp zweitausend Einwohnern, ungefähr eine halbe Stunde von Wien. Meine Eltern haben sich dort niedergelassen, als ich noch klein war. Mein Vater hat auf den Umzug bestanden, nachdem der Firmensitz des Industriebetriebs, in dem er Geschäftsführer war, in das nahegelegene Industriegebiet Schwechat verlegt wurde. Es war schön da. Es hat uns nie an etwas gefehlt.«

»War Ihre Mutter ebenfalls berufstätig?«

»Nein, seit meiner Geburt nicht mehr. Früher war sie Pilotin. Langstrecken. Ich fand das immer wahnsinnig aufregend. Als ich klein war, hat sie mir stundenlang von den vielen Ländern erzählt, die sie bereist hat. Afrika, Asien, Australien. Noch heute sehe ich das Leuchten in ihren Augen vor mir, wenn sie davon gesprochen hat. Es war faszinierend.«

»Meinen Sie, es hat ihr gefehlt? Das Reisen?«

Lea dachte einen Moment lang nach. »Sie hat es uns jedenfalls nie spüren lassen. Rückblickend betrachtet wahrscheinlich schon. Mit uns Kindern ging das nicht. Wer hätte denn auf uns aufgepasst, während sie unterwegs war – oft mehrere Tage am Stück? Mein Vater war geschäftlich sehr eingespannt. Natürlich hätte man das irgendwie organisieren können. Ein Kindermädchen anstellen oder so. Aber Mama wollte das nicht. Sie meinte, kein Beruf der Welt könnte ihr so viel Freude bereiten, wie jeden Tag mit uns Kindern zu verbringen. Wir waren ihr Ein und Alles.«

»Wie war sie so? Ihre Mutter?«

Der Schmerz schnürte Lea die Kehle zu. Sie räusperte sich, versuchte, den Kloß in ihrem Hals hinunterzuschlucken. Es gelang ihr nicht.

»Meine Mutter ist – war – der beste Mensch, den ich kenne«, krächzte sie, nachdem sie sich einigermaßen gefasst hatte. »Die beste Mutter, die man sich wünschen kann. Lo und ich standen immer an erster Stelle, daran hat sie nie einen Zweifel gelassen. Ich habe sie abgöttisch geliebt.«

Erneut schluckte sie.

»Und Ihr Vater?«

»Mein Vater war anders. Mit meiner Mutter konnte ich über alles reden, sie verstand mich. Mein Vater war für mich eher eine Respektsperson. Sehr pflichtbewusst. Der

Job kam für ihn an erster Stelle. Natürlich wusste ich, dass er uns liebt – aber eben auf seine Weise.«

Sie überlegte einen Moment, suchte nach den richtigen Worten. »Lassen Sie es mich anhand eines Beispiels erklären. Wenn ich Ärger in der Schule bekam – was nicht selten vorkam – hat sich Mama mit mir hingesetzt und wir haben alles in Ruhe durchgesprochen. Sie hat mir zugehört, versucht, meine Sicht der Dinge zu verstehen, sich in meine Lage zu versetzen. Sie hat mir die Gelegenheit gegeben, mich zu verteidigen. Dann hat sie mir ruhig und ohne zu schimpfen erklärt, warum sie mein Verhalten falsch fand. So lange, bis ich es eingesehen habe. Wir hatten diese besondere Verbindung zueinander. Mein Vater war da völlig anders. Er hat mich ins Wohnzimmer zitiert und mir gesagt, wie enttäuscht er von mir ist. Dass ich Schande über die Familie gebracht habe und mir das Gelöbnis der Besserung abgerungen. Andererseits ist er dann anstelle meiner Mutter zu dem Eltern-Lehrer-Gespräch gegangen und hat mich bis aufs Blut verteidigt. So war mein Vater. Nach außen wusste ich immer, dass er mir die Stange hält, egal, was ich verbrochen habe. Konflikte werden zu Hause ausgetragen, die gehen niemanden sonst etwas an.«

»Wie würden Sie das Verhältnis Ihrer Eltern zueinander beschreiben? Denken Sie, die beiden hatten eine harmonische Ehe?«

»Meine Eltern haben sich geliebt«, antwortete Lea, ohne zu zögern. »Mein Vater war zwar oft unnahbar, aber er hat meine Mutter vergöttert. Ja, ich denke, sie waren glücklich.«

»Und Ihr Bruder? Lorenz, richtig?«

Lea nickte. Erneut verspürte sie ein Stechen in der Brust. Allein der Gedanke an ihren kleinen Bruder fühlte sich an wie tausend Messerstiche in ihrem Herzen.

»Lo war der Goldjunge. Jedenfalls für meinen Vater. Er wollte immer einen Sohn haben. Meine Eltern haben lange versucht, nach mir noch ein zweites Kind zu bekommen. Meine Mutter hatte zwei Fehlgeburten, müssen Sie wissen. Als ich acht war, hat es dann endlich geklappt. Lo war alles, was sich mein Vater erträumt hatte. Klug. Beliebt. Folgsam. Ein toller Fußballspieler, wie er selbst es einmal war. Der perfekte kleine Thronfolger.«

»Das hört sich ja fast an, als wären Sie eifersüchtig auf Ihren kleinen Bruder gewesen.«

Lea erbleichte. »Nein, natürlich war ich nicht eifersüchtig auf ihn! Wie können Sie so etwas auch nur denken? Ich meine, natürlich hat es mich gekränkt, dass Papa ihn mir vorzog. Mag sein. Aber eifersüchtig? Nein, das nicht.«

Lügnerin.

Unwirsch schüttelte Lea den Kopf.

»Was soll eigentlich die Fragerei nach meiner Kindheit?«, fragte sie unvermittelt. Ihre Stimme klang gepresst. »Verstehen Sie denn nicht, wie schmerzhaft es für mich ist, über meine Familie zu sprechen? Das ganze Gerede bringt mir meine Erinnerungen auch nicht wieder.«

»Sie müssen Geduld haben«, erwiderte der Therapeut mit besänftigendem Tonfall. »Ihre Amnesie ist nichts anderes als ein Schutzmechanismus. Daher auch meine Frage nach dem Traum. Sie haben in jungen Jahren gleich mehrere große Verluste erleiden müssen. Ihr Körper will sie beschützen, Frau Lamparta. Was Sie damals erlebt haben, hat Sie dermaßen aus der Bahn geworfen, dass Ihr Unterbewusstsein keinen anderen Ausweg sah, als Ihnen die Erinnerung daran zu nehmen. Unsere Aufgabe ist es nun, herauszufinden, was der Auslöser war. Und das geht nun mal nicht anders, als die Beziehung zu den Menschen aufzuarbeiten, die Ihnen wichtig sind. Der Unfall Ihres Bruders, Frau Lamparta. Was wissen Sie darüber?«

Der Junge war beim Eislaufen eingebrochen. Aufgrund der für Ende Dezember ungewöhnlich warmen Temperaturen war das Eis in der Mitte des Teichs nur durch eine dünne Eisschicht bedeckt. Entdeckt wurde der Unfall von der Schwester des Jungen.

Bei dem Gedanken an den Zeitungsartikel stöhnte Lea gequält auf. Die Verzweiflung, die Ohnmacht und die Schuldgefühle brachen mit einem Schlag wieder auf sie herein. Die Praxis begann vor ihren Augen zu verschwimmen und Lea klammerte sich keuchend an die Armlehne der Couch.

»Es tut so weh.« Sie schluchzte laut auf. »Es tut mir leid – ich kann nicht mehr.«

Mit diesen Worten schnappte sie ihren Mantel und floh regelrecht aus dem Behandlungszimmer.

KAPITEL 27

Christopher

Mit wachsender Verzweiflung starrte Christopher auf den blinkenden Cursor. Das Dokument, an dem er arbeitete, war mit Ausnahme des Adressatenkopfs leer. Das leuchtende Weiß des Bildschirms schien ihn zu verhöhnen. Die digitale Uhr am rechten oberen Eck des Fensters sprang auf zweiundzwanzig Uhr. Seufzend rieb er sich die müden Augen. Martha, die Sekretärin, war schon vor Stunden gegangen. Draußen war es stockfinster, das Büro wurde durch nichts als den schmalen Lichtkegel seiner Schreibtischlampe erhellt.

Am liebsten würde auch er für heute Schluss machen und nach Hause fahren. Aber die Berufungsfrist seines Mandanten lief morgen ab, er musste den Schriftsatz unbedingt zu Ende bringen. Doch er konnte sich einfach nicht auf den Fall konzentrieren, seine Gedanken schweiften ständig ab.

Wieder und wieder ließ er die Auseinandersetzung vom Vorabend Revue passieren. Das schlechte Gewissen nagte an ihm. Anna war verletzt und es war seine Schuld. Die treue und gutmütige Anna, die ihn stets unterstützt hatte, die einzige Frau, die immer für ihn da gewesen ist. Die ihn aus dem tiefen Loch gezogen hatte, in das er nach dem Scheitern seiner Ehe gefallen war. Er hätte ihr von Leas Rückkehr erzählen müssen. Sie hatte es nicht verdient, im Dunkeln gelassen zu werden. Und doch hatte er genau das getan.

Verfluchte Lea.

Seit sie überraschend in der Kanzlei aufgetaucht war, verfolgte ihn das Bild seiner Ehefrau wie ein Schatten, und so sehr er sich auch bemühte, der Gedanke an sie ließ sich einfach nicht abschütteln. Letztlich hatte sich in all den Jahren nichts geändert. Vom ersten Augenblick an war er verrückt nach ihr gewesen. Von dem goldenen Glanz, den die Sonne auf ihr Haar zauberte, von ihrem Lachen, das sein Herz höherschlagen ließ und seine Mundwinkel nach oben zerrte, selbst wenn ihm gar nicht danach zumute war. Von der Anmut, mit der sie einen Raum betrat und unweigerlich alle Blicke auf sich zog. Lea hatte das, was man das gewisse *je ne sais quois* nannte. Sie hatte ihn von Anfang an in ihren Bann gezogen und niemals wieder losgelassen. Wie sehr er sie doch geliebt hatte. Mit einer Intensität, die er nie für möglich gehalten hätte. An ihrer Seite war er mit dem Rucksack durch Südamerika gereist, hatte mit dem Jeep die unendlichen Weiten der afrikanischen Savanne erkundet, war mit dem Motorrad quer durch China gefahren. Unwillkürlich griff er sich an die Seite, als könnte er ihre um seine Brust geschlungen Arme noch heute spüren. Nicht zu vergessen der Sex. Er spürte eine Regung in seiner Leistengegend, als er daran zurückdachte. Weiß Gott, sie hatten fantastischen Sex gehabt.

Gewiss, Lea hatte auch ihre schlechten Eigenschaften. Ihre störrische Art hatte ihn regelrecht zur Weißglut getrieben. Dazu kam die mangelnde Impulskontrolle. Ihr Hang zur Dramatik.

In einem besonders heftigen Streit hatte sie einmal einen Teller nach dem anderen aus dem Schrank hervorgezogen und vor seinen Augen zerdeppert. Es war ein schönes Service gewesen, er hatte es von seiner Großmutter geerbt. Am liebsten hätte er sie auf der Stelle umgebracht.

Am schlimmsten aber war ihr unersättlicher Durst nach Abenteuer. Eine Eigenschaft, die er zunächst berauschend gefunden, sich jedoch letzten Endes als ihre größte Schwäche entpuppt hatte. Sie war es, woran ihre Beziehung letztendlich gescheitert war, da war er sich sicher. Ihre Angst, etwas zu verpassen, die krankhafte Scheu davor, sesshaft zu werden. Die Aversion gegen Alltagstrott und Routine. Beinahe glaubte er, ihre Stimme zu hören.

Carpe diem, Baby. Schon morgen könnten wir tot sein. Und selbst wenn nicht, irgendwann sind wir alt und grau, schleppen uns mit dem Rollator durch eine behindertengerechte Wohnung. Wie willst du dann auf dein Leben zurückblicken? Ich für meinen Teil möchte mit Fug und Recht behaupten können, dass ich das Beste aus meinem herausgeholt habe. Dass ich geliebt, gehasst, gezittert, gekämpft, verloren, gesiegt habe. Ist es nicht das, worauf es am Ende ankommt?

Christopher stieß einen tiefen Seufzer aus. Lea war wie eine Kerze, die von zwei Seiten gleichzeitig brannte. Sie hatte ihn verschlungen, mit Haut und Haar, und als sie mit ihm fertig gewesen war, war nur noch ein Häufchen Asche von ihm übriggeblieben.

Anna war anders. Sie war verlässlich, sanftmütig, berechenbar. Sein Fels in der Brandung. Wenn er spät abends nach Hause kam, war sie es, die daheim auf ihn wartete. Wenn er Sorgen hatte, war sie es, die ihm über den Arm strich und ihm versicherte, dass alles gut werden würde. Sie war es, die sich rührend um sein Kind kümmerte, als wäre es ihr eigenes.

Leas Worte bei ihrer letzten Begegnung schossen ihm durch den Kopf.

Wenn du mit ihr zusammen bist, ist es dann so wie mit uns?

Sein Herz kannte die Antwort.

Aber hieß das, dass seine Liebe zu Anna deswegen weniger wert war? Vielleicht liebte er Anna nicht auf dieselbe Weise, wie er Lea geliebt hatte. Nicht auf diese alles verzehrende Art, die man bis in die Zehenspitzen spürt. Die einen glauben lässt, man könnte ohne den anderen nicht atmen. Dennoch liebte er sie. An Annas Seite war er die bessere Version seiner selbst. Sie gab ihm Kraft, unterstützte ihn, komme, was wolle. Sie waren ein Team. Stets stellte sie die Bedürfnisse ihrer kleinen Familie über die ihren, war für ihn da, wenn er sie brauchte. Sie war seine Partnerin und zugleich seine beste Freundin. Anna war die Art von Frau, mit der er sich ein Leben aufgebaut hatte. Und es war ein gutes Leben.

Weshalb in Gottes Namen konnte er trotzdem nicht aufhören, an Lea zu denken? Nach allem, was zwischen ihnen vorgefallen war – hatte er denn immer noch nichts dazugelernt? Hatte es nicht gereicht, dass sie ihm ein Mal das Herz aus der Brust gerissen hatte?

Verdammt, Lea. Warum musstest du überhaupt zurückkommen? Ausgerechnet jetzt?

Dann kam ihm ein neuer Gedanke. Vielleicht war Leas Rückkehr eine Art Test. Ein fieser Zug des Schicksals, das ihn auf die Probe stellte.

Resolut klappte er die Bücher auf dem Schreibtisch zu und griff nach seinem Mantel.

Schluss mit der Gefühlsduselei. Der Schriftsatz konnte ebenso gut bis morgen früh warten. Er würde jetzt nach Hause gehen und Anna um Verzeihung bitten. Sie war die Frau, mit der er den Rest seines Lebens verbringen wollte. Er würde dafür sorgen, dass Lea endlich in die Scheidung einwilligte und damit endgültig die Vergangenheit hinter sich lassen.

Und daran konnten auch noch so schön in der Sonne glänzende Haare nichts ändern.

KAPITEL 28

Lea

Du solltest das nicht tun. Es ist nicht richtig. Was, wenn Christopher dich erwischt? Dann bist du geliefert! Lea griff nach dem dampfenden Becher Kaffee, den sie in der Mittelkonsole abgestellt hatte. Resolut vertrieb sie die Stimme ihrer Freundin aus ihren Gedanken. Ihr Entschluss stand fest. Und nichts, was Isabella, ihr Ehemann oder ihr Therapeut sagten, würde daran etwas ändern. Jede Pore ihres Körpers sehnte sich danach, ihre Tochter in die Arme zu schließen, ihren kindlichen Geruch einzuatmen, ihr übers Haar zu streichen. Sie musste sie einfach sehen.

Bevor sie es sich nochmal anders überlegen konnte, löste sie den Sicherheitsgurt und stieg aus. Zielstrebig eilte sie auf den Eingang der Volksschule zu. Ihr Blick wanderte durch die Eingangshalle und blieb an dem Empfangstisch zu ihrer Rechten hängen, hinter dem ein untersetzter Mann lümmelte. Er sah schrecklich gelangweilt aus, seine herabhängenden Mundwinkel erinnerten entfernt an eine Bulldogge.

Lea straffte die Schultern und setzte ihr gewinnendstes Lächeln auf. Mit sanft wiegenden Hüften trat sie an den Tresen.

»Guten Morgen«, flötete sie.

»Morgen«, erwiderte der Pförtner, ohne den Blick von seiner Zeitung zu heben.

»Bitte entschuldigen Sie die Unannehmlichkeiten, aber ich muss meine Tochter heute früher abholen. Sie hat um elf einen Zahnarzttermin – ich habe leider völlig vergessen, der Klassenlehrerin Bescheid zu geben. Würden Sie sie bitte für mich holen lassen?«

Endlich hob der Alte den Kopf. »Wer ist denn Ihre Tochter?«, brummte er.

»Felicitas Taler.«

Seufzend schob der Bulldoggenmann die Zeitung beiseite und kramte auf seinem Schreibtisch nach der Schülerliste.

»Felicitas Taler, da habe ich sie ja. Und darf ich fragen, wer Sie sind? Ich habe Sie hier noch nie gesehen.«

Lea riss mit gespielter Überraschung die Augen auf. »Wie ich bereits sagte, ich bin ihre Mutter. Lea Lamparta. Mein Kind geht jetzt schon das dritte Jahr in diese Schule. Und Sie wollen ernsthaft behaupten, Sie hätten mich noch nie gesehen?« Sie stieß ein ungläubiges Lachen aus und klimperte mit den Wimpern.

Der Mann beäugte sie argwöhnisch von Kopf bis Fuß, registrierte ihre elegante Kleidung, die teure Handtasche. Verlegen strich er sich über das unrasierte Kinn. Schließlich schien er zum Schluss gekommen zu sein, dass von Lea keine Gefahr ausging und er sich geirrt haben musste, denn er griff zum Telefon.

»In Ordnung. Einen Augenblick bitte.«

Lea nickte und trat ein paar Meter beiseite, um einen neutralen Gesichtsausdruck bemüht. Ihr Herz klopfte so laut, dass sie fürchtete, der Bulldoggenmann könnte es hören und doch noch misstrauisch werden.

Einige qualvolle Minuten später öffnete sich eine Tür am anderen Ende der Halle. Lea schnellte herum. Da war sie. In eine dicke Daunenjacke gehüllt, das blonde Haar zu einem braven Flechtzopf geknotet, sah sich Felicitas suchend in der Eingangshalle um.

Oh Gott, bitte, mach, dass sie mich erkennt.

Nervös wippte Lea auf ihren Fußballen.

Bitte, bitte, bitte.

Dann traf Felicitas' Blick den ihren. Sie war wie angewurzelt stehen geblieben, ihre Pupillen weiteten sich. Zögerlich kam sie näher.

»Mami? Mami, bist du das?«

Tränen der Erleichterung schossen Lea in die Augen.

Oh Gott sei Dank, sie erinnert sich an mich. Sie weiß, wer ich bin.

Die Stimme der Kleinen, die der ihren so ähnlich war, jagte ihr wohlige Schauer über den Rücken.

»Ja, mein Liebling. Ich bin es.«

Einen Augenblick stand Felicitas stocksteif da, den Blick unverwandt auf ihre Mutter gerichtet, jeden Zentimeter ihres Körpers abtastend. Ungläubig schüttelte sie den Kopf.

»Ich glaub's nicht«, murmelte sie schließlich. »Du bist es wirklich.«

»Ja, mein Schatz. Und ich lasse dich nie wieder alleine. Ich verspreche es«, krächzte Lea, der die Kehle eng geworden war.

Zögerlich breitete sie die Arme aus. Hielt den Atem an. Wartete, wie ihre Tochter reagieren würde.

Wie in Zeitlupe beobachtete sie, wie sich ein scheues Lächeln auf Felicitas' Gesicht ausbreitete. Dann ging ein Ruck durch ihren Körper, als sie sich in Bewegung setzte. Sie flog regelrecht die letzten Meter auf sie zu und warf die Arme um den Hals ihrer Mutter.

»Ich habe dich so vermisst«, schluchzte Felicitas an ihrem Ohr.

Die Erleichterung, die Freude und die Rührung, die Lea bei diesen Worten erfüllten, überwältigten sie. Am liebsten hätte sie ihre Tochter hochgehoben und wäre mit ihr jauchzend durch die Schulhalle getanzt.

Lea schloss die Augen, konzentrierte sich ganz auf das Gefühl von Felicitas' zarten Händen in ihrem Nacken, sog den Duft ihres Haars, einer Mischung aus Lavendelshampoo und diesem unverwechselbaren Geruch, der Kindern so eigen ist, tief in ihre Lungen. Sie presste ihre schmale Gestalt so eng an sich, dass die Kleine erschrocken nach Luft schnappte.

»Ich dich auch, mein Schatz, ich dich auch. Mehr als du dir überhaupt vorstellen kannst.«

Lea horchte in sich hinein und stellte fest, dass es stimmte. Denn selbst wenn ihr Verstand sich immer noch hartnäckig weigerte, die Erinnerungen an ihr Baby freizugeben – die Stimme ihres Herzens war unmissverständlich. Felicitas war ihr Kind. Daran bestand nicht der geringste Zweifel.

Nach einer schieren Ewigkeit löste sich Lea von Felicitas und hielt das Mädchen mit ausgestreckten Armen von sich.

»Wie hübsch du bist«, flüsterte sie ergriffen. »Wie ein Engel. Komm, lass uns gehen.«

Die Hände fest ineinander verschränkt, ließen sie das Schulgebäude hinter sich.

Als sie Leas Auto erreicht hatten, blieb Felicitas unvermittelt stehen und zupfte an ihrem Arm. »Die Frau Lehrerin hat gesagt, ich muss zum Zahnarzt. Muss das wirklich sein? Ich war doch erst letzten Monat bei Doktor Bauer.«

Wie zum Beweis riss sie den Mund auf. Eine Reihe spitzer Milchzähne kam zum Vorschein. Dort, wo ihr linker oberer Eckzahn hätte sein sollen, klaffte eine beeindruckende Lücke.

»Du hast wirklich schöne Zähne.« Lea konnte sich ein Lächeln nicht verkneifen. Dann beugte sie sich zu ihr hinab. »Kannst du ein Geheimnis bewahren?«

Die Kleine nickte ernst.

»Ich habe geschummelt. Du musst überhaupt nicht zum Zahnarzt. Ich konnte es nur nicht erwarten, dich endlich zu sehen. Was würdest du davon halten, wenn wir stattdessen zusammen ein Eis essen gehen?«

Felicitas stemmte die Arme in die Seiten.»Aber Mami! Es ist Winter! Man darf im Winter doch kein Eis essen.«

Lea zwinkerte ihr verschwörerisch zu.»Heute machen wir eine Ausnahme, einverstanden? Ich erlaube es dir. Verrätst du mir, was deine Lieblingssorte ist?«

KAPITEL 29

Anna

W as soll das heißen, sie ist nicht hier?«, fauchte Anna.
»Wie ich schon sagte«, erwiderte der Portier. »Felicitas wurde bereits abgeholt. Gleich nach der dritten Stunde.«
Anna warf hilflos die Arme in die Luft. »Aber – ich bin es, die Felicitas jeden Tag abholt! Sie können das Mädchen doch nicht einfach irgendeinem Fremden mitgeben!«
»Bitte beruhigen Sie sich. Wir haben Felicitas natürlich keinem Fremden anvertraut, wo denken Sie hin! Ihre Mutter hat sie zum Zahnarzt gebracht. Hat sie Ihnen etwa nicht Bescheid gegeben?«
Anna stieß einen wimmernden Klagelaut aus. »Ihre *Mutter*? Aber wer ...« Dann dämmerte es ihr. Ihr Herz setzte einen Schlag aus.
»Wie hat die Frau ausgesehen? Können Sie sie für mich beschreiben?«
Der Alte starrte Anna über sein Pult hinweg stirnrunzelnd an. »Groß, blond, vornehmes Kostüm. Die Kleine ist ihr wie aus dem Gesicht geschnitten. Eine solche Ähnlichkeit sieht man nicht oft.«
Anna war kreidebleich geworden, heftiges Schwindelgefühl hatte sie erfasst. Sie musste sich an der Theke festhalten, sonst hätten ihre Knie unter dem Gewicht ihres Körpers nachgegeben.
»Frau Wittmann, geht es Ihnen nicht gut? Soll ich Ihnen ein Glas Wasser bringen?«
»Es geht schon. Ich muss mich nur einen Moment setzen.«

Auf wackeligen Beinen schleppte sie sich zu der Sitz-gruppe am anderen Ende der Aula und sank auf einen freien Stuhl.

Mit fahrigen Händen kramte sie in der Tasche nach ihrem Handy. Sie musste Christopher anrufen. Er würde wissen, was zu tun war. Annas Finger zitterten so stark, dass sie zwei Anläufe brauchte, um die Nummer richtig einzugeben.

Bitte, geh ran!

Dies ist der Anrufbeantworter von Christopher Taler. Bitte hinterlassen Sie mir eine Nachricht, ich rufe zurück.

Sie legte auf, versuchte es ein zweites Mal – mit dem-selben Ergebnis.

Anna gab einen leisen Fluch von sich.

Verfluchte Mailbox.

Schließlich fiel ihr ein, dass Christopher bei Gericht war und er sein Telefon vermutlich deswegen ausgeschal-tet hatte. Heute war die Verhandlung am Straflandes-gericht, auf die er sich die letzten Wochen so akribisch vorbereitet hatte. Es war unwahrscheinlich, dass er sein Handy vor dem Abend wieder einschalten würde.

»Christopher, ich bin's, Anna. Ruf mich zurück, sobald du das hörst. Es ist wichtig. Lea hat Felicitas. Ich wollte sie gerade von der Schule abholen, aber sie war nicht da. Ich mache mir schreckliche Sorgen!«

Dann unterbrach sie die Verbindung.

Adrenalin pulsierte in ihren Adern, ihre Füße trommel-ten nervös auf dem steinernen Boden. Sie hatte keine Ah-nung, was sie als Nächstes tun sollte. Ob sie die Polizei verständigen sollte?

Hallo Herr Officer. Mein Name ist Anna Wittmann. Ich hätte heute die Tochter meines Lebensgefährten von der Schule abholen sollen, aber seine Ex, die Mutter des Kindes, ist mir zuvorgekommen. Sie war drei Jahre ver-schwunden und hat sie gekidnappt.

Anna verwarf den Gedanken rasch wieder. Die Geschichte klang selbst in ihren eigenen Ohren absurd. Man würde sie auslachen. Zumal Lea und Christopher zumindest rechtlich gesehen immer noch das gemeinsame Sorgerecht für Felicitas hatten. Bestenfalls würde man sie als die eifersüchtige neue Freundin abtun. Also keine Polizei. Aber was dann? Sie suchen? Zwecklos. Die beiden konnten überall sein. Wie es schien, blieb ihr nichts anderes übrig, als heimzufahren, um dort auf Christophers Rückruf zu warten. Wobei – hatte der Portier nicht gesagt, Felicitas und Lea hätten die Schule bereits vor über zwei Stunden verlassen? Was, wenn Felicitas längst zu Hause war und in der Wohnung auf sie wartete? Das Mädchen hatte schließlich einen Schlüssel.

Mit einem letzten wütenden Blick in Richtung Pförtner raffte sie ihre Sachen zusammen und eilte zu ihrem Wagen. Mit quietschenden Reifen manövrierte sie den Fiat aus der Parklücke und trat aufs Gas. Noch nie hatte sie die Strecke zu ihrem Haus in so kurzer Zeit zurückgelegt. Keuchend hastete sie die Treppe hinauf und entriegelte die Tür.

»Felicitas?«

Stille.

»Felicitas, ich bin's, Anna. Bist du da?«

Keine Reaktion. Auch in ihrem Zimmer keine Spur von dem Mädchen, Spielsachen und Bett waren unberührt.

Haareraufend ließ sich Anna auf die Couch im Wohnzimmer sinken. Erneut versuchte sie, Christopher auf dem Handy zu erreichen. Wieder ging nur die Mailbox ran.

Panik wallte in ihr hoch. Was zum Teufel führte Lea bloß im Schilde? Was, wenn sie die Kleine aus der Stadt gebracht hatte? Allein bei der Vorstellung wurde ihr schlecht. Vor ihrem inneren Auge spielten sich die schrecklichsten Szenarien ab. Felicitas auf der Rückbank von Leas Wagen, die angstvoll nach ihr rief, während ihre Mutter hysterisch lachte. Felicitas, neben Lea im Inneren eines Flugzeugs, auf dem Weg weiß Gott wohin. Felicitas, bewusstlos und mit verdrehten Gliedmaßen im Straßengraben.

Das Geräusch eines sich im Schloss drehenden Schlüssels riss Anna jäh aus ihrem wahrgewordenen Albtraum.

»Das ist mein Zuhause. Hier wohne ich«, vernahm sie eine gedämpfte Stimme aus dem Flur.

Mit einem Satz war Anna auf den Beinen und eilte in die Richtung, aus der die Laute gekommen waren. Jähe Erleichterung durchflutete sie. Da war sie. Wohlauf und bestens gelaunt. Hand in Hand mit einer großgewachsenen Frau mit honigblonder Lockenmähne. In Felicitas' linken Mundwinkel klebten Schokoladenreste.

»Anna!«, rief das Mädchen, als sie sie entdeckt hatte. »Stell dir vor, Anna, meine Mami ist wieder da!«

Anna schürzte die Lippen. »Das sehe ich«, knurrte sie.

Nur unter Aufbringung all ihrer Kraft konnte sie sich davon abhalten, das Kind weinend an die Brust zu drücken. Aber diese Genugtuung würde sie Lea nicht geben. Stattdessen gewann ein neues Gefühl in ihr die Oberhand. Wut. Eine Wut, wie sie sie noch nie zuvor verspürt hatte.

Wie konnte Lea es wagen!

»Ja. Ist das nicht toll?«, plapperte Felicitas munter weiter, die Annas Ringen um Fassung nicht bemerkt hatte. »Sie hat mich von der Schule abgeholt. Erst dachte ich, ich muss wirklich nochmal zum Zahnarzt.« Ihr Gesicht verfinsterte sich für einen Augenblick, um sich dann zu einem verschwörerischen Grinsen zu verziehen. »Aber das hat gar nicht gestimmt. Wir waren Eis essen. Ich habe einen großen Becher bekommen, Schokolade und Zitrone.«

»Oh«, entfuhr es ihr und sie schlug sich die Hand vor den Mund. »Das hätte ich nicht erzählen dürfen. Tut mir leid, Mami.«

Mit einem schuldbewussten Blick in Annas Richtung fügte das Mädchen hinzu:»Ich weiß, dass ich im Winter eigentlich kein Eis essen darf. Aber es war eine Ausnahme. Zur Feier des Tages, weil meine Mami wieder da ist. Bitte nicht schimpfen, Anna!«

Anna rang sich ein Lächeln ab, das einem Zähnefletschen glich.»Ist in Ordnung, Liebes. Ich bin nicht böse. Geh doch schon mal in dein Zimmer. Ich muss kurz mit deiner Mami unter vier Augen sprechen, ja?«

Felicitas sah erleichtert aus.»Ist gut.« Ein letztes Mal schlang sie die Arme um Leas Taille und flüsterte:»Bis bald, Mami.« Dann machte sie sich fröhlich auf und ab hüpfend auf den Weg ins Kinderzimmer.

Annas Lächeln erstarb, kaum dass das Mädchen außer Sichtweite war.

»Lea«, stieß sie hervor.»Was zum Teufel sollte das?«

»Freut mich auch, dich wiederzusehen, Anna.«

Leas scheinheilige Miene ließ Anna stumm aufschreien. Sie spürte regelrecht, wie der Damm in ihrem Inneren brach. Die Wut, von der Sorge um Felicitas nicht länger in Schach gehalten, überwältigte sie.

»Jetzt tu nicht so unschuldig. Das kaufe ich dir nicht ab. Wie konntest du nur? Felicitas von der Schule abholen, ohne irgendjemandem Bescheid zu geben?«

Lea blickte betreten zu Boden. Ihre Miene war genauso schuldbewusst wie die von Felicitas wenige Augenblicke zuvor.

»Tut mir leid. Ich wollte nicht, dass ihr euch Sorgen macht. Wirklich nicht. Aber sei ehrlich – wenn ich euch vorher gefragt hätte, hättet ihr doch niemals zugestimmt, dass ich sie hole.«

»Da hast du verdammt recht. Mit gutem Grund. Du kannst nicht einfach aus Felicitas' Leben verschwinden und wieder auftauchen, wie es dir passt!«

Lea seufzte schwer. »Ich kann nachvollziehen, dass du aufgebracht bist. Aber bitte versuch doch, mich zu verstehen. Sie ist meine Tochter, mein kleines Baby. Ich musste sie sehen.«

Anna schnappte hörbar nach Luft. »Hast du auch nur einen Moment lang darüber nachgedacht, wie das für Felicitas gewesen sein muss? Dich nach all der Zeit ohne Vorwarnung wiederzusehen?«

»Das habe ich.« Ihre Stimme klang ruhig, beinahe selbstzufrieden. »Und wie es scheint, lag ich mit meiner Einschätzung ganz richtig. Hast du nicht bemerkt, wie sehr sich Felicitas gefreut hat, mich zu sehen? Ich bin immerhin ihre *Mutter*.«

Anna schnaubte. »Dieses Recht hast du verwirkt, als du sie vor drei Jahren verlassen hast. Von einem Tag auf den anderen warst du weg. Niemand wusste, wo du bist, wann oder ob du jemals zurückkommst. Hast du überhaupt eine Ahnung, wie oft sich Felicitas nachts in den Schlaf geweint und nach dir gerufen hat? Weißt du das? Nein. Das weißt du nicht. Du kannst es nicht wissen, du warst nämlich nicht hier. Aber *ich* war es. Ich war diejenige, die sie in den Arm genommen, sie getröstet und ihr ins Ohr geflüstert hat, dass ihre Mutter nicht bei ihr ist, weil sie etwas Wichtiges erledigen muss. Dass sie das erst verstehen würde, wenn sie größer ist. Und jetzt bist du zurück und glaubst, du könntest einfach da weitermachen, wo ihr in eurer Mutter-Tochter-Beziehung aufgehört habt? Wie kann man nur so egoistisch sein!«

Ihr Atem ging flach und schnell. Vergeblich mühte sie sich, ihren rasenden Herzschlag zu beruhigen.

»Nein, das wusste ich nicht.«

Überrascht stellte Anna fest, dass Lea plötzlich Tränen in den Augen hatte. Wie sie da zusammengesunken an der Wand lehnte, die Arme um den Körper geschlungen, sah sie auf einmal sehr zerbrechlich aus. Beinahe hatte Anna Mitleid mit ihr. Aber nur beinahe.

»Ich weiß nicht, ob Christopher es dir erzählt hat, aber ich leide an Amnesie. Mir fehlen die Erinnerungen an die letzten dreizehn Jahre. Ich weiß also nicht mehr, was damals geschehen ist. Was mich dazu bewegt hat, diesen schrecklichen Fehler zu begehen und Christopher und Felicitas zu verlassen. Doch auch wenn ich mich nicht aktiv an Felicitas erinnere, weiß ich, dass ich sie liebe. Sie ist meine Tochter. Erinnerungen können verschwinden, aber das hier«, sie deutete auf die Stelle ihrer Brust, wo ihr Herz lag, »ist noch da. Ich liebe sie. Und ich werde alles in meiner Macht Stehende tun, um wiedergutzumachen, was ich angerichtet habe. Was ich den beiden angetan habe.«

Verständnisheischend blickte sie auf Anna herab. »Verdient denn nicht jeder eine zweite Chance?«

Doch Anna ließ sich von Leas zur Schau gestellten Schwäche nicht täuschen.

»Es gibt Dinge, die kann man nicht wiedergutmachen. Du kannst die Zeit nicht zurückdrehen. Was geschehen ist, ist geschehen. Und wie du siehst, kommen wir sehr gut ohne dich klar.«

Lea schluckte. »Du hast dich in meiner Abwesenheit wundervoll um Felicitas gekümmert. Das habt ihr beide. Und dafür bin ich wirklich dankbar. Aber ihr könnt mich nicht aus ihrem Leben ausschließen. Jetzt nicht mehr. Felicitas ist meine Tochter. Ob dir das nun passt oder nicht.«

Bei diesen Worten zog sich Annas Herz schmerzhaft zusammen. Hatte ihre eigene Mutter nicht vor kurzem erst eine ähnliche Formulierung verwendet?

Sie ist nicht deine Tochter. Das Mädchen hat eine Mutter. Es liegt nicht an dir, zu beurteilen, ob sie gut genug für sie ist.

Die Erkenntnis traf sie bis ins Mark. Angst griff nach ihrem Herzen.

»Und was ist mit Christopher? Was sieht dein Masterplan in Bezug auf ihn vor?«

Lea seufzte schwer. »Es gibt keinen Masterplan, wie du ihn nennst. Aber ich will ehrlich zu dir sein, Anna. Christopher ist mein Ehemann. Ich habe nicht vor, mich scheiden zu lassen. Nicht jetzt, solange ich nicht weiß, was zwischen uns vorgefallen ist. Ich liebe ihn. Das habe ich immer.«

»Du weißt doch nicht mal, was für eine Ehe du da geführt hast!« Anna hörte die Verzweiflung, die aus jeder ihrer Silben troff wie Harz aus einem verwundeten Baum und hasste sich zugleich dafür.

Lea zuckte bloß die Achseln. »Mag sein. Doch das ändert nichts an meinen Gefühlen. Du magst aktuell seine Freundin sein und ich kann verstehen, wie schwer das für dich sein muss. Aber Christopher und ich – wir gehören zusammen. Und tief in deinem Herzen weißt du das auch.«

Mit einem Schlag war jegliche Emotion aus Annas Körper gewichen. Keine Sorge, keine Eifersucht, nicht einmal mehr Wut. Nichts als bleierne Leere.

»Ich verstehe«, flüsterte sie tonlos. »Und nachdem wir das geklärt haben: Verschwinde aus meiner Wohnung.«

Dann wirbelte sie herum und stürmte aus dem Zimmer.

KAPITEL 30

Lea

Lautlos glitt der Audi durch die Straßen. Tränen verschleierten Lea den Blick und nahmen ihr die Sicht, sodass sie immer wieder heftig blinzeln musste, um die Fahrbahn nicht aus den Augen zu verlieren. Sie wusste nicht, wohin sie fuhr und es war ihr auch egal. Sie fühlte nur den unbändigen Drang, weiterzufahren. So viele Kilometer wie möglich zwischen sich und Anna zu bringen. Von Angesicht zu Angesicht mochte es ihr einigermaßen gelungen sein, Haltung zu bewahren, stark und zuversichtlich zu wirken. Aber es war eine Farce gewesen. Sie war alles andere als stark.

Lea hatte ihren Händen und Füßen die Navigation überlassen.

Kuppeln, Gas geben, lenken, blinken, bremsen. Nicht nachdenken. Bloß nicht nachdenken.

Nach einer Weile hatte sie die Autobahn erreicht. Mit einem Knopfdruck ließ sie das Dach ihres Cabrios herunterfahren. Der Wagen legte an Geschwindigkeit zu. Lea spürte, wie der Wind ihr durchs Haar strich, frische Luft umspielte ihr Gesicht, drang ihr in Mund und Nase. Gierig sog sie sie in ihre Lungen. Schloss für den Bruchteil einer Sekunde die Augen.

Sogleich hörte sie Annas Stimme in ihren Gedanken.

Das Recht, Felicias Mutter zu sein, hast du verwirkt, als du sie vor drei Jahren verlassen hast. Wir kommen sehr gut auch ohne dich klar. Du weißt doch nicht mal, was für eine Ehe du da geführt hast.

Sie ballte die Fäuste und ließ ihre rechte Hand auf das Lenkrad hinabsausen. Der Wagen gab ein erschrockenes Hupen von sich, der Fahrer links von ihr tippte sich mit dem Zeigefinger gegen die Schläfe. Lea schenkte ihm keine Beachtung. Mechanisch setzte sie den Blinker und nahm die nächste Autobahnausfahrt.

Die Dämmerung war hereingebrochen. Im Halbdunkel erkannte sie die enge Straße mit den niedrigen Häusern, die alte Supermarktfiliale, das verlassene Bankgebäude. Zu ihrer Linken ragte die Kirrendorfer Wallfahrtskirche empor. Auf einmal wusste sie, wohin sie ihr Unterbewusstsein geführt hatte.

Sie stellte ihren Audi am Straßenrand neben dem Tor ab, das den Eingang zum Kirchengelände markierte, und öffnete die Wagentür.

Sie schlang ihren Mantel enger um den Körper, dann lief sie, die Hände tief in den Taschen vergraben, auf das Tor zu, hinter dem sich, wie sie sich erinnerte, der Kirrendorfer Friedhof befand. Als Kind war sie mit ihren Eltern jedes Jahr hierhergekommen, um dem Grab ihrer Großmutter einen Besuch abzustatten.

Langsam folgte sie dem Kiesweg weg von der Kirche und hinein in die Dunkelheit, bahnte sich ihren Weg zwischen überwucherten Grabsteinen unter tief hängenden Ästen der umstehenden Bäume hindurch.

Auf einmal hielt sie inne. Die Strecke war kürzer als in ihrer Erinnerung, aber da war es. Das Grab ihrer Großmutter.

Daneben befanden sich zwei weitere Gräber, auf denen frische Schnittblumen lagen. Irgendjemand musste erst kürzlich hier gewesen sein. Als ihr Blick auf die eingravierten Namen fiel, die im Mondlicht von dem hellen Marmorstein reflektiert wurden, stockte ihr der Atem.

Teresa Lamparta. 1963 bis 2006. Ehefrau und Mutter.

Daneben ein nahezu identischer Stein.

Lorenz Lamparta. Zu früh aus dem Leben entrissen.
Geliebt und niemals vergessen. 1996 bis 2006.
Lea spürte, wie ihre Knie nachgaben. Wie ein Ballon, aus dem die Luft gelassen wurde, sackte sie auf dem Boden in sich zusammen.
Es ist also tatsächlich wahr.
Eiserne Finger schlossen sich um ihr Herz, ließen sie nach Atem ringen. Das Gewicht auf ihrer Brust wog so schwer, dass sie glaubte, jeden Moment unter ihm zu zerbersten. Sie schlang die Arme um die Knie. Zusammengekrümmt saß sie da, der Schmerz des Verlusts wogte in einer Intensität in ihr, die kaum zu ertragen war.

Natürlich hatte sie gewusst, dass sie tot waren. Aber das Wissen war eine Sache, vor ihrem Grab zu stehen, eine völlig andere. Als wäre der letzte Funken Hoffnung, dass alles bloß ein Missverständnis gewesen sei, ein grausamer Streich, den man ihr gespielt hatte, endgültig verglüht.

Eine Melodie drängte sich in ihr Bewusstsein. Fetzen eines alten Songtexts. Das Lied, das ihre Mutter ihr immer vorgesungen hatte, wenn sie ängstlich war oder nicht einschlafen konnte.

Sing in the sunshine, Baby.
And don't let the world get you down.
You can be happy, baby,
so take my hand and you can fly.
And there will be darkness, baby,
and there will be stormy clouds that cover you,
but it doesn't matter,
when you have the sun inside of you.
Fly away.
You can escape your troubles,
just take my hand and you can fly.

Was würde sie dafür geben, die Worte noch ein Mal aus ihrem Mund zu hören. Noch ein letztes Mal in ihren

Armen zu liegen, ihren vertrauten Duft einzuatmen, die sanfte Berührung ihrer Finger zu spüren, die ihr übers Haar strichen.

Lea spürte etwas Feuchtes auf ihr Kostüm tropfen und bemerkte, dass sie weinte. Sie machte sich nicht die Mühe, die Tränen wegzuwischen. Wozu auch? Sie war alleine. Ihre Mutter, ihre beste Freundin, war tot. Ihr Bruder, ihr geliebter kleiner Bruder, ebenfalls.

Ach Lo.

Eine schiere Flut an Erinnerungen brach über sie herein. Die Schlösser aus Legosteinen im Haus ihrer Eltern, so hoch, dass nur Isabellas, Leas und Los Haarschopf dahinter hervorlugten. Wie sie im Garten Räuber und Gendarm gespielt, ihren Puppen das Lesen und Schreiben beigebracht hatten. Lo war ihr stets auf Schritt und Tritt gefolgt, Lea, seinem Vorbild, nacheifernd. Als Kinder waren sie unzertrennlich gewesen, trotz des großen Altersunterschieds.

Lea hatte noch lebhaft vor Augen, wie es ihnen eines Tages – Lo musste etwa drei Jahre alt gewesen sein – gelungen war, den scheuen Nachbarshund einzufangen. Ihre Mutter hatte den Kindern eingeschärft, dass ihnen alle Zähne ausfallen würden, wenn sie sie nicht mindestens zweimal täglich putzten. Diesen Hygieneakt hatte sie dem alten Hund, dessen Eckzähne viele dunkle Stellen aufwiesen, nicht vorenthalten wollen. Lea sah die elfjährige Version ihrer selbst vor sich, wie sie den zappelnden Rüdiger – so hieß das Tier – festhielt, während ihm Lo die Zahnbürste ihres Vaters ins Maul rammte. Der arme Kerl hatte nicht gewusst, wie ihm geschah. Was hatte ihr Vater, der erst Tage später von der Sache erfahren hatte, nicht getobt!

Lea lachte bei dieser Erinnerung in sich hinein, nur um sogleich laut aufzuschluchzen. *Lo.*

Dass sie sich nicht an die letzten Momente, die sie mit den beiden verbracht hatte, erinnern konnte, bereitete ihr fast körperliche Schmerzen. Nicht zu wissen, was das Letzte gewesen war, das sie zu ihnen gesagt hatte. Ob sie gewusst hatten, wie sehr sie sie liebte.

Am Rande ihres Blickfelds glaubte Lea, eine Bewegung wahrzunehmen. Mühsam wandte sie den Kopf. Lauschte. Doch da war nichts. Nichts als die im Wind schaukelnden Äste der Bäume. Auf ihre Sinne war auch nicht mehr Verlass. Kraftlos ließ sie sich mit dem Rücken gegen den Grabstein sinken. Sie fror erbärmlich, aber es war ihr egal. Beinahe genoss sie das Zittern, das ihren Körper erschütterte. Ihr Leben war ein einziges Trümmerfeld. Mama, Lo, ihre Tante – tot. Ihr Vater wollte nichts mehr von ihr wissen. Sie hatte ihren Mann und ihre Tochter im Stich gelassen. *Hast du überhaupt eine Ahnung, wie oft sich Felicitas nachts in den Schlaf geweint und nach dir gerufen hat? Weißt du das? Nein. Das weißt du nicht. Das kannst du gar nicht, du warst nämlich nicht hier.* Lea schniefte. Was für ein Mensch tat so etwas? Wie hatte *sie* so etwas tun können? Sie erkannte die Person, die sie geworden war, nicht wieder.

Ekel ergriff sie. Ekel vor sich selbst, vor dieser erbärmlichen Person, die sich am Grab ihrer toten Familie in Selbstmitleid suhlte. Kein Wunder, dass Christopher sie durch die zuverlässige und ausgeglichene Anna ersetzt hatte. Sie hatte ihn ja praktisch in ihre Arme getrieben.

Vielleicht sollte sie das Ganze dabei bewenden lassen. Anna hatte recht – Christopher und Felicitas kamen bestens ohne sie zurecht. Sie könnte einfach gehen. Irgendwo anders ein neues Leben beginnen. Irgendwo, wo sie niemand kannte, wo ihre Amnesie bedeutungslos war, weil es keine gemeinsamen Erinnerungen gab, an die es sich zu erinnern galt. Geld hatte sie im Überfluss. Was hielt sie zurück?

Nein, meldete sich eine Stimme in ihrem Hinterkopf zu Wort. Fest und klar.

Du wirst jetzt nicht davonlaufen. Du hast eine Tochter! Du kannst sie kein zweites Mal im Stich lassen. Bist du nicht gerade deswegen zurückgekommen? Für Felicitas, für Christopher? Reiß dich zusammen, verdammt nochmal! Wenn nicht für dein Kind, für die Liebe, wofür lohnt es sich dann zu kämpfen? Zumindest das bist du den beiden schuldig.

Lea wimmerte. Doch die Stimme fuhr erbarmungslos fort.

Mag sein, dass du falsche Entscheidungen getroffen hast. Aber das heißt noch lange nicht, dass du an ihnen zerbrechen musst.

Lea wünschte so sehr, sie könnte ihr Glauben schenken.

KAPITEL 31

Anna

Anna hastete die Treppe hinauf, immer zwei Stufen auf einmal nehmend. Die Gänge waren wie ausgestorben. Aus den Lautsprechern dröhnte die Glocke, die den Beginn der ersten Stunde einläutete. Sie war völlig außer Atem, trotzdem gönnte sie sich keine Pause, sondern eilte einfach weiter.

Atemlos schlüpfte sie durch die angelehnte Tür des Klassenzimmers. Niemand nahm Notiz von ihr. Ihre Kommilitonen saßen auf ihren Stühlen. Eine unnatürliche Stille lag über dem Raum. Anna schlängelte sich durch die Bänke, den abschätzigen Blicken ihrer Mitschüler ausweichend.

»Guten Morgen«, begrüßte sie Christopher mit einem freundschaftlichen Knuff, als sie ihren Platz in der letzten Reihe erreicht hatte.

Dieser warf ihr einen irritierten Blick zu, sagte jedoch nichts. Dann widmete er seine Aufmerksamkeit wieder dem Handy auf seinem Schoß.

Merkwürdig.

Mit einem mulmigen Gefühl im Magen schälte sich Anna aus ihrem Mantel und hängte ihn über die Lehne ihres Stuhls.

»Christopher – hey!«

Immer noch keine Reaktion. Er hob nicht einmal den Kopf.

Irgendetwas stimmte nicht, das spürte Anna genau. Doch sie kam nicht dahinter, was es war.

In diesem Moment öffnete sich die Tür ein weiteres Mal und ein Mädchen betrat den Raum. Blondes Haar, tief auf den Hüften sitzende Jeans, mit dem Gesicht eines Engels. Mit zielsicheren Schritten steuerte sie auf Anna zu.

»Du sitzt auf meinem Platz.«

Anna starrte sie fassungslos an. »Aber – wieso – ich sitze doch immer hier«, stotterte sie.

Leas Gesicht verzog sich zu einem gehässigen Grinsen. »Oh, hast du es etwa noch nicht gehört? Jetzt nicht mehr. Das ist jetzt mein Platz. Nicht wahr, Christopher?«

Anna warf ihrem Freund einen irritierten Blick zu. Dieser jedoch schenkte ihr keine Beachtung. Seine volle Aufmerksamkeit galt Lea. Die offensichtliche Bewunderung in seinen Augen versetzte ihr einen Stich.

»Stimmt genau.« Er zwinkerte Lea verschwörerisch zu. »Du solltest jetzt wirklich Platz machen, Anna.«

Mit weichen Knien erhob sie sich und sah sich hilfesuchend in dem vollbesetzten Klassenzimmer um. Ihre Nerven waren zum Zerreißen gespannt. Sechsundzwanzig Augenpaare waren auf sie gerichtet, voller Erwartung, wie sie reagieren würde.

»Hast du Lea nicht gehört? Du sollst abhauen«, rief nun auch Tobias.

»Was hat sie da eigentlich an?«, hörte sie Paulas kichernde Stimme aus der ersten Reihe.

»Das ist doch nicht etwa – ihr Pyjama?«, flüsterte Fiona, so laut, dass die ganze Klasse sie hören konnte. Zustimmendes Gemurmel erfüllte den Raum, gefolgt von Gelächter.

Entsetzt starrte Anna auf ihr rotbraun kariertes Flanellhemd und die passende Hose, die knapp oberhalb ihrer Knie endete und den Blick auf ein leuchtend rotes Paar Adidas-Sneakers freigab.

Nein. Das darf nicht wahr sein. Bitte, Erdboden, verschluck mich.

Doch ihr Flehen wurde nicht erhört. Zur Salzsäule erstarrt blieb sie wie angewurzelt stehen. Übelkeit stieg in ihr hoch, zerfraß ihre Eingeweide, ließ sie nach Luft schnappen. »Immerhin hast du schicke Schuhe an.« Lea grinste spöttisch, begleitet vom hämischen Gekicher ihrer Mitschüler. Das Klassenzimmer begann vor Annas Augen zu rotieren. Schnell und immer schneller. So rasant, dass ihr schlecht davon wurde. Die Gesichter ihrer Klassenkameraden verschwammen vor ihrem Gesichtsfeld und lösten sich allmählich auf.

Anna schlug die Augen auf. Ihr Herz raste und sie brauchte eine Weile, bis sie sich zurechtfand. Erleichtert stöhnte sie auf. Sie war keine siebzehn mehr. Sie war zu Hause. In ihrem Bett. Neben sich hörte sie Christophers gleichmäßige Atemzüge.

Der Wecker auf ihrem Nachttisch verriet, dass es sechs Uhr morgens war. Noch über eine halbe Stunde bis zur Tagwache. Doch an Schlaf war nicht mehr zu denken.

Ächzend befreite sie sich aus den klammen Laken und tappte ins Badezimmer. Die Übelkeit aus ihrem Traum wogte immer noch in ihr. Keuchend erbrach sie sich in die Kloschüssel. Spuckte und spuckte, bis sie nur mehr bittere Galle hervorwürgte.

Quälend langsam entließ der Albtraum sie aus seinen Fängen.

Zitternd ließ sich Anna auf den Rand der Badewanne sinken. Aus dem Spiegel über dem Waschbecken starrte ihr eine leichenblasse Frau entgegen. Tiefe Schatten lagen unter ihren Augen, die Erschöpfung stand ihr deutlich ins Gesicht geschrieben.

Der letzte Tag war unfassbar nervenaufreibend gewesen. Die Sorge um Felicitas, der begeisterte Ausdruck im

Gesicht des Mädchens, als sie ihr von der Rückkehr ihrer Mutter erzählte und nicht zuletzt das hässliche Aufeinandertreffen mit Lea hatten ihren Tribut gefordert. *Felicitas ist meine Tochter, nicht deine. Ob es dir nun passt oder nicht. Christopher ist mein Ehemann. Ich habe nicht vor, mich scheiden zu lassen.* Sie fuhr sich mit der Hand über das schweißnasse Gesicht.

Wenigstens ein Gutes hatte ihr Martyrium gehabt. Christopher schien endlich eingesehen zu haben, dass er sich, was Leas Rückkehr betraf, falsch verhalten hatte. Stundenlang waren sie im Wohnzimmer beisammengesessen, um zu reden. Über Felicitas. Über Lea. Über ihre Beziehung. *Es tut mir so leid, dass ich dir nicht gleich gesagt habe, dass sie zurück ist. Kannst du mir verzeihen? Ich schwöre, es wird nicht wieder vorkommen!*

Und sie hatte ihm verziehen. Es war wichtig, dass sie jetzt an einem Strang zogen. Egal was Lea sagte oder tat, sie würde nicht zulassen, dass sie sich zwischen sie drängte.

Als sie schließlich ins Bett gegangen waren, hatte Christopher sich an sie gekuschelt und sie die ganze Nacht hindurch festgehalten, so wie er es in den Anfängen ihrer Beziehung oft getan hatte.

Kopfschüttelnd ließ sie den immer flüchtiger werdenden Albtraum nochmal Revue passieren. Was für ein ausgemachter Unsinn. Christopher hätte sich ihr gegenüber nie im Leben so grausam verhalten. Sie war paranoid, das war alles.

Und dann waren da noch die roten Sneakers – Julias Sneakers.

Erst gestern war sie zum ersten Mal damit in die Schule gekommen, über das ganze Gesicht strahlend. Auf dem

Weg in den Pausenhof hatte Sophie, ein schüchternes Mädchen mit rotblonden Haar, an Julias Pult gehalten. »Du hast aber coole Schuhe, sind die neu?«, hatte sie fast ehrfürchtig geflüstert.

Julias Mundwinkel verzogen sich zu einem stolzen Lächeln. »Die habe ich zum Geburtstag bekommen. Sind sie nicht toll?«

Sophie nickte bewundernd. »Lass mich mal genauer sehen.« Sie beugte sich hinab, um die Schuhe aus der Nähe zu begutachten. »Wow.«

In dem Moment kam Philipp von der Toilette zurück und wurde auf die beiden aufmerksam. Betont beiläufig schlenderte er an den Mädchen vorbei, wobei er Sophie einen verächtlichen Blick zuwarf.

»Hast du eine neue Freundin, Sophie?«, feixte er. Sein Ton troff nur so vor Missbilligung.

Sophie erblasste sichtlich. Unsicher trippelte sie ein paar Schritte von Julia weg.

»Ich habe doch nur ihre Schuhe bewundert«, quiekte sie, dann verschwand sie mit einem letzten bedauernden Blick auf Julia in Richtung Pausenhof.

Anna erschauerte bei dieser Erinnerung. Sie musste dem armen Kind dringend helfen. Bloß wie? Weder Schelte, noch das Gespräch mit Philipps Eltern hatten etwas genützt. Philipps Hänseleien waren allenfalls subtiler geworden, konzentrierten sich nicht länger auf den Unterricht, sondern die Zeiträume dazwischen, sodass Anna kaum Gelegenheit hatte, einzuschreiten. Dass er jetzt auch andere Kinder gegen Julia aufstachelte, ging entschieden zu weit. Sie nahm sich vor, ein ernstes Wort mit der Direktorin zu reden. Vielleicht wusste ihre erfahrene Vorgesetzte ja, wie sie der Situation Herr werden konnte.

Den Blick in den Spiegel gerichtet zwang sie ihre Mundwinkel zu einem Lächeln. So lange, bis sie sich zumindest ein wenig besser fühlte.

Sie würde sich nicht unterkriegen lassen. Weder von Lea, noch von irgendeinem frühpubertären Neunjährigen.

KAPITEL 32

Lea

D a ist diese eine Erinnerung aus meiner Kindheit, die mich in letzter Zeit ständig heimsucht.« Doktor Aicher hob interessiert die Brauen. Das dunkle Flanellhemd, das er trug, hing um seine Schultern und ließ seine Gestalt noch schmaler und ausgemergelter wirken, als sie ohnehin schon war.

»Erzählen Sie mir davon.«

Lea umklammerte den Henkel ihrer Kaffeetasse fester.

»Als Kind habe ich jede freie Minute im Reitstall verbracht. Der Stall lag nicht weit entfernt, mit dem Fahrrad waren es gerade mal fünf Minuten von zu Hause. Ich war völlig vernarrt in die Pferde. Besonders in Pamela, mein Lieblingspony.«

Die Erinnerung an Pamelas Geruch, ihr leises Wiehern, wenn sie die Nüstern blähte, und das Gefühl des warmen Pferdekörpers zwischen ihren Beinen, zauberte Lea ein melancholisches Lächeln auf die Lippen.

»An besagtem Tag – ich muss dreizehn oder vierzehn Jahre alt gewesen sein – war ich alleine ausreiten. Wir trabten gemächlich einen Waldweg entlang, doch auf einmal blieb Pamela wie angewurzelt stehen. Beinahe wäre ich runtergefallen, ich konnte mich gerade noch im Sattel halten. Vergeblich versuchte ich, Pamela zum Weitergehen zu bewegen, doch sie gehorchte einfach nicht, starrte bloß unablässig auf den Boden vor ihr. Also stieg ich ab, um nachzusehen, was sie so aus der Fassung gebracht hat. Und da sah ich es – es war ein Vogelbaby. Hilflos kroch es auf dem Waldboden zwischen Pamelas Hufen umher, zu klein zum Fliegen, keine Vogelmami weit und breit. Es musste aus seinem Nest gefallen sein. Ich hob es hoch. Es war so winzig, füllte kaum meine Handfläche aus. Dazu gab es herzzerreißende Laute von sich, als hätte es schreckliche Schmerzen. Irgendwas mit seinem Auge schien nicht in Ordnung zu sein. So schnell ich konnte lief ich zurück in den Stall, um Pamela zu versorgen, dann zum Tierarzt. Er gab mir Tropfen für das Auge. Schärfte mir ein, ich müsste mich gut um das Kleine kümmern, ihm täglich zerkleinerte Würmer füttern. Irgendwann wäre es groß genug, sodass es alleine klarkäme. Dann würde es davonfliegen.«

»Eine hübsche Geschichte. Und wie ging es weiter?«

»Das mit den Würmern ist mir wirklich schwergefallen. Meine Mutter war mit mir in der Tierhandlung, um welche für mich zu kaufen. Und einen Vogelkäfig. Die Würmer lebten noch und ich musste sie selbst in mundgerechte Häppchen zerteilen. Es war ekelhaft und die Würmer taten mir leid, aber für Charlie – so habe ich den kleinen Piepmatz getauft – brachte ich es dann doch über mich. Wochenlang habe ich ihn aufgepäppelt, er wurde immer größer und stärker. Die Augenentzündung ging zurück. Bald, das wusste ich, wäre es soweit und ich könnte ihn in die Freiheit entlassen. Ich war unglaublich stolz.«

»Das kann ich mir vorstellen.«

»Eines Tages kam ich von der Schule nach Hause und Charlie war fort. Die Tür seines Käfigs war offen, offenbar hatte ich sie nicht richtig zugemacht, sodass er entwischen konnte. Ich habe stundenlang nach ihm gesucht. In meinem Zimmer, im restlichen Haus, einfach überall. Irgendwann habe ich meinen Suchradius ausgeweitet und bin ich in den Garten gelaufen.«

Lea schluckte.

»Dort fand ich die Nachbarskatze unter einem alten Nussbaum. Und zwischen ihren Pfoten – Charlie. Sein Genick war gebrochen. Sie hatte ihn getötet. Einfach so.« Einen Augenblick hielt sie inne, rang nach Atem. »Mein Vater meinte, es sei meine Schuld gewesen. Ich hätte besser auf Charlie achtgeben müssen.« Sie schüttelte den Kopf. »Ich war so unglaublich traurig und wütend – auf die Nachbarskatze, aber vor allem auf mich selbst. Und genau an diesen Moment muss ich in letzter Zeit immerzu denken – Charlies reglosen Körper, seine unnatürlich abgespreizten Flügel in den Fängen der Katze.« Sie ließ den Kopf hängen.

Der Therapeut musterte Lea nachdenklich. »Was glauben Sie, was diese Erinnerung Ihnen sagen will?«

»Ist das nicht offensichtlich?« Ihr Gesicht hatte einen gequälten Ausdruck angenommen. »Ich bin unfähig, Verantwortung zu übernehmen. Für Charlie, für meine Tochter, für mein eigenes Leben. Das Schlamassel, in dem ich stecke – ich habe es mir selbst zuzuschreiben.«

»Glauben Sie das wirklich, Frau Lamparta? Sie haben selbst gesagt, sie waren damals erst dreizehn. Noch ein Kind.«

Lea schnaubte verächtlich.

»Mag sein. Doch das macht Charlie auch nicht wieder lebendig, nicht wahr? Hätte ich besser auf ihn aufgepasst, wäre er nicht gestorben. Und wer weiß, vielleicht war es mit Lo ja genauso. Ich hätte ihn retten müssen. Aber ich habe versagt.«

Der Therapeut wählte seine nächsten Worte mit Bedacht.

»Denken Sie, Sie haben ihn enttäuscht? Ihren Bruder, meine ich? Ist es das, was Sie im Grunde quält? Schuldgefühle?«

Lea seufzte. »Irgendwie schon. Als Kinder waren wir unzertrennlich, wissen Sie? Lo ist mir überallhin gefolgt, wir haben einfach alles zusammen gemacht. Lo, ich und oft auch Isabella, meine beste Freundin.«

Ihr Magen zog sich schmerzhaft zusammen.

»Später, als ich älter war, hat sich unsere Beziehung verändert. Ich weiß, dass es meine Schuld war. Ich wuchs zu einem rebellischen Teenager heran, interessierte mich nur noch für die Jugendlichen in meinem Alter. Auf einmal war es uncool, Zeit mit meinem kleinen Bruder zu verbringen. Lo konnte das nicht verstehen, hat nur umso hartnäckiger versucht, meine Aufmerksamkeit auf sich zu ziehen.

Eines Tages hat er mir das Versprechen abgerungen, am kommenden Sonntag zu einem seiner Fußballspiele zu kommen. Er spielte damals seit etwa einem Jahr in der dorfeigenen Mannschaft. Es war ein wichtiges Match – das Finale der Saison. Der besagte Sonntag kam, doch ich hatte das Spiel längst vergessen. Ich war am Vorabend lange mit Freunden unterwegs gewesen und hatte spontan beschlossen, bei einer Klassenkameradin zu übernachten. Ich kehrte erst am späten Sonntagnachmittag nach Hause zurück.«

Lea wimmerte kaum hörbar. Wie ein Film zog die folgende Episode vor ihrem inneren Auge vorbei. Sah sich selbst, wie sie sich verkatert und erschöpft im Wohnzimmer auf die Couch fallen ließ. Spürte den gekränkten Blick ihres Bruders, der mit hängenden Schultern auf sie hinabsah.

Du hast es vergessen.

Was soll ich vergessen haben? Lass mich in Frieden, Lo. Ich bin müde und habe einen Kater.

In seinen Augen glänzten Tränen.

Das Spiel! Es war heute Vormittag. Du hast versprochen, dass du kommst. Alle Eltern und Geschwister waren dabei. Aber du – du hast mich vergessen.

204

Lea brach es das Herz, als sie an diesen Moment zurückdachte. Sie schluchzte laut auf.

Stumm schob ihr Doktor Aicher eine Packung Taschentücher zu. Lea nahm sie dankbar entgegen und schnäuzte sich geräuschvoll.

Anna liegt völlig richtig, dachte sie voller Bitterkeit. Selbst ihr Vater hatte es erkannt. Es gab Dinge, für die bekam man keine zweite Chance. Lo war fort. Und er kam nicht wieder.

»Ja – ich habe ihn enttäuscht«, sagte sie, nachdem die Tränen endlich versiegt waren. »Dabei wusste ich doch, wie viel es Lo bedeutete, dass ich ihn spielen sah. Aber ich egoistische Kuh habe mal wieder nur an mich gedacht.«

»Sie haben es selbst gesagt – Sie waren damals noch ein Teenager«, sagte der Therapeut sanft. »Diese ganzen Schuldgefühle, die Sie mit sich herumtragen – Sie müssen sie hinter sich lassen. Mag sein, dass Sie bei ebenjenem Spiel nicht dabei waren. Aber denken Sie nach – gab es nicht auch gute Momente zwischen Ihnen? Ihr Bruder wusste, wie viel er Ihnen bedeutet hat, da bin ich mir sicher.«

Nachdenklich starrte Lea auf ihre Fingerknöchel.

»Was ist mit Ihrem Vater? Hatten Sie inzwischen Gelegenheit, mit ihm zu reden?«

Lea stöhnte auf. Wie oft sollte sie Doktor Aicher eigentlich noch erklären, dass es zwecklos war?

»Nein. Ich habe es Ihnen ja schon gesagt – er will mich nicht sehen.«

»Denken Sie bitte noch einmal darüber nach. Er ist Ihr Vater. Was haben Sie denn schon zu verlieren?«

»Ich – ich kann nicht.«

Eine Weile sagte keiner von ihnen ein Wort. Lea spürte den Blick des Mannes auf ihrem Gesicht. Sie hielt den Kopf gesenkt, konnte den stummen Vorwurf und das Mitleid in seinen Augen nicht ertragen.

»Ich war übrigens auf dem Friedhof«, murmelte sie schließlich. »Es war keine bewusste Entscheidung, ich bin einfach in mein Auto gestiegen und losgefahren. Und dann war ich plötzlich da. Als würde ein Teil von mir wollen, dass ich hierherkomme. Ich habe das Grab meiner Mutter und meines Bruders besucht. Dort bin ich zusammengebrochen. Habe mich vor den sterblichen Überresten meiner Familie zusammengekauert und bitterlich geweint.«

Eine neuerliche Woge des Selbstekels stieg in ihr hoch.

»Das ist gut, Frau Lamparta. Ich bin stolz auf Sie.«

Lea hob ruckartig den Kopf. »Sie sind tot, verdammt! Genauso wie Charlie. Und Tante Angela. In welcher Welt kann das gut sein?«

Ohne es zu wollen hatte sie die Stimme erhoben, doch der Therapeut schien sich davon nicht beeindrucken zu lassen.

»Das meinte ich nicht und das wissen Sie. Aber Sie fangen endlich an, sich mit Ihrer Trauer auseinanderzusetzen, und das ist gut. Sie tragen so viel Schuld mit sich herum, gerade weil Sie den Tod Ihrer Liebsten nie verwunden haben. Und genau das ist der Punkt, an dem wir ansetzen müssen. Man muss am Talboden angelangt sein, bevor es aufwärtsgehen kann, vergessen Sie das nicht. Sie sind auf einem guten Weg. Versuchen Sie, ein wenig gnädiger mit sich zu sein.«

Lea stocherte mit dem Löffel in der Tasse Kaffee, die sie kaum angerührt hatte.

»Ich – ich muss Ihnen noch etwas erzählen«, sagte sie zögerlich.

Doktor Aicher lehnte sich in seinem Lehnstuhl zurück und schlug die Beine übereinander. Aufmunternd nickte er ihr zu.

»Ich habe meine Tochter aufgesucht. Felicitas.«

Atemlos harrte sie seiner Reaktion. Doch der Therapeut verzog keine Miene. Wenn es ihn schockierte oder verärgerte, dass sie seinen Ratschlag nicht befolgt hatte, so ließ er es sich zumindest nicht anmerken.

»Erst hatte ich große Angst. Immerhin war Felicitas erst sechs, als sie mich zuletzt gesehen hat. Was, wenn sie mich nicht erkannt hätte? Ich glaube, das hätte mich zerstört. Aber meine Sorge war unbegründet. Sie wusste sofort, dass ich es bin. Ihre Mutter. Und auch ich habe es gefühlt – diese tiefe Verbundenheit.« Ungläubig schüttelte sie den Kopf.

»Der Mutterinstinkt.«

»Ja, vermutlich. Es war, als wäre ein Teil in mir wieder an seinen rechten Platz gerückt. Wir haben nichts Außergewöhnliches unternommen. Waren Eis essen, haben geplaudert. Sie hat mir von der Schule erzählt, ihren Freundinnen, ihren Wünschen und Träumen. Es war fantastisch. Sie ist so ein tolles Mädchen. Klug, aufmerksam, bildhübsch. Keine Ahnung, womit ich so eine Tochter überhaupt verdient habe.«

Sie schwieg eine Weile, ihr Blick wanderte aus dem Fenster.

»Ich begreife immer noch nicht, warum ich sie verlassen habe. Sie und Christopher. Vielleicht werde ich es nie erfahren. Die Person, die ich früher einmal war, hätte sowas niemals getan.«

»Gehen Sie nicht zu hart mit sich ins Gericht«, wiederholte Doktor Aicher. »Lassen Sie los. Sie können die Vergangenheit nicht ändern. Niemand kann das.«

Lea lachte freudlos auf. »Aus Ihrem Mund hört sich das so einfach an.«

»Niemand sagt, es wäre leicht. Aber ich möchte Sie dazu anregen, Ihre Situation mal aus einer anderen Perspektive zu betrachten. Möglicherweise war Ihre Amnesie genau der Weckruf, den Sie gebraucht haben. Mir fällt dabei immer ein Zitat des dänischen Philosophen Kierkegaard ein. Eine herausragende Persönlichkeit, dieser Kierkegaard. Am Ende sind wir die Summe unserer Entscheidungen. Und Sie haben jeden Tag die Chance, andere zu treffen. Nur weil Sie damals womöglich die Falsche getroffen haben, heißt das nicht, dass Sie Ihrem Leben nicht eine neue Wendung geben und aus vergangenen Fehlern lernen können.«

»Und was soll ich jetzt tun?« Ihre Stimme war kaum mehr als ein Flüstern. »Ich weiß einfach nicht, wie ich weitermachen soll.«

»Das ist leicht.« Der Therapeut lächelte. »Für den Anfang haben Sie schon viel gewonnen, wenn Sie aufhören, sich an allem die Schuld zu geben. Wie Sie richtig gesagt haben, das macht Ihre Lieben auch nicht wieder lebendig. Ich bin mir sicher, sie hätten gewollt, dass Sie glücklich sind. Sie müssen es sich *erlauben*, glücklich zu sein.«

Lea ließ seine Worte auf sich wirken. War es nicht das, was sie selbst zu Anna gesagt hatte? Dass jeder eine zweite Chance verdiente? Sie seufzte.

»Finden Sie, dass es falsch ist, dass ich Christopher zurückgewinnen will? Er war meine große Liebe, wissen Sie. Außerdem ist er der Vater meiner Tochter.«

»Es liegt nicht an mir, das zu beurteilen, Frau Lamparta. Ich kann Ihnen nur raten, auf Ihr Herz zu hören. Es wird Ihnen den richtigen Weg weisen.«

KAPITEL 33

Anna. Damals (2009)

Die Lokaltür flog auf und ein zartes Mädchen betrat die schummrige Bar. Sie war ganz in Schwarz gekleidet, der einzige Farbklecks war der kirschrote Lippenstift, der ihren aufreizenden Schmollmund zierte.

»Mona!«

Mit einem Freudenschrei warf sich Anna in die Arme ihrer Freundin. Sie vergrub das Gesicht in ihrem Haar, atmete den vertrauten Pfirsichduft ihres Shampoos ein.

»Du bist wirklich gekommen!«

»Sachte, du erwürgst mich noch.« Lachend wand sich Mona aus Annas Umklammerung. »Und – natürlich bin ich das! Was glaubst du denn? Meine beste Freundin hat schließlich nicht jeden Tag Geburtstag.«

Sie hielt Anna eine Armeslänge von sich. »Du siehst klasse aus! Das Kleid steht dir fantastisch. So erwachsen hätte ich dich fast nicht wiedererkannt.«

Stolz zupfte Anna am Saum des kleinen Schwarzen, das sie zur Feier des Tages trug. Es endete eine Handbreit über dem Knie und zauberte mit seinem Wasserfallausschnitt ein verführerisches Dekolleté.

»Danke. Du aber auch! Ich fasse es nicht – du hast wirklich ernst gemacht und dir die Haare abgeschnitten!«

Grinsend fuhr sich Mona durch den kinnlangen Bob. »Ach, du kennst mich ja. Es war mal wieder Zeit für was Neues.«

Anna erwiderte ihr Lächeln. Ihre Freundin liebte es, ihren Look zu verändern. Mal sportlich, mal mit schwarz umrandeten Augen im Grunge Stil, mal elegant und damenhaft, war sie ein wandelndes Chamäleon.

»Komm, setz dich zu uns. Ich muss dir unbedingt meine Studienkollegen vorstellen.«

Sie deutete auf einen der Tische, wo bereits eine bunt zusammengewürfelte Truppe beisammensaß, die neugierig zu ihnen herüberblickte.

»Leute – das ist Mona. Wir kennen uns schon seit ...« Sie hielt einen Moment inne und schüttelte ungläubig den Kopf. »... fünfzehn Jahren. Kaum zu glauben, wie die Zeit vergeht. Gott, sind wir alt geworden.« Sie stieß ein nervöses Lachen aus. »Mona, das sind Philippa und Teresa. Sie studieren mit mir an der Pädagogischen Akademie. Meine Lehrerkollegen in spe, wie ich hoffe. Und das ist Justus, Philippas Freund. Meine Eltern kennst du ja.«

Mona lief um den Tisch und begrüßte einen nach dem anderen. Dann ließ sie sich zu Annas Linken nieder.

»Christopher sollte auch gleich hier sein.«

Wie aufs Stichwort ging die Tür ein weiteres Mal auf und ihr bester Freund betrat, dicht gefolgt von einer langbeinigen Blondine, den Raum.

»Entschuldige die Verspätung.« Liebevoll küsste Christopher sie auf beide Wangen. »Wir konnten uns nicht entscheiden, welche High Heels es werden sollen«, fügte er hinzu. »Frauen und ihre Schuhe.« Er verdrehte die Augen.

»Ich muss nachher übrigens noch mit dir über was Wichtiges sprechen«, raunte er Anna zu, bevor er sich den anderen Gästen zuwandte.

»Hi, Anna.«

Lea war hinter Christopher hervorgetreten. Ihre honigfarbene Mähne sah aus wie frisch vom Friseur. Sie trug ein elfenbeinfarbenes Kleid, das ihr ein feengleiches Aussehen verlieh. Ihre Füße steckten in turmhohen High Heels.

Louboutins, wie die roten Sohlen unschwer erkennen ließen. Wie immer sah sie absolut umwerfend aus. An ihrem ausgestreckten Arm baumelte ein länglicher Papiersack.

»Alles Gute zum Geburtstag.« Sie streckte Anna den Geschenksack hin.

»Danke, das wäre nicht nötig gewesen.« Neugierig inspizierte Anna den Inhalt der Tüte. Ein orangefarbenes Etikett blitzte daraus hervor. Es war eine Flasche des teuren Veuve Cliquot Champagners.

»Danke, Lea. Sehr aufmerksam.«

Anna fing Monas Blick auf und grinste in sich hinein. Sie wusste, was sie dachte.

Eingebildetes Bonzenkind.

»Danke. Kommt, setzt euch. Nehmt euch einen Aperitif.«

Die Gläser wurden verteilt. Klirren erfüllte den Raum, als sie geräuschvoll miteinander anstießen.

Allmählich fiel die anfängliche Anspannung von den Gästen ab und fröhliches Geplauder stellte sich ein. Mona unterhielt sich angeregt mit Philippa und Justus, Christopher und Teresa waren mit Annas Eltern in eine hitzige Diskussion über die anstehenden Nationalratswahlen vertieft.

Im Augenwinkel bemerkte Anna, dass Lea sie über den Tisch hinweg unverhohlen musterte. Sie seufzte innerlich. Konnte sich nicht jemand anderer um den ungebetenen Gast kümmern?

»Wie gefällt dir das Studium, Anna?«, mühte sich Lea, ein Gespräch in Gang zu bekommen.

»Danke, bestens. Ich kann es nicht erwarten, endlich selbst in der Klasse zu stehen.«

Lea klimperte ungläubig mit den Wimpern. »Alle Achtung. Das könnte ich nie. Den ganzen Tag von lärmenden Kids umgeben zu sein – das wäre mein Albtraum. Keine

211

zehn Pferde könnten mich jemals wieder in ein Klassenzimmer bringen.«

Anna zuckte die Achseln. »Jedem das seine, schätze ich.«

»Ja. Trotzdem bewundernswert.«

Sie schwieg.

»Da ist etwas, das ich dich schon lange fragen wollte«, plapperte Lea munter weiter, die nicht zu bemerken schien, dass Anna kein Interesse hatte, das Gespräch mit ihr zu vertiefen. »Was tut sich bei dir eigentlich an der Männerfront? Erst gestern haben Christopher und ich darüber gesprochen. Mir ist aufgefallen, dass ich dich noch nie in Begleitung eines Mannes gesehen habe.« Sie beugte sich verschwörerisch über den Tisch. »Also sag mal, Anna, gibt es da jemand Besonderen in deinem Leben? Einer so interessanten Frau wie dir müssen die Jungs doch zu Füßen liegen.«

Die Worte, süß wie Honig, troffen zwischen den zu einem blasierten Lächeln verzogenen Lippen hervor. Anna hätte ihr am liebsten das Grinsen mit einem Faustschlag aus dem Gesicht gewischt. Der Gedanke, dass Christopher ausgerechnet mit Lea über ihr Liebesleben gesprochen hatte, gefiel ihr nicht.

»Nett, dass du fragst. Aber nein, da ist niemand. Ich komme wunderbar alleine klar.«

Lea nickte verständnisvoll. Eine blonde Haarsträhne hatte sich aus der Klammer auf ihrem Hinterkopf gelöst und fiel ihr in die Stirn.

»Ich verstehe dich vollkommen. Wirklich«, sagte sie mit der Inbrunst der Überzeugung. »Es ist ja so schwierig, den richtigen Partner fürs Leben zu finden! Aber sei unbesorgt. Jeder Topf findet seinen Deckel. Bestimmt wirst du auch bald deinen Mr. Right kennenlernen.«

Anna hatte Mühe, ihre Gesichtszüge unter Kontrolle zu behalten.

Dein gönnerhaftes Getue kannst du dir sparen.

Noch immer war ihr schleierhaft, wie Christopher, ihr besonnener und kluger Freund, auf diese eingebildete Ziege hatte hereinfallen können. In den Anfängen ihrer Beziehung hatte Anna fest daran geglaubt, dass er von der schönen Lea bald die Nase voll haben würde. Dass er erkennen würde, dass er die falsche Frau gewählt hatte. Doch die Jahre zogen ins Land und nichts dergleichen war geschehen. Lea hatte ihr den einzigen Mann weggenommen, den sie je aufrichtig geliebt hatte. Und da saß sie nun und wagte es, sie über ihre Männerbekanntschaften auszufragen? Ausgerechnet an ihrem Geburtstag! Als wären sie sowas wie Freunde.

Anna zwang sich zu einem, wie sie hoffte, unbekümmerten Lächeln.»Ich weiß dein Interesse für mein Liebesleben wirklich zu schätzen, aber sei unbesorgt. Ich brauche keinen Mann in meinem Leben, um glücklich zu sein.«

»Sicher doch.«

»Wie läuft eigentlich dein Studium?«, wechselte Anna das Thema.»Christopher hat erzählt, du hättest letztes Semester auf die Wirtschaftsuni gewechselt?«

Lea nickte.»Ja, ich habe mich im Herbst dort inskribiert. Allerdings bin ich mir inzwischen nicht mehr sicher, ob das die richtige Entscheidung war. Die meisten Fächer sind unglaublich langweilig und die Kurse sind total überlaufen. Ich spiele mit dem Gedanken, mich nächstes Jahr auf der Hauptuni einzuschreiben. Politikwissenschaften.« Sie zuckte die Achseln.»Mal sehen. Im Moment bin ich hauptsächlich damit beschäftigt, unsere Chinareise zu planen. Wir wollen uns Motorräder ausleihen und die Gegend auf eigene Faust erkunden. Erst Tibet, dann Sichuan und

Yunnan. Das Ganze erfordert eine Menge Organisation, aber ich bin sicher, es ist die Mühe wert. Ich wollte immer schon mal nach China.«

Ihre linke Hand verschwand unter dem Tisch und tastete besitzergreifend nach Christophers Oberschenkel. Anna wandte den Blick ab. Diese offene Zurschaustellung ihrer Liebe verursachte ihr Übelkeit. Als müsste Lea Gott und der Welt beweisen, dass Christopher zu ihr gehörte. Als ob sie das nicht wüsste.

Erleichtert, dass sie den Smalltalk überstanden hatte, ließ sich Anna gegen die Rückenlehne sinken.

»Was ist das denn für eine blöde Zicke«, raunte Mona ihr zu, nachdem Lea sich endlich abgewandt hatte.

Anna schnaubte. »Tja. Das ist Christophers Freundin. Ist sie nicht *absolut fantastisch*?«

Mona verdrehte die Augen. »Was will Christopher denn mit einer wie der?« Sie senkte die Stimme noch etwas weiter. »Und – versteh mich nicht falsch, aber so wie du immer über ihn sprichst, dachte ich, du und Christopher, ihr wärt – ich meine ...« Sie brach ab, als sie Annas Gesichtsausdruck bemerkte. »Entschuldige, das geht mich nun wirklich nichts an.«

»Ich und Christopher?«, sagte sie mit gespielter Überraschung. »Das musst du falsch verstanden haben. Wir sind nur Freunde. Das waren wir schon immer.«

»Ja, klar. Tut mir leid.«

Peinliches Schweigen breitete sich zwischen den Freundinnen aus.

In diesem Moment hob Bettina Wittmann ihre Sektflöte und schlug mit einem Dessertlöffel sanft gegen das Glas. Die Gespräche verstummten.

»Im Namen von Ernst und mir möchte ich euch danken, dass ihr heute gekommen seid. Anna – mein kleines Baby – ist heute zweiundzwanzig Jahre alt geworden. So erwachsen. Kaum zu glauben, wie schnell die Zeit vergeht. Ganz zu schweigen, was das über mein eigenes Alter aussagt.« Sie hüstelte verlegen.

»Du bist doch nicht alt«, widersprach ihr Vater aufs Stichwort, der den flehenden Blick seiner Frau richtig gedeutet hatte.

Dankbar tätschelte Bettina ihm den Arm. »Danke, mein Lieber.« Dann hob sie in einer auffordernden Geste die Sektflöte. »Auf Anna!«

»Auf Anna«, schallte es im Chor zurück.

Nachdem die Torte – ein göttlicher Zitronenkuchen, den Mona mitgebracht hatte – verspeist war, löste sich die Runde allmählich auf. Es war schließlich Mittwoch, mitten unter der Woche.

Lea war noch auf einer anderen Geburtstagsfeier eingeladen und auch Mona, die bereits früh am nächsten Morgen den Heimweg nach Gmunden antreten musste, verabschiedete sich von Anna. Anna und Christopher blieben alleine am Tisch zurück.

»Das wäre überstanden.« Anna stöhnte erleichtert auf. »Du weißt ja, wie sehr ich es hasse, im Mittelpunkt zu stehen.«

»Ach ja?« Christopher grinste. »Dabei hat sich deine Mutter doch so große Mühe gegeben, die Aufmerksamkeit von dir abzulenken.«

Anna fiel in sein Lachen mit ein. »Mama, wie sie leibt und lebt. Aber nun zu dir – du hast mich lange genug auf die Folter gespannt. Was ist es, das du mir erzählen wolltest?«

Christopher sah auf einmal schrecklich nervös aus. »Lass uns erst noch was zu trinken bestellen.«

Er gab dem Kellner ein Zeichen, ihnen die Weinkarte zu bringen.

Anna hob spöttisch eine Augenbraue. »So schlimm?«

Ihr Freund antwortete nicht. Er orderte einen von Annas Lieblingsweinen, eine Flasche Grünen Veltliner aus dem Burgenland.

Nachdem sie beide frische Gläser vor sich hatten, brach Christopher endlich das Schweigen. »Ich ...« Er räusperte sich vernehmlich. »Ich weiß nicht, wo ich anfangen soll.«

»Jetzt komm schon. Du weißt doch, dass du mir alles sagen kannst. Was ist los?«

Christopher warf ihr einen raschen Seitenblick zu. Seine Hände waren so fest um den Stiel seines Weinglases geklammert, dass Anna fürchtete, es müsste jeden Augenblick entzweibrechen. »Ich – ich habe mir überlegt – das heißt, ich habe beschlossen – ich will Lea fragen, ob sie mich heiraten will«, brachte er schließlich hervor.

Einen Moment lang war Anna sich sicher, dass sie sich verhört haben musste. Vor Schreck verschluckte sie sich an ihrem Wein und sie begann heftig zu husten. »Bitte wie?«, keuchte sie.

Christopher senkte betreten den Blick.

»Ich weiß, ihr beide seid nie so recht miteinander warm geworden. Aber gib ihr eine Chance, Anna. Ich liebe sie. Lea ist meine absolute Traumfrau. An ihrer Seite fühle ich mich lebendig, als könnte ich alles schaffen. Sie ist die Richtige. Ich weiß es.«

Endlich hob er den Kopf und sah ihr fest in die Augen. »Ihr beide seid die wichtigsten Menschen in meinem Leben. Ich fände es unerträglich, wenn ihr nicht miteinander klarkommt.«

Annas Hände begannen unkontrolliert zu zittern. »Aber – warum jetzt? Wir sind doch noch viel zu jung für so weitreichende Entscheidungen. Wozu die Eile?«

»Worauf warten, wenn man weiß, dass man den Menschen fürs Leben gefunden hat?«

Anna schwieg. In ihrem Kopf jagte ein Gedanke den nächsten. Nein, nein, nein. Das durfte nicht wahr sein. Erkannte er denn nicht, wie falsch Lea für ihn war? *Wie viel besser du für ihn wärst*, fügte eine unliebsame Stimme in ihrem Hinterkopf hinzu.

Sie schüttelte den Kopf.

»Ich begreife das nicht. Zugegebenermaßen habe ich nie so recht verstanden, was du in Lea siehst. Sie ist hübsch, schon klar. Aber Schönheit ist vergänglich. Erklär es mir, sodass ich es verstehen kann. Warum ausgerechnet sie? Was findest du nur an ihr?«

Ein versonnenes Lächeln war auf Christophers Gesicht erschienen. Nachdenklich versenkte er den Blick in seinem Weinglas.

»Lea ist nicht nur schön, Anna. Ich weiß, du siehst das nicht, aber sie ist viel mehr als das. Sie ist wahnsinnig klug. Sie bringt mich zum Lachen. Sie fühlt sich auf einer noblen Cocktailparty genauso wohl wie in einem versifften Pub oder in zerschlissenen Jeans am anderen Ende der Welt. Sie ist verdammt tiefgründig. Ja – sie hat eine komplizierte Familiengeschichte. Sie ist auch starrsinnig, impulsiv, dramatisch. Manchmal könnte ich sie auf der Stelle erwürgen. Aber das zwischen uns ist so – echt. Ich bin verrückt nach ihr. Sie macht mich glücklich.«

Tausend Messerstiche bohrten sich in Annas Herz. Sie rang nach Luft.

»Du meinst das wirklich ernst.«

»Ich war mir im Leben nie so sicher bei einer Sache.«

Eine Weile sagte keiner von ihnen ein Wort. Anna war vollends damit beschäftigt, gegen den Kloß in ihrem Hals anzukämpfen.

Fang jetzt bloß nicht an zu weinen.

»Und da ist noch was, worum ich dich bitten wollte«, fuhr Christopher fort. »Du bist meine beste Freundin. Ich kann mir ein Leben ohne dich nicht vorstellen, könnte es nicht ertragen, dich zu verlieren.« Er streckte den Arm aus und ergriff ihre Hand, blickte ihr fest in die Augen. »Ich möchte, dass du meine Trauzeugin wirst. Bitte, Anna. Würdest du das für mich tun?«

Anna zuckte zurück, als hätte sie einen elektrischen Schlag abbekommen. *Nein. Mit Sicherheit nicht. Keine Chance! Nie im Leben könnte ich diese Verbindung unterstützen.*

Gerade wollte sie dazu ansetzen, ihm genau das zu sagen, da bemerkte sie das Flehen in seinen Augen. Und ihr Widerstand fiel wie ein Kartenhaus in sich zusammen.

Sie liebte diesen Mann, hatte ihn immer geliebt. Christopher war der beste Mensch, den sie kannte. Er war ihr bester Freund.

All die Jahre hatte sie sich nichts sehnlicher gewünscht, als dass eines Tages mehr aus ihrer Beziehung werden würde als bloß Freundschaft. Doch auch wenn es ihr das Herz brach, es sich einzugestehen, war sie eben genau das für ihn. Nicht mehr und nicht weniger. Seine beste Freundin.

Sie stieß einen tiefen Seufzer aus.

Wer war sie denn schon, sich seinem Glück in den Weg zu stellen?

KAPITEL 34

Lea

Das Schellen der Glocke ließ Lea zusammenzucken. Nervös trippelte sie von einem Bein aufs andere. Horchte. Wartete. Sie wollte sich gerade wieder abwenden, da hörte sie das Knarren der Dielen. Gedämpfte Schritte drangen aus dem Inneren der Kanzlei, die sich zielstrebig auf sie zubewegten. Instinktiv presste sie den Korb, den sie mitgebracht hatte, enger an den Körper.

Dann wurde die Tür mit einem Ruck aufgerissen und eine Gestalt erschien im Türrahmen.

»Hi, ich bin's«, sagte Lea mit dünner Stimme.

Christopher starrte auf sie herab. Einen Augenblick blieb er wie angewurzelt stehen, dann schnaubte er abfällig und wich zurück. Seine Hand tastete nach der Türklinke.

Blitzschnell trat Lea einen Schritt vor, setzte einen Fuß in den Türspalt. Sie biss die Zähne zusammen, als die massive Holztür gegen ihren Schuh prallte, bewegte sich jedoch nicht von der Stelle.

»Warte bitte! Ich muss mit dir reden.«

»Geh von der Tür weg, Lea«, knurrte Christopher. »Was willst du überhaupt hier?«

Lea schluckte hörbar. »Ich – ich bin hier, um mich bei dir zu entschuldigen.«

Christopher rührte sich keinen Millimeter. Die Hände in die Hüften gestemmt, versperrte er ihr den Weg. Seine Augen hatten sich zu Schlitzen verengt.

»Und wofür genau? Dafür, dass du mein Kind gekidnappt und mir den Schreck meines Lebens beschert hast? Dafür, dass du unsere Abmachung gebrochen hast? Oder dafür, dass du uns damals im Stich gelassen hast? Wofür genau willst du dich entschuldigen? Du musst da schon etwas präziser werden.«

Lea ließ beschämt den Kopf hängen. »Ich habe sie doch gar nicht gekidnappt. Schließlich habe ich sie zurückgebracht. Außerdem ist Felicitas auch meine Tochter.« Kleinlauter fügte sie hinzu. »Für alles, schätze ich.«

Pfeifend ließ Christopher die Luft aus den Wangen entweichen. Hinter seiner Stirn schien es heftig zu arbeiten.

»Bitte, Christopher. Lass mich rein. Ich will mich doch nur entschuldigen. Schenk mir ein paar Minuten deiner kostbaren Zeit. Ich bleibe auch nicht lange, versprochen.«

Sie hob den Korb und schwenkte ihn verführerisch vor seinem Gesicht. »Heute ist der sechste Dezember. Nikolo. Ich habe dir etwas mitgebracht. Schokolade, Nüsse, Mandarinen. Und den Orangenpunsch, den du so magst.«

Noch immer rührte er sich nicht. Lea konnte seinen Gesichtsausdruck im schummrigen Licht des Treppenhauses zwar nicht ausmachen, aber sie spürte, wie sein Widerstand schwand. Schließlich trat er seufzend beiseite.

»Komm rein.«

Lea schickte ein stummes Dankesgebet gen Himmel und schlüpfte unter seiner ausgestreckten Hand hindurch in die Wohnung.

Der Empfangstresen war unbesetzt. Nur ein schwacher Lichtschein drang aus einem der angrenzenden Zimmer in den verlassenen Eingangsbereich.

Christopher wandte ihr den Rücken zu und sie folgte ihm, den dunklen Gang entlang auf den Raum mit der Lichtquelle zu.

Die Wände seines Büros waren – von ein paar Bücher-regalen abgesehen – vollkommen kahl. Eine Stehlampe unweit einer ledernen Sitzgruppe nahe dem Fenster ver-strömte warmes Licht.

»Setz dich«, sagte Christopher und wies auf die Sofalandschaft.

Ihr Blick fiel auf die vielen Notizen und Gesetzbücher, die sich auf seinem Schreibtisch türmten.

»Komme ich ungelegen?« Mit einem Anflug von schlechtem Gewissen deutete sie auf die Aktenberge. »Ich hätte dich nicht so überfallen dürfen. Schließlich weiß ich ja, wie sehr du Überraschungen hasst.«

»Schon in Ordnung. Du bleibst ja nicht lange.«

Lea zuckte ob des abweisenden Tonfalls zusammen. Mit zitternden Fingern schälte sie sich aus ihrem Mantel und ließ ihn über die Lehne eines Stuhls gleiten.

Dann bückte sie sich zu dem Korb zu ihren Füßen und förderte eine Flasche mit orangefarbener Flüssigkeit daraus zutage.

»Was hältst du von einem Glas Orangenpunsch?«

Christopher beäugte die Flasche sehnsüchtig. Er schien mit sich zu hadern. Schließlich ließ er resigniert die Schultern sinken.

»Meinetwegen«, brummte er. »Aber wirklich nur ein Glas. Ich muss nachher noch einen Schriftsatz fertigbe-kommen, dafür brauche ich einen klaren Kopf.«

Lea strahlte. »Super. Die Küche ist ...?«

»Den Flur hinunter links. Gläser sind im Schrank über der Spüle.«

Eilig lief sie in die angegebene Richtung und kehrte kurz darauf mit zwei dampfenden Bechern zurück, die sie auf dem Couchtisch abstellte.

Gespannt beobachtete sie, wie Christopher das Getränk an die Lippen führte und das Punscharoma in sich aufsog.

Vorsichtig, um sich nicht zu verbrühen, nippte er an der Flüssigkeit, wobei er einen widerwilligen, aber zufriedenen Seufzer von sich gab.

»Das Zeug habe ich seit Ewigkeiten nicht mehr getrunken.«

»Ich bin durch halb Wien gelaufen, um ihn zu kriegen. Es ist derselbe, den wir früher immer gekauft haben.«

Sein Blick war starr auf die Tasse in seiner Hand gerichtet.

»Du wolltest mich sprechen? Sag schon, Lea – was ist so dringend, dass du mich so spät noch im Büro besuchst?«

»Das habe ich doch bereits gesagt. Ich will mich entschuldigen. Ich hätte Felicitas nicht ohne dein Einverständnis abholen dürfen.«

Er schnaubte. »Da hast du verdammt recht. Was hast du dir nur dabei gedacht?«

Leas blickte auf ihre Schuhspitzen.

»Ich wollte sie doch nur mal sehen«, sagte sie leise. »Ich war bei ihrer Schule, weißt du? Die Gefühle sind mit mir durchgegangen.« Sie schüttelte den Kopf. »Nenn es Mutterinstinkt, was weiß ich.«

Mit einem flehenden Ausdruck im Gesicht blickte sie zu ihm hoch. »Ich musste sie aus der Nähe sehen, mit ihr reden, sie in den Arm nehmen. Ich habe hin und her überlegt, wie ich es dir sagen soll, wie ich dich überzeugen kann, dass es das Richtige ist, auch für sie. Ich hatte Angst, Christopher. Angst, dass du es verbieten würdest. Ich konnte nicht anders. Bitte, versuch, mich zu verstehen. Sie ist doch auch mein Kind.«

Ihre Hand wanderte zu ihren Haaren, zwirbelte eine blonde Strähne um ihren Zeigefinger.

»Bitte verzeih mir, dass ich mich über deinen Wunsch hinweggesetzt habe. Ich wollte dich wirklich nicht ängstigen.«

Christophers Blick troff vor unterdrückter Abscheu.
»Ich fasse also zusammen: Du wusstest, dass es mir nicht
recht ist und hast es trotzdem getan. Weil du es *musstest*.
Ganz toll, Lea. Die beste Entschuldigung aller Zeiten.
Selbst für dich.«

Lea ließ die Haarsträhne los, die ihr wie ein Korken-
zieher an die Stirn sprang. In einer Übersprungshandlung
nahm sie einen Schluck aus ihrem Becher. Der süße Al-
koholgeschmack war eine Wohltat für ihre angespannten
Nerven.

»Ich möchte doch nur ein Teil ihres Lebens sein. Es
bricht mir das Herz, wenn ich daran denke, was ich alles
verpasst habe. Kannst du das denn nicht nachvollziehen?«

Christopher musterte sie schweigend. Dampf stieg aus
der Tasse auf und vernebelte seine Gesichtszüge.

»Sie ist so ein außergewöhnliches Kind«, fuhr Lea fort.
»Klug, aufmerksam, lieb. Dazu mit einer Ernsthaftigkeit,
die man in ihrem Alter selten antrifft.« Sie stockte. »Ihr
habt große Arbeit geleistet. Du – und Anna.«

Christophers Züge wurden weicher. »Sie ist wirklich etwas ganz Besonderes«, pflichtete er ihr bei. »Und Anna war
eine immense Hilfe. Sie war diejenige, die ihr das Fahrrad-
fahren beigebracht, ihr abends eine Gute-Nacht-Geschichte
vorgelesen hat, wenn ich erst spät nach Hause kam. Sie holt
sie jeden Tag von der Schule ab und macht mit ihr Hausaufgaben. Ohne sie hätte ich das nicht geschafft.«

Die Worte versetzten Lea einen Stich.

»Das alles wäre meine Aufgabe gewesen.« Ihre Stimme
klang bitter. »Aber ich verspreche dir, Christopher, ab
jetzt wird alles anders. Ich bin zurück. Ich möchte eine
Beziehung zu meiner Tochter aufbauen. Die Mutter für sie
sein, die sie verdient.«

Einen Augenblick lang musterte Christopher sie
wortlos.

»Ich wünschte, ich könnte dir glauben.« Er seufzte. »Aber sei ehrlich, Lea: Wie lange wird dein Interesse diesmal anhalten? Wochen, Monate, ein halbes Jahr vielleicht? Irgendwann wird unweigerlich der Zeitpunkt kommen, an dem dir wieder alles zu viel wird. Und du wirst verschwinden. Du kannst nichts dafür, du bist einfach so. Und was dann? Felicitas wäre am Boden zerstört. Sie hat es nie verkraftet, dass du sie verlassen hast. Du warst ihre Mutter, der Mensch, den sie von allen am meisten geliebt hat. Ich kann ihr das nicht nochmal zumuten.«

»Ich verstehe deine Bedenken. Wirklich. Aber ich schwöre, diesmal wird alles anders. *Ich* bin anders. Ich werde euch nie wieder im Stich lassen. Ich weiß nicht, was damals in mich gefahren ist. Ich habe dich und Felicitas geliebt. Und ich will, dass du weißt, dass ich heute anders handeln würde. Was auch immer zwischen uns vorgefallen ist – wenn ich noch einmal die Wahl hätte, würde ich bleiben. Kämpfen.«

Mit bangem Herzen suchte sie Christophers Blick, doch er hielt den Kopf von ihr abgewandt.

»Mir ist bewusst, dass das eine lausige Entschuldigung ist. Dass mein damaliges Verhalten durch nichts zu rechtfertigen ist. Und ich habe kein Recht der Welt, von dir zu verlangen, dass du mir verzeihst. Aber ich bitte dich inständig, Christopher. Gib mir noch eine Chance. Ich werde dich nicht enttäuschen.«

Als Christopher erneut das Wort ergriff, klang er unendlich müde. »Ich kenne dich, Lea. Besser als du dich selbst kennst. Du wirst nicht bleiben. Und ich habe nicht die Kraft, das alles nochmal durchzustehen.«

Lea fuhr sich frustriert mit den Händen übers Gesicht.

Annas Worte kamen ihr in den Sinn.

Du weißt doch gar nicht, was für eine Ehe du da geführt hast.

»Warum bin ich damals fortgegangen?«, brach es aus ihr hervor. »Du hast gemeint, dass mir alles zu viel wurde. Dass mir mein altes Leben gefehlt hat. Die Unabhängigkeit, die Freiheit, das Reisen. War das wirklich alles? Anna hat etwas zu mir gesagt, das mich nicht mehr loslässt. Sie meinte, wir seien nicht glücklich miteinander gewesen. War es so? Was ist denn nur zwischen uns passiert, dass ich das Weite gesucht habe? Was verschweigst du mir?«

Lea beobachtete Christophers Reaktion genau. Seine Schultern hatten sich verkrampft und ein merkwürdiger Ausdruck war auf seinem Gesicht erschienen, den sie nicht recht zu deuten wusste. Sie ließ den Blick von seinen Wangenknochen über die markanten Nase und dem feinen Schwung seiner Lippen wandern. Im Licht der Stehlampe kaum zu erkennen, bemerkte sie einen etwa vier Zentimeter lange Narbe, die quer über seine Wange verlief und auf Höhe seiner Nasenflügel endete.

»Versuch erst gar nicht, mir die Schuld in die Schuhe zu schieben. Ich habe dir alles gesagt, was ich weiß. Ja – wir hatten unsere Höhen und Tiefen. Wie das in einer Beziehung nun mal ist. Dein Durst nach Freiheit und Unabhängigkeit ist uns schließlich zum Verhängnis geworden. Wir sind daran zerbrochen. Das ist alles.«

Lea hob beschwichtigend die Arme. »Ich versuche doch nur, zu verstehen, was geschehen ist. Meine Handlungen und Beweggründe nachzuvollziehen. Natürlich gebe ich nicht dir die Schuld. Verzeih, wenn ich dir diesen Eindruck vermittelt habe.«

Der harte Zug um seinen Mund verschwand und Lea entspannte sich ein wenig.

»Was ist das eigentlich für eine Narbe auf deiner Wange?«

Christopher hob die Hand und tippte mit dem Zeigefinger gegen die Linie. »Die hier meinst du?«

Unvermittelt flog ein Schatten über sein Gesicht. »Ach, nur ein blöder Unfall. Die Zange aus dem Werkzeugkasten ist vom Schrank gefallen. Ist schon ein paar Jahre her.«

Lea nickte.

Eine Weile sagte keiner von ihnen ein Wort. Leas Blick ruhte auf seinen Zügen, die ihr vertraut und zugleich doch so fremd waren.

»Ich habe mir übrigens einen Therapeuten gesucht«, wechselte sie schließlich das Thema.

Christopher lachte überrascht auf. »*Du* bei einem Seelenklempner? Dass ich das auf meine alten Tage noch erlebe.« Er wackelte vielsagend mit den Brauen.

Lea lächelte gequält. »Tja. Mein elendes Gedächtnis hat mir keine andere Wahl gelassen. Jedenfalls hat mir mein Therapeut neulich einen Rat gegeben. Einen guten. Und ich habe vor, ihn auch zu beherzigen.«

»Ach ja? Und der wäre?«

»Er meinte, ich sollte meine Amnesie nicht als Strafe, sondern als Geschenk betrachten. Als Chance für einen Neuanfang.« Sie blickte Christopher fest in die Augen. »Genau das will ich. Ich glaube, deswegen bin ich überhaupt erst zurückgekommen. Um alles in Ordnung zu bringen. Ich werde nicht wieder verschwinden. Du hast keinen Grund, mir zu vertrauen, das weiß ich. Aber ich bitte dich, es trotzdem zu tun. Ich habe dich geliebt, Christopher. Mehr als sonst jemanden auf der Welt. Das tue ich noch immer.«

Christopher schwieg. Er schloss die Finger fester um seinen Becher, doch er konnte das Zittern seiner Hände nicht ganz verbergen. In einer fließenden Bewegung erhob er sich, schnappte sich Leas leeres Glas und verließ den Raum.

Einen Augenblick fürchtete Lea schon, er würde einfach gehen, doch kurz darauf kehrte er mit zwei frischen Tassen der dampfenden Flüssigkeit zurück.

»Der Punsch schmeckt wirklich fantastisch. Ich habe völlig vergessen, wie sehr ich das Zeug mag.«

Lea lächelte erleichtert. »Dann habe ich heute zumindest eine Sache richtig gemacht.«

Erneut senkte sich Stille über die beiden. Doch diesmal empfand Lea sie nicht als unangenehm. Sie schmeckte nach Alkohol. Nach einer beinahe vergessenen Vertrautheit.

»Erinnerst du dich noch an unseren Motorradausflug?«, murmelte Lea nach einer Weile. »Ich musste in letzter Zeit oft daran denken. Kurz nach meinem achtzehnten Geburtstag. Du hast dir dieses Höllengerät ausgeborgt. Die alte Harley deines Onkels. Heute würde sie wahrscheinlich nicht mal mehr eine Straßenzulassung bekommen.« Sie lachte leise. »Wir haben einen Ausflug an den Neusiedlersee gemacht. Du bist viel zu schnell gefahren. Erst hatte ich schreckliche Angst, habe mich an dich geklammert, dich angefleht, langsamer zu fahren. Aber du hast gelacht und bloß weiter Gas gegeben.«

»Natürlich erinnere ich mich daran.« Er grinste schief. »Du hast wie verrückt gezappelt. Gezetert, ich würde uns umbringen. Die Drama Queen, wie sie leibt und lebt.«

Lea riss in gespielter Betroffenheit den Mund auf. Mit einer blitzschnellen Bewegung langte sie in den Korb auf dem Tisch, fischte eine Walnuss heraus und schleuderte sie mit aller Kraft auf ihn. Mit einem leisen Knacken traf sie Christophers Stirn und kullerte dann zu Boden.

»Was fällt dir ein?« Sie griff nach einer weiteren Nuss. »Wie kannst du dich nur über die Todesangst eines Mädchens lustig machen?« Sie kicherte.

Christopher hob abwehrend die Arme, um sein Gesicht vor den Wurfgeschossen zu schützen. »Spinnst du? Was sollte das?«

Lea hielt inne. Unsicher beäugte sie sein Mienenspiel. Er war doch nicht etwa tatsächlich wütend auf sie?

Im nächsten Augenblick verzogen sich Christophers Mundwinkel zu einem schelmischen Grinsen. Bevor Lea reagieren konnte, packte er die Nuss und schleuderte sie zurück. Lachte über Leas spitzen Aufschrei, als die harte Schale sie an der Wange traf.

»Irgendwann habe ich mich an die Geschwindigkeit gewöhnt«, fuhr Lea fort, nachdem sie sich von ihrem Lachanfall erholt hatten. »Dir und deinen Fahrkünsten vollkommen vertraut.« Eine wohlige Gänsehaut überzog sie bei dieser Erinnerung. »Das Gefühl war unbeschreiblich. Niemals zuvor habe ich mich so frei gefühlt. Es war, als könnten wir fliegen. Das war der Moment, in dem ich wusste, dass du der Mann meines Lebens bist.«

»Zumindest so lange, bis wir kurz vor der Ankunft über einen Nagel gefahren sind und der Hinterreifen im Eimer war«, ergänzte Christopher trocken.

»Ja, genau! Das hatte ich völlig vergessen. Wir mussten zum nächsten Gasthaus laufen und den Abschleppdienst rufen. Erst hat es Ewigkeiten gedauert, bis der Pannendienst kam und dann wollte uns der Mechaniker auch noch übers Ohr hauen.«

»Das war wirklich ein elender Wicht.«

Lea grinste. »Stimmt. Trotzdem hättest du dich nicht gleich mit ihm prügeln müssen.«

»Na hör mal! Man kann sich schließlich nicht alles gefallen lassen.«

»Das war einer der schönsten Tage meines Lebens. Du warst bei mir, das hat gereicht. Alles andere war egal.«

Plötzlich erstarb Christophers Lächeln. Seine Miene war auf einmal traurig. Ihr Moment war vorüber.

»Was versuchst du damit zu bezwecken? In Erinnerungen zu schwelgen – was soll das bringen?«

»Ich versuche gar nichts zu bezwecken. Ich will dich nur daran erinnern, dass wir beide etwas ganz Besonderes hatten. Und dass ich das noch weiß. Ich habe niemals wieder jemanden so geliebt wie dich.«

»Soweit du dich erinnerst, meinst du wohl.«

Das hatte gesessen. Mit gesenktem Kopf nippte Lea an ihrem Punsch. Er schmeckte nicht länger fruchtig und süß, sondern bitter und herb. Nach verpassten Chancen. Lea seufzte. »Wird es zwischen uns ab jetzt immer so sein?«

»Was meinst du?« Er runzelte die Stirn.

»So – distanziert. Als wären wir Fremde.«

Christopher zuckte die Achseln. »Keine Ahnung. Vielleicht.«

»Aber – ich will das nicht«, brach es lauter als beabsichtigt aus ihr hervor. »Ich ertrage dieses Kalt-Warm-Spiel nicht. Vermutlich habe ich es nicht anders verdient. Doch das macht es nicht weniger schmerzhaft für mich.«

Tief sog sie die Luft ein, während sie nach Fassung rang. »Es tut so weh, dass ich nicht atmen kann. Machst du das absichtlich? Versuchst du, mich zu bestrafen? Denn so fühlt es sich für mich an.«

Christophers Schultern sackten herab. »Es ist nicht so, dass ich dich bestrafen will.« Seine Stimme war so leise, dass sich Lea vorbeugen musste, um zu verstehen, was er sagte. »Aber die Welt hat sich weitergedreht. Drei Jahre sind eine lange Zeit. Du kannst nicht einfach wieder auftauchen und erwarten, dass alles wie früher ist. Außerdem – bin ich jetzt mit Anna zusammen.«

»Aber ...«

»Nein«, unterbrach er sie. »Alles, was ich dir anbieten kann, ist, dass du Felicitas sehen kannst. Ein gutes Einvernehmen. Sowas wie – Freundschaft.«

Ungläubig starrte Lea ihn an. Ihre Hände bebten. Beinahe hätte sie laut aufgelacht.

Freundschaft? Im Ernst?

»Du willst mein Freund sein, Christopher?« Sie schüttelte den Kopf. »Wir waren niemals nur Freunde. Zwischen uns ist etwas, das weiß ich. Selbst nach all den Jahren.«

»Verdammt, Lea!«

Doch sie war noch nicht fertig.

»Wir gehören zusammen. Ich weiß es, und du weißt es auch. Belüg dich ruhig selbst, aber das macht es nicht weniger wahr. Du brauchst Zeit, das verstehe ich. Und Zeit habe ich im Überfluss. Ich kann warten.«

Resolut griff Lea nach ihrem Mantel und erhob sich. Sie schwankte, als sie fühlte, wie ihr der Alkohol zu Kopfe stieg. Sie musste den Blick nicht heben, um zu wissen, dass Christopher sie unverhohlen anstarrte.

Auf wackeligen Beinen verließ sie das Büro. Im Türrahmen hielt sie inne und blickte noch einmal zurück. Sie zwinkerte ihm zu. »Es war ein schöner Abend. Der beste, den ich seit langem hatte. Danke dafür.«

Dann war sie verschwunden.

KAPITEL 35

Christopher

Christopher zupfte schnaufend an seinem T-Shirt. Es schien regelrecht an seinem Körper zu kleben. Obwohl es Nacht war und dichte Wolken den Himmel verdeckten, war es immer noch schrecklich heiß. Seit Tagen wurde die Stadt von einer Hitzewelle heimgesucht, die seine Bewohner in die öffentlichen Schwimmbäder trieb und nach Eiscreme lechzen ließ. Die Straße lag wie ausgestorben vor ihnen, die Stille wurde nur durch das Getrappel von sechs Paar Füßen auf Kopfsteinpflaster unterbrochen. Carola erreichte den Eingang als Erste.

Vor Erschöpfung keuchend genehmigte sie sich einen Schluck aus der Flasche, bevor sie das Mischgetränk an Christopher weiterreichte. Der Alkohol brannte wohltuend in seiner Kehle. Wodka-Orange. Mit mehr Wodka als Orangensaft.

»Ich fasse nicht, dass wir das wirklich tun«, stieß Carola mit schwerem Zungenschlag hervor.

»Psst«, zischte Fiona, über das zustimmende Gekicher der anderen hinweg. »Seid leise, verdammt! Sonst werden wir noch erwischt!«

So geräuschlos es ihr alkoholisierter Zustand zuließ, kletterten sie, einer nach dem anderen, über die Mauer. Carola, Manfred, Tom, Fiona und Christopher. Christopher streckte die Hand aus, um Lea zu helfen. Doch die brauchte keine Hilfe. Katzengleich landete sie neben ihm im Gras. Ihre weißen Zähne blitzten im Dunkeln, als sie das Gesicht zu einem triumphierenden Grinsen verzog.

Ungeduldig eilten sie die Anhöhe empor, bis sie das Plateau erreicht hatten und der riesige Swimmingpool des Krapfenwaldbads vor ihnen auftauchte. Im Hintergrund erstreckte sich die Kulisse der Stadt, tausend kleine Lichter in einem Meer aus Dunkelheit.

Sie ließen alle Vorsicht fahren. Im Laufen entledigten sie sich ihrer T-Shirts und Hosen. Tom warf sich mit einem Hechtsprung in den Pool, wo er kurz darauf selig lachend wieder auftauchte.

»Das Wasser ist herrlich! Worauf wartet ihr?«

Laute Popmusik drang aus dem Lautsprecher von Carolas Handy, das sie auf einer der eingeklappten Liegen platziert hatte.

Johlend stürzte sich auch Christopher in die Fluten. Kühles Nass umspülte seinen Körper und er schloss genießerisch die Augen.

Im Garten von Toms Eltern, wo sie den Abend mit Grillen und Feiern verbracht hatten, war es unerträglich heiß gewesen. Lea war es schließlich, der die Idee mit dem heimlichen Ausflug ins Schwimmbad gekommen war.

Fiona war zunächst skeptisch gewesen. »Das Bad ist längst geschlossen. Das ist Einbruch. Jemand könnte die Polizei rufen.«

»Ach wo. Da ist um die Uhrzeit niemand mehr«, schoss Lea zurück. In ihren Augen blitzte der Schalk. »Kommt schon. Das wird ein Spaß. Ein letztes Abenteuer, bevor der Unialltag uns wieder einholt. Du hast doch nicht etwa Angst?«

Am Ende hatte Fiona klein beigegeben. Wieso auch nicht? Die Vorstellung war schlicht zu verlockend.

In dem Moment spürte Christopher, wie sich vertraute Arme von hinten um seinen Brustkorb schlossen. Er wandte den Kopf zur Seite und drückte Lea einen Kuss aufs feuchte Haar.

»Hey du.«

»Selber hey.«

Ihre Hände ließen von seiner Brust ab und wanderten tiefer. Zärtlich strichen sie über die Ausbuchtung in seiner Badehose.

Er keuchte überrascht auf. »Lea! Doch nicht hier!«. Ihr Lachen versetzte ihm einen regelrechten Stromschlag, dort, wo ihre Finger seine nackte Haut berührten. Der Duft nach Wodka in ihrem Atem stieg ihm in die Nase.

»Und warum nicht?« Sie knabberte zärtlich an seinem Ohr, biss ihn ins Ohrläppchen. Der süße Schmerz brachte ihn fast um den Verstand. »Es ist dunkel. Niemand kann uns sehen. Die anderen sind beschäftigt. Sie werden nichts bemerken. Sei doch nicht so ein Langweiler«, lockte sie.

Christopher ließ den Kopf in den Nacken sinken und gab sich der zärtlichen Berührung ihrer Hände hin. Dann befreite er sich mit einem Ruck aus ihrem Griff und wirbelte herum. Er zog sie an sich, bis sein Gesicht ganz nahe dem ihren war und er ihre Brüste auf seiner Haut spüren konnte. Er küsste sie leidenschaftlich.

»Du verrücktes Huhn«, knurrte er. »Na warte. Du hast es nicht anders gewollt.«

Lea eng an sich gepresst, watete er ans andere Ende des Pools, weg von ihren Freunden. Er umfing ihre Taille und dirigierte sie mit dem Rücken gegen die im Dunkeln liegende Poolwand.

Lea schnurrte leise. Auffordernd. Verheißungsvoll.

Ihre Beine schlossen sich um seine Hüften. Sein Atem ging stoßweise, als er die Badehose ein wenig abwärts gleiten ließ, gerade genug, um seinen Penis freizulegen. Die Gefahr, jederzeit überrascht zu werden, steigerte seine Erregung ins Unermessliche. Er schob ihr Bikinihöschen beiseite und stieß hart in sie.

Sie waren so ineinander versunken, dass sie sie zunächst nicht bemerkten. Die Schritte, die die Anhöhe zum Pool hinaufeilten. Er war vollkommen auf Lea konzentriert, auf das Pochen in seiner Leistengegend, die Begierde in ihren Augen, das Gefühl ihrer Haut auf seiner. Erst als Fiona einen erstickten Schrei ausstieß, hielt er abrupt inne, um zu lauschen.

Da war jemand. Helle Lichtbälle tanzten in der Dunkelheit. Schmale Kegel aus grellem Licht. Taschenlampen. Dann hörte er die Schritte.

»Wir müssen hier weg«, rief Fiona panisch. »Schnell! Wir wurden erwischt!«

»Nichts wie weg«, pflichtete Tom ihr bei und hievte sich aus dem Wasser.

Die anderen folgten ihm. Carola eilte voraus, um ihr Handy zu holen. Die Musik verstummte jäh.

Unter albernem Gekicher rannten die Freunde hinab, auf das Ende des Freibads zu, wo die Mauer an einer Stelle so tief war, dass man problemlos darüber klettern konnte.

Widerwillig löste er sich von Lea. »Mist. Ich habe meine Badehose verloren.«

»Nicht dein Ernst.« Sie kicherte. Leise lachend kletterte sie aus dem Becken. Sie deutete vage zu ihrer Linken. »Dort drüben ist die Badehütte. Sie ist bestimmt abgeschlossen, aber wir können uns in den Bäumen dahinter verstecken und die Hose später suchen.«

Sie eilte voraus. Christopher, die Hände schützend vor sein immer noch steifes Gemächt haltend, folgte ihr.

»Stehenbleiben, Polizei!«

Doch die beiden gehorchten nicht. Im Laufen griff Lea nach ihren Kleidern, dann verschwanden sie in der schützenden Dunkelheit der Bäume.

Atemlos hielten sie inne. Lauschten. Die Schritte waren ihnen nicht gefolgt. Das Gewirr der Taschenlampen flackerte unweit des Pools. Wie es schien, waren sie vorerst entkommen.

Dann spürte er es. Dicke Tropfen, die vom Himmel fielen und auf ihre ohnehin schon nassen Körper prasselten. Erst vereinzelt, schließlich immer heftiger. Sie vermischten sich mit dem Wasser auf seiner Kopfhaut. In der Ferne hörte er ein dumpfes Grollen. Ein Gewitter war im Anmarsch. Der Regen, auf den die ausgedörrten Felder und Wiesen seit Tagen gewartet hatten, hagelte sintflutartig auf sie herab.

Von der Straße her ertönte das Aufheulen eines Motors.

»Ich glaub's nicht. Die sind gefahren. Die haben uns tatsächlich hier zurückgelassen«, keuchte Christopher ungläubig.

Lea gluckste. »Was soll's. Immerhin sind wir zusammen.«

Christopher rieb seiner bibbernden Freundin zärtlich über die Arme. Doch obwohl die Luft auf einmal kühl war, fühlte er die Kälte nicht. Alles, was er spürte, war die Wärme, die von Leas Körper ausging.

So standen sie eine Weile einfach da. Der Regen verschluckte jedes Geräusch, von Zeit zu Zeit zuckten Blitze über den Himmel. Es war unmöglich, zu sagen, ob die Polizisten das Feld geräumt hatten.

Lea drängte sich eng an ihn. Kein Blatt Papier hätte zwischen die beiden gepasst, so eng war ihre Umklammerung.

»Sieh mich an.« Der Ausdruck in ihren Augen ließ sein Herz höherschlagen.

»Baby, sieh mich an.«

»Hm?«

»Das mit uns«, flüsterte sie. »Versprich mir, dass es für immer ist. Du bist alles, was ich habe. Alles, was ich mir je erträumt habe.«

In ihrem Blick lag eine Ernsthaftigkeit, die er nie zuvor an ihr gesehen hatte.

Er sah ihr fest in die Augen. Legte alle Entschlossenheit der Welt in seine nächsten Worte.

»Ich verspreche es.«

Ihre Münder fanden einander und vereinigten sich zu einem alles verheißenden Kuss.

»Ich verspreche es, Lea.«

Von dem Klang seiner eigenen Stimme überrascht schlug er die Augen auf. Er blinzelte.

Mit gierigen Fingern riss ihn die Realität aus den Fängen seines Traums. Lea, der Regen, die Bäume waren verschwunden. Mit einem Anflug von Verwirrung registrierte er die cremeweiß gestrichenen Wände, die gleichfarbigen Vorhänge, den Luster an der Zimmerdecke.

Verdammt.

Er streckte die Hand aus und fuhr über das leere Laken von Annas Betthälfte. Erleichterung durchflutete ihn. Anna musste schon aufgestanden sein. Gott bewahre, wenn sie gehört hätte, wie er im Schlaf Leas Namen rief.

Ächzend wälzte er sich auf den Rücken und starrte an die Decke.

Was für ein Traum. Alles hatte so realistisch gewirkt. Als wäre er tatsächlich dort. Damals im Jahr 2009. Im Freibad bei Nacht. Mit Lea.

Genau genommen war es kein Traum gewesen. Es war eine Erinnerung. Einer der vielen an jenen Sommer. Den Sommer seines Lebens. Eine Erinnerung an eine Zeit, die so fernlag, als würde sie aus einem anderen Leben stammen.

Christopher presste die Lider fest aufeinander, versuchte, die Bilder aus seinen Gedanken zu vertreiben. Doch es gelang ihm nur halb. Stattdessen erschien die Lea von heute vor seinem inneren Auge.

Sie saß ihm auf der Couch seines Büros gegenüber, eine Tasse Punsch in Händen, den Blick direkt auf ihn gerichtet.

Ich habe dich geliebt, Christopher. Mehr als sonst jemanden auf der Welt. Das tue ich noch immer.
Wütend schlug er mit der Faust auf die Matratze.
Schluss jetzt. Das ist Vergangenheit. Die Lea von früher existiert nicht mehr. Wann siehst du das nur endlich ein?
Doch die Lea von gestern Abend schien so gar nichts mit der Person gemein zu haben, die ihn vor drei Jahren verlassen hatte. Keine Spur von der abwesenden, launischen und egoistischen Frau, die ihm das Herz gebrochen hatte. Stattdessen war sie einfühlsam, liebenswert, aufrichtig gewesen.

Mit dem Verlust ihres Gedächtnisses schien eine Last von ihr gefallen zu sein. Für einen Moment hatte er einen Blick auf die Person erhaschen können, die sie vielleicht hätte werden können. In einer Welt, in der Lorenz und ihre Mutter noch lebten, in der Lea nicht an ihren Schuldgefühlen zerbrochen war. Bei dem Gedanken, wie ihr gemeinsames Leben hätte aussehen können, wurde ihm das Herz schwer.

Was, wenn sie sich tatsächlich geändert hat?
Ein Teil von ihm würde gerne daran glauben.
Christopher schüttelte den Gedanken resolut ab. Es war müßig, darüber nachzudenken, was hätte sein können.
Im Grunde ist es gleichgültig, ob sie sich geändert hat, dachte er ärgerlich. Er hatte eine Entscheidung getroffen. Er war mit Anna zusammen. Der verlässlichen, bodenständigen Anna, die er aufrichtig liebte. Hatte er ihr nicht genau deswegen einen Ring gekauft?

Und selbst wenn er das Risiko einging und Lea erneut in sein Leben ließ – was würde geschehen, sollten ihre Erinnerungen zurückkommen? Würde sie sich wieder in die Lea aus der Endphase ihrer Beziehung verwandeln? Würde sie wieder weglaufen? Vor ihm, vor ihrer Vergangenheit, vor sich selbst?

Seufzend wälzte sich Christopher aus dem Bett und verließ das Schlafzimmer.

Auf dem Weg ins Badezimmer begegnete er Anna.

»Hey, mein Schatz, guten Morgen.«

Er legte alle Wärme und Zuneigung, die er aufbringen konnte, in seine Worte. Dann fiel ihm auf, wie blass sie war.

»Ist alles in Ordnung mit dir? Du bist ja ganz bleich.«

»Jaja, alles bestens. Ich hab bloß schlecht geschlafen.«

Die Antwort kam einen Tick zu schnell für seinen Geschmack. Ob sie wohl ahnte, dass er den Abend mit Lea verbracht hatte? Nein, unmöglich, verwarf er den Gedanken rasch wieder. Sie konnte es nicht wissen.

Christopher wusste, dass er ihr davon erzählen musste. Er hatte ihr versprochen, ehrlich zu sein. Alles andere wäre nicht fair.

Aber nicht jetzt, sagte er sich. Am Abend. Ja. Am Abend wäre ein angemessenerer Zeitpunkt. Wenn er Zeit gehabt hatte, seine verwirrten Gedanken zu sortieren.

Also drückte er Anna nur einen flüchtigen Kuss auf die Wange und setzte seinen Weg ins Badezimmer fort.

KAPITEL 36

Lea

Lea starrte auf das cremefarbene Papier, das vor ihr auf dem Küchentisch lag. Nur zwei Worte standen darauf.

Lieber Papa.

Ihre Hand umschloss den Kugelschreiber so fest, dass ihre Finger schmerzten. Es gab so viel zu sagen, so vieles, das sie nicht verstand. Doch sie fand die richtigen Worte nicht. In ihrem Kopf herrschte dieselbe Leere wie auf dem noblen Briefpapier, das sie extra für diesen Anlass gekauft hatte.

Für einen Moment schloss Lea die Augen, genoss die Wärme der morgendlichen Wintersonne auf ihren Wangen, die durch das Fenster ins Zimmer fiel.

Unweigerlich schob sich Christophers Gesicht in ihre Gedanken. Seit Tagen war dieses Bild ihr ständiger Begleiter. Wie er ihr in seinem Büro gegenübersaß, von Ohr zu Ohr grinsend, die Nuss in der Hand. Den Augenblick, in dem sie einen Blick hinter die Maske aus Abscheu und Ablehnung erhascht hatte, wenn auch nur für einen kurzen Moment. Es war noch nicht vorbei. Sie hatte es in seinen Augen gesehen. Hatte die Sehnsucht gespürt, die er so geschickt hinter zynischen Bemerkungen und Anschuldigungen zu verbergen suchte.

Mit einem tiefen Seufzer schob sie die Gedanken an Christopher beiseite. Heute ging es nicht um ihn. Es gab da etwas, das sie erledigen musste.

Nach Wochen des mit sich Ringens hatte sie beschlossen, den Rat ihres Therapeuten zu beherzigen und mit ihrem Vater Kontakt aufzunehmen. Und da sie es nicht über sich brachte, ihm erneut persönlich gegenüberzutreten und womöglich eine neuerliche Zurückweisung zu erfahren, erschien ihr ein Brief als die beste Lösung. Vielleicht konnte sie ja auf diesem Weg zu ihm durchdringen.

Lieber Papa,

seit Wochen kann ich an nichts anderes denken als an unsere letzte Begegnung. Ich wünschte, du hättest mir die Chance gegeben, mich dir zu erklären. Dir begreiflich zu machen, was in mir vorgeht.

Jetzt wo ich weiß, was mit ihnen geschehen ist, will ich mir gar nicht ausmalen, was für ein Schock es für dich gewesen sein muss, von mir auf Mama und Lorenz angesprochen zu werden. Du hast sie geliebt. Mehr als alles andere auf der Welt. Das haben wir beide.

Ich leide an retrograder Amnesie, ausgelöst durch einen Autounfall. Ich habe dich aus dem Krankenhaus anrufen lassen, erinnerst du dich? Mir fehlen sämtliche Erinnerungen an die letzten dreizehn Jahre. An die Zeit nach 2006, nachdem unser Leben zerbrochen ist.

Deine Worte wollen mir nicht mehr aus dem Kopf. Du hast zu mir gesagt, dass ich mich glücklich schätzen sollte. Das Vergessen sei ein Segen. Aber da liegst du falsch, Papa. Es ist alles andere als das. Im Gegenteil, es ist mit das Schlimmste, das mir je widerfahren ist. Das Wissen, dass ich mich nicht an ihren Tod, an unsere letzte Unterhaltung, die letzten Momente mit ihnen erinnern kann, schmerzt mich mehr, als ich mit Worten ausdrücken kann.

Bitte, Papa, sprich mit mir. Du fehlst mir. Und ich brauche dich. Ich weiß nicht, was ich getan habe, das dich bewogen hat, mich aus deinem Leben zu streichen.

*Aber ich bitte dich, gib mir noch eine Chance. Warst
es nicht du, der mir beigebracht hat, dass es nichts
Wichtigeres gibt als die Familie? Wir sind die Letzten,
die von der unseren übrig sind. Ruf mich an (+43 664
19 24 356).*

In Liebe, Lea

Sie las das Geschriebene noch einmal durch. Zeile für
Zeile. Sie sah ihren Vater vor sich, wie er den Brief las und
ihn kopfschüttelnd in den Papierkorb wandern ließ. Das
Gefühl der Ohnmacht, das in ihr hochstieg, schnürte ihr die
Kehle zu. Ihre Hände zitterten vor unterdrückter Wut. Was
auch immer geschehen war, sie hatte diese Behandlung
nicht verdient. Sie war seine Tochter, verdammt nochmal!
Das Mindeste, das er tun konnte, war, sie anzuhören!

Sie packte den Bogen und zerriss ihn in winzige Kon-
fetti. Mit einer unwirschen Handbewegung fegte sie die
Schnipsel vom Tisch. Wie Blätter im Wind segelten sie
zu Boden.

Dann griff sie erneut nach dem Kuli.

Vater,

*dass du nicht gekommen bist, als ich im Krankenhaus
lag, hat mich zutiefst verletzt. Du hast mich im Stich
gelassen, als ich dich am meisten brauchte. Ich wollte
doch nur mit dir sprechen. Verstehen, was passiert ist,
was dazu geführt hat, dass wir uns voneinander ent-
fremdet haben.*

*Selbst wenn du es nie zugeben würdest, weiß ich, dass
sich ein Teil von dir wünscht, nicht ich, sondern Lorenz
hätte überlebt. Er war der Bessere von uns beiden. Das
bessere Kind. Manchmal wünsche ich mir das auch.*

*Aber die Dinge sind, wie sie sind, nichts was wir tun,
kann daran etwas ändern. Ich bin deine einzige noch
lebende Verwandte, deine Tochter. Warum sprichst
du nicht mit mir? Was ist mit dem Mann geschehen,*

der einst zu mir gesagt hat, Familie sei das Wichtigste, komme was wolle? Ich erkenne dich nicht wieder.

Ihre Hände zitterten so heftig, dass sie kaum den Stift halten konnte. Die Buchstaben verschwammen vor ihren Augen. Frustriert stöhnte Lea auf und pfefferte den Kugelschreiber auf den Tisch.

Mit bebenden Fingern fuhr sie sich durchs Haar, bis es ihr in allen Richtungen vom Kopf abstand. Was für ein elender Mist. So wütend sie auch war, mit Vorwürfen und Anschuldigungen würde sie ihren Vater wohl kaum dazu bewegen, sie anzuhören. Das Papier landete zusammengeknüllt neben den Schnipseln auf den Steinfliesen.

Kurz erwog Lea, es für heute dabei zu belassen. Sie könnte den Brief genauso gut morgen schreiben. Was machte ein weiterer Tag schon für einen Unterschied? *Nein. Du wirst jetzt nicht kneifen. Bring es zu Ende.* Die dritte Version fiel deutlich kürzer aus.

Papa,

was ich auch getan haben mag, dass du mich nicht länger als Teil deines Lebens betrachten willst: Es tut mir aufrichtig leid. Bitte verzeih mir.

Ein weiser Mann hat mir einst beigebracht, es gäbe nichts Wichtigeres als die Familie. Ich vermisse diesen Mann. Ich brauche ihn. Bitte, ruf mich an (+43 664 19 24 356).

Deine Tochter Lea

Bevor sie Gelegenheit hatte, es sich noch einmal anders zu überlegen, steckte sie das Blatt in das zugehörige Briefkuvert und verschloss es.

Das musste reichen. Sie hatte alles gesagt, was nötig war.

KAPITEL 37

Anna

Der Aufzug setzte sich in Bewegung. Anna warf einen prüfenden Blick in den Spiegel an der Kabinenwand. Mit dem Zeigefinger fuhr sie an ihrem Mundwinkel entlang, um ein paar verirrte Lippenstiftspuren zu entfernen. *Schon besser.* Zur Feier des Tages hatte sie ihre geliebten Sneakers gegen ein Paar hochhackige Lederpumps getauscht, die ihre Beine länger wirken ließen als sie eigentlich waren. Dazu trug sie ein schlichtes schwarzes Kleid und das bunte Tuch, das ihr Christopher letztes Jahr zu Weihnachten geschenkt hatte.

Mit einem leisen Ping glitten die Aufzugtüren auf und Anna fand sich in einem schmalen Vorraum wieder.

Staunend sah sie sich um. Eine Handvoll Holztische reihte sich an die raumhohe Fensterfront, der Restaurantbereich wurde nur durch das Licht mehrerer großer Kerzen erhellt. Aus den Boxen an der Decke drang klassische Musik.

Sie trat an das Stehpult, hinter dem ein freundlich aussehender Ober darauf wartete, die Gäste in Empfang zu nehmen.

»Guten Abend. Wir haben für zwanzig Uhr einen Tisch auf den Namen Taler reserviert.«

Der Kellner konsultierte sein Klemmbrett mit den Reservierungen.

»Da haben wir Sie ja. Wenn Sie bitte mitkommen würden. Ihre Begleitung wartet bereits auf Sie.«

Überrascht warf Anna einen Blick auf ihre Armbanduhr. Wie immer war sie ein paar Minuten vor der vereinbarten Zeit eingetroffen. Dass Christopher vor ihr da war, war ungewöhnlich.

Sie folgte dem Ober zu einem Tisch am Fenster und ließ sich den Mantel abnehmen. Christopher erhob sich, kaum dass er sie entdeckt hatte.

»Hallo mein Schatz.« Er gab ihr einen Kuss auf die Wange. »Schöner Lippenstift, den du da trägst. Kenne ich den schon?«

Sie lächelte verlegen. »Ich wollte mal etwas Neues ausprobieren. Gefällt er dir? Ich war mir nicht sicher, ob der Farbton nicht zu grell ist.«

»Blödsinn. Du siehst wunderschön aus. Die Farbe steht dir.«

Anna warf einen bewundernden Blick aus dem Fenster, von dem aus man den Stephansdom ganz aus der Nähe betrachten konnte. Das *Settimo Cielo* war ein bezauberndes italienisches Restaurant, das im Dachgeschoss des zentral gelegenen *Hotel Royal* untergebracht war.

»Ich wollte schon seit Ewigkeiten hierherkommen«, sagte sie und schenkte Christopher ein strahlendes Lächeln. »Die Aussicht ist wirklich so spektakulär wie auf den Fotos.«

»Deswegen habe ich es ausgewählt. Freut mich, dass es dir gefällt. Teilen wir uns eine Flasche Wein? Ich habe einen gelben Muskateller auf der Weinkarte gesehen.«

»Klingt gut.«

Christopher gab die Bestellung auf und streckte dann die Hand nach ihr aus. Zärtlich drückte er Annas Unterarm.

»Hattest du einen erfolgreichen Arbeitstag?«

»War ganz okay. Ein paar anstrengende Kl+ententermine. Aber ich kann nicht klagen. Und du?«

»Genauso.«

Die Getränke wurden gebracht und Christopher hob sein Glas. »Auf uns«, sagte er und blickte ihr dabei tief in die Augen.

»Auf uns«, wiederholte Anna.

Kurz darauf wurde die Vorspeise serviert – Kürbiscremesuppe für sie, Beef Tartare für ihn. Sie begannen zu essen. Die Suppe schmeckte köstlich, auch Christopher schien mit seiner Wahl zufrieden. Bald waren sie in ein angeregtes Gespräch über die kommenden Feiertage vertieft.

»Es sind nur noch zweieinhalb Wochen bis Weihnachten. Wir sollten uns langsam überlegen, was wir Felicitas schenken wollen.«

»Du hast recht. Gut, dass du mich erinnerst. Irgendwelche Ideen?«

Anna dachte einen Moment lang nach. »Ich war am Wochenende im Keller, um die Sachen für unseren Skiurlaub zusammenzusuchen. Felicitas ist im letzten Jahr so gewachsen, dass ihr die Ski nur noch bis knapp unter die Brust reichen dürften. Sie braucht neue. Ein Anorak wäre auch nicht verkehrt. Allerdings spricht sie ständig von diesem Barbieschloss, das sie sich wünscht. Was meinst du?«

»Hm. Schwierig. Am meisten freut sie sich bestimmt über das Spielzeug. Andererseits – ach, kaufen wir ihr einfach alle drei Sachen.«

Anna biss sich auf die Unterlippe. »Ich fürchte, alles auf einmal sprengt den Rahmen. Wir sollten sie nicht zu sehr verwöhnen. Aber die Entscheidung liegt natürlich bei dir.«

»Noch ist ja Zeit. Wir sprechen am Wochenende nochmal darüber.«

»Okay.«

Eine Weile sagte keiner von ihnen ein Wort.

Christophers Augen ruhten auf ihr. In seinem Blick lag ein seltsamer Ausdruck, den Anna nicht recht einordnen konnte. Zu gerne hätte sie gewusst, was in seinem Kopf vorging, aber sie traute sich nicht, ihn danach zu fragen. Dann langte er in die Tasche seines Sakkos und förderte eine kleine Schachtel daraus zutage. Mit einem verlegenen Lächeln schob er ihr das samtene Päckchen zu.

»Für dich.«

Annas Herz setzte einen Moment aus. Das war doch nicht etwa ... Mit zitternden Fingern griff sie nach der Verpackung und ließ den Klappmechanismus aufschnappen. Ein Paar fein gearbeiteter Perlenohrstecker kam darin zum Vorschein.

Anna starrte auf das Schmuckstück. Die Ohrringe waren wunderschön, keine Frage. Trotzdem kam Anna nicht umhin, herbe Enttäuschung zu empfinden.

Kein Ring.

Sie schluckte.

»Danke.« Ihre Stimme klang zittrig. »Das wäre nicht nötig gewesen.«

Christopher, der ihre Enttäuschung mit Rührung verwechselt haben musste, drückte liebevoll ihre Hand.

»Gern geschehen. Ich weiß doch, wie sehr du Perlen liebst. Sieh sie als kleines Dankeschön. Die letzten Jahre hätte ich ohne dich nicht durchgestanden. Die Art, wie du dich um Felicitas und mich gekümmert, dein Leben von einem auf den anderen Tag für uns umgekrempelt hast – keine Ahnung, wie ich dir jemals dafür danken soll. Du bist eine großartige Frau, Anna Wittmann.«

Anna griff nach ihrem Weinglas. Sie hatte keine Ahnung, was sie darauf antworten sollte. Sie nahm einen großen Schluck.

»Ich liebe unsere kleine Familie. Sie bedeutet mir alles. Und ich liebe die Ohrringe. Sie sind wunderschön«, sagte sie schließlich.

»Ich liebe *dich*.«

Allmählich nahm Annas Herz wieder seine gewohnte Tätigkeit auf. Sie atmete tief durch. Fasste sich. *Aufgeschoben ist nicht aufgehoben.*

»Gibt es eigentlich Neuigkeiten bezüglich der Scheidung?«, fragte sie betont beiläufig.

Sogleich bemerkte sie, wie sich Christophers Nacken versteifte. »Nichts Neues«, murmelte er, ihrem Blick ausweichend.

»Und warum siehst du dann aus, als würdest du mir etwas verheimlichen? Ich kenne dich doch. Was immer es ist, du kannst es mir erzählen.«

Er seufzte schwer. Seine Schultern fielen kraftlos herab. »Ich muss dir was sagen.« Er stockte. Auch Anna hielt den Atem an. »Lea ist wieder bei mir in der Kanzlei aufgetaucht.«

Annas Eingeweide krampften sich zusammen. Ein ungutes Gefühl machte sich in ihrer Magengegend breit. *Bitte mach, dass ich mich jetzt nicht übergeben muss. Nicht schon wieder.*

»Aha. Und wann war das?«, erwiderte sie gedehnt.

»Vorgestern. Erinnerst du dich, ich war an diesem Tag länger im Büro, weil ich mit diesem blöden Schriftsatz weiterkommen musste. Sie ist unangekündigt vorbeigekommen.«

Anna zwang sich, keine Miene zu verziehen. »Und was wollte sie von dir?«

Christopher zuckte betont beiläufig die Schultern. »Sich entschuldigen.«

»Na dazu hat sie ja auch allen Grund. Wenn man bedenkt, was sie uns für einen Schrecken eingejagt hat.«

»Ja, das stimmt. Es tut ihr jedenfalls leid, dass sie uns Sorgen bereitet hat.«

»Und?«

»Was und?«

»Verzeihst du ihr?«

Christopher rang nach Worten. »Ich denke, sie meint es ernst«, begann er vorsichtig.

Anna schnaubte. Vorbei war es mit der Selbstbeherrschung. »Das glaube ich jetzt nicht. Da kommt sie mit einer halbherzigen Entschuldigung daher und du vergibst ihr so einfach? Was ist nur los mit dir? Wo ist dein Rückgrat?« Er hob abwehrend die Hände. »Das ist unfair, Anna, und du weißt es. Das alles ist nicht leicht für mich. Sie ist ihre Mutter. Ich kann ihr doch nicht verbieten, ihre Tochter zu sehen. Abgesehen davon, dass wir rechtlich gesehen beide erziehungsberechtigt sind.«

Ihre Tochter, nicht meine, meinst du wohl.

Der Gedanke tat weh.

»Das hat sich bei unserem letzten Gespräch aber noch anders angehört. Ich zitiere – niemals wieder lasse ich diese Frau in die Nähe meiner Tochter!«

»Ich verstehe, dass du sauer bist. Ich bin auch wütend auf sie. Aber sie gibt sich Mühe. Das sollten wir zumindest anerkennen, findest du nicht?«

Anna starrte Christopher fassungslos an. Das konnte doch nicht sein Ernst sein! Zwei, drei Treffen mit Lea und schon war alles vergeben und vergessen? Was war nur los mit ihm?

»Ich habe ihr zugestanden, dass sie Felicitas sehen darf. Vorausgesetzt, sie hält sich an unsere Abmachungen. Ein Mal pro Woche fürs Erste. An mit uns abgestimmten Tagen. Sieh es so – dann hast du endlich etwas mehr Zeit für dich. Du jammerst doch immer, dass du zu nichts kommst. Wir sollten es als eine Erleichterung betrachten.«

»Ich *jammere*?« Sie keuchte fassungslos auf. »Wann bitte habe ich jemals gejammert? Die letzten drei Jahre

habe ich mich praktisch rund um die Uhr um deine Tochter gekümmert. Und habe ich mich jemals deswegen beklagt?«
»Das meinte ich ja gerade.« Christopher hob beschwichtigend die Arme. »Du hast Großartiges geleistet. Du hast hervorragend für sie gesorgt, immer hast du Felicitas und mein Wohl über dein eigenes gestellt. Dass Lea sich in Felicitas' Betreuung einbringen wird, sollte dich entlasten. Wir hätten dann auch mehr Zeit für uns.«
Anna lachte freudlos auf. »Und was ist mit dir, Christopher? Willst auch du Lea so einfach wieder in dein Leben lassen? Geht es hier überhaupt um Felicitas? Oder geht es in Wirklichkeit um dich?«
Sie schüttelte sich, sodass die braunen Haare ihr nur so um den Kopf flogen. »Ich fasse es nicht, dass wir dieses Gespräch überhaupt führen. Und was soll das sein?« Aufgebracht fuchtelte sie mit der Schmuckschatulle vor seinem Gesicht. »Ein Abschiedsgeschenk? Eine Entlohnung dafür, dass ich Lea den Platz warmgehalten habe? Jetzt, wo ihr mich nicht mehr braucht?«
Wütend funkelte sie ihn an und schob ihren halbvollen Teller von sich. Der Hunger war ihr vergangen.
Christopher senkte den Kopf. Er sah aus wie ein geprügelter Hund.
»Du hast das in den völlig falschen Hals bekommen. Wie kannst du so etwas auch nur denken? Ich versuche doch nur, das Beste aus der Situation zu machen.«
Ungläubig starrte sie ihn an. Trog sie ihr Instinkt oder hatte er ihr gerade ins Gesicht gelogen? Sie kannte diesen Mann. Sie hatte immer genau gewusst, wann er ihr etwas vorflunkerte. Oder aber – und sie war nicht sicher, was schlimmer war – log er in Wahrheit sich selbst an und bemerkte es nicht mal?
Angst schnürte ihr die Kehle zu. Was, wenn er sie Lea zuliebe verließ? Noch vor ein paar Wochen hätte sie das

nie auch nur im Traum für möglich gehalten. Doch jetzt? Heute? Nichts schien mehr sicher zu sein.

»Ich verstehe dich nicht«, würgte sie hervor.

»Hast du etwa vergessen, was diese Frau dir angetan hat? Das ewige Drama, ihre ständigen Ausflüchte, die Unverlässlichkeit. Wie kannst du auch nur einen Moment glauben, dass es diesmal anders laufen würde?«

»Hast du mir überhaupt zugehört?« Sein scharfer Tonfall ließ Anna zusammenzucken. »Nochmal zum Mitschreiben: Ich will nichts von Lea. Botschaft angekommen? Zwischen mir und ihr ist es aus. Endgültig. Ich habe ihr zugestanden, dass sie Felicitas sehen darf, das ist aber auch schon alles.«

Anna lächelte traurig. Die Wut war ebenso schnell verraucht, wie sie gekommen war. Geblieben war eine bleierne Müdigkeit.

»Das sagst du jetzt. Aber ich kenne dich, Christopher. Vielleicht besser als du dich selbst.«

Er schüttelte zornig den Kopf. »Das hätte eigentlich ein schöner Abend werden sollen. Ich wollte einen schönen Abend mit meiner Freundin verbringen – ist das so schwer zu glauben?« Er deutete auf die Schatulle. »Diese Ohrringe haben einmal meiner Großmutter gehört. Meine Mutter hat sie mir gegeben, damit ich sie dir schenke. Hört sich das für dich nach einem Abschiedsgeschenk an?«

Seine Hände ballten sich zu Fäusten. Die Enttäuschung stand ihm ins Gesicht geschrieben.

»Ich habe dir von meinem Treffen mit Lea erzählt, weil ich dir vertraue und versprochen habe, ehrlich zu sein. Was ist nur los mit dir? Ich weiß, du magst Lea nicht. Das kann ich dir auch nicht verdenken. Aber sie ist nun mal Felicitas' Mutter, und als solche wird sie immer einen Platz in meinem Leben haben. Also – krieg dich verdammt nochmal wieder ein!«

Er wandte sich um und winkte den Kellner heran. »Die Rechnung bitte.«

»Christopher, ich ...«

Doch er schüttelte den Kopf. »Nein. Es reicht.«

Er drückte dem Ober, der herangeeilt kam, ein paar Scheine in die Hand, dann wirbelte er herum und stürmte aus dem Restaurant.

Anna starrte ihm nach. Halb erwartete sie, dass er sich an der Tür noch einmal zu ihr umdrehen würde. Doch er tat es nicht.

KAPITEL 38

Lea

Lea lief den vertrauten Flur entlang. Spähte um die Ecke. Da war sie. Die Tür am Ende der Treppe. Sie warf einen Blick zurück. Die Tür ihres Schlafzimmers war angelehnt, Mondlicht fiel durch den Türspalt und ließ gerade so viel Licht in den Gang fluten, dass sie die Umrisse der Stufen im Dunkeln ausmachen konnte.

Geh nicht nach oben. Dreh um. Noch ist es nicht zu spät!

Wie die Male zuvor, achtete sie nicht auf die Stimme. Sie war nicht länger Herr ihrer Füße. Gefangen in einem Körper, der ihr nicht gehorchte, setzte sie ihren Weg fort. Nur das Knarzen der Dielen durchbrach die gespenstische Stille.

Die Treppe kam ihr endlos lang vor. Jedes Mal, wenn sie eine Stufe erklommen hatte, schien eine weitere in der Dunkelheit vor ihr aufzutauchen.

Lea beschleunigte ihr Tempo. Ihr Atem ging stoßweise. Endlich hatte sie den Treppenabsatz erreicht.

Sie legte die Hand auf die Klinke. Die Tür schwang auf. Dumpfes Mondlicht fiel durch den Türspalt. Lea schloss die Augen und setzte einen Fuß auf die Schwelle. Wappnete sich innerlich. Sie wusste, was als Nächstes kam. Das Nichts, der schwarze Abgrund, der sie in die Tiefe reißen würde.

Sie machte einen weiteren unsicheren Schritt vorwärts. Fühlte die kühlen Dielen des Parketts unter ihren bloßen Füßen.

Erstaunt riss sie die Augen wieder auf. Entgegen ihren Erwartungen war der Boden nicht weggebrochen, keine Schwärze, kein Abgrund warteten auf sie.

Nachdem sie sich an die Dunkelheit gewöhnt hatte, registrierte sie die Schemen des Schlafzimmers ihrer Eltern. Das Kingsize-Bett, Nachttische zu beiden Seiten, der flauschige Teppich, auf dem sie sich als Kind so oft zusammengerollt hatte, der mannshohe Spiegel an der gegenüberliegenden Wand.

Inmitten des Bettes lag eine schmale Gestalt. Helles Haar lugte zwischen den Laken hervor.

Mami.

Argwöhnisch, immer noch jeden Moment damit rechnend, dass sich der Boden unter ihren Füßen auftun und sie in die Tiefe reißen würde, lief Lea zum Bett und ließ sich auf die Bettkante sinken.

Ihre Mutter hatte die Augen geschlossen, ihre Hände waren wie zum Gebet vor der Brust gefaltet. Ihre ebenmäßigen Gesichtszüge schienen vollkommen entspannt. Der vertraute Lavendelduft ihres Lieblingsparfums stieg Lea in die Nase.

Einen Moment blieb sie regungslos sitzen. Sog den Anblick ihrer Mutter in sich auf. Sie kam ihr schmäler vor als in ihrer Erinnerung, zerbrechlicher.

Wie schön sie ist.

Leas Herz zog sich vor Sehnsucht zusammen.

Zögerlich streckte sie die Hand aus und berührte mit den Fingerspitzen die hohen Wangenknochen, strich über das blonde Haar. Sie wünschte, ihre Mutter würde endlich die Augen aufmachen und sie in den Arm nehmen.

»Wach auf, Mami«, flüsterte sie.»Bitte, nimm mich in den Arm. Ich vermisse dich so sehr.«

Doch nichts passierte. Ihre Mutter lag regungslos da, das blasse Gesicht von ihr abgewandt.

Lea rüttelte sanft an ihrer Schulter.

»Aufwachen! Ich bin's, Lea! Ich brauche dich, Mommy. Bitte, wach auf.«

Immer noch keine Reaktion.

Unruhe ergriff von Lea Besitz. Ihre Mutter hatte doch sonst so einen leichten Schlaf. Wieso wachte sie denn nicht auf? Das Knacken der Dielen, geflüsterte Worte, Vogelgezwitscher früh am Morgen reichten für gewöhnlich aus, um sie selbst aus den tiefsten Träumen zu reißen. Warum nicht jetzt? Ausgerechnet jetzt, wo sie so dringend mit ihr sprechen musste?

Ein schrecklicher Verdacht regte sich in ihr. Mit bebenden Händen legte Lea zwei Finger an den Hals ihrer Mutter. Dort, wo sie ihre Halsschlagader vermutete. Wartete, betete.

Nichts.

Nein. Bitte nicht. Du darfst mich nicht verlassen, Mama.

Sie ließ alle Rücksicht fahren und schüttelte ihren Brustkorb. Heftig und immer heftiger. Wie eine Puppe bewegte sich der schlaffe Körper ihrer Mutter vor und zurück.

Doch da war nichts. Kein Lebenszeichen.

Dann fühlte sie es. Die Kälte. Diese unnatürliche Kälte, die von der Gestalt in ihren Armen ausging.

Die Erkenntnis traf sie wie ein Blitz. Ihre Mutter war tot. Und sie kam nicht wieder zu ihr zurück.

KAPITEL 39

Anna

Hallo, mein Spatz. Komm doch rein.«
Bettina Wittmann trat einen Schritt zur Seite, um ihre Tochter einzulassen.

»Hey, Mama. Schön, dich zu sehen.«
Die Mutter nahm ihr den Mantel ab und hängte ihn neben die anderen in die Garderobe.

»Komm, wir machen uns erst mal eine Tasse Tee. Was meinst du?«

Anna nickte und folgte ihr in die Küche, wo sie heißes Wasser aufsetzte.

»Wo ist Papa?«

»In der Tennishalle. Seine Herrenrunde, weißt du nicht mehr? Wir sind also unter uns Mädels. Wo sind Christopher und Felicitas? Man könnte meinen, an einem Samstagnachmittag verbringt ihr die Zeit zusammen und unternehmt etwas Schönes?«

»Christopher ist im Büro – irgendein wichtiger Termin am Montag, für den er sich vorbereiten muss. Und Felicitas? Nun, das ist eine lange Geschichte.«

Bettina runzelte die Stirn. »Okay – Earl Grey oder lieber Kräutertee?«

»Kräutertee.«

Sie nickte und ließ zwei Teebeutel in eine bauchige Kanne gleiten.

Anna sah sich in der gemütlichen Küche um. Seit ihrer Jugend hatte sich nichts verändert. Wie immer, wenn sie im Haus ihrer Eltern war, fühlte sie sich sogleich sicher und geborgen. Da war der quadratische Holztisch, der den größten Teil des Raums einnahm, unweit der Küchenzeile mit Kochinsel, die mit Küchengeräten überhäuft war. Ihr Vater hatte ein Faible für exquisite Küchenutensilien. Als sie noch klein war, war er jede Woche mit irgendeinem neuen Gerät nach Hause gekommen, in freudiger Erwartung, dass es ihm die beiden Frauen danken und damit etwas Leckeres zu essen zaubern würden. Sehr zum Leidwesen ihrer Mutter, die es hasste, die komplizierten Betriebsanleitungen zu lesen, und mit dem herkömmlichen Backrohr und dem eingebauten Dampfgarer vollauf zufrieden war. Die wohl neuste Errungenschaft, ein Sous Vide, stand noch originalverpackt auf der Mütteninsel.

»Also erzähl, Schätzchen. Was liegt dir auf dem Herzen?«

»Wieso muss mir unbedingt etwas auf dem Herzen liegen, nur weil ich dich besuchen komme?«

»Das muss es natürlich nicht. Dennoch sehe ich dir an der Nasenspitze an, dass etwas nicht stimmt. Ist es nicht so?«

Anna seufzte und stützte einen Ellbogen auf den Tisch und ihren Kopf darauf. »Ja – nein – ich weiß auch nicht.«

»Komm schon, Liebes. Ich bin deine Mutter. Sprich mit mir. Was ist los?«

Eine Weile starrte Anna in ihren Teebecher, sog das tröstende Kräuteraroma in sich auf. Schließlich gab sie sich einen Ruck und sprach die gefürchteten Worte aus.

»Lea ist wieder zurück.«

Bettina hätte sich beinahe an ihrem Tee verschluckt.

»Wie bitte?«

»Du hast richtig gehört.«

Zögerlich begann Anna zu erzählen.

»Alles hat vor ein paar Wochen angefangen, kurz nachdem wir uns im *Le Bol* getroffen haben. Kennst du dieses ungute Gefühl, beobachtet zu werden? Wie jeden Tag habe ich Felicitas von der Schule abgeholt. Und da sah ich sie. Auf der anderen Straßenseite. Nur für einen Moment. Blonde Haare, große Sonnenbrille, teures Kostüm. Als ich mich mit Felicitas im Schlepptau nochmal nach ihr umgesehen habe, war die Frau verschwunden. Erst war ich davon überzeugt, dass ich mich geirrt haben musste. Lea war abgetaucht, jahrelang haben wir nichts von ihr gehört. Aber die Sache hat mir keine Ruhe gelassen. Also habe ich Christopher darauf angesprochen. Und siehe da – ich hatte mich nicht getäuscht. Lea ist wieder zurück. Und nicht nur das, sie hatte Christopher bereits Tage zuvor in der Kanzlei besucht.«

Sie stöhnte gequält auf.»Ich war furchtbar gekränkt, dass er mir nicht sofort davon erzählt hat. Ich meine, ich habe ein Recht darauf, es zu erfahren, oder etwa nicht? Nach allem, was wir ihretwegen durchgemacht haben!«

Bettina Wittmann nickte zustimmend.

»Aber es kommt noch schlimmer. Wie es scheint, sind Christopher und Lea nicht mal geschieden.«

Ihre Mutter riss die Augen auf.»Wie bitte? Ich dachte, die Scheidung wäre schon seit Ewigkeiten durch!«

»Ja, das habe ich auch geglaubt«, erwiderte Anna düster.»Ich erinnere mich noch, dass wir ungefähr ein Jahr nach Leas Verschwinden darüber gesprochen haben. Christopher war fest entschlossen, die Scheidung kurz und schmerzlos über die Bühne zu bringen. Als ich nichts mehr davon gehört habe, dachte ich, die Angelegenheit wäre erledigt. Aber offenbar war dem nicht so. Christopher hatte keine Adresse von Lea, er konnte ihr die Unterlagen also gar nicht schicken.«

»Das kommt mir merkwürdig vor. Christopher ist Anwalt. Es muss doch Mittel und Wege in solchen Fällen geben.«

Anna zuckte die Achseln. »Keine Ahnung. Er meinte, er wäre erst vor kurzem auf die Idee gekommen, es bei der Adresse von Leas Tante in Triest zu versuchen. Tja, und dann war sie auf einmal da.«

Bettina Wittman sog hörbar die Luft ein.

»Lea hat ihm eine abenteuerliche Geschichte aufgetischt. Irgendwas von einem Autounfall und dass sie an Amnesie leide. Angeblich kann sie sich an die letzten dreizehn Jahre nicht erinnern.«

Ihre Mutter schnaubte. »Und das hat er ihr abgekauft?«

»Erst nicht. Aber das Krankenhaus hat ihre Geschichte bestätigt.«

»Amnesie? Klingt weit hergeholt, wenn du mich fragst.«

»Mag sein. Wie auch immer. Kurz darauf hat sie Felicitas gekidnappt. Stell dir vor – ich warte vor der Schule, ihre Klassenkameraden kommen raus, aber keine Felicitas. Der Portier hat mir dann gesagt, Felicitas wäre bereits von ihrer Mutter abgeholt worden. Stundenlang war ich außer mir vor Sorge, dann taucht sie einfach mit Felicitas in unserer Wohnung auf.«

»Du hast sie gesehen?«

Sie nickte düster.

»Und wie hast du reagiert? Ich an deiner Stelle hätte ihr vermutlich die Augen ausgekratzt.«

Annas Mundwinkel verzogen sich zu einem humorlosen Lächeln. »Nicht weit gefehlt. Ich habe sie angeschrien, ihr weiß Gott was an den Kopf geworfen. Was ihr einfällt, aus dem Nichts wieder aufzutauchen und Felicitas mitzunehmen, noch dazu ohne unser Einverständnis.« Tränen waren ihr in die Augen getreten. »Sie ist so verdammt ruhig geblieben«, schluchzte sie. »Am liebsten hätte ich sie auf der Stelle umgebracht.«

»Das glaube ich dir. Mein armes Mädchen! Aber sag, was will sie denn hier nach all den Jahren?«

»Sie will eine zweite Chance. Und natürlich verweigert sie das Einverständnis in eine einvernehmliche Scheidung.« Verzweifelt schlug Anna die Hände vors Gesicht.
»Oh Mama, das alles ist eine einzige Katastrophe!«
»Und was ist mit Christopher? Wie steht er zu dem Ganzen?«
Anna wischte sich mit dem Handrücken die Tränen von den Wangen. »Um ehrlich zu sein – ich hab keine Ahnung. Erst war er wütend. Doch mittlerweile weiß ich es nicht mehr so genau. Er hat Lea erlaubt, dass sie Felicitas treffen darf. Du hättest seinen Blick sehen sollen, als er es mir gebeichtet hat. Das personifizierte schlechte Gewissen. Und da war noch etwas anderes ...« Sie schüttelte den Kopf, um das Bild aus ihren Gedanken zu vertreiben. »Da ist sie jedenfalls heute. Felicitas verbringt heute den Tag mit Lea.«

Eine Weile sagte keine von ihnen ein Wort.

»Als du mich angerufen und deinen Besuch angekündigt hast, dachte ich, du willst mir sagen, dass ihr euch endlich verlobt habt«, brach Bettina Wittmann schließlich das Schweigen. Sie senkte betreten den Kopf. »Es tut mir so leid, mein Schatz.«

Anna gab einen wimmernden Klagelaut von sich.

»Vor einigen Wochen habe ich in Christophers Sakkotasche einen Verlobungsring gefunden. Das war, bevor ich wusste, dass er ja eigentlich noch mit Lea verheiratet ist.«

»Aber das ist doch toll, Süße!«

»Nein, Mama. Das ist überhaupt nicht toll. Seit Lea wieder da ist, habe ich das Gefühl, dass sich zwischen uns etwas verändert hat. Christopher entgleitet mir. Wir streiten. Dabei haben wir früher nie gestritten. Jedenfalls nicht so. Es ist, als würde Leas bloße Anwesenheit unsere Beziehung vergiften. Christopher scheint ihr tatsächlich zu glauben. Oder zumindest möchte er das gerne.

Ach, Mama«, krächzte sie. »Es ist so furchtbar. Ich weiß einfach nicht, was ich tun soll. Diese Woche waren wir Abendessen. Im *Settimo Cielo* – du weißt schon, das Restaurant am Stephansplatz, in das ich seit Ewigkeiten mal gehen wollte. Es hätte ein schöner Abend werden sollen, den ganzen Tag habe ich mich darauf gefreut, dass wir endlich wieder unter uns sind. Aber es ist völlig aus dem Ruder gelaufen. Wir haben gestritten wie noch nie zuvor. Er hat mir die hier geschenkt.«

Sie zog die Schatulle mit den Perlenohrringen aus der Tasche und schob sie ihrer Mutter hin.

Bettina warf einen Blick in die Schachtel.

»Die sind schön«, sagte sie schlicht. »Du liebst doch Perlen.«

»Ja.« Anna schniefte geräuschvoll. »Aber es ist kein Ring. Und ich Dummkopf dachte ernsthaft, er will mir einen Antrag machen! Was bin ich nur für ein Idiot.«

Die Mutter streckte die Hand aus und strich ihrer Tochter liebevoll eine Haarsträhne aus der Stirn. »Meine arme Kleine. Sieh es doch positiv. Er hat einen Ring für dich gekauft. Das ist alles, was zählt. Gib ihm etwas Zeit. Hm?«

Die Tränen strömten inzwischen unkontrolliert über Annas Gesicht. »Und was, wenn er es sich in der Zwischenzeit anders überlegt hat? Ich habe mich beim Abendessen wie ein Idiot benommen. Wirklich total daneben.«

»Unsinn. In jeder Beziehung streitet man manchmal. Dass ihr bis jetzt davon verschont geblieben seid, ist ohnehin ein Wunder. Denkst du, zwischen mir und deinem Vater gäbe es nie Meinungsverschiedenheiten? Das ist völlig normal, Liebes. Kopf hoch.«

»Meinst du?«

»Natürlich.«

»Aber was, wenn mich Christopher verlässt? Lea war seine große Liebe, Mama. Sie ist schön, charmant, geheimnisvoll, mitreißend, reich. Christopher und ich haben eine besondere Verbindung, das stimmt. Doch ich bin nicht wie sie. Ich kann ihr nicht das Wasser reichen. Außerdem ist sie die Mutter seines einzigen Kindes. Egal was ich tue, ich kann niemals an das heranreichen, was Lea für ihn ist. Ich war die zweite Wahl. Das wusste ich immer. Ich habe meinen Frieden damit geschlossen, mir gesagt, dass es darauf nicht ankommt. Aber da sie nun wieder da ist ...« Sie vollendete den Satz nicht.

Ihre Mutter richtete sich auf und griff nach Annas Hand. Ein entschlossener Ausdruck war auf ihr Gesicht getreten. »Hör mir gut zu, Liebes. Was ich dir jetzt sage, ist wichtig: Ja, du bist nicht Lea. Und wenn du mich fragst – Gott sei Dank! Du bist liebenswürdig, loyal, verlässlich, klug. Du kümmerst dich um deine Mitmenschen, bist eine hervorragende Freundin und ich habe keinen Zweifel, dass du eines Tages eine noch hervorragendere Mutter sein wirst. Stets stellst du dein eigenes Wohl hinter das der anderen. Dafür bewundere ich dich. Aber damit ist jetzt Schluss.«

»Und was ist mit Felicitas?«, wandte Anna ein. »Du hättest ihr Gesicht sehen sollen, als sie mit Lea durch die Wohnungstür kam. Sie freut sich so, ihre Mutter wiederzuhaben. Ich kann ihr das nicht nehmen, Mama.«

Diese verdrehte genervt die Augen. »Mein Gott, Anna, spiel doch nicht die Märtyrerin! Du wirst jetzt nicht zusammenbrechen und das Feld räumen. Untersteh dich! Du musst kämpfen. Mit allen Mitteln. Wie heißt es so schön – im Krieg und in der Liebe ist alles erlaubt. Du bist vielleicht nicht so hübsch wie Lea, aber du und Christopher, ihr habt euch gemeinsam etwas aufgebaut. Er liebt dich. Drei Jahre sind kein Pappenstiel. Du hast zu hart für eure Liebe gekämpft, um jetzt aufzugeben. Kämpfe, Anna. Denn ich wette mit dir, Lea wird dasselbe tun.«

KAPITEL 40

Lea

Tausend kleine Lichter erhellten die Umrisse des Wiener Rathauses, das Ehrfurcht gebietend vor ihnen aufragte. Schiere Menschenmassen tummelten sich vor den mit Lichterketten behängten Verkaufsständen des Christkindlmarkts, bestaunten die Waren, die dort feilgeboten wurden. Es gab Keramikgegenstände, Krippenfiguren, mal aus Stroh, mal aus Holz, Stofftiere, Kerzen in allen erdenklichen Farben, Christbaumkugeln und Süßigkeiten. Süßigkeiten aus Lebkuchen, Zuckerwatte, Schokolade, wohin das Auge reichte. Dazwischen ganze Trauben von Menschen, die sich um die beliebten Glühweinstände drängten. Irgendwo aus den Lautsprechern über ihnen dröhnte Weihnachtsmusik.

Lea packte Felicitas' Hand noch ein wenig fester.

»Bleib dicht bei mir, ja? Ich will dich in dem Trubel auf keinen Fall verlieren.«

»Ja, Mami.«

Langsam bahnten sie sich einen Weg durch das Getümmel.

Vor einer der Hütten, die bis oben hin mit Heliumballons beladen war, hielt Felicitas unvermittelt an. Ungeduldig zerrte sie an der Hand ihrer Mutter.

»Mami, darf ich auch so einen Ballon haben? Bitte!«

Lea lächelte. »Welcher soll es denn sein?«

Felicitas' Miene hellte sich auf. Konzentriert begutachtete sie das Angebot. Lea erkannte SpongeBob Schwammkopf, Mickey Maus sowie verschiedene Schlümpfe. Ganz hinten lugte sogar ein gelber Tweety aus dem Strauß hervor.

Felicitas deutete auf einen Ballon in Form eines Dalmatiners, halb verdeckt von einem Einhorn mit rosafarbenen Hufen.

»Den da will ich!«

Lea zwinkerte Felicitas fröhlich zu. »Gute Wahl. Kommt sofort.«

Lea gab die Bestellung an die Frau hinter dem Tresen weiter und kurz darauf hielt Felicitas den gewünschten Ballon in der Hand. Die Kleine strahlte.

»Ich werde ihn Lucky taufen«, erklärte sie eifrig. »Wie in 101 Dalmatiner. Erinnerst du dich, Mami? Das ist einer der Welpen. Den mochte ich immer am liebsten.«

Lea lächelte. »Einen guten Namen hast du dir da ausgesucht. Er sieht genauso aus wie der Hund in dem Film.«

Der Ballon schwebte etwa einen halben Meter über ihnen in der Luft und die beiden hatten Mühe, ihn in dem Menschengedränge nicht zu verlieren.

»Hast du Lust auf einen Punsch? Die haben hier einen großartigen Beerenpunsch, hab ich mir sagen lassen.«

Felicitas nickte. Hand in Hand spazierten sie weiter. Vor einer Hütte, die den verlockenden Duft nach Zimt und Glühwein verströmte, hielten sie an.

Der Kinderpunsch wurde in Keramikbechern in Form von Weihnachtsstiefeln serviert. Lea dirigierte Felicitas zu einer Parkbank, die ein wenig abseits stand und von der aus man das Lichterspektakel am Rathausplatz gut im Blick hatte.

Felicitas stieß einen genießerischen Laut aus. »Hm, lecker.«

»Ist dir auch nicht zu kalt? Willst du dich auf meinen Mantel setzen?«

»Nein, es geht schon.«

Eine Weile herrschte einträchtiges Schweigen, während sie an ihren Getränken schlürften und die Kinder beobachteten, die am Wiener Eistraum, der Eislaufbahn, die alljährlich im Park vor dem Rathaus aufgebaut wurde, ihre Bahnen zogen. Beim Anblick der Eisbahn beschlich Lea ein mulmiges Gefühl.

»Warst du hier schon mal Eislaufen?«

Felicitas sah überrascht zu ihr auf. »Klar! Ich komme jeden Winter mit Anna hierher. Letzte Weihnachten habe ich sogar eigene Schlittschuhe bekommen.«

»Natürlich, ich Dummerchen. Ich vergesse immer, wie erwachsen du schon bist.«

Doch das ungute Gefühl in ihrem Bauch legte sich nicht.

Das ist Kunsteis. Felicitas kann nichts passieren. Sei nicht so ängstlich.

»Genau! Ich werde nämlich bald zehn.« Es klang stolz.

»Was würdest du davon halten, wenn wir dieses Jahr zu deinem Geburtstag eine Party veranstalten? Vielleicht eine Mottoparty, wo sich alle verkleiden müssen. Klingt das nicht lustig?«

Bei diesen Worten flog ein Schatten über das Gesicht des Mädchens. Lea entging das nicht. Prüfend musterte sie ihre Tochter.

»Was ist denn los, Süße? Möchtest du keine Party?«

Felicitas starrte stumm auf ihre Schuhspitzen. »Das ist es nicht.«

Lea runzelte die Stirn. Zärtlich rückte sie Felicitas' Haube zurecht, sodass sie gerade saß. »Woran liegt es dann?«

Felicitas senkte den Kopf. »Es ist nur – es geht um das, was Anna gesagt hat«, sagte sie schließlich zögerlich. »Über dich.«

Leas Magen zog sich unheilvoll zusammen.

»Ach ja? Was hat sie denn gesagt?«

Felicitas schien mit sich zu ringen. »Ich – ich darf es dir eigentlich gar nicht erzählen.«

Lea legte den Arm um ihre Schultern und drückte das Mädchen sanft an sich. »Komm schon, Süße. Du weißt doch, dass du mir alles sagen kannst. Ich bin schließlich deine Mutter. Was hat Anna über mich erzählt?«

»Sie meinte ...« Felicitas stockte, als würde es ihr schwerfallen, die nächsten Worte laut auszusprechen. »Anna meinte, dass du schon bald wieder weg sein wirst. Dass ich mich lieber nicht an deine Anwesenheit gewöhnen soll.« Sie warf ihrer Mutter einen ängstlichen Blick von der Seite zu, konzentrierte sich dann aber sofort wieder auf ihre Schuhe. »Ist das wahr, Mami? Gehst du wieder weg? Mein Geburtstag ist doch erst im Mai.«

Felicitas traurige Miene traf Lea bis ins Mark und sie sog scharf die Luft ein.

Ich bringe sie um. Ich bringe Anna um.

Nur mit Mühe konnte sie sich davon abhalten, laut loszubrüllen. Was fiel Anna ein, so etwas zu Felicitas zu sagen? Die Kleine dermaßen zu verunsichern und für ihre Zwecke zu missbrauchen? Sie war doch noch ein Kind, verdammt!

»Sieh mich an, Liebes.« Sie umfasste das Kinn des Mädchens und zwang es, ihr in die Augen zu sehen. Mit belegter Stimme fuhr sie fort. »Was ich dir jetzt sage, ist sehr wichtig. Vergiss, was Anna gesagt hat. Ich werde nicht wieder fortgehen. Nie mehr. Ich weiß, ich war die letzten Jahre nicht für dich da. Und das tut mir unglaublich leid.« Keuchend rang sie nach Atem. »Aber damit ist Schluss. Nichts auf der Welt kann mich davon abhalten, dich zu sehen, für dich da zu sein. Hast du verstanden? Nichts!«

Ein zaghaftes Lächeln breitete sich auf Felicitas' Gesicht aus. »Versprochen?«

»Indianerehrenwort!«

»Okay.«

Die Kleine wirkte auf einmal unendlich erleichtert, als wäre eine große Last von ihren Schultern gefallen. »Alles wird gut. Ich verspreche es dir. Und wenn du irgendein Problem hast – sei es in der Schule oder mit Papa und Anna – du kannst damit jederzeit zu mir kommen, ja?«

Felicitas nickte und Lea entschied, dass es Zeit für einen Themenwechsel war.

»Was wünscht du dir eigentlich zu Weihnachten?«

Felicitas runzelte die Stirn. »Wie meinst du das – die Weihnachtsgeschenke bringt doch das Christkind.«

»Ja, natürlich«, sagte Lea rasch. »Aber du schreibst doch sicher eine Wunschliste, oder etwa nicht?«

»Ja, klar. Jeden Sonntag im Advent schreibe ich einen Brief ans Christkind. Ich lege ihn aufs Fensterbrett und wenn ich am nächsten Tag aufwache, ist er weg. So läuft das.«

Lea beugte sich verschwörerisch vor. »Du vertraust mir doch, oder?«

»Natürlich.« Die Antwort kam prompt.

»Dann verrate mir, was dieses Jahr in deinem Brief steht. Was steht ganz oben auf der Liste?«

Felicitas beäugte ihre Mutter einen Moment lang misstrauisch, dann nickte sie kaum merklich.

»Da ist dieses Barbieschloss, das ich mir schon lange wünsche. Es ist richtig groß, hat drei Stockwerke. Da gibt es eine Küche, ein Wohnzimmer, eine Toilette, bei der man sogar das Licht einschalten kann. Selbst ein kleiner Balkon ist dabei. Es heißt Traumvilla.« Plötzlich verschwand das Leuchten in ihren Augen und sie seufzte. »Aber Anna hat gesagt, das Schloss ist sehr teuer. Ich weiß nicht, ob das Christkind so viel Geld hat.« Sie sah Lea hoffnungsvoll an. »Was meinst du? Hat das Christkind so viel Geld?«

Lea tat einen Moment, als würde sie nachdenken. »Nun ja – ich denke, das hängt davon ab, wie brav du dieses Jahr gewesen bist. Warst du denn brav?«

Felicitas nickte eifrig. »Sehr brav sogar! Papi meint, ich bin das bravste Kind der Welt. Meinst du, das Christkind weiß das?«

»Bestimmt. Das Christkind weiß solche Sachen immer.«

Sie sah erleichtert aus. »Da ist übrigens noch etwas, das ich mir wünsche. Das steht aber nicht auf der Wunschliste.«

»Ach ja? Und das wäre?«

Sie sah betreten zu Boden. »Ich wünsche mir, dass wir gemeinsam Weihnachten feiern. Du, Papi, Anna und ich. Als Familie. So wie früher.«

Erneut blitzte Hoffnung in ihren Augen auf. »Glaubst du, das geht, Mami? Kannst du an Weihnachten zu uns kommen?«

Leas Kehle war staubtrocken. Mühsam räusperte sie sich, bis sie ihre Stimme wiedergefunden hatte.

»Ich würde schrecklich gerne an Weihnachten bei euch sein. Ich werde mit deinem Vater und Anna sprechen. Wenn sie nichts dagegen haben, komme ich auf jeden Fall.«

KAPITEL 41

Anna

Anna kauerte am Badewannenrand. Ihre Augen waren fest auf das schmale Stäbchen in ihrer Hand gerichtet. Es war früh am Morgen, Christopher und Felicitas schliefen noch. Abgesehen vom Waschbecken, in das unablässig Wasser tropfte, war die Wohnung vollkommen still. *Plopp, plopp, plopp.* Wie Hammerschläge hallte das Geräusch in ihrem Kopf wider. Sie würde Christopher bitten, den Wasserhahn zu reparieren. Das war ja kaum auszuhalten.

Anna schloss die Augen und zählte die Sekunden.

Zehn, neun ...

Bitte mach, dass der Test negativ ist.

Acht, sieben ...

Wieso eigentlich? Du willst doch Kinder! Du liebst Kinder! Liegst du Christopher nicht seit Jahren schon damit in den Ohren? Wo ist das Problem?

Sechs, fünf ...

Aber doch nicht jetzt. Nicht so. Nicht, wo Lea wieder da ist und ich nicht weiß, was das für unsere Beziehung bedeutet.

Vier, drei ...

Noch drei Sekunden, dann hast du Gewissheit.

Zwei, eins ... null.

Anna öffnete die Augen. Zwei klar umrissene Striche waren auf dem Teststreifen erschienen.

Scheiße. Es ist also tatsächlich wahr. Der Test ist positiv.

Kraftlos sank sie auf die Fliesen und schlang die Arme um ihren Körper. Widerstreitende Gefühle wogten in ihr. Freude, Hoffnung, Angst, Panik.

Sie hatte sich also nicht geirrt. Die permanenten Übelkeitsanfälle, die Stimmungsschwankungen, die sie in letzter Zeit ständig quälten, das schmerzhafte Ziehen ihrer Brüste – alles ergab auf einmal Sinn.

Verdammt. Was jetzt?

KAPITEL 42

Lea

Genüsslich rollte sich Lea im Bett auf die andere Seite. Langsam öffnete sie zuerst ein Auge, dann das zweite. Ihr Blick fiel auf den Wecker auf dem Nachttisch. Überrascht stellte sie fest, dass es bereits halb elf war. Der verlockende Duft nach Vanille und Zimt stieg ihr in die Nase. Für einen Moment schloss sie die Augen wieder, verlor sich ganz in dem Geruch. Unvermittelt fühlte sie sich in ihre frühe Kindheit zurückversetzt, erinnerte sich daran, wie sie mit ihrer Mutter Blech um Blech verschiedenster Kekse und Plätzchen gebacken hatte. Vor ihrem inneren Auge sah sie sich mit akribischer Genauigkeit Sterne aus Blätterteig fertigen, die Enden der Linzer Kekse in Schokolade tauchen oder die Mandelplätzchen verzieren, die ihr Vater so mochte. Das Lied, das ihr in letzter Zeit ständig durch den Kopf ging, hallte durch ihre Gedanken.

There's plenty of sunshine, baby,
so give me a smile ..., you can be happy, baby,
so take my hand and you can fly.

Die Stimme ihrer Mutter im Ohr und mit einem Lächeln auf den Lippen erhob sich Lea und tapste in die Küche. Als sie an der Fensterfront im Wohnzimmer vorbeilief, keuchte sie entzückt auf. Große Flocken tanzten vor der Scheibe, die majestätische Eiche im Hof war bereits mit einer zarten weißen Schicht bedeckt. Der erste Schnee des Jahres.

Isabella wandte sich zu ihr um, als Lea den Raum betrat.

»Morgen, Lea! Gut geschlafen?«

»Ja, danke.«

Lea bemerkte zu ihrer Überraschung, dass es stimmte. Zum ersten Mal seit Wochen fühlte sie sich erholt und ausgeschlafen. Keine Albträume, kein stundenlanges Wachliegen, kein panikartiges Erwachen mitten in der Nacht.

»Kaffee?«

»Gern.«

»In der Kanne ist noch welcher. Ich würde dir ja helfen, aber ...«, Isabella hob hilflos ihre mit Mehl bedeckten Hände.

»Riecht ja köstlich. Was wird das?«

Isabella seufzte. »Vanillekipferl. Jedenfalls war das der Plan. Momentan schauen sie eher aus wie deformierte U-Haken.«

Lea trat hinter sie und beäugte die unförmigen Teigklumpen auf dem Blech.

»Nun ja – zumindest sieht man, dass du sie selbst gemacht hast.« Nur mit Mühe konnte sie sich ein Grinsen verkneifen, doch ihre Mundwinkel zuckten verräterisch.

»Du hast gut lachen.« Isabella stöhnte gequält auf. »Dieser blöde Teig will einfach nicht. Ich sage dir, das ist die Strafe Gottes. Warum konnte ich nur die Klappe nicht halten und musste mich ausgerechnet für Vanillekipferl melden?«

»Wofür brauchst du sie denn?«

»Morgen ist die Weihnachtsfeier in Bens Kindergarten.«

Lea langte in den Schrank und griff nach einer Küchenschürze.

»Ich helfe dir. Das kriegen wir hin. Ich hab zwar seit Ewigkeiten nicht mehr gebacken, aber ein paar anständige Kipferl werden wir schon zustande bringen.«

Eine Weile arbeiteten sie schweigend vor sich hin. Summten leise zu der Weihnachtsmusik im Radio. Oscar, der zwischen ihren Füßen Stellung bezogen hatte, beobachtete sie mit Argusaugen und verschlang jeden herabfallenden Krümel in Sekundenschnelle.

»Du hast mir noch gar nicht gesagt, wann du deine neue Wohnung beziehen wirst«, sagte Isabella schließlich, nachdem sie das erste Blech ins Backrohr geschoben hatte.

»Eigentlich erst ab Jänner. Aber aller Wahrscheinlichkeit nach kriege ich die Schlüssel schon früher. Wenn alles nach Plan läuft, ziehe ich um den Jahreswechsel um.«

Isabella nickte. »Das wird merkwürdig, wenn du auf einmal weg bist. Ich habe mich so daran gewöhnt, dich um mich zu haben. Unsere gemeinsamen Abende werden mir fehlen. Du wirst mir fehlen.«

»Glaub mir, am Ende wirst du froh sein, wenn ihr die Wohnung endlich wieder ganz für euch habt. Und ich könnte mir vorstellen, Martin freut sich auch darüber, das Bad morgens nicht immer schon nach fünf Minuten räumen zu müssen.« Sie grinste vielsagend.

Dann wurde sie wieder ernst. »Auch mir wird unsere gemeinsame Zeit fehlen, Isa. Aber mein Auszug bedeutet schließlich nicht, dass wir uns nicht mehr sehen. Ich werde dafür sorgen, dass wir uns nicht wieder aus den Augen verlieren – versprochen. Aber ich muss zusehen, dass ich auf die Füße komme. Ich kann ja nicht ewig euer Gästezimmer blockieren – so gemütlich es auch ist.«

»Ja, mag sein«, gab Isabella widerstrebend zu. »Trotzdem war es schön. Noch dazu, wo du mir mit Ben so eine große Hilfe warst.«

»Das war doch das Mindeste. Nicht du bist diejenige, die sich bedanken muss, sondern ich. Du hast mich aufgenommen, als ich dich am meisten brauchte. Ohne dich wäre ich verloren gewesen. Das werde ich dir nie vergessen.«

Bevor ihre Freundin zu einer Antwort ansetzen konnte, eilte sie in ihr Zimmer und kam mit einem Päckchen in der Hand zurück.

»Hier. Für dich. Ein verfrühtes Weihnachtsgeschenk.« Isabellas Augen weiteten sich vor Überraschung. »Damit habe ich nicht gerechnet. Ich habe doch noch gar kein Geschenk für dich gekauft.« Sie schüttelte vehement den Kopf. »Das kann ich unmöglich annehmen.«

»Jetzt stell dich nicht so an. Mach es auf. Keine Sorge, es ist nur eine Kleinigkeit.«

Zögerlich streifte ihre Freundin das Geschenkpapier ab. Darunter kam ein Buch mit samtenem Umschlag zum Vorschein. »Isa und Lea« stand in goldenen Lettern auf dem schwarzen Einband.

»Was ist das?«, hauchte sie.

»Mach auf, dann weißt du es.«

Isabella tat wie ihr geheißen. Sie stieß einen entzückten Laut aus, als ihr klar wurde, was sie da vor sich hatte.

Es war ein Bildband. Jede Seite einem anderen Jahr ihrer Kindheit gewidmet, feinsäuberlich mit Datum und Ort beschriftet. Mit zitternden Fingern blätterte Isabella durch das Buch. Sie würdigte jedes einzelne Bild, mal mit einem entsetzten Aufkeuchen, mal mit einem melancholischen Lächeln. Das letzte Foto zeigte die Freundinnen vor gut einer Woche im Affenhaus des Schönbrunner Tiergartens. Auch Ben war darauf.

»Die hinteren Seiten habe ich bewusst leer gelassen«, erklärte Lea. »Die sind für die nächsten Jahre. Genug Platz für neue Fotos, neue Erinnerungen. Mit der Kleinen hier.« Sie strich zärtlich über den Bauch ihrer Freundin.

Voller Zuneigung sah Lea ihre Freundin an. Isabella hielt das Gesicht abgewandt, aber sie konnte die Tränen der Rührung trotzdem sehen, die ihr in die Augen getreten waren.

»Bei meiner Vergangenheitsrecherche bin ich auf die zahlreichen Fotos von uns gestoßen. Es waren erstaunlich viele. Deine Mutter hat auch ein paar Bilder beigesteuert. Und ich dachte, daraus müsste man doch etwas machen. Ich weiß, ich war dir in den letzten Jahren eine fürchterliche Freundin – habe dich ausgeschlossen, dich von mir gestoßen. Erst jetzt habe ich erkannt, wie dumm das war. Bitte sieh das Album als Zeichen dafür, wie viel mir unsere Freundschaft bedeutet.«

»Das ist das schönste Geschenk, das ich je bekommen habe.« Isabella wischte sich verstohlen über die Augen. Einen Augenblick schwieg sie, konnte den Blick nicht von dem Bildband abwenden.

»Soll ich dir was verraten?«

»Hm?«

»Ich habe es dir gegenüber nie offen zugegeben, aber ich war furchtbar gekränkt damals. Du warst meine Bezugsperson. Die wichtigste Person in meinem Leben. Wir waren ein Team. Und dann waren wir es auf einmal nicht mehr. Als ich dann bloß über Umwege vom Tod deiner Mutter erfahren habe, wollte ich am liebsten gar nichts mehr von dir wissen. Ich habe mich verraten gefühlt, war so wahnsinnig wütend auf dich.« Sie seufzte. »Was ich sagen will ist – ich hätte härter kämpfen können. Hätte für dich da sein müssen. Hätte nicht zulassen dürfen, dass du mich beiseiteschiebst. Es – es war nicht alles deine Schuld.«

Lea schluckte hörbar. »Danke, Isa«, sagte sie leise. »Das bedeutet mir sehr viel.«

Der emotionale Moment wurde jäh durch das Pfeifen des Backrohrs unterbrochen, gefolgt von Oscars aufgeregtem Gebell.

Wortlos schob Isabella den Hund beiseite und holte das Blech aus dem Rohr. Sie begannen, ein Kipferl nach dem

anderen in der vorbereiteten Masse aus Staub und Vanillezucker zu wälzen.
»Wenn wir schon mal dabei sind – da gibt es etwas, das ich dich fragen wollte. Es geht um Mamas Tod.« Lea hielt einen Augenblick inne und holte tief Luft. »Weißt du, woran sie wirklich gestorben ist? War es tatsächlich ein Herzinfarkt? Denn – ich kann nicht genau sagen, warum, aber es fühlt sich irgendwie nicht so an. Und dann sind da noch diese merkwürdigen Albträume, die ich nicht so recht einordnen kann.«

Isabella seufzte schwer. »Du und dein Vater habt euch damals sehr bedeckt gehalten, was ihren Tod angeht. Mehr, als ich dir bereits gesagt habe, weiß ich leider auch nicht.«

Nachdenklich strich sie sich eine Locke aus dem Gesicht, wobei sie eine Spur von Staubzucker auf ihrer Stirn hinterließ. »Ich möchte nicht unsensibel sein, Lea, aber du musst das Thema ruhen lassen. Deine Mutter hat dich geliebt. Macht es nach all den Jahren denn wirklich einen Unterschied, woran sie gestorben ist? Du musst versuchen, nach vorne zu blicken. Wenn schon nicht um deiner selbst, dann zumindest um ihretwillen. Ich kannte deine Mutter. Sie hätte gewollt, dass du glücklich bist.«

»Sowas Ähnliches hat mein Therapeut neulich auch gesagt.« Ihre Miene verdüsterte sich. »Tut mir leid, dass ich gefragt habe.«

»Du brauchst dich nicht zu entschuldigen. Aber lass uns das Thema wechseln, ja? Hast du dich inzwischen entschieden, was du an Weihnachten machen willst? Unsere Einladung steht jedenfalls noch.«

Lea stöhnte auf. »Felicitas wünscht sich, dass ich Heiligabend mit ihr verbringe. Ich habe mit Christopher darüber gesprochen – er hat nichts dagegen.«

»Und wo genau liegt dann das Problem?«

»Natürlich würde ich an Weihnachten gerne mit den beiden zusammen sein. Es ist bloß wegen Anna. Ich weiß nicht, ob ich es ertragen würde, die zwei als Paar zu sehen. Außerdem bin ich immer noch so wütend über das, was sie zu Felicitas gesagt hat.«

»Ich fasse also zusammen: Du willst Weihnachten nicht mit deiner Tochter verbringen, weil du Angst vor Anna hast? Ernsthaft, Lea?«

Lea wand sich. »Angst ist nicht das richtige Wort. Aber solche Patchwork-Konstellationen funktionieren doch nie. Ich will ihnen das Fest nicht verderben. Zumal es meine Schuld ist, dass wir überhaupt in diesem Schlamassel stecken. Hätte ich Christopher nur nie verlassen!«

Isabella verdrehte die Augen. »Hör zu, Lea. Dein Streben nach Selbstreflexion und Sühne in allen Ehren, aber beantworte mir nur eine Frage: Liebst du Christopher?«

»Ich habe nie damit aufgehört«, entgegnete Lea, ohne zu zögern.

»Dann gebe ich dir jetzt einen gut gemeinten Rat: Du weißt, ich bin kein großer Fan von Christopher. Aber er ist deine große Liebe. Bis dass der Tod euch scheidet, weißt du nicht mehr? Wenn du nicht versuchst, ihn zurückzugewinnen, wirst du dir das ewig vorhalten. Außerdem geht es hier nicht nur um dich, sondern auch um das Leben deiner Tochter. Also kämpfe, verdammt nochmal. Und hör auf so herumzueiern. Das sieht dir gar nicht ähnlich.«

Lea hob zweifelnd die Brauen. »Und was ist mit Anna?«

»Du weißt doch genauso gut wie ich, dass sie nie eine ernsthafte Konkurrenz für dich war, wenn es um Christopher ging. Egal, was die beiden miteinander haben – es kann nicht an das heranreichen, was euch verbindet. Du bist die Mutter seines Kindes. Und daran wird sich auch nie etwas ändern.«

»Na das kann ja was werden. Weihnachten mit Anna.«
Sie schnaubte. »Sie hasst mich, Isa. Ich weiß es.«

»Weißt du, irgendwie tut sie mir ja fast leid.«

»Wie bitte? Wieso das denn?« Isabella wählte ihre nächsten Worte mit Bedacht. »Sieh mal. Du hast diese besondere Art, Menschen für dich einzunehmen. Besonders Männer. Dieser Ausdruck in deinem Gesicht, der einen zwingt, dir alles zu verzeihen, dir das Gefühl vermittelt, man wäre die einzige Person im Raum. Dich zum Lachen bringt, auch wenn einem gar nicht danach zumute ist. In deinen Fußstapfen zu wandeln, muss wahnsinnig anstrengend sein. Und wenn Anna dich dafür hasst, kann ich das nur allzu gut nachvollziehen.«

Der Anflug von Eifersucht in Isabellas Stimme ließ Lea aufhorchen.

»Ging es dir damals mit mir genauso? Hast du mich auch gehasst?« Die Worte hatten Leas Mund verlassen, bevor sie sich davon abhalten konnte.

»Soll ich ganz ehrlich sein?«

»Ich bitte darum.«

»Vor Los Unfall – manchmal. Ein bisschen. Die Männer lagen dir zu Füßen, die Mädchen beteten dich an. Bei dir sah immer alles so leicht aus. Und dann hattest du auch noch den perfekten Freund an deiner Seite. Das war okay für mich, ich habe mich für dich gefreut. Aber manchmal – ja – da war ich ein wenig eifersüchtig auf dich. Heute kommt mir das schrecklich dumm vor.« Sie schüttelte den Kopf. »Wie auch immer. Das ist lange her. Komm, hilf mir, die Kipferl einzupacken. Sie sind jetzt endlich kühl genug.«

KAPITEL 43

Anna

Anna sah sich zufrieden um. Ihre Arme schmerzten, aber die Mühe hatte sich gelohnt. Der Turnsaal war nicht wiederzuerkennen. Kletterseile hingen von der Decke, dazwischen auf dem Boden lagen Sprungbretter, Balken, dicke und dünne Matten bereit. Neben der Sprossenwand war der große Sprungkasten aufgebaut. Reifen formten einen Weg quer durch den Saal. Anna wandte sich um und lief die Stufen hinauf zu den Umkleidekabinen ihrer Schüler.

»Ich bin soweit, ihr könnt kommen.«

Die Türen öffneten sich und die Kinder ihrer Klasse, einheitlich gekleidet in langen schwarzen Sporthosen und weißen Shirts, strömten in den Saal. Gespannte Ohs und Ahs waren zu hören, als sie den aufwendig dekorierten Raum bemerkten.

»Was machen wir denn heute?«, fragte Sophie, die staunend die Gerätelandschaft beäugte.

»Da heute euer letzter Schultag vor den Weihnachtsferien ist, habe ich mir was Besonderes für euch ausgedacht«, erklärte Anna. »Wir spielen das Piratenspiel. Hat das jemand von euch schon mal gespielt?«

Kollektives Kopfschütteln war die Folge.

»Als ich in eurem Alter war, war das mein Lieblingsspiel. Es geht so: Ich wähle einen von euch aus, er ist der Pirat. Die anderen sind die Seemänner und bekommen eine Schleife.« Sie deutete auf den Haufen roter Stoffbänder zu ihren Füßen. »Der Pirat muss die Seemänner fangen. Tippt er jemanden an, wird er ebenfalls zum Piraten und muss seine Schleife abgeben. Der Seemann, der am längsten durchhält, hat gewonnen.«

»Also spielen wir im Grunde fangen«, entgegnete Philipp. Er lehnte an der Sprossenwand, die Hände hielt er gelangweilt vor der Brust verschränkt.

»Nicht ganz.« Anna lächelte munter. »Wir sind auf See. Die Matten, Bänke und so weiter sind euer Schiff. Der Boden ist Wasser, ihr dürft nicht hineintreten, sonst ertrinkt ihr und seid aus dem Spiel. Also klettert, springt, lauft, kriecht – aber eben ohne den Boden zu berühren.«

Agnes, die ihr am nächsten stand, hüpfte ungeduldig auf und ab. »Ich will als Erste Pirat sein«, quiekte sie.

Anna nickte zustimmend. »In Ordnung. Bleib gleich bei mir, Agnes. Alle anderen holen sich eine Schleife. Ihr habt zwei Minuten, euch einen Ausgangspunkt zu suchen.«

Eilig trippelten die Kinder los und nahmen ihre Plätze ein. Dann ging es los.

Anna ließ sich am Rand des Saals an die Wand sinken und beobachtete ihre Schüler aufmerksam. Es dauerte nicht lange und Agnes hatte Matthias und Anja gefangen. Zu dritt sausten sie über die Bänke, schwangen auf den Seilen wie auf Lianen durch den Raum. Immer mehr Kinder wurden zu Piraten, jagten jauchzend und keuchend ihre Mitschüler. Schließlich waren nur noch Sophie und Julia übrig.

Sophie war an einem der Seile bis ganz nach oben geklettert und beobachtete das Spektakel von ihrem Aussichtspunkt aus. Matthias, der sie dort entdeckt hatte, kletterte ihr eifrig hinterher. Anna blieb fast das Herz stehen, als sie sah, wie das Seil gefährlich zu wackeln begann. Doch ihre Sorge war unbegründet. Gerade als sich Sophie zu den Ringen hinüberhanteln wollte, packte Matthias sie am Bein. Beinahe wären sie hinuntergestürzt, doch wie durch ein Wunder schafften sie es gemeinsam abwärts zu klettern, bis beide wieder festen Boden unter den Füßen hatten.

Jetzt war nur noch Julia übrig. Ihre schmale Gestalt flog regelrecht durch den Saal, während sie geschickt von Reifen zu Reifen sprang. Agnes folgte ihr dicht auf den Fersen. Mit einem Hechtsprung rettete sich das Mädchen an die Sprossenwand. Darauf hatte Anja gewartet. Ihre Füße trippelten die Langbank entlang, Arme reckten sich, dann war das Spiel vorbei.

Julia hatte gewonnen.

»Wir haben einen Sieger.« Anna klatschte begeistert in die Hände. »Bravo, Julia.«

»Noch mal«, rief Matthias. »Wir wollen eine Revanche!«

Auch die übrigen Kinder nickten zustimmend.

»In Ordnung. Ich würde sagen, wir nehmen ein paar Umbauarbeiten am Parcours vor, dann gibt es eine zweite Runde.«

Erst jetzt bemerkte sie, dass Philipp fehlte. Irritiert ließ sie den Blick über die Gesichter schweifen, doch er war nirgends zu sehen.

»Wo ist Philipp? Hat ihn jemand gesehen?«

»Ich bin hier.« Ohne Eile kam er hinter ihr die Treppe hinuntergeschritten. »Ich war nur kurz auf der Toilette.«

»Das nächste Mal gib mir bitte vorher Bescheid, damit ich dich nicht suchen muss«, wies sie den Jungen zurecht. »Und jetzt hilf mir, die Langbank weiter nach links zu schieben. Matthias und Sophie – ihr kümmert euch um die Matten.«

Die Zeit verging wie im Flug, bald war der zweistündige Turnunterricht zu Ende.

»So, meine Lieben. Ich hoffe, das Piratenspiel hat euch gefallen. Das Wegräumen übernehme ich ausnahmsweise ich.

Ich wünsche euch tolle Feiertage. Seht zu, dass ihr gesund wiederkommt. Wir sehen uns am siebenten Januar.« Mit diesen Worten entließ sie ihre Schützlinge in die Ferien. Sie stürmten in Richtung Garderoben, eiliges Getrappel war zu hören, dann trat Ruhe ein.

Gemächlich machte Anna sich daran, die Geräte an ihren Platz zurückzuräumen. Sie hatte keine Eile. Heute würde ausnahmsweise Christopher Felicitas von der Schule abholen, sie hatte also jede Menge Zeit.

Gut zwanzig Minuten später stieg sie die Treppe hinauf. Der Vorraum vor den Garderoben war menschenleer. Plötzlich vernahm sie das Geräusch von fließendem Wasser. Es schien aus der Mädchenumkleide zu kommen. Ob eines der Kinder nach dem Händewaschen den Hahn nicht richtig zugedreht hatte?

»Hallo?«

Sie erhielt keine Antwort.

Anna lief auf die Tür zu und stieß sie auf. Die Garderobenhaken waren allesamt leer, nur ganz hinten, am Waschbecken, entdeckte sie eine schmale Gestalt, die mit dem Rücken zu ihr stand. Es war Julia. Ihre Schultern wirkten merkwürdig verkrampft, ihr Körper wurde immer wieder von heftigen Krämpfen geschüttelt.

»Alles in Ordnung mit dir? Geht es dir nicht gut?«

»Alles bestens.« Doch ihre erstickte Stimme ließ anderes vermuten.

Behutsam trat Anna näher. »Julia, was ist los mit dir? Wieso weinst du denn?«

Dann fiel ihr Blick auf die roten Sneakers im Waschbecken und sie sog scharf die Luft ein. Die vormals nagelneuen Schuhe waren kreuz und quer mit dickem schwarzen Filzstift bemalt. Grobe Linien zogen sich über den Stoff, wie auf den Testblättern eines Schreibwarenladens. Julias Gesicht war tränenüberströmt. Verzweifelt versuchte sie, die Markierungen mit Wasser und Seife wegzuwaschen. Natürlich ohne Erfolg.

Anna streckte die Hand aus und griff nach dem Arm der Kleinen.

»Komm, lass das. Das bringt doch nichts.«

»Nein! Ich muss das in Ordnung bringen. Ich kann so nicht nach Hause, meine Eltern ...« Sie vollendete ihren Satz nicht. Ihre Schultern sanken kraftlos herab.

Mit sanfter Gewalt führte Anna das Mädchen vom Waschbecken weg und zu den Bänken.

Julias Blick war in sich gekehrt. Immer noch wurde sie von heftigen Schluchzern geschüttelt. »Ich habe die Schuhe doch erst vor ein paar Wochen zum Geburtstag bekommen. Von meinem Papa. Er ist nicht viel zu Hause, weißt du. Ich – ich kann ihm nicht sagen, dass sie kaputt sind.«

Hilfesuchend blickte sie zu Anna hoch. »Kriegst du das wieder hin? Ich habe den blöden Stift mit Seife nicht abbekommen, aber wenn ich ein stärkeres Mittel hätte ...«

Anna schüttelte den Kopf. »Das ist Permanent Marker, Süße. Das wird nicht funktionieren, tut mir leid.«

Das Mädchen vergrub das Gesicht in den Händen. Wie sie so dasaß, immer noch am ganzen Körper bebend, die Augen rot und verquollen, brach es Anna das Herz.

Tröstend strich sie der Kleinen über den Rücken. »Wer war das, Julia? Wer hat das getan?«

Julia wich ihrem Blick aus und schwieg.

»Das war Philipp, nicht wahr? Du kannst es mir sagen, Julia. Glaubst du, dass das Philipp war?«

Das Mädchen sagte immer noch nichts, aber das brauchte sie auch nicht. Ihr Gesichtsausdruck verriet Anna alles, was sie wissen musste.

Wut ballte sich in ihrem Magen zusammen.

Elender Bengel. Na warte. Wenn ich dich in die Finger kriege, kannst du etwas erleben.

Diesmal würde er nicht so leicht davonkommen, das schwor sie sich.

»Warum macht er das? Was habe ich ihm denn getan? Wieso lässt er mich nicht in Ruhe?«

Anna seufzte.

»Ich habe deinen Rat doch befolgt«, schluchzte Julia. »Ich habe ihn ignoriert. Du hast gesagt, dass er irgendwann damit aufhört. Aber warum tut er das denn nicht? Wie lange soll das noch so gehen?« Sie schluckte. »Lange halte ich das nämlich nicht mehr aus.«

Ein Damm in Annas Inneren brach. Die mühsam zurückgehaltene Wut auf die Philipps und Tobis dieser Welt war übermächtig. Sie zwang sich, ruhig durchzuatmen.

»Soll ich dir ein Geheimnis verraten?«, sagte sie schließlich, nachdem sie sich gefasst hatte.

Die Kleine nickte. Tränen glitzerten in ihren Augen, während sie Annas nächsten Worten harrte.

»Ich war auch einmal so wie du. In meiner Klasse gab es auch einen Philipp. Gott, was habe ich ihn gehasst. Er hat mir die Schulzeit zur Hölle gemacht. Meine Lehrerin damals hat nicht mitbekommen, was passiert ist. Sie hat nicht hingesehen. Aber ich – ich sehe es.« Sie strich dem Mädchen zärtlich übers Haar. »Wir schaffen das gemeinsam, du und ich.«

»Aber wie? Wie sollen wir das anstellen?«

Anna seufzte. »Erst einmal: Vergiss den Rat, den ich dir gegeben habe. Dass du ihn ignorieren sollst. Der taugt nichts.«

Sie hielt inne, bedachte das Mädchen mit einem warmen Blick. »Jungs wie Philipp werden nicht von alleine aufhören. Sie werden immer weitermachen. So lange, bis du ihnen einen Grund dazu gibst. Es gefällt ihnen, ihre Mitschüler zu terrorisieren, andere gegeneinander auszuspielen. Du musst dich *wehren*, Julia. Kein Mensch der

283

Welt kann so mit dir umspringen, solange du es nicht zulässt.«

Julia riss die Augen auf.»Ich soll was?«

»Wehr dich. Schlag ihn mit seinen eigenen Waffen. Damit meine ich nicht, dass du seine Sachen kaputtmachen sollst. Aber zeig ihm, wie stark du bist. Denn du bist wirklich stark, Julia. Viel stärker als du denkst. Du musst ihm Grenzen setzen. Verstehst du, was ich meine?«

Das Mädchen nickte langsam.»Ich glaube schon.«

»Gut. Wenn du Hilfe brauchst oder mit jemandem reden willst, egal worüber, – ich bin für dich da.«

»Okay.« Mit einem kläglichen Ausdruck auf dem hübschen Gesicht hob Julia die ruinierten Sneakers.»Und was mache ich jetzt mit meinen Schuhen?«

Anna warf einen Blick auf ihre Uhr.

»Wann musst du heute zu Hause sein? Deine Eltern warten draußen doch nicht, du gehst immer zu Fuß, hab ich recht?«

Sie nickte.»Meine Mama kommt erst gegen zwei. Warum?«

Anna erhob sich.»Gut. Weil wir jetzt shoppen gehen. Ich kaufe dir neue Sneakers. Genau dieselben. Was sagst du – bist du dabei?«

Julia strahlte über das ganze Gesicht.»Ich bin dabei.«

KAPITEL 44

Anna

Die Arme am Fenstersims abgestützt starrte Anna in die Dunkelheit. Die Straßen lagen wie ausgestorben da, eine feierliche, fast ehrfürchtige Stille lag über der Stadt. Die Bäume am Straßenrand kämpften unter dem Gewicht des Schnees. Wie hilflose Arme ragten die Äste in die Luft, beinahe meinte Anna, sie ächzen hören zu können. Von ihrem Platz am Küchenfenster aus konnte man die Terrasse der Wohneinheit gegenüber überblicken. Lichterketten säumten das Geländer und erhellten die Straße wie tausend Glühwürmchen. Durch die zugezogenen Vorhänge erkannte Anna die Schemen eines hünenhaften Weihnachtsbaums.

Seit Tagen hatte es unaufhörlich geschneit. Zum großen Entzücken von Felicitas, die den Nachmittag damit zugebracht hatte, mit Christopher im nahegelegenen Park eine ganze Armee von Schneemännern zu bauen.

Im Radio gab *Wham* sein berühmtes *Last Christmas* zum Besten. Anna mochte den Song nicht. Fühlte sich von der Melancholie erdrückt, die aus jeder Zeile troff wie Wachs von einer Kerze.

Annas Hände wanderten an ihrem Körper hinab. Gedankenverloren strich sie sich über die sanfte Wölbung ihres Bauchs. Wie gerne hätte sie sich ein Glas Wein gegönnt! Die innere Anspannung, die sie seit dem Morgen erfüllte, war kaum zu ertragen. Sie seufzte. Vielleicht war es besser so. Gerade heute musste sie einen kühlen Kopf bewahren.

Seit Tagen schon sprach Felicitas von nichts anderem als von ihrer Vorfreude auf den heutigen Abend. Dem familiären Beisammensein, dem zum ersten Mal seit langer Zeit endlich auch wieder ihre Mutter beiwohnen würde. Allein bei dem Gedanken brach Anna der Schweiß aus allen Poren.

Wieder und wieder hatte sich Anna ermahnt, Felicitas' Begeisterung ob Leas Rückkehr nicht persönlich zu nehmen. Ganz egal, wie viel Anna ihr bedeutete – Lea war ihre Mutter. Trotzdem konnte sie nicht verhindern, dass sich ihr Herz jedes Mal schmerzhaft zusammenzog, wenn Felicitas von ihr sprach.

Schwere Schritte näherten sich der Küchentür und rissen Anna jäh aus ihren tristen Gedanken. Christopher war im Türrahmen aufgetaucht.

»Da bist du ja. Ich habe dich schon gesucht.«

»Ich muss die Kartoffeln im Auge behalten.« Sie deutete auf das Backrohr.

»Kann ich dir noch mit irgendwas helfen?«

Anna schüttelte den Kopf. »Danke, nicht nötig. Der Esstisch ist gedeckt, der Baum geschmückt, die Geschenke verteilt. Das Essen sollte auch gleich fertig sein.«

»Du bist fantastisch.« Lächelnd trat er näher und drückte ihr einen Kuss auf die Stirn. »Übrigens siehst du sehr hübsch aus heute.«

Anna errötete. »Findest du?«

Sie vollführte eine winzige Pirouette. Im Anschluss an ihren Einkauf mit Julia hatte sie noch ein paar Läden abgeklappert und nach der passenden Garderobe für den Weihnachtsabend Ausschau gehalten. Sie hatte sich für ein tannengrünes Etuikleid entschieden, enganliegend mit tiefem Rückenausschnitt. Ein Kleid, das vermittelte, dass sie die Frau des Hauses war. Dass sie selbstbewusst und stark war, durch nichts und niemanden zu erschüttern.

Zusammen mit den ebenfalls neuen schwarzen Pumps fühlte sie sich einigermaßen gerüstet, Lea gegenüberzutreten. Die Sachen hatten ein großes Loch in ihr Budget gerissen, dennoch bereute sie ihren Kauf keine Sekunde.

Das Läuten der Türglocke, gefolgt von dem Getrappel kleiner Kinderfüße, ließ Anna zusammenzucken. Dann wurde die Wohnungstür auch schon aufgerissen.

»Mami! Da bist du ja endlich!«

Anna stieß einen tiefen Seufzer aus. Für einen Augenblick schloss sie die Augen, strich sich eine unsichtbare Strähne aus dem Gesicht. Es war also so weit. *Lasset die Spiele beginnen.*

Langsam folgte sie Christopher ins Vorzimmer, bemühte sich, eine fröhliche Miene aufzusetzen.

»Hallo, Lea. Kann ich dir die Jacke abnehmen?«

Sehr gut. Ganz die Frau des Hauses.

Lea entwand sich vorsichtig aus Felicitas' Umarmung und streifte ihren Mantel ab.

Anna stöhnte unwillkürlich auf. Lea sah – wie konnte es anders sein – absolut hinreißend aus. Kaum geschminkt, nur mit etwas farblosem Gloss auf den Lippen, sah sie erschreckend jung aus. Sie trug ein langärmeliges Cocktailkleid im Plissee-Stil. Der filigrane Stoff umspielte ihren zierlichen Körper und endete eine Handbreit über dem Knie. Ein goldener Gürtel betonte ihre schmale Taille. Anna erkannte das Kleid sofort. Sie hatte es erst gestern im Schaufenster von Prada bewundert.

»Danke«, erwiderte Lea und reichte ihr den Mantel.

»Wer hätte das gedacht – du bist ja sogar pünktlich«, feixte Christopher. »Dass ich das auf meine alten Tage noch erlebe.«

Leas helles Lachen ließ Anna die Nackenhaare zu Berge stehen.

»Gewöhn dich besser nicht dran, Baby.«

Baby. Anna erschauerte. Gerade wollte sie zu einem schnippischen Kommentar ansetzen, doch Christopher kam ihr zuvor.

»Komm doch weiter, Lea. Möchtest du ein Glas Wein? Meine Mutter wird sicher auch gleich hier sein.«

Wie aufs Stichwort schellte die Türglocke erneut.

Anna war noch nie so froh gewesen, ihre Schwiegermutter in spe zu sehen. Am liebsten wäre sie ihr um den Hals gefallen.

»Kerstin«, rief sie überschwänglich. »Wie schön, dass du gekommen bist.«

Christopher trat vor und begrüßte seine Mutter mit einem angedeuteten Handkuss.

»Das Wetter ist wirklich eine Zumutung.« Kerstin schnaubte. »Die Stadt geht vor die Hunde, sage ich euch. Kein Schneeräumfahrzeug weit und breit. Und das bei diesem Schneegestöber!«

Dann fiel ihr Blick auf Lea und sie erstarrte mitten in der Bewegung.

»Freut mich, dich zu sehen, Kerstin.«

Mit Genugtuung bemerkte Anna, dass Leas Hände zitterten, als sie sich zu der alten Dame hinabbeugte und ihr Küsschen auf die Wangen drückte.

Kerstin bedachte Lea mit einem dieser Blicke, die einem das Blut in den Adern gefrieren ließen.

»Ganz schön mutig von dir, hierherzukommen«, sagte sie spitz und beäugte ihre Schwiegertochter missbilligend. »Du hast meinem Christopher das Herz gebrochen!«

Leas Augen weiteten sich. Es schien ihr die Sprache verschlagen zu haben.

Wie das Kaninchen und die Schlange, dachte Anna und verkniff sich ein Grinsen. Obwohl Lea Kerstin um mehr als eine Kopflänge überragte, wirkte ihre Rivalin auf einmal klein und zerbrechlich.

»Kerstin, ich – es tut mir so leid, dass ...« Lea warf Christopher einen hilfesuchenden Blick zu.

Der reagierte prompt.

»Mutter«, knurrte er. »Das ist jetzt wirklich nicht der richtige Zeitpunkt.«

Kerstin lachte. »Schon gut, Lea. Heute ist Weihnachten. Wir werden das Thema nicht weiter vertiefen. Vorerst.« Mit der Haltung einer Frau, die sich ihrer Stellung in der Familie wohlbewusst ist, stolzierte sie an den anderen vorbei ins Innere der Wohnung.

Wenig später hatten sie sich im Esszimmer zusammengefunden. Die Tafel war festlich gedeckt, Anna hatte sich mal wieder selbst übertroffen. Die Tischplatte bog sich unter plattenweise rohem Fleisch, gedünstetem Gemüse, Bratkartoffeln und flaumigem Weißbrot. In der Mitte prangte der Fondue-Topf, umringt von einem Dutzend verschiedener Saucen.

Einzig Kerstin fand einen Grund zu nörgeln.

»Wieso essen wir keinen Truthahn wie anständige Leute? Oder zumindest Karpfen? Bei uns hat es immer Karpfen zu Weihnachten gegeben.« Sie schnalzte missbilligend mit der Zunge. »Wenn ich mir mein Essen selbst kochen muss, hätte ich auch zu Hause bleiben können.«

Lea zuckte die Achseln. »Ich liebe Fondue. Ich finde, das hast du wunderbar gemacht, Anna.«

Anna nahm das Kompliment mit einem schmallippigen Lächeln zur Kenntnis.

Falsche Schlange. Glaub ja nicht, ich würde dich nicht durchschauen.

»Lea hat recht«, vermeldete Christopher. »Das Essen sieht hervorragend aus. Außerdem ist Fondue Felicitas' Lieblingsessen.«

Er langte hinter sich und griff nach der Rotweinflasche.

»Wein, Mutter?«

Kerstin nickte und er ließ die Flüssigkeit in ihr Glas plätschern. Auf deren Geheiß hin füllte er auch Leas und seinen eigenen Weinkelch.

»Anna?«

»Danke, ich bleibe bei Wasser.«

»Bist du sicher? Kein Wein?« Christopher runzelte die Stirn. »Das sieht dir gar nicht ähnlich.«

»Mir ist heute einfach nicht danach.«

Er zuckte die Achseln und stellte die Flasche wieder auf den Beistelltisch. Dann wandte er sich seiner Mutter zu.

»Warst du schon im Stephansdom?«

Kerstin verdrehte die Augen. »Der Gottesdienst dort ist heutzutage dermaßen überlaufen, das grenzt an Massenabfertigung. Nein. Ich werde dieses Jahr die Mitternachtsmette in der Franziskanerkirche besuchen. Pater Johannes hält die Predigt, der ist wenigstens noch einer vom alten Schlag. Was ist mit euch? Wann geht ihr in die Messe?«

»Wir waren mit Felicitas schon heute Morgen in der Kirche«, entgegnete Anna. »In der Piaristenkirche. Ein schöner Gottesdienst.«

Kerstin nickte zufrieden. »Eine gute Wahl.«

Christophers Stimme ließ Anna herumfahren.

»Hey, das war meines!« Mit gespielter Empörung beäugte er Lea, die einen Happen Rindfleisch von seinem Fondue-Spieß stibitzt hatte und sich diesen nun grinsend in den Mund schob.

»Mm, lecker.«

Felicitas kicherte. »Mami hat Papi das Fleisch geklaut.«

Annas Miene verfinsterte sich.

»Wo wohnst du jetzt eigentlich, Lea?«, fragte Kerstin, die von der angespannten Stimmung am Tisch nichts mitbekommen zu haben schien. »Christopher meinte, du seiest bei einer Freundin untergekommen?«

290

Lea nickte. »Isabella, eine alte Freundin aus Grundschulzeiten, war so freundlich, mich für eine Weile bei sich aufzunehmen. Aber Gottlob ist damit jetzt bald Schluss. Ich habe eine bezaubernde Wohnung gefunden. Ende der Woche kann ich endlich einziehen.«

Christopher hob erstaunt die Brauen. »Davon wusste ich ja gar nichts. Wieso hast du mir das nicht erzählt?«

Anna hätte sich beinahe an ihrer Bratkartoffel verschluckt. In einer Übersprungshandlung nahm sie ein paar Schlucke aus ihrem Wasserglas. *Ganz ruhig. Lass dich bloß nicht aus der Reserve locken.*

»Ich wollte nichts verschreien und warten, bis ich die endgültige Zusage habe. Aber so wie es aussieht bekomme ich nächste Woche die Schlüssel.« Lea lächelte glücklich. »Isabella ist toll und alles, trotzdem kann ich es kaum erwarten, endlich meine eigenen vier Wände zu haben.«

»Du bleibst also tatsächlich in Wien?«

Lea hob den Kopf und sah Anna fest in die Augen. »Ja, ich bleibe.« Ihr entschlossener Gesichtsausdruck jagte Anna einen kalten Schauer über den Rücken.

Dann beugte sie sich zu Felicitas hinab und knuffte sie liebevoll in die Seite. »Ich kann doch meine Prinzessin nicht alleine lassen. Stimmt's?«

Das Mädchen strahlte.

Anna biss sich auf die Unterlippe. Nur mit Mühe konnte sie die harsche Erwiderung zurückhalten, die ihr auf den Lippen lag. Sie warf Kerstin über den Tisch hinweg einen hilfesuchenden Blick zu. Bemerkte sie denn gar nicht, was hier gespielt wurde? Doch Christophers Mutter achtete nicht auf sie, sondern hantierte bloß geschäftig mit den Saucen.

Zum wiederholten Mal an diesem Abend sehnte sich Anna nach einem Glas Wein. Oder noch besser – Wodka.

Irgendetwas, das ihre angespannten Nerven beruhigen würde.

Sie atmete ein paarmal tief durch.

»Was treibst du eigentlich so den lieben langen Tag, Lea?«, fragte sie in gespieltem Interesse. »Ich meine, du arbeitest doch nicht.« Sie zuckte die Achseln. »Ich für meinen Teil stelle mir das schrecklich langweilig vor.« Neugierig beobachtete sie Leas Reaktion. Ihr mangelndes Engagement, sich einen Job zu suchen, war ein heikles Thema, das wusste Anna nur zu gut. Früher hatten Christopher und Lea oft deswegen gestritten. Wenn Lea die Spitze bemerkt hatte, ließ sie es sich jedenfalls nicht anmerken. Sie machte eine wegwerfende Handbewegung.

»Oh, langweilig wird mir bestimmt nicht. Ich habe die Zeit damit verbracht, Isabella mit ihrem Kleinen zu helfen.« Ein verzückter Ausdruck war auf ihrem Gesicht erschienen und sie lächelte Christopher über den Tisch hinweg zu. »Du solltest ihn mal sehen, Ben, den kleinen Racker. Er ist wirklich ein Goldstück. Für seine zwei Jahre hält er seine Mutter ganz schön auf Trab. Dazu noch die Wohnungssuche – zwanzig Wohnungen habe ich abgeklappert, bis ich endlich die richtige gefunden habe. Aber die Mühe hat sich gelohnt. Das Appartement, für das ich mich letztlich entschieden habe, ist einfach perfekt. Es liegt in der Johannesgasse, also gleich in der Nähe von dir, Kerstin. Vier Zimmer – Wohnzimmer, Schlafzimmer, Arbeitszimmer. Dazu eine kleine Dachterrasse.«

Felicitas hing regelrecht ihr an den Lippen. »Kriege ich auch ein Zimmer?«, piepste sie aufgeregt.

Lea lächelte. »Natürlich, Süße. Für dich ist das vierte Zimmer gedacht. Es ist rosa gestrichen und hat wunderschöne Stuckdecken. Du wirst es lieben. Sobald ich die Schlüssel habe, gehen wir gemeinsam Möbel kaufen. Du darfst alles so einrichten, wie du möchtest.« Verlegen senkte sie den Blick. »Na, was sagst du?«

Felicitas hüpfte vor Freude auf ihrem Stuhl auf und ab. »Daddy, hast du gehört? Ich kriege ein eigenes Zimmer!«

»Ich habe es gehört, mein Schatz. Das ist sehr großzügig von deiner Mutter.« Er warf Lea einen anerkennenden Blick zu.

»Wirklich schön.« Anna zwang ihre Mundwinkel zu einem Lächeln, das ihre Augen jedoch nicht erreichte. Sie spürte die vertraute Übelkeit in sich hochsteigen. »Nichts für ungut, aber wofür brauchst du eigentlich ein Arbeitszimmer? Wo du doch nicht arbeitest?«

Für den Bruchteil einer Sekunde wirkte Lea verärgert, doch im nächsten Augenblick hatte sie ihre Gesichtszüge wieder unter Kontrolle gebracht.

»Ich habe mich für einen Online Kurs in kreativem Schreiben angemeldet.« Sie wandte sich an Christopher. »Erinnerst du dich noch an meine Kurzgeschichten? Als ich zuletzt was geschrieben habe, war ich zwar noch ein Teenager und ich bin bestimmt total eingerostet, aber ich möchte mich gerne an einem Roman versuchen. Damals war mein Vater dagegen, meinte, mit der Schreiberei könne man kein Geld verdienen.« Sie zuckte die Achseln. »Heute denke ich, es könnte genau das Richtige für mich sein.«

»Lea, das ist ja großartig!« Christopher wirkte ehrlich begeistert. »Klar erinnere ich mich an deine Geschichten. Ich fand immer, dass du mehr daraus machen solltest. Was für eine tolle Idee!«

Anna hätte ihn am liebsten unter dem Tisch gegen das Bein getreten.

»Ja – ganz toll.« Ihr war inzwischen speiübel. Mit einer ruckartigen Bewegung griff sie nach der leeren

Fleischplatte auf dem Tisch. »Ich bin mal eben kurz Nachschub holen.«

Auch Christopher war aufgesprungen. »Ich helfe dir«, sagte er eilig und folgte Anna in die Küche.

»Musst du so auf ihr herumhacken?«, blaffte er sie an, sobald sie außer Hörweite waren.

»Was meinst du?«

Christopher stieß ein abfälliges Schnauben aus. »Komm schon, Anna. Ich kenne dich. Du bist doch sonst nicht so. Kannst du nicht ein wenig netter zu Lea sein? Immerhin ist Weihnachten. Wenn schon nicht für mich, dann wenigstens Felicitas zuliebe.«

Anna hob abwehrend die Arme. »Ich gebe mir doch Mühe!«

»Dann gib dir mehr Mühe.«

Mit einem letzten mahnenden Blick auf Anna wirbelte er auf dem Absatz herum und stapfte weiter in Richtung Badezimmer. Anna blieb alleine und am ganzen Leib zitternd in der Küche zurück.

Sie zwang sich, tief durchzuatmen.

Entspann dich. Nur noch ein paar Stunden. Bald hast du es überstanden. Verfluchte Lea. Der Teufel soll dich holen.

***

Der Rest des Abendessens verlief ohne größere Zwischenfälle. Anna schwieg die meiste Zeit, bemühte sich, an den richtigen Stellen zu lachen und die Blicke, die Lea und Christopher austauschten, zu ignorieren.

Endlich war ein Ende ihrer Tortur in Sicht, die Nachspeise – selbstgemachtes Tiramisu – verspeist. Felicitas rutschte schon seit einer Weile ungeduldig auf ihrem Platz hin und her.

294

»Wann kommt denn nun das Christkind? Können wir endlich ins Wohnzimmer? Bitte, Papi! Anna?«

»Erst wenn das Glöckchen klingelt.«

Anna warf Christopher einen vielsagenden Blick zu, der kaum merklich nickte.

»Ich denke, ich könnte noch etwas Wein vertragen«, verkündete er und erhob sich. »In der Küche ist noch eine Flasche. Bin gleich wieder da.«

Wenige Augenblicke später ertönte auch schon das helle Bimmeln einer Glocke aus dem Wohnzimmer. Kurz darauf kehrte Christopher mit feierlicher Miene, die Weinflasche in der Hand, an den Tisch zurück.

Felicitas hatte sich kerzengerade auf ihrem Stuhl aufgerichtet. »Das Christkind – es ist da! Beeil dich, Papi! Vielleicht erwischen wir es noch!«

So schnell ihre Füße sie trugen, stürmte sie zur Wohnzimmertür. Sie drückte die Klinke hinunter und betrat, suchend um sich blickend, den Raum.

»Da draußen! Das Christkind«, rief Anna, die ihr gefolgt war.

»Was? Wo?« Felicitas hastete zur Fensterfront und suchte hektisch den Himmel mit den Augen ab.

»Jetzt ist es weg. Zum nächsten Kind. Ich konnte gerade noch einen Zipfel erkennen.«

»Mist, ich habe es verpasst«, stöhnte Felicitas. Dann wandte sie sich vom Fenster ab und richtete ihre Aufmerksamkeit stattdessen auf die raumhohe Tanne, die in der Ecke neben dem Klavier stand.

Sie war festlich geschmückt mit rotschimmernden Weihnachtskugeln, Lametta und Schokoschirmen. An der Spitze thronte, etwas windschief, der alte Weihnachtsstern, den Kerstin mitgebracht hatte. Am beeindruckendsten aber war das Lichterspektakel. Zahlreiche Kerzen, auf jedem der dichten Äste des Baumes mindestens eine, erhellte den ansonsten dunklen Raum. Felicitas starrte den Weihnachtsbaum ehrfürchtig an.

Anna wiederum konnte den Blick nicht von dem Mädchen abwenden. Bei dem offenkundigen Entzücken in Felicitas' Augen wurde ihr ganz warm ums Herz. Das stundenlange Aufputzen des Baums, die Kocherei, selbst Leas Anwesenheit – dieser Ausdruck in Felicitas' Gesicht machte all den Aufwand mehr als wett.

Ein Ruck ging durch den Körper der Kleinen, als sie die Geschenke unter dem Baum entdeckte. Besonders ein Paket, ein Meter hoch und fast ebenso breit, erregte ihre Aufmerksamkeit.

Christopher lächelte ihr aufmunternd zu. »Das hat das Christkind für dich dagelassen. Pack es doch aus.«

Mit einem Freudenschrei stürmte Felicitas auf das Geschenk zu, riss mit bebenden Händen das Geschenkpapier von der Verpackung. Ihre Augen leuchteten auf, als sie erkannte, was darin war.

Strahlend wandte sie sich zu den Anwesenden um. »Das Barbieschloss!«, keuchte sie. »Ich habe es also wirklich bekommen!«

Anna fing den dankbaren Blick auf, den Christopher Lea zuwarf, und wandte sich rasch ab. Das war ja typisch, dass Lea sich über ihre Abmachung hinweggesetzt und das viel zu teure Geschenk doch noch gekauft hatte.

Nachdem Felicitas auch die übrigen Päckchen in Augenschein genommen hatte – neue Schi und einen Anorak von Christopher und Anna, dazu ein paar Bücher von Kerstin – verzog sie sich mit dem Barbieschloss in ihr Kinderzimmer.

Die Erwachsenen ließen sich auf der Sitzgruppe im Wohnzimmer nieder. Anna und Christopher tauschten nun ebenfalls ihre Geschenke aus – eine entzückende Abendtasche für sie, ein neues Paar genagelter Schuhe für ihn.

Anna war so damit beschäftigt, ihre Tasche zu bewundern, dass sie Leas Anwesenheit beinahe vergessen hatte, die still auf ihrem Lehnstuhl ausgeharrt hatte. Jetzt jedoch erhob sie sich. Kurz darauf kehrte sie mit einem Geschenksack im Arm ins Wohnzimmer zurück.

»Ich habe auch eine Kleinigkeit für euch.« Zögerlich überreichte sie ihrer Schwiegermutter ein viereckiges Päckchen. Überrascht nahm Kerstin das Geschenk näher in Augenschein. Es stellte sich als ein Päckchen Canasta Karten heraus, auf denen ihre Initialen in goldenen Lettern eingraviert waren.

»Das wäre aber nicht nötig gewesen.« Sie sah ehrlich gerührt aus.

»Doch, war es«, widersprach Lea mit Nachdruck.

Das nächste Geschenk ging an Christopher. Es war lang und schmal und wurde in der Mitte von einer weinroten Satinschleife zusammengehalten.

Mit angehaltenem Atem beobachtete Anna, wie er Band und Geschenkpapier von der Rolle streifte und einen Blick auf das Bild warf. Seine Mundwinkel verzogen sich zu einem breiten Lächeln.

Er hob es hoch, sodass die anderen es sehen konnten.

Anna sog scharf die Luft ein. Es war eine Schwarzweißaufnahme einer alten Harley auf verschwommenem Grund. Unter der Abbildung prangte ein Schriftzug: »Life is short. Live your dreams.«

Christopher wirbelte herum und nahm Lea spontan in die Arme.

»Danke. Ist das ...«

»Ist es.« Sie grinste. »Die alte Harley deines Onkels. Das heißt, zumindest ist es das gleiche Modell. Deine Wände im Büro sind so kahl, da dachte ich, du freust dich vielleicht darüber.«

Sie bückte sich ein weiteres Mal und zog einen schmalen Umschlag aus dem Sack, den sie Anna überreichte. Anna hätte ihn ihr am liebsten aus der Hand geschlagen. Das Letzte, was sie wollte, war, ein Geschenk von Lea anzunehmen. Trotzdem wusste sie, dass ihr nichts anderes blieb übrig, als gute Miene zum bösen Spiel zu machen. Also öffnete sie das Kuvert. Der Gutschein eines teuren Wellnesshotels in der Steiermark kam zum Vorschein. Für bloß eine Person.

»Sieh es als kleines Dankeschön, dass du dich so toll um unsere Tochter gekümmert hast. Ich dachte, da hast du dir ein paar Tage Auszeit mehr als verdient.«

Unsere Tochter. *Vergangenheitsform.* Anna presste die Kiefer fest aufeinander, um nicht laut aufzuschreien.

»Danke, Lea«, brachte sie mühsam hervor.

Christopher wirkte beschämt. »Das wäre doch nicht notwendig gewesen, Lea. Und das, wo wir doch nicht mal an ein Geschenk für dich gedacht haben.«

»Das macht nichts«, sagte Lea hastig. »Wirklich. Seht es als Zeichen meiner tiefen Dankbarkeit, dass ich trotz allem heute bei euch sein darf. Ich weiß, dass das alles andere als selbstverständlich ist.«

Das war zu viel für Anna.

»Entschuldigt mich einen Moment. Ich muss kurz an die Luft.«

Sie hastete an Kerstin vorbei in die Küche, wo sie das Fenster aufriss. Gierig sog sie die kalte Luft in ihre Lungen, in dem verzweifelten Versuch, ihren rasenden Herzschlag zu beruhigen, das Gefühl der Wut und Ohnmacht in ihrer Brust niederzukämpfen. Ohne Erfolg.

Entspann dich. Gleich hast du es geschafft.

Doch ihr Herz hörte nicht auf sie. Wumm, wumm, wumm, hämmerte es in ihrer Brust, pumpte unbarmherzig Adrenalin durch ihre Adern.

Das Klappern von Absätzen hinter ihr ließ sie herumfahren.

»Alles in Ordnung mit dir?« Lea war hinter ihr aufgetaucht. Ihre Miene spiegelte Besorgnis. »Geht's dir gut? Du bist ja ganz blass um die Nase.«

Das war's. Genug ist genug.

»Glaubst du, ich merke nicht, was du hier abziehst«, zischte Anna. »Hör auf mit dem Mist, ich warne dich!«

Lea wich einen Schritt zurück. »Ich – ich verstehe nicht. Was meinst du?«

Anna schnaubte verächtlich. »Ich bitte dich. Verkauf mich doch nicht für blöd. Die ganze Zeit schon schleimst du dich bei Christopher und Felicitas ein. Selbst bei Kerstin.«

Lea beäugte sie mit zunehmender Besorgnis. Dann lief sie zum Waschbecken und füllte ein Glas mit Leitungswasser, das sie ihr hinhielt. »Hier – trink einen Schluck. Du siehst wirklich gar nicht gut aus.«

Anna spürte, wie ihr die Selbstbeherrschung endgültig entglitt. »Ich brauche dein dämliches Wasser nicht. Ich habe heute Abend nicht mal Alkohol getrunken, du dumme Kuh! Aber dir das ist natürlich nicht aufgefallen, warst ja die ganze Zeit damit beschäftigt, meinen Freund anzuschmachten.« Sie funkelte Lea wütend an. »Aber dein Plan wird nicht funktionieren, Schätzchen. Christopher gehört zu *mir*. Er will mir einen Antrag machen, wusstest du das?«

Die Worte waren heraus, bevor ihr klar wurde, was sie da gesagt hatte. Am liebsten hätte sie sich die Zunge abgebissen.

Lea verschränkte die Arme vor der Brust. Ihre besorgte Miene war verschwunden und dem Ausdruck puren Hohns gewichen. »Ach ja? *Hat* er dir denn einen Antrag gemacht?«

Annas Gedanken rasten. Sie hätte das nicht sagen sollen. Es war dumm gewesen. Dumm und voreilig. Doch jetzt gab es kein Zurück mehr. Sie richtete sich zu ihrer vollen Größe auf und reckte angriffslustig das Kinn. »Ich habe den Ring gesehen. Es ist also nur eine Frage der Zeit.«

Lea grinste süffisant. »Du spionierst ihm also nach. Soso. Nicht gerade ein Zeichen für eine gesunde Beziehung, meinst du nicht auch?«

»So war das doch überhaupt nicht.« Anna spürte, wie ihr die Röte ins Gesicht schoss. »Ich habe die Schachtel bloß zufällig in seiner Sakkotasche gefunden. Anderen Leuten nachzuspionieren ist dein Spezialgebiet, wie wir alle wissen.«

»Und wenn schon.« Auf einmal sah Lea gar nicht mehr hübsch und engelsgleich aus. Ein verschlagenes Grinsen zierte ihr Unschuldsgesicht. »Du weißt aber schon, dass Christopher bereits verheiratet ist«, erklärte sie mit einem Tonfall, als würde sie mit einer Dreijährigen sprechen. »Er kann dir keinen Antrag machen, solange wir nicht geschieden sind.« Sie zuckte die Achseln. »Nun ja – abwarten.«

Annas Ohren rauschten. Die mühsam in Schach gehaltene Wut überwältigte sie mit der Wucht eines Tsunamis. Sie war nicht länger Herr ihrer Sinne, ihr Gesichtsfeld schrumpfte zusammen, das Einzige, was sie sah, war Leas selbstzufriedene Fratze. Mit einer fließenden Bewegung riss sie ihr das Wasserglas aus der Hand und schüttete Lea den Inhalt ins Gesicht.

»Kapierst du nicht, dass du für alle hier nur eine Belastung bist?«, kreischte sie. »Alles war wunderbar, solange du weg warst. Und jetzt tauchst du wieder auf und denkst, du könntest einfach alles zunichte machen, was Christopher und ich uns aufgebaut haben?« Sie atmete schwer. »Und was Felicitas angeht – ist dir überhaupt bewusst, wie lächerlich dein Getue ist? Du magst dich vielleicht nicht daran erinnern, aber du warst ihr eine furchtbare Mutter. Du taugst einfach nicht dazu, Mutter zu sein. Damals nicht und heute auch nicht. Und als Ehefrau ebenso wenig. Das einzig Gute, was du je für sie getan hast, war abzuhauen und die beiden gehen zu lassen.«

Zornig funkelte sie Lea an.

Lea starrte zurück. Von ihren Haaren tropfte Wasser und vermischte sich mit den Tränen, die ihr in die Augen geschossen waren. Ihre Schultern waren nach vorne gesackt und sie hatte die Arme schützend um den Körper geschlungen.

Aber Anna war noch nicht fertig.

»Erspar uns doch allen das Drama und verschwinde in das Loch zurück, aus dem du gekrochen bist.«

Sie spürte den Schatten mehr, als sie ihn sah.

»Anna!«

Ihr Herz setzte einen Schlag aus. Langsam drehte sie sich um.

Christopher war hinter Lea im Türrahmen aufgetaucht.

Die Wut war so schnell verflogen, wie sie gekommen war.

»Christopher«, hauchte sie. »Wie – wie lange stehst du schon hier?«

»Lange genug.« Er sah unverkennbar wütend aus. »Was zum Teufel ist nur in dich gefahren? Lea gibt sich solche Mühe, siehst du das denn nicht? Sie hat dir sogar ein Geschenk gemacht! Sie versucht, ihr Leben in Ordnung zu bringen. Eine Beziehung zu ihrer Tochter aufzubauen. Und so dankst du es ihr? Alles, was sie will, ist, dass wir ihr eine zweite Chance geben. Warum bist du nur so? Ich erkenne dich nicht wieder!«

Anna starrte ihn fassungslos an. Sie wollte ihren Ohren nicht trauen. Schlug er sich gerade tatsächlich auf Leas

Seite? Durchschaute er sie denn nicht? Wie konnte er nur nicht sehen, was für ein falsches Spiel sie trieb?

»Komm mit ins Bad, Lea. Ich gebe dir ein Handtuch, dann kannst du dich abtrocknen.«

Mit diesen Worten polterte er aus dem Zimmer.

Lea folgt ihm gemächlich. Auf der Schwelle wandte sie sich noch einmal zu Anna um. Überrascht stellte sie fest, dass sie lächelte.

»Ich muss gar keinen Keil zwischen euch treiben. Das schaffst du sehr gut alleine.«

KAPITEL 45

Lea

Frohe Weihnachten, Lo.«
Obwohl sie leise gesprochen hatte, zuckte Lea beim
Klang ihrer eigenen Stimme zusammen. Der Friedhof lag
in vollkommener Stille da, außer ihr schien keine Men-
schenseele hier zu sein. Die Wege waren nicht geräumt
worden, nur ihre eigenen Fußspuren zierten die ansonsten
unberührte Winterlandschaft.

»Ich musste dieser Tage ständig an dich denken«, sagte
sie zu dem Stein. »Du hast ja keine Ahnung, wie sehr du
mir fehlst.«

Traurig starrte Lea hinab auf das Grab. Noch immer
kam es ihr unwirklich vor, Los Geburts- und Sterbedaten
darauf zu lesen. Sie schluckte.

»Ich habe dir was mitgebracht.«

Mit klammen Fingern langte sie in ihre Manteltasche
und zog eine kleine Legofigur im Fußballdress daraus hervor. Mit einer zärtlichen Geste fegte sie den Schnee von
der Kante des Grabsteins und setzte die Figur darauf.

Es hatte wieder zu schneien angefangen. Einige Minuten
verharrte Lea in ihrer Position, sah schweigend dabei zu,
wie die Schneeflocken durch die Luft tanzten und das Plas-
tikmännchen in eine zarte Schicht aus Eiskristallen hüllten.

Seufzend wandte sie sich ab. Ein paar Meter weiter
hielt sie erneut inne.

»Hallo, Mama. Dir auch frohe Weihnachten.«

Lea öffnete den Sack, den sie mitgebracht hatte, und
förderte eine dreißig Zentimeter hohe Topfpflanze daraus

zutage, die sie vor dem Grabstein abstellte. Die leuchtend roten Blätter bildeten einen scharfen Kontrast zu all dem Weiß um sie herum. »Das ist ein Weihnachtsstern«, erklärte sie mit einem wehmütigen Lächeln. »Ich weiß, die mochtest du immer am liebsten.«

Lea breitete den leeren Sack auf dem Boden aus und ließ sich darauf sinken. Die Kälte drang sofort durch die dünnen Fasern in ihre Beine, doch es war ihr egal. Ihr Blick war nach innen gerichtet.

Die letzten Tage waren hart für sie gewesen. Mama und Lo fehlten ihr schrecklich. Es war, als würde ein Teil ihres Körpers fehlen und nur der Phantomschmerz wäre geblieben. Und so sehr sie sich auch bemühte, den Gedanken an die beiden beiseite zu schieben – es gelang ihr nicht.

Ihre Mutter hatte Weihnachten geliebt, mit ihr war diese Zeit des Jahres immer etwas ganz Besonderes gewesen. Lea war sicher, dass sich selbst der Grinch dem Zauber von Weihnachten nicht hätte verwehren können, hätte er sie sehen können. Fröhlich pfeifend war sie durchs Haus gelaufen, hatte ganze Wagenladungen an Weihnachtsdekoration und Lichterketten überall verteilt, stundenlang Kekse gebacken und einen Weihnachtsstern nach dem anderen nach Hause gekarrt. Sehr zum Leidwesen ihres Vaters, der dem ganzen Kitsch, wie er ihn nannte, nichts abgewinnen konnte.

Leas Herz zog sich bei dieser Erinnerung schmerzhaft zusammen.

»Ich weiß einfach nicht, was ich ohne dich tun soll«, sagte sie mit erstickter Stimme. »Du fehlst mir so.«

Sie schluckte, doch der Kloß in ihrem Hals wollte nicht weggehen. Die Sehnsucht schnürte ihr die Kehle zu.

»Ich habe den Heiligabend mit Felicitas verbracht. Meiner Tochter. Ich wünschte, du hättest sie kennengelernt.

Sie ist etwas ganz Besonderes, weißt du? Bestimmt hättest du sie vergöttert, genau wie ich.« Sie seufzte. »Christopher war auch da. Und Anna – natürlich. Erinnerst du dich an sie? Christophers beste Freundin. Das heißt, jetzt nicht mehr. Die beiden sind schon eine Weile ein Paar.« Ihre Mutter schwieg und Lea stöhnte gequält auf.

»Ich weiß nicht, was ich tun soll, Mama. Ich wünschte, ich könnte dich um Rat fragen. Ich liebe Christopher, will ihn um jeden Preis zurückgewinnen. Aber da ist dieses dumpfe Gefühl in meinem Bauch. Diese Stimme, die mir sagt, dass es falsch ist, was ich tue.«

Sie hielt einen Moment inne, suchte nach den richtigen Worten.

»Anna hasst mich, Mami. Ich glaube nicht, dass mich jemals jemand so abgrundtief gehasst hat. Sie hat mir sogar ein Wasserglas ins Gesicht geschüttet, kannst du dir das vorstellen?« Sie schüttelte den Kopf, ihre Schultern sanken herab.

»Aber wenn ich ganz ehrlich sein soll – irgendwie kann ich sie verstehen. Ganz gleich, was für hässliche Dinge Anna zu mir gesagt hat – im Grunde kann sie nichts dafür. Sie war für Christopher da, als er sie brauchte. Sie haben sich gemeinsam ein Leben aufgebaut. Es muss furchtbar für sie sein, mich und Christopher zusammen zu sehen. Genauso schrecklich, wie es für mich ist, ihn an ihrer Seite zu wissen.« Auf einmal bibbernd schlang Lea die Arme um die Kniekehlen. »Christopher hat noch Gefühle für mich, Mama, da bin ich mir sicher. Selbst wenn er sich alle Mühe gibt, es nicht zu zeigen. Und ich glaube, Anna weiß das auch. Ich – ich habe mich ihr gegenüber schrecklich benommen.« Sie schluchzte auf. »Wieso bist du nur nicht hier, Mommy? Gerade jetzt, wo ich dich so sehr brauche. Du hättest gewusst, was zu tun ist. Das wusstest du immer.«

Tränen tropften ihr von den Wangen und auf den Schoß. »Alle sagen mir, dass ich mit meinem Leben weitermachen, dich und Lo hinter mir lassen muss. Aber ich weiß einfach nicht, wie ich das anstellen soll. Es fühlt sich falsch an. Als würde ich versuchen, einen Körperteil von mir abzutrennen. Einen Arm vielleicht, oder ein Bein. Ich säge und säge, doch jedes Mal, wenn ich denke, ich hätte es gleich geschafft, sehe ich abwärts und er ist wieder nachgewachsen. Es – es geht einfach nicht. Ich kann dich nicht loslassen. Es tut so weh, Mama. So verflucht weh.«

***

Als Lea den Friedhof verließ, war die Dämmerung bereits hereingebrochen. Die Straßen von Kirrendorf lagen einsam und verlassen da, nur die Lichter hinter den Fenstern verrieten, dass hier überhaupt Menschen lebten. Aus dem Radio tönte leise *Driving Home for Christmas*. *Wie passend.*

Lea folgte der vertrauten Straße, bis sie die Kreuzung kurz vor dem Ortsende erreicht hatte. Dort bog sie nach rechts in die Bergstraße ab, die zu ihrem Elternhaus führte. In gemächlichem Tempo passierte sie die grellgelben Fertigbauhäuser, bis die Villa ihrer Eltern vor ihr in der Dunkelheit auftauchte.

Am Ziel ihrer Reise angelangt, manövrierte sie den Audi in eine Parklücke und schaltete den Motor aus. Sie spähte aus dem Autofenster in den Garten. Durch das Küchenfenster drang Licht, die Vorhänge waren zugezogen. Ihr Herz pochte dumpf in ihrer Kehle.

Was tat sie hier eigentlich? Hatte ihr Vater nicht deutlich gemacht, dass er nichts von ihr wissen wollte? Der Brief, den sie ihm geschrieben hatte, hatte nicht die gewünschte Reaktion hervorgerufen. Um nicht zu sagen

– gar keine. Lea hätte zu gern gewusst, ob er ihn überhaupt gelesen oder gleich ungeöffnet weggeworfen hatte. *Komm schon Lea. Frag ihn doch einfach selbst. Was hast du schon zu verlieren?* Sie öffnete die Wagentür und stapfte durch den Schnee zum Gartentor. Einen Augenblick verharrten ihre Finger über dem Klingelknopf. Dann sah sie die Abscheu im Gesicht ihres Vaters auf einmal wieder allzu deutlich vor sich. Langsam ließ sie die Hand sinken. *Ich kann das nicht. Es geht nicht.*

Schließlich befestigte sie die Geschenktüte, die sie mitgebracht hatte – eine Schachtel selbstgebackener Mandelkekse – am Gartenzaun und stieg mit hängenden Schultern unverrichteter Dinge zurück in ihren Wagen.

KAPITEL 46

Anna

W*as zum Teufel tust du da eigentlich?*
Die Frau im Badezimmerspiegel zuckte ratlos mit den Schultern. Sie war mit nichts als einem schwarzen BH und passendem Höschen bekleidet, beide bestanden ausschließlich aus feiner Spitze. Dazu trug sie halterlose, ebenfalls schwarze Seidenstrümpfe. Die hohen Pumps vervollständigten den Look.

»Du siehst aus wie eine Nutte.«

Die Frau im Spiegel funkelte sie trotzig an und stützte die Hände in die Hüften.

Aber eine, die heute Nacht Sex haben wird.

Anna erkannte sich selbst nicht wieder. Wer war diese stark geschminkte Person bloß, die da in ihrem Körper steckte? Definitiv nicht sie. So würdelos war sie nicht. Geschweige denn so verzweifelt.

Oh doch, das bist du. So überwältigend ist deine Angst, Christopher zu verlieren.

Wie so oft strich sich Anna gedankenverloren über ihren Bauch. Noch war nichts zu sehen.

Mehrmals hatte sie dazu angesetzt, Christopher von ihrer Schwangerschaft zu erzählen, doch letztlich hatte sie es nicht über sich gebracht. Zu groß war ihre Furcht vor seiner Reaktion. Die Angst, etwas anderes als echte Freude in seinen Augen zu erkennen. Sie wollte, dass er sich für sie entschied. Und zwar aus freien Stücken.

Um ihre Beziehung stand es nicht zum Besten, das war ihr bewusst. Selbst jetzt im Urlaub spürte sie, dass zwischen ihnen etwas nicht stimmte, dass Christopher sich immer weiter von ihr zurückzog. Über drei Wochen hatten sie nun schon nicht mehr miteinander geschlafen. Kaum lag Felicitas im Bett, rollte er sich zur Seite und begann fast augenblicklich zu schnarchen. Und Anna blieb mit ihren Sorgen alleine im Dunkeln zurück. Dazu wirkte er permanent abwesend, ständig schien er mit dem Gedanken woanders zu sein. Die Abendessen in dem noblen Wellnesshotel verliefen überwiegend schweigend. Seit Weihnachten herrschte zwischen ihnen eine ungewohnte Kälte, die selbst Felicitas nicht entgangen war. Erst gestern am Skilift hatte sie Anna gefragt, ob mit ihrem Vater alles in Ordnung war. Anna hatte natürlich alles abgestritten, sein Verhalten auf die Arbeit geschoben. Das war es jedenfalls, was Christopher stets beteuerte, wenn sie ihn danach fragte. Er schob seine Zerstreutheit auf die Kanzlei, den nächsten Prozess, anstehende Mandantengespräche. Doch Anna wusste es besser. Das alles war allein Leas Schuld. Wie ein lästiger Parasit hatte sie sich in seinem Kopf eingenistet und sie konnte rein gar nichts dagegen unternehmen.

Mit einem Anflug von Verzweiflung ließ Anna den Blick über ihren entblößten Körper wandern. Die üppigen Brüste, die neuerdings empfindlich schmerzten, den flachen Bauch, die kleinen Fettpölsterchen um ihre Hüften und an den Oberschenkeln. Sie war wohlproportioniert mit Rundungen an den richtigen Stellen, keine Frage. Doch wie viel Mühe sie sich auch gab, verglichen mit Leas natürlicher Schönheit fühlte sie sich so – gewöhnlich. Anna war vielleicht attraktiv, Lea hingegen war schön. Ob Christopher sie jemals so begehren würde, wie er Lea begehrte?

Anna schüttelte den Gedanken ab und reckte trotzig das Kinn. Die Frau im Spiegel tat es ihr gleich.

Christopher war ihre große Liebe. Sie würde ihn nicht kampflos aufgeben. Und wenn das bedeutete, dass sie sich ihm in einer Aufmachung an den Hals werfen musste, die die Feministin in ihr nach Selbstachtung schreien ließ – sei es drum. Zumindest das schuldete sie ihrem ungeborenen Kind.

Sie würde Christopher die Nacht seines Lebens bescheren. Ihm vor Augen führen, dass sie die Richtige für ihn war.

Anna warf noch einen letzten prüfenden Blick auf ihr Spiegelbild, dann wandte sie sich ab und schlich zurück ins Schlafzimmer.

»Wach auf, Schatz. Ich habe eine Überraschung für dich.«

KAPITEL 47

Lea

Gedankenversunken starrte Lea aus dem Fenster. Wurde Zeuge, wie eine Straßenlaterne nach der anderen aus dem Schlaf erwachte und die menschenleere Straße vor ihr in kühles Licht tauchte. Ihre neue Wohnung lag in einem beliebten Wohnviertel der Stadt, Touristen verirrten sich nur selten hierher.

Seufzend wandte Lea sich ab. Im Halbdunkel konnte sie die Schemen der Umzugskartons ausmachen und einen Augenblick überlegte sie, ob sie sich daran machen sollte, sie auszupacken. Sie verwarf den Gedanken rasch wieder. Sie war einfach zu erschöpft.

Gestern hatte sie den Nachmittag damit verbracht, mit Isabella die zahlreichen Möbelhäuser in der Umgebung abzuklappern. Abgesehen von ihren Kleidern besaß sie schließlich nichts. Die Geschäfte waren überfüllt gewesen, schiere Massen an Leuten, die die Zeit zwischen Weihnachten und Silvester dazu nutzten, ungeliebte Weihnachtsgeschenke umzutauschen. Lea hatte ein riesiges Boxspringbett und eine herrliche cremefarbene Sitzgarnitur erstanden. Beide würden in den nächsten Tagen geliefert werden. Zu guter Letzt waren sie bei Ikea eingekehrt.

Lea schüttelte sich bei der Erinnerung an das Gedränge. Wie Heuschrecken hatten sich die Menschen auf alles gestürzt, das nicht niet- und nagelfest war. Man konnte fast meinen, die Wiener hätten kollektiv beschlossen, ihre Wohnungen und Häuser dieser Tage einer Totalerneuerung zu unterziehen. Nachdem sie Leas Auto bis zum Dach mit Geschirr, Handtüchern, Regalen, Kerzen und sonstigem Kleinkram beladen hatten, waren sie schließlich in ihr Appartement zurückgekehrt.

Lea tapste im Dunkeln in die Küche, an der Topfpflanze, einem hüfthohen Ficus, vorbei, den sie ebenfalls gestern erstanden und den sie Sonja getauft hatte. Ihre Schritte hallten von den kahlen Wänden wider. Die Stille, die über der Wohnung lag, lastete schwer auf ihr. Sie war es nicht mehr gewöhnt, alleine zu sein. Bei Isabella zu Hause war es niemals wirklich leise gewesen. Das Lärmen der Straßenbahn vor dem Fenster, Ben, der schrie und quengelte, ihre Freundin, die durch die Flure lief, um da ein Fläschchen zu holen, dort aufzuräumen – nein, Ruhe herrschte dort nie.

Lea füllte ihren neuen Teekocher – ebenfalls eine Errungenschaft ihres Ikea Martyriums – und lauschte, wie das Wasser langsam zu brodeln begann. Dann goss sie die dampfende Flüssigkeit in einen Becher mit dem Punschsirup, den sie vor Ladenschluss noch rasch gekauft hatte. Es war Orangenpunsch – der gleiche, den sie mit Christopher getrunken hatte.

Die Einsamkeit umhüllte Lea wie eine Zwangsjacke. Christopher und Anna waren mit Felicitas Skifahren, Isabella und Martin hetzten von einer Familienfeier zur nächsten. Sie hatten Lea zwar angeboten, sich ihnen anzuschließen, doch Lea hatte dankend abgelehnt. Dem trauten Familienglück ihrer Freundin beizuwohnen, hätte ihr nur einmal mehr vor Augen geführt, wie alleine sie im Grunde doch war. Isabella hatte Martin und Ben, Christopher hatte Anna und Felicitas. Nur sie – sie hatte niemanden.

Nachdenklich nippte Lea an ihrem Orangenpunsch.

Was Christopher wohl gerade machte? Bestimmt saß er mit Anna und Felicitas beim Abendessen. Der Gedanke schmeckte schal und bitter. Warum meldete er sich bloß nicht bei ihr?

Sie kam sich vor wie eine Mücke, die sich in einem Spinnennetz verfangen hatte, aus dem sie sich aus eigener Kraft nicht befreien konnte. Felicitas. Christopher. Anna. Und sie irgendwo dazwischen. Untrennbar mit ihnen verbunden, und doch nicht wirklich Bestandteil ihrer kleinen Welt.

Einmal mehr fragte sie sich, ob sie das Richtige tat. Ob sie nicht besser daran getan hätte, Christopher gehen zu lassen und Anna als seine neue Partnerin zu akzeptieren.

Lea schnaubte unwillkürlich. *Ihre Zweifel – das war alles die Schuld ihres Therapeuten*, dachte sie zornig.

Haben Sie mal überlegt, ob Sie sich so an Christopher klammern, weil er das einzig Vertraute ist, das von Ihrem Leben noch übriggeblieben ist?

Erneut wallte Wut in ihr hoch beim Gedanken an das, was er ihr da unterstellt hatte.

Was bildet sich dieser Quacksalber eigentlich ein? Fünf, sechs Therapiesitzungen und er glaubt, sich ein Urteil über mich bilden zu können?

Ihrer anfänglichen Zuversicht zum Trotz hatte die Therapie bislang keine nennenswerten Erfolge erzielt. Die stundenlangen Debatten über ihre Kindheit, ihre Erinnerungen und Albträume hatten nirgendwohin geführt.

Resolut schüttelte Lea den Kopf.

Nein, Doktor Aicher irrte sich. Schließlich kannte er sie im Grunde nicht, Christopher und Felicitas ebenso wenig. Sie würde sich ihr Leben zurückholen. Komme, was wolle.

KAPITEL 48

Anna

Anna stapfte voran in Richtung Sportplatz. Für Ende Januar war es unnatürlich warm. Beinahe fünfzehn Grad, die sich durch den föhnigen Wind sogar noch wärmer anfühlten.

Der Klimawandel lässt grüßen.

Von Zeit zu Zeit blinzelte die Sonne durch die Wolkendecke. Der Schnee war geschmolzen, es roch nach feuchter Erde und einem Hauch von Frühling. Anna hatte die Gelegenheit beim Schopf gepackt und beschlossen, den Sportunterricht spontan ins Freie zu verlegen. Die Kinder kamen um diese Jahreszeit ohnehin kaum an die frische Luft.

Sie reckte das Kinn und schloss für einen Moment die Augen, genoss die warme Brise, die ihr um die Wangen strich. Das Wetter war ein Geschenk des Himmels. Nach Monaten von Eis und Kälte endlich ein Lichtblick.

Seufzend wandte sie sich wieder zu ihren Schülern um. Prüfend ließ sie den Blick über die Gesichter schweifen, um sicherzugehen, dass sie auch vollzählig waren und nicht trödelten.

»Kommt weiter«, rief sie über die Schulter. »Beeilt euch.«

»Warum können wir denn nicht drinnen turnen«, maulte Philipp.

»Weil das Wetter schön ist und ich es außerdem so will.«

Philipp gab ein unwilliges Grummeln von sich. Anna stöhnte innerlich auf. Dieser Junge war eine einzige Plage.

»Dürfen wir wenigstens Fußball spielen, wenn wir schon raus müssen?«, rief Matthias. »Das haben wir lange nicht mehr gemacht.«

»Eigentlich dachte ich, wir üben Weitsprung. Das wird Spaß machen, ihr werdet schon sehen.«

Zu ihrer Überraschung stimmten die Mädchen in das kollektive Stöhnen der Jungs mit ein.

»Bitte, Frau Lehrerin«, piepste Sophie direkt hinter ihr. »Wir wollen Fußball spielen.«

Anna wog ihre Alternativen ab. Sie konnte den Kindern die Stirn bieten und zeigen, wer hier das Sagen hatte. Oder einlenken und eine entspannte Stunde verbringen. Die Sonne genießen. Sie entschied sich für die zweite Option.

»Meinetwegen – aber nur unter einer Bedingung: Das nächste Mal macht ihr widerstandslos das Programm mit, das ich mir für euch überlegt habe. Deal?«

»Deal!«

Matthias strahlte. Sogar Philipp rang sich ein Nicken ab.

Anna lächelte zufrieden.

Nachdem sie die Kinder in zwei Teams aufgeteilt hatte, nahm das Spiel seinen Lauf. Sie hatte Philipp, Matthias und Julia bewusst derselben Mannschaft zugeteilt. Die Jungs waren alles andere als begeistert, Julia dabeizuhaben, aber Anna hatte keine Widerrede zugelassen. Sie hatte noch lebhaft vor Augen, was das letzte Mal passiert war, als Philipp und Julia in gegnerischen Teams gespielt hatten. Er hatte Julia – vermeintlich irrtümlich – gegen das Schienbein getreten, sodass das arme Mädchen eine Platzwunde davongetragen hatte. Das wollte sie heute unbedingt vermeiden. Sie hatte nicht die Kraft für weitere Auseinandersetzungen. Davon hatte sie in ihrem Privatleben schließlich schon mehr als genug.

Gegen Ende ihres Skiurlaubs waren sie und Christopher sich endlich wieder nähergekommen. Die Zeit zu zweit hatte ihnen gutgetan. Ihre wechselseitigen Entschuldigungen – er für sein Verhalten seit Leas Rückkehr, sie für ihre Überreaktion an Weihnachten – gaben Anna Anlass zur Hoffnung.

Doch obwohl sich Anna einzureden versuchte, dass zwischen ihnen wieder alles in Ordnung war, ließ sich ihre Enttäuschung darüber, dass Christopher für Lea Partei ergriffen hatte, nicht gänzlich abschütteln. Zu wissen, dass Lea bleiben und sich aktiv in Felicitas' Erziehung einbringen wollte, war wie ein Splitter in ihrem Herzen. Der Schmerz und ihre zunehmende Eifersucht erinnerten sie unablässig daran, dass sie sich nicht in Sicherheit wiegen durfte. Dass sie wachsam bleiben musste, dass sich selbst der kleinste Fehler als das Zünglein an der Waage zu ihren Ungunsten entpuppen konnte. Die Sache war noch nicht ausgestanden, das spürte sie genau.

Plötzlich erregte ein Aufruhr auf dem Spielfeld ihre Aufmerksamkeit.

Matthias, der im Tor stand, hatte Philipp den Ball zugespielt, der nun mit hoher Geschwindigkeit über das Feld raste. Dabei übersah er Julia, die auf der gegnerischen Spielhälfte ein wenig verloren dastand, und rannte mit voller Wucht in sie hinein. Ein dumpfes Geräusch war zu hören, als sie zu Boden ging und hart mit dem Knie aufschlug. Julia entfuhr ein überraschter Schreckensschrei.

Einen Augenblick lang war Anna sicher, das Mädchen hätte sich verletzt. Dann jedoch rappelte es sich hoch und baute sich vor Philipp auf. Ihre Augen funkelten vor Wut. »Was sollte das! Wir sind im selben Team – du kannst mich doch nicht einfach über den Haufen rennen!«

Philipps Blick triefte vor Verachtung. »Dein Problem.« Betont gleichgültig hob er die Schultern. »Das wäre mit

Sicherheit ein Tor geworden. Pass nächstes Mal besser auf, wo du dich hinstellst.«

Anna stockte der Atem. Das war die absolute Höhe. Sie musste einschreiten. Jetzt sofort. Dahin waren ihre guten Vorsätze, Julia ihre Angelegenheiten selbst regeln zu lassen.

Doch gerade als sie dazwischengehen wollte, ging ein Ruck durch Julias Körper. Ein entschlossener Ausdruck war auf ihr Gesicht getreten. Atemlos sah Anna zu, wie die Kleine blitzschnell ausholte, und ihre Faust mit aller Kraft gegen Philipps Kinn sausen ließ.

Philipp – von dem unerwarteten Schlag überrumpelt – taumelte nach hinten. Beinahe hätte er das Gleichgewicht verloren. Sein Mund klappte auf, doch kein Ton kam heraus. Fassungslos starrte er auf seine schmächtige Mitschülerin hinab.

»So sprichst du nie wieder mit mir!«, rief Julia, deren Hände immer noch vor Zorn bebten. »Hast du verstanden? Nie wieder!«

Einen Augenblick lang war es totenstill auf dem Sportplatz. Niemand rührte sich. Die Augen der gesamten Klasse waren gebannt auf Julia und Philipp gerichtet.

Annas Gedanken rasten. Ihr Verstand forderte sie dazu auf, Julia zurechtzuweisen. Gewalt im Unterricht – das durfte sie auf keinen Fall tolerieren. Andererseits war sie noch nie so stolz auf ihre Lieblingsschülerin gewesen.

Die Sekunden verstrichen. Unsicher beäugte Philipp die erhobene Faust seiner Mitschülerin. Schließlich wich er kaum merklich vor ihr zurück.

»Frau Lehrerin! Hast du das gesehen?«, rief er und kam zu Anna gelaufen. »Sie hat mich geschlagen. Julia hat mich geschlagen!«

Anna, die eilig so getan hatte, als wäre sie mit ihrem Handy beschäftigt, setzte eine überraschte Miene auf.

»Was? Warum sollte sie sowas tun?« Stirnrunzelnd schüttelte sie den Kopf. »Ich habe nichts gesehen.«

Dann wandte sie sich an ihre Klasse. »Was ist mit euch? Wollt ihr nicht weiterspielen?«

Im Augenwinkel bemerkte sie Philipps fassungslose Miene. Als ihm dämmerte, dass von Anna keine Hilfe zu erwarten war, ließ er resigniert die Schultern sinken. Anna musste an sich halten, um nicht laut loszuprusten.

Geschieht ihm ganz recht.

Die Kinder nahmen das Spiel wieder auf und Anna spürte, wie sich ein unerwartetes Hochgefühl in ihr breitmachte. Julia hatte es tatsächlich geschafft. Vielleicht mit den falschen Mitteln, aber immerhin hatte sie sich gegen Philipp zur Wehr gesetzt.

Endlich.

Auf einmal fiel es ihr wie Schuppen von den Augen. Und Anna spürte, wie sich ein neues Gefühl in ihr regte. Zuversicht. Sie hatte erkannt, dass der Ratschlag, den sie Julia gegeben hatte, ebenso auf ihre eigene Situation zutraf.

Niemand konnte ihr das Gefühl geben, unzulänglich zu sein, solange sie selbst es nicht zuließ.

Nicht Tobias, nicht Lea, nicht einmal Christopher.

KAPITEL 49

Anna

Langsam erklomm Anna an Christophers Seite die breite Marmortreppe der Wiener Hofburg. Ihr dunkles Abendkleid wallte um ihre Knöchel, verfing sich gelegentlich in ihren hohen Absätzen, sodass sie aufpassen musste, nicht zu stürzen.

Die mit Samtteppich ausgelegten Stufen mündeten in eine von weißen Säulen gesäumte Galerie, von der wiederum Gänge in verschiedene Bereiche des Gebäudes abzweigten. Die Ballgäste standen in Grüppchen beisammen, am Ende des Saals konnte sie einen Blick auf die Tanzfläche erhaschen. Sie umklammerte Christophers Arm noch etwas fester. Fremde Gesichter, Frauen in pompösen Ballkleidern, Männer in Smokings oder Fracks, wohin sie auch blickte.

Geschickt führte Christopher sie durch die Menge, weg von der Treppe und in einen weniger frequentierten Seitenraum. Vor einem freien Stehtisch unweit der Bar hielt er an.

»Warte hier, ich hole uns nur rasch was zu trinken. Bin gleich wieder da.«

Nur widerwillig ließ Anna ihn ziehen. Sie kam sich in all dem Trubel schrecklich verloren vor. Peinlich bemüht, jeglichen Blickkontakt zu vermeiden, stützte sie sich mit den Ellbogen auf die Tischplatte. Ihre eigene Unsicherheit ärgerte sie.

Reiß dich zusammen! Das Mädchen von damals bist du schon lange nicht mehr. Du bist jetzt erwachsen, hast deinen Platz im Leben gefunden. Verhalte dich gefälligst auch so.

Sie seufzte leise.

Leichter gesagt als getan.

Als Christopher sie gefragt hatte, ob sie ihn auf den Ball begleiten würde, war sie alles andere als begeistert gewesen. Sie hatte der Wiener Balltradition nie viel abgewinnen können. Ganz besonders einem Abend wie diesem, an dem, wie sie wusste, auch die Kollegen ihrer ehemaligen Schule zugegen sein würden. Über ein Jahrzehnt hatte sie niemanden aus ihrer alten Klasse mehr gesehen, sich von jedem Ehemaligentreffen tunlichst ferngehalten. Aus gutem Grund.

Doch Christopher hatte nicht locker gelassen. Wiederholt hatte er beteuert, wie wichtig es für ihn als aufstrebender Junganwalt war, an Veranstaltungen wie diesen teilzunehmen. Letztendlich hatte sie händeringend eingelenkt. Im Gegenzug hatte er ihr versprochen, das vor der Balleröffnung anberaumte Ehemaligentreffen auszulassen und ihr den ganzen Abend nicht von der Seite zu weichen.

»Bitteschön, mein Schatz.«

Christopher hielt ihr eine Sektflöte ihn.

Sehnsüchtig beäugte Anna das Glas mit der perlende Flüssigkeit darin. Sie wusste, dass sie eigentlich nichts trinken durfte. Doch die Vorstellung, den Abend ganz ohne Alkohol zu überstehen, war kaum zu ertragen. Ob ein Glas Sekt in einer Ausnahmesituation wie dieser noch im Bereich des Vertretbaren lag?

»Danke.«

Wider besseren Wissens führte sie die Sektflöte an die Lippen und nahm einen winzigen Schluck.

In diesem Moment entdeckte sie Christophers Kanzleipartner, einen schmächtigen Mann mit Geheimratsecken, der in Begleitung einer blass wirkenden Blondine auf sie zusteuerte.

»Da seid ihr ja!«

Fröhlich grinsend küsste er Anna auf beide Wangen und klopfte Christopher kameradschaftlich auf die Schultern. »Anna, Christopher – das ist meine Freundin Natascha.« Sogleich waren die Männer in ein Gespräch über einen potenziellen Mandanten vertieft, den Christopher zuvor erspäht hatte. Unterdessen mühte sich Anna, Natascha, die genauso langweilig und farblos zu sein schien, wie sie aussah, in eine Unterhaltung zu verwickeln.

Während sich die Blondine in uferlosen Ausführungen über die Gefahren verlor, die von Alexa, Siri und Co ausgingen, die doch längst sämtliche Schritte eines jeden überwachten, – drifteten Annas Gedanken unweigerlich ab.

Beiläufig suchte sie den Raum nach bekannten Gesichtern ab. Ob Tobias, Fiona und die anderen schon da waren? Verstohlen warf sie einen Blick auf ihre Armbanduhr. Es war noch nicht mal zehn. Sie stöhnte innerlich auf.

»Das ist doch wirklich ungeheuerlich. Oder was meinst du?«

Natascha blickte sie gespannt über den Rand ihrer Brille hinweg an.

Anna versuchte sich daran zu erinnern, was ihre Gesprächspartnerin zuletzt gesagt hatte. Sie konnte es beim besten Willen nicht sagen.

»Entschuldige, ich war kurz abgelenkt. Wie war das?«

»Ich habe gerade erzählt, wie ich vor ein paar Tagen mit Roman über die Anschaffung einer neuen Waschmaschine diskutiert habe. Und siehe da – seither bekomme ich auf Facebook ständig Werbung von Miele. Das ist doch unglaublich, findest du nicht auch?«

»Absolut.« Anna nickte eifrig. »Ich bin ganz deiner Meinung.«

In diesem Augenblick entdeckte sie in der Ferne ein nur allzu vertrautes Gesicht. Braunes, an den Schläfen inzwischen deutlich schütteres Haar über breiten Schultern, die an einen Rugbyspieler erinnerten. Tobias. Hinter ihm kamen weitere bekannte Gestalten zum Vorschein. Fiona, Vanessa und schließlich auch Tom.

Rasch wandte sie den Blick ab. Ihr Herz klopfte wie verrückt. Vielleicht hatten sie sie ja noch nicht bemerkt. Doch wie es schien, war das Glück nicht auf ihrer Seite. Im Augenwinkel beobachtete sie, wie Tobias' Miene sich bei Christophers Anblick aufhellte. Mit stolzgeschwellter Brust setzte er sich in Bewegung und schlenderte mit seinem Gefolge schnurstracks auf sie zu.

Anna umklammerte nervös den Stiel ihrer Sektflöte.

Scheiße.

Christophers Kanzleikollege winkte ihnen noch einmal zum Abschied zu und zog mit seiner Freundin von dannen. Anna blickte ihnen sehnsüchtig hinterher. Sie hätte sogar die Unterhaltung mit einem Garderobenständer vorgezogen, nur um nicht mit ihren verhassten Klassenkollegen sprechen zu müssen.

»Da bist du ja!«, rief Tobias und ließ eine seiner großen Pranken auf Christophers Schulter niedersausen. »Wie geht's dir, Alter? Ist ja eine Ewigkeit her!«

»Hey, Tobi! Na das ist ja eine Überraschung.«

Tobias hob eine Braue. »Eigentlich nicht. Wieso warst du nicht beim Klassentreffen? Du hättest kommen sollen, war wirklich toll, alle mal wiederzusehen.«

Christopher schüttelte pflichtschuldig den Kopf. »Wir hatten anderweitige Verpflichtungen.« Demonstrativ legte er den Arm um Annas Schulter.

Tobias, der sie erst jetzt bemerkt zu haben schien, streckte ihr höflich die Hand entgegen. »Hi, ich bin Tobias. Christopher und ich waren gemeinsam im Gymnasium. Freut mich, dich kennenzulernen.«

Anna starrte ihn ungläubig an. War es tatsächlich möglich, dass er sie nicht wiedererkannte?

»Erinnerst du dich denn nicht an Anna?« Christopher lachte. »Sie ist in der dritten Klasse zu uns gewechselt, weißt du nicht mehr?«

Tobias riss die Augen auf. Überrascht ließ er den Blick an ihrem Körper auf und ab wandern. Ein träges Grinsen huschte über sein Gesicht. »Ach, stimmt ja. Entschuldige, Anna.« Irritiert schüttelte er den Kopf. »Gott, ist das lange her.«

»Ihr seid ein Paar?«, flötete Fiona, die neben Tobias aufgetaucht war. »Na, wenn ich eines nicht erwartet hätte, dann das.«

Die Ungläubigkeit in ihrer Stimme traf Anna härter als erwartet. Am liebsten hätte sie auf dem Absatz kehrtgemacht und wäre aus dem Raum geflohen.

Doch sie tat nichts dergleichen. Stattdessen kratzte sie alles Selbstbewusstsein zusammen, das sie aufbringen konnte, und richtete sich zu ihrer vollen Größe auf.

»Freut mich auch, dich zu sehen, Fiona.«

Nachdem sie die Begrüßungsfloskeln hinter sich gebracht hatten, verwickelten Fiona und Tobias Christopher in ein Gespräch. Anna hielt sich im Hintergrund. Allein der Gedanke an ihre Schulzeit verursachte ihr Brechreiz. Diese Menschen hatten ihr die Jugend zur Hölle gemacht. Sie hatte absolut kein Interesse daran, mit ihnen in Erinnerungen an die guten alten Zeiten, wie sie sie nannten, zu schwelgen.

Stattdessen suchte sie erneut den Raum mit den Augen ab. War denn niemand sonst hier, den sie kannte? Irgendein alternativer Gesprächspartner musste sich doch finden lassen, der ihr Gelegenheit bot, diesem Unglücksduo zu entkommen. Gerade als sie erwog, sich in Richtung Toiletten zu entschuldigen, richtete Tobias das Wort direkt an sie.

»Was machst du jetzt eigentlich, Anna? Beruflich, meine ich.«

»Ich?« Sogleich ärgerte sie sich über das Zittern in ihrer Stimme.

Selbstvertrauen, Anna. Du bist nicht mehr das unbeliebte Mädchen mit Brille von damals. Die Karten sind neu gemischt. Sie können dir nichts mehr anhaben.

Trotzdem konnte sie nicht verhindern, dass ihre Hand instinktiv zu ihrer Nasenwurzel wanderte.

»Heißt hier sonst noch jemand Anna?«, spottete Tobias.

»Ich bin Volksschullehrerin. Am Sacré-Coeur, wenn du das kennst.«

»Soso, eine Lehrerin also.« Er grinste süffisant. »Also wenn du mich fragst, gibt es nur zwei Gründe, die für diese Berufswahl sprechen – und die heißen Juli und August.«

Er lachte laut über seinen eigenen Scherz.

Anna wollte schon zu einer schnippischen Erwiderung ansetzen, doch die Worte blieben ihr im Halse stecken. Ihr Kopf war wie leergefegt. Die bloße Anwesenheit von Tobias und Fiona brachten sie völlig aus dem Konzept. Sie fühlte sich, als wäre sie wieder ein Teenager, den bissigen Kommentaren und Hänseleien ihrer Kameraden schutzlos ausgeliefert.

Während sie ihr Hirn noch nach einer passenden Erwiderung durchforstete, hatte sich Tobias bereits von ihr abgewendet.

»Hast du die scharfe Braut gesehen, die gerade reingekommen ist?«, raunte er Christopher halblaut zu. »Ist das nicht ...«

Christopher hob den Blick. Anna bemerkte, wie sich sein Nacken augenblicklich versteifte. Ein merkwürdig verkniffener Ausdruck war auf sein Gesicht getreten.

Langsam drehte sie sich um. Ihre Augen weiteten sich vor Entsetzen. Die Frau, die soeben den Saal betreten hatte, war niemand anders als Lea. Am Arm eines fremden Mannes.

KAPITEL 50

Lea

Kaum hatten die Männer ihnen den Rücken zugekehrt, beugte sich Isabella vor und zwinkerte Lea verschwörerisch zu.

»Na, habe ich zu viel versprochen?«

Lea beobachtete, wie Martins Glatzkopf in der Menge verschwand.

»Er scheint nett zu sein. Woher kennt ihr euch noch gleich?«

»Ach, schon ewig. Alex ist ein ehemaliger Studienkollege von Martin.«

»Ich wusste gar nicht, dass Martin Medizin studiert hat.«

»Hat er. Allerdings nur zwei Semester lang. Dann fiel ihm auf, dass er kein Blut sehen kann, und hat abgebrochen.« Sie verdrehte die Augen und grinste. »Aber im Ernst. Alex ist wirklich großartig, Lea. Einer von den Guten.«

Lea zog eine Braue hoch. »Du versuchst doch nicht etwa, mich zu verkuppeln?«

»Natürlich nicht.« Isabella hob abwehrend die Hände. »Aber in Anbetracht des Chaos mit Christopher und Anna, dachte ich, ein wenig Ablenkung würde dir guttun. Schadet vielleicht nicht, sich zur Abwechslung mal mit jemandem zu umgeben, dessen Leben nicht so – kompliziert ist.«

»Hast du nicht vorhin gesagt, seine Frau wäre gestorben? Für mich klingt das nicht gerade unkompliziert.«

»Das ist Jahre her. Und sieh es so – immerhin lebt er in keiner aufrechten Partnerschaft mehr.«

»Touchée.« Lea seufzte. »Aber damit eines klar ist: So verworren meine Situation auch sein mag – ich liebe Christopher. Also mach dir nicht zu große Hoffnungen.« »Niemand drängt dich zu irgendwas. Außerdem bist du doch früher so gerne auf Bälle gegangen. Also entspann dich und genieß den Abend.«

Lea musste zugeben, dass ihre Freundin recht hatte. Seit sie die Hofburg betreten hatten, war ihre Laune deutlich gestiegen. Sie genoss das festliche Ambiente, das fröhliche Gelächter um sie herum, die Orchestermusik, die aus dem Ballsaal drang. Inmitten all der aufwendig zurechtgemachten Frauen und Männer fühlte sie sich in ihre Teenagerzeit zurückversetzt. Sie ging in dem Trubel regelrecht auf. Wie eine Blume im Frühling, die nach einem langen Winter die ersten Sonnenstrahlen in sich aufsaugt.

»Zugegeben – ich bin froh, dass du mich überredet hast, mitzukommen. Mir war gar nicht bewusst, wie sehr mir das hier gefehlt hat.«

Isabella lächelte zufrieden. »Gern geschehen.«

In diesem Moment tauchte Martins breite Gestalt, dicht gefolgt von einem schlaksigen Mittdreißiger mit kantigen Gesichtszügen, in ihrem Gesichtsfeld auf.

»Champagner und Mineralwasser für die Damen.«

Dankbar nahm Lea ihr Glas entgegen und prostete den beiden zu. »Auf einen gelungenen Ballabend. Auf uns.«

»Möchtest du tanzen?«, fragte Martin an Isabella gewandt.

»Du und tanzen?« Sie riss in gespielter Überraschung die Augen auf. »Wer bist du und was hast du mit meinem Ehemann angestellt?«

»Ich weiß doch, wie gerne du tanzt, mein Schatz. Sofern es dich also nicht stört, dass ich dir auf den Füßen herumtrampele ...« Mit einer übertriebenen Verbeugung reichte er seiner Frau die Hand.

»Wenn das so ist – das lasse ich mir nicht zweimal sagen. Ist vermutlich sowieso für eine Weile die letzte Gelegenheit«, fügte Isabella mit einem vielsagenden Blick auf ihren Bauch hinzu.

»Bis später, ihr Süßen.« Sie winkte Alex und Lea fröhlich zu, dann hakte sie sich bei Martin unter und ließ sich von ihm in den Ballsaal führen.

Lächelnd beobachtete Lea, wie ihre Freundin Arm in Arm mit ihrem Ehemann davonspazierte. Mit einem Anflug von Sehnsucht dachte sie daran, wie gerne Christopher und sie früher das Tanzbein geschwunden hatten. Die Erinnerung versetzte ihr einen Stich.

»Treibst du dich öfter auf solchen Veranstaltungen herum?«, riss Alex sie aus ihren Gedanken.

»Hm, wie bitte?«

»Ich wollte wissen, ob du oft auf Bälle gehst.«

»Früher mal. In meiner Jugend war ich ständig auf irgendeinem Ball.«

»Und jetzt?«

Sie zuckte die Achseln. »Die Zeiten ändern sich«, antwortete sie vage. »Was ist mit dir?«

»Meine Frau hat unheimlich gerne getanzt. Ständig hat sie mich von einer Tanzveranstaltung zur nächsten geschleift. Ich habe es gehasst.« Er lachte leise. Es war ein hübsches Lachen und enthüllte eine Reihe ebenmäßig weißer Zähne. »Aber seit ein paar Jahren – nicht mehr allzu oft.«

»Isa hat mir davon erzählt. Es war ein Autounfall, nicht wahr?«

Er nickte. »Ein betrunkener Teenager. Hat auf der Autobahn ein Rennen veranstaltet und das Auto meiner Frau übersehen. Sie war nicht angeschnallt.«

Lea erschauerte unwillkürlich. »Ich will mir gar nicht ausmalen, wie das für dich gewesen sein muss. Den

Menschen zu verlieren, von dem man glaubt, man würde den Rest seines Lebens mit ihm verbringen – furchtbar.« Als ihr dämmerte, was sie da soeben gesagt hatte, schlug sie entsetzt die Hand vor den Mund. »Tut mir leid. Wie taktlos von mir. Ich – ich bin wohl etwas eingerostet, was den Umgang mit Fremden betrifft«, stammelte sie verlegen.

Alex verzog keine Miene. »Du brauchst dich nicht zu entschuldigen. Das ist lange her.« Eine Weile starrte er gedankenverloren in sein Glas. »Aber du hast recht. Es war die Hölle. Die mit Abstand schlimmste Zeit meines Lebens. Ich meine – sie war noch so jung, keine dreißig. Wir hatten eben erst geheiratet. Es gab Tage, da habe ich mir gewünscht, ebenfalls tot zu sein.«

Lea senkte betreten den Blick. »Das Leben ist so verdammt ungerecht.«

»Ja«, erwiderte er schlicht.

»Aber du wirkst so – gelassen, regelrecht abgeklärt! Wie hast du das nur geschafft? Wie bist du darüber hinweggekommen?«

Er lächelte traurig.

»Heute – ja. Damals war ich am Boden zerstört. Ich habe mich in die Arbeit vergraben, Nachtdienste angenommen, wo ich nur konnte, mich von Familie und Freunden distanziert. Auf diese Weise zogen Wochen, Monate, Jahre an mir vorbei. Aber irgendwann kam der Punkt, da konnte ich nicht länger in der Vergangenheit leben. Ich war am Ende – physisch und psychisch.« Er zuckte die Achseln. »Letztendlich habe ich erkannt, dass ich lernen muss, das Geschehene zu akzeptieren. So hart es auch klingen mag – das Leben geht weiter.«

Nachdenklich beobachtete Lea ihr Gegenüber. Erst jetzt fiel ihr auf, wie blau seine Augen waren. In ihnen lag eine Melancholie, die sie tief berührte.

Das Geschehene akzeptieren, dachte sie bitter. *Das sagte sich so leicht.*

»Wer war es bei dir? Wen hast du verloren?«

Lea zuckte überrascht zusammen. »Wer hat gesagt, dass ich jemanden verloren habe?«

Alex lächelte schief. »Niemand. Aber dein Blick eben – er hat dich verraten. Und – hab ich recht?«

Lea seufzte schwer. »Meine Mutter und mein Bruder – sie sind schon eine ganze Ewigkeit tot. Trotzdem kommt es mir manchmal so vor, als wäre es erst gestern gewesen. Ich bringe es einfach nicht fertig, sie zu vergessen.«

»Vielleicht ist genau das das Problem. Lass dir das von jemandem gesagt sein, der Erfahrung auf dem Gebiet hat: Sie zu vergessen wird nicht funktionieren. Das mit dem Verdrängen ist so eine Sache. Eine Weile schaffst du es womöglich. Aber dann passiert irgendeine Kleinigkeit und du stehst wieder ganz am Anfang. Du musst lernen, damit zu leben.«

»Das sagt sich so leicht.«

»Es ist alles andere als das. Die beiden werden immer ein Teil von dir sein, so wie Klara immer ein Teil von mir sein wird. Das musst du akzeptieren. Die Trauer zulassen, auch wenn du glaubst, in ihr zu ertrinken. Aber es wird besser. Irgendwann.«

Lea dachte über seine Worte nach. Was er sagte, klang einleuchtend. Hatte sie selbst nicht genau das getan? Versucht, die Vergangenheit zu verdrängen? Und wohin hatte sie das geführt?

»Das perfekte Gesprächsthema für einen Ballabend«, sagte Lea unvermittelt und lachte verlegen.

Alex zuckte die Achseln. »Smalltalk war nie wirklich mein Ding.«

Neugierig beäugte Lea ihr Gegenüber über den Tisch hinweg. Ihr Blick wanderte über die feingliedrigen Hände, die gepflegten Fingernägel, die kaum sichtbare Narbe an seinem Handgelenk. Sie hatte ihn völlig falsch eingeschätzt. Alex war viel tiefgründiger, als er auf den ersten Anschein wirkte. Ganz abgesehen davon war er wirklich attraktiv, dazu noch klug und einfühlsam.

Aber er ist nicht Christopher.

»Und dein Ehemann? Wieso ist er nicht mitgekommen?« Lea verschluckte sich an ihrem Champagner. »Wie bitte?«, prustete sie.

»Entschuldige, ich wollte nicht indiskret sein. Martin hat mir davon erzählt. Du bist doch verheiratet, oder etwa nicht?«

»Ich fürchte, über Indiskretionen sind wir inzwischen hinaus.« Sie grinste schief. »Aber ja, es stimmt. Ich bin verheiratet. Allerdings leben wir schon seit ein paar Jahren getrennt. Es ist – kompliziert.«

Alex nickte. Zu Leas Erleichterung bohrte er nicht weiter nach.

Stattdessen hob er sein Sektglas und leerte es mit einem Zug. »Wie dem auch sei. Ich schlage vor, dass wir das Beste aus dem heutigen Abend machen. Ich habe Lust auf was Stärkeres. Gin Tonic? Was meinst du? Bist du dabei?«

Lea grinste. »Das ist ein Deal nach meinem Geschmack.«

Sie ergriff seinen ausgestreckten Arm und folgte ihm an die Bar.

Der Alkohol entfaltete die gewünschte Wirkung. Die Stimmung zwischen den beiden entspannte sich sichtlich und bald waren sie in ein angeregtes Gespräch vertieft.

»Was machst du eigentlich beruflich? Isabella sagte, du wärst Arzt. Was ist deine Fachrichtung?«

»Dreimal darfst du raten.«

»Hm – Kinderarzt?«

»Sehe ich aus wie ein Softie?«

Lea kicherte. »Na gut. Kardiologe? Unfallchirurgie?«
»Du hast wohl zu viel Greys Anatomy gesehen. Nein. Zu blutig. Einen Versuch hast du noch.«
»Psychiatrie. Schizophrenie, Neurosen, Phobien – die ganz schlimmen Fälle.«
Alex griff sich an die Brust, als hätten ihn ihre Worte schwer getroffen. »Du hältst mich für einen Seelenklempner?«
»Haha. Okay, ich gebe auf. Sag es mir.«
»Hals-Nasen-Ohren und plastische Chirurgie.«
Nun war es an Lea, laut aufzustöhnen. »Ein Busendoktor! Nicht dein Ernst!«
»Genau genommen bin ich auf Nasenkorrekturen spezialisiert.«
»Das macht es nicht besser. Kapital aus der Unsicherheit von uns Frauen schlagen – Pfui.«
»Man könnte auch sagen, dass ich dazu beitrage, die Welt ein bisschen schöner zu machen.« Er grinste.
»Indem du ein unrealistisches Schönheitsideal unterstützt?«
»Jetzt tu doch nicht so schockiert. Du selbst dürftest ja nicht gerade Probleme auf diesem Gebiet haben.«
Anerkennend ließ er den Blick von Leas Stupsnase über ihre schlanke Silhouette wandern.
»Keine Frau ist hundertprozentig zufrieden mit sich.«
»Aber gerade du könntest es sein.«
»Spricht da der Chirurg oder der Mann aus dir?«
Er lachte. »Beide, schätze ich.«
Nachdem sie sich zwei weitere Drinks genehmigt hatten, machten sie sich beschwingt auf in Richtung Diskothek, die in einem der ebenerdigen Räume der Hofburg untergebracht war.
Lea war in Hochstimmung. Der Alkohol war ihr zu Kopfe gestiegen und hatte ihr eine sanfte Röte auf die

Wangen gezaubert. Zum ersten Mal seit Wochen fühlte sie sich wieder ganz wie sie selbst. Die feine Seide ihres Ballkleids wallte um ihre Beine. Sie genoss die anerkennenden Blicke der Männer und die neidischen Mienen der Frauen, die ihnen entgegenkamen.

»Treffen wir uns drinnen? Ich muss noch kurz wohin«, sagte Alex und deutete auf die Tür zu den Toiletten.

»Klar.«

Lea ließ sich von dem Strom der Ballgäste mitziehen. Am Eingang der Diskothek blieb sie unschlüssig stehen. Gerade überlegte sie, ob sie nicht doch lieber hier auf ihre Begleitung warten sollte, da vernahm sie eine Stimme hinter sich.

»Hallo? Lea! Hallo?«

Sie wandte sich um. Als sie den breit gebauten Mann hinter sich erblickte, weiteten sich ihre Augen vor Überraschung.

»Tobias? Bist du das?«

»Na bitte, du weißt also noch, wer ich bin.« Seine Stimme klang undeutlich und er schwankte mit dem Oberkörper beunruhigend vor und zurück.

»Klar erinnere ich mich. Wie geht es dir? Mit wem bist du hier?«

Sie sah sich suchend nach seiner Begleitung um, entdeckte jedoch niemanden.

»Ein paar Leute aus meiner alten Schule. Wir hatten vorher ein Klassentreffen. Die anderen sollten auch irgendwo hier rumschwirren.« Er deutete vage in Richtung Diskothek.

»Alter Schwede«, brummte er dann. »Du siehst wirklich heiß aus. Hast dich kein bisschen verändert.«

Seine Augen waren in ihrem Dekolleté versunken. Unauffällig versuchte Lea, ihr Kleid ein paar Zentimeter weiter nach oben zu ziehen.

»Ein – Klassentreffen?«, stammelte sie. »Ist Christopher etwa auch hier?«

Tobias zuckte die Achseln. Immer noch auf Leas Ausschnitt fixiert, rückte er näher an sie heran. Er stand jetzt so dicht bei ihr, dass sie den Alkohol in seinem Atem riechen konnte. Angeekelt wich Lea ein paar Zentimeter zurück. »Darf ich dich auf'n Drink einladen? Um der alten Zeiten willen?«

Abscheu wallte in ihr hoch, als sie das anzügliche Grinsen in seinem Gesicht bemerkte.

»Lieb von dir, aber nein danke. Ich bin in Begleitung hier. Wenn du mich also entschuldigen würdest ...«

Ohne seine Reaktion abzuwarten, stieß sie die Tür zur Diskothek auf und schlüpfte hinein.

Feuchte heiße Luft schlug ihr entgegen. Jetzt, nach Mitternacht war die Tanzfläche brechend voll. Die Menge bewegte sich rhythmisch zur Musik, in der Ecke entdeckte sie mehrere knutschende Pärchen.

Plötzlich setzte ihr Herzschlag aus. Da war er. Christopher. Lässig an die Theke gelehnt, ein Weinglas in der Hand, wiegte er sich sanft im Takt der Musik. Der Stuhl neben ihm war unbesetzt.

Als hätte Christopher ihre Anwesenheit gespürt, wandte er just in dem Moment den Kopf in ihre Richtung. Sein Blick traf den ihren.

Einen Augenblick schien die Zeit stillzustehen.

Alles um Lea herum verschwamm zu einem Meer aus Farben. Vergessen waren Alex, Tobias, die tanzende Meute, die Frustration darüber, dass er sich seit Weihnachten nicht mehr bei ihr gemeldet hatte. Selbst die Zweifel waren verschwunden. Das Blitzen in Christophers Augen, die Grübchen in den Wangen, der perfekt sitzende Smoking, in dem sein Körper steckte – all das kam ihr vor wie ein überwältigendes Déjà-vu.

Ohne, dass sie sich bewusst dazu entschieden hatte, setzten sich ihre Beine in Bewegung, bahnten sich einen Weg durch die Menge. Der Alkohol verschaffte ihr das nötige Selbstvertrauen, ließ sie geradezu kühn werden. »Hallo Fremder«, raunte sie mit einer Stimme, die sie selbst nicht wiedererkannte. Es war die Stimme eines siebzehnjährigen Mädchens. Ein Mädchen, das wusste, dass ihm die Welt zu Füßen lag. Jung, bildschön und frei von den Schicksalsschlägen, die das Leben für es bereithalten würde. »Wie ich sehe, wartest du auf mich.«

Christophers Mundwinkel zuckten. Er erkannte die Worte wieder. Er selbst hatte sie einst zu ihr gesagt. Und er spielte mit.

»Ach ja? Wieso sollte ich auf dich warten?«

Lea lachte leise. Sie stand jetzt ganz nahe bei ihm, der betörende Geruch seines Aftershaves drang ihr in die Nase. Sie beugte sich vor und flüsterte ihm die nächsten Worte ins Ohr.

»Weil ich dein Leben verändern werde. Ich bin die, nach der du schon immer gesucht hast.«

Christophers Augen verdunkelten sich. Schweigend musterte er sie. Die Intensität seines Blickes ließ ihren Körper vor Anspannung vibrieren.

»Ich habe dich vorhin schon gesehen. An der Bar.«

Lea runzelte die Stirn. »Ach ja? Und da bist du nicht hergekommen, um Hallo zu sagen?«

»Du warst mit einem Mann zusammen. Ich wollte nicht stören.«

Lea konnte sich ein Grinsen nicht verkneifen. »Wenn ich es nicht besser wüsste, könnte man meinen, du wärst eifersüchtig.«

Er zuckte die Schultern und schwieg.

»Ich bin mit Isabella und Martin hier. Alex ist ein Freund von ihm. Er ist nett. Gutaussehend. Arzt.« Sie hielt einen Moment inne und sah ihm fest in die Augen.»Aber er ist nicht du.«

»Du kannst ausgehen, mit wem du willst.«

»Verdammt richtig. Schließlich sind wir ja nicht verheiratet oder so.« Sie gluckste.»Apropos Begleitung. Wo hast du deine bessere Hälfte gelassen?« Ein Schatten huschte über sein Gesicht und er rückte hastig ein paar Zentimeter von ihr ab. Als wäre ihm erst jetzt bewusst geworden, was er da tat. Und mit wem er sprach.

»Sie sollte jeden Moment wieder hier sein.« Weitere Menschen drängten neben sie an die Theke, sodass Lea jäh an ihn gepresst wurde. Christophers Knie berührten ihren Oberschenkel. Die Hitze, die von seinem Körper ausging, war elektrisierend. Die Spannung zwischen ihnen schien mit Händen greifbar.»Na dann sollten wir die Gelegenheit nützen und tanzen. Ist lange her, dass wir gemeinsam auf einem Ball waren.«

Einen Moment schien Christopher mit sich zu hadern, dann schüttelte er bedauernd den Kopf. Er seufzte.»Ich kann nicht.« Seine Worte standen in krassem Gegensatz zu seinem Gesichtsausdruck, der ihr zugewandten Körperhaltung.

»Warum nicht?«

»Du weißt genau, warum.«

Die Sehnsucht in ihr wurde schier unerträglich. Mit bebenden Fingern streckte sie die Hände aus und umfasste die Fliege seines Smokings. Rückte sie zurecht, bis sie gerade saß.

»Beinahe hab ich vergessen, wie gut du im Smoking aussiehst.«

Christopher schwieg. Er hatte die Kiefer so fest aufeinandergepresst, dass seine Backenmuskeln hervortraten. Auch er schien um Selbstbeherrschung zu ringen.

Mit einem leisen Lächeln auf den Lippen wandte sich
Lea von ihm ab. Im Gehen zwinkerte sie ihm noch einmal
über die Schulter hinweg zu.

»Wenn du deine Meinung änderst – gib Bescheid.«
Dann war sie in der Menge verschwunden.

KAPITEL 51

Anna

Ungeduldig trat Anna von einem Bein aufs andere. Seit sie schwanger war, schien ihre Blase auf ein Viertel ihrer ursprünglichen Größe geschrumpft zu sein. Zwanzig Minuten wartete sie nun schon hier, doch die Schlange vor den Damentoiletten wollte kein Ende nehmen. Dann – endlich – öffnete sich eine der Kabinen vor ihr. Nachdem sie sich erleichtert hatte, trat sie ans Waschbecken. Aus dem Spiegel starrte ihr eine blasse Erscheinung entgegen. Anna spritzte sich kaltes Wasser ins Gesicht und zwang sich, tief durchzuatmen.

Beruhige dich. Eine Stunde, vielleicht zwei, dann hast du es überstanden.

Anna ließ sich zitternd gegen die Wand sinken. Schlimm genug, dass sie sich mit Tobias und Fiona herumschlagen musste. Dass überraschend nun auch noch Lea aufgetaucht war, hatte ihren Nerven den Rest gegeben. Der mörderische Ausdruck in Christophers Gesicht, als er Lea am Arm eines anderen Mannes gesehen hatte, wollte ihr nicht mehr aus dem Kopf.

Denk daran – niemand kann dir das Gefühl geben, unzulänglich zu sein, solange du es nicht zulässt. Nicht Tobias, nicht Fiona und am allerwenigsten Lea. Also reiß dich gefälligst zusammen. Christopher wundert sich sicher schon, wo du so lange bleibst.

Unter Mobilisierung all ihrer Kräfte verließ sie die Damentoilette und schlängelte sich zwischen den Ballgästen hindurch, die in Scharen in Richtung Diskothek strömten.

Stickige Luft wallte ihr entgegen und sie rümpfte angewidert die Nase.

Suchend sah sie sich in dem überfüllten Raum um. Wo streckte Christopher bloß? Er hatte doch am Eingang auf sie warten wollen.

Dann teilte sich die Menge und gab den Blick auf die Bar frei.

Anna erkannte seinen dunklen Haarschopf sofort. Christopher stand mit dem Rücken zu ihr und schien in ein intensives Gespräch mit einer schlanken Blondine vertieft zu sein – einer engelsgleichen Erscheinung in einem leuchtend roten Abendkleid.

Anna blieb wie angewurzelt stehen. Ungläubig starrte sie zu den beiden hinüber. Sie standen nahe beieinander. Viel zu nahe.

Fassungslos beobachtete sie, wie Lea die Hand ausstreckte und sich an Christophers Fliege zu schaffen machte. Er ließ es geschehen, rückte keinen Millimeter von ihr ab. Die intime Geste versetze ihr einen Dolchstoß mitten ins Herz. Was taten die beiden da? Ihnen musste doch klar sein, dass sie jeden Moment zurückkommen würde. Am liebsten hätte sie sich schreiend auf sie gestürzt und Lea von ihrem Freund weggerissen. Doch sie tat es nicht.

Anna fühlte regelrecht, wie etwas in ihrem Inneren zerbrach. Resigniert ließ sie die Schultern sinken.

Natürlich – sie konnte jetzt da hinübergehen und Lea in die Schranken weisen. Aber was sollte das bringen? Letztendlich würde sie das Unvermeidliche doch nur hinauszögern. Was sie auch tat, Lea und Christopher schienen schicksalhaft miteinander verbunden zu sein. So war es schon immer gewesen.

»Anna!«, vernahm sie in diesem Moment eine vertraute Stimme hinter sich.

Sie drehte sich nicht um. Sie hatte schlicht keinen Nerv, sich ausgerechnet jetzt mit Fiona auseinanderzusetzen. *Lass mich in Ruhe. Bitte, geh einfach.*

»Hey – Anna!«

Sie seufzte. Ihr blieb auch wirklich nichts erspart.

»Hallo, Fiona.«

»Wie geht's dir denn? Wir sind vorhin gar nicht richtig zum Reden gekommen. Ich habe mich ja so gefreut, dich wiederzusehen.«

»Danke, mir geht's bestens. Aber wenn du mich jetzt entschuldigen würdest – ich muss zurück zu meinem Freund.«

Fionas Augen glitten durch den Raum und blieben an Christopher und Lea hängen. Ein mitleidiger Ausdruck trat auf ihr Gesicht.

»Christopher und Lea, hm? Manche Dinge ändern sich wohl nie, nicht wahr?«

Endlich schaffte Anna es, die Augen von den beiden loszureißen. Ärgerlich schüttelte sie Fionas Hand ab, die mitfühlend ihre Schulter tätschelte.

»Fiona, nimm es nicht persönlich, aber lass mich bitte zufrieden. Wir waren damals keine Freundinnen und sind es auch heute nicht. Belassen wir es dabei.«

Fiona starrte sie erschrocken an. »Entschuldige. Ich wollte dir nicht zu nahetreten, aber ...«

Anna fiel ihr ins Ort. »Bist du nicht. Aber geh einfach, ja? Ich flehe dich an – *geh.*«

Fiona warf ihr noch einen irritierten Blick zu, dann zog sie beleidigt ab.

Anna atmete auf. Unschlüssig verharrte sie in ihrer Position, immer noch nicht sicher, was sie jetzt tun sollte.

Sie war mit ihrem Latein am Ende. Ken und Barbie. Bonny und Clyde. Christopher und Lea. Sie gehörten zusammen, das stand außer Frage. Vielleicht war es an der

Zeit, das endlich zu akzeptieren. Wer war sie, sich dem Schicksal in den Weg zu stellen? Sie kämpfte auf verlorenem Posten, das wurde ihr auf einen Schlag klar. Alles, was ihr zu tun blieb, war, sich den letzten Rest Selbstachtung zu bewahren, der ihr geblieben war. Sie würde das Martyrium ihrer Jugend kein zweites Mal durchleben. Genug war genug.

Auf einmal wollte Anna nur noch weg. Weg von diesem elenden Ball, der sie an eine Zeit in ihrem Leben erinnerte, die sie so sehr gehasst hatte. Sie wollte einfach nur nach Hause.

Mit zitternden Fingern fischte sie ihr Handy aus ihrer Abendtasche und tippte eine Nachricht an Christopher.

Ich bin müde und fühle mich nicht gut. Genieß den Abend. Wir sehen uns dann daheim.

Im Hinauseilen drückte sie auf Senden. In ihren Augen brannten Tränen. Sie machte sich nicht die Mühe, sie zurückzuhalten.

Sollten die anderen doch denken, was sie wollten.

KAPITEL 52

Lea

A lex hielt ihr ein frisches Glas Gin Tonic hin.»War er das? Dein Ehemann?«

Dankbar nahm Lea das Getränk entgegen und leerte es auf einen Satz zur Hälfte.»Ist das so offensichtlich?«

»Nur, wenn man Augen im Kopf hat.«

Mit einem frustrierten Stöhnen ließ sich Lea mit dem Rücken gegen die Wand sinken.»Wann ist das Leben nur so kompliziert geworden«, murmelte sie mehr zu sich als zu ihrem Gegenüber.»Früher war alles einfacher. Junge mag Mädchen. Mädchen mag Junge. Ende der Geschichte.«

Alex lächelte schief.»Tja, willkommen in der Welt der Erwachsenen. Aber für mich hat es gar nicht so kompliziert ausgesehen. Dieser Mann hat Gefühle für dich, das erkennt selbst ein Blinder. Was mich viel mehr interessiert ist – was willst *du*?«

Lea verdrehte die Augen.»Ich fürchte, es geht weniger darum, was ich will, als darum, was das Richtige ist.«

»Das ist doch Bullshit. Geh und hol ihn dir! Alles andere wird sich fügen. Das Leben ist kurz. Ich für meinen Teil würde alles dafür gegeben, nur noch einen einzigen Tag mit Klara verbringen zu dürfen. Wirklich alles. Wenn du für deinen Mann dasselbe empfindest, dann musst du um eure Ehe kämpfen. So einfach ist das.«

Bevor Lea zu einer Erwiderung ansetzen konnte, tauchte Christophers Gestalt in ihrem Gesichtsfeld auf, der sich durch die Menge auf sie zuschob. Auch Alex hatte ihn entdeckt. Freundschaftlich drückte er Leas Hand.

»Ich glaube, ich gehe jetzt besser Martin und Isabella suchen.« Er griff in die Brusttasche seines Smokings und zog eine Visitenkarte heraus. »Solltest du mal jemanden zum Reden brauchen. Oder eine Nasen-OP.« Er grinste. Dann nickte er Christopher höflich zu und wandte sich zum Gehen.

Lea starrte ihm mit offenem Mund hinterher.

»Ich wollte deine Begleitung nicht verschrecken«, brummte Christopher, der Leas Reaktion mit einem Stirnrunzeln zur Kenntnis genommen hatte.

»Schon gut. Er wollte sowieso gerade gehen.«

Dem missmutigen Blick nach zu urteilen, mit dem er Alex Rücken bedachte, schien Christopher nicht restlos überzeugt, doch er ließ das Thema dabei bewenden.

»Steht das Angebot noch? Hast du Lust zu tanzen?«

Lea hob überrascht die Brauen. »Natürlich. Aber was ist mit Anna?«

Christopher zuckte die Schultern. »Ist gegangen, ohne sich zu verabschieden. Und wo wir beide nun schon mal hier sind ...«

Ein strahlendes Lächeln breitete sich auf Leas Gesicht aus. Sie hakte sich bei Christopher unter und die beiden machten sich auf den Weg in den Ballsaal.

Die Tanzfläche hatte sich inzwischen geleert, nur einige wenige Paare wiegten sich zu den Klängen des Orchesters, das gerade einen flotten Boogie anstimmte.

Wie von selbst fand Leas Hand Christophers Schulter, die seine umfasste ihre Taille. Er wirbelte sie erst von sich weg, nur um sie dann wieder ganz nahe heranzuziehen. Lea jauchzte innerlich vor Freude. Der Rhythmus der Musik und Christophers Herzschlag nahe dem ihren ließen sie sich fühlen, als wäre sie noch einmal siebzehn.

Die letzten Laute verklangen und die beiden gönnten sich schwer atmend eine kurze Pause. Warteten, welches

Lied das Orchester als Nächstes spielen würde. Die fröhliche Melodie des Boogies wurde von den forschen Akkorden eines kolumbianischen Tangos abgelöst. Christopher rückte näher. Ihre Körper klebten in der engen Tanzhaltung regelrecht aneinander.

»Du bist immer noch ein begnadeter Tänzer!«, keuchte Lea.

»Das Kompliment kann ich nur zurückgeben.« Ruckartig hielt er inne, senkte den Arm. Lea ließ sich fallen, bis ihre Haarspitzen beinahe den Boden berührten. Figur um Figur legten sie auf das Parkett, schneller und immer schneller wirbelten sie durch den Saal. Am Rand der Tanzfläche hörte sie ein paar der umstehenden Gäste Beifall klatschen. Doch sie nahm sie gar nicht wahr, alles, was sie fühlte, waren Christophers Hände in ihrem Rücken, die sanfte Berührung seines Beckens nahe dem ihren.

Viel zu schnell war auch dieser Tanz vorüber. Die Mitglieder des Orchesters erhoben sich zu einer dreißigminütigen Pause.

»Willst du was trinken? Ich jedenfalls könnte einen Drink vertragen.«

»Gern.« Auch Lea war atemlos von der rasanten Tanzerei.

Sie verließen den Ballsaal und steuerten den angrenzenden Raum an, in dem die Bar untergebracht war. Lea entschied sich für einen der Stehtische im hinteren Bereich.

»Wer passt eigentlich heute auf Felicitas auf? Ihr habt sie doch nicht etwa alleine gelassen?«

»Wir haben sie zu meiner Mutter gebracht.«

Leas Miene wurde plötzlich traurig. »Ich habe ihr nach Weihnachten eine Nachricht auf die Mailbox gesprochen, aber sie hat mich nie zurückgerufen. Meinst du, sie wird mir jemals verzeihen?«

»Stimmt, im Augenblick ist sie nicht dein größter Fan. Aber glaub mir, das wird schon wieder. Gib ihr Zeit.«

Gedankenversunken nahm Lea einen Schluck von ihrem Cocktail. »Kann ich ihr kaum verübeln. Zum Glück ist mir wichtiger, was ihr Sohn von mir hält.«

»Und der kann dich ganz gut leiden.«

»Trotz allem, was ich getan habe?«

»Erstaunlicherweise ja. Was bin ich doch für ein Idiot.« Er grinste schief.

»Kein Idiot.« Lea fuhr ihm zärtlich über den Arm. »Du siehst nur immer das Gute im Menschen. Selbst wenn er dich eines Besseren belehrt.«

»Sag ich ja – ein Idiot.«

Lea lachte. »Aber ein äußerst liebenswerter.«

Eine Weile herrschte Schweigen. Dann schüttelte Christopher den Kopf.

»Je länger ich über das alles – über uns – nachdenke, desto ratloser werde ich. Eigentlich sollte ich nicht mal hier sein. Ich hätte mit Anna nach Hause fahren sollen. So wie wir es vereinbart hatten.«

»Aber du bist hier. Bei mir.«

»Ja.« Er klang zerknirscht.

Zaghaft streckte Lea die Hand aus und strich mit den Fingern über Christophers Wange. Wider Erwarten zuckte er nicht zurück. Sie standen jetzt dicht beieinander. So dicht, dass Lea das Pochen seines Herzens spüren konnte. Erneut wallte Sehnsucht in ihr hoch.

»Entschuldige«, murmelte sie.

»Wofür?«

Ohne auf die Frage einzugehen, reckte sich Lea zu ihm hinauf und presste ihr Lippen sanft auf die seinen.

Christopher stöhnte überrascht auf. Einen Moment war Lea sicher, er würde sie zurückstoßen, dann jedoch legte er seine Hände um ihre Taille und erwiderte ihren Kuss.

Er schmeckte süß. Nach Sehnsucht, Verlangen, einer beinahe vergessenen Vertrautheit. Lea vergrub ihre Finger in seinen Haaren, sog seinen unverkennbaren Duft in sich auf. Ihre Berührungen wurden intensiver, drängender. Christopher dirigierte sie die wenigen Meter zur Wand und drückte seinen Körper gegen den ihren. Sie fühlte die Ausbuchtung seiner Smokinghose an ihrem Unterleib und keuchte unwillkürlich auf. Ihr Mund wanderte tiefer, konzentrierte sich auf die empfindliche Stelle hinter seinem Ohr.

So plötzlich wie er gekommen war, war der Moment auch schon wieder vorüber.

Atemlos riss sich Christopher von ihr los. Mit schreckgeweiteten Augen fuhr er sich mit den Fingern über den geschwollenen Mund. Dann vergrub er das Gesicht in den Händen.

»Scheiße«, japste er.

»Tut mir leid.« Leas Wangen brannten. »Ich – ich hätte das nicht tun dürfen.«

Christopher starrte wortlos auf sie herab. In seinem Gesicht kämpften Entsetzen und Verlangen um die Oberhand.

»Verdammte Scheiße«, wiederholte er.

Lea hob beschwichtigend die Arme. »Wie gesagt – es war meine Schuld. Wird nicht wieder vorkommen.«

Einen Moment schwieg Christopher. Er schien mit sich zu hadern. Schließlich ging ein Ruck durch seinen Körper. Vorsichtig umfasste er Leas Kinn und blickte ihr tief in die Augen.

»Das Problem an der Sache ist – ich will nicht, dass es nie wieder vorkommt.«

KAPITEL 53

Anna. Damals (2016)

Kaum hatte Anna den Treppenabsatz erreicht, wurde die Wohnungstür auch schon aufgerissen.

Entsetzt schlug sie die Hand vor den Mund.

»Um Gottes willen, Christopher, was ist denn mit dir passiert?«

Er war leichenblass, seine Schultern hingen herab und sein Gesicht zierte ein langer blutiger Striemen. Blut tropfte von seiner Wange und verfing sich in seinem Bart.

»Ist nicht so schlimm. Trotzdem danke, dass du gleich gekommen bist.«

»Blödsinn – das sieht übel aus. Die Wunde muss gesäubert werden. Warte, ich übernehme das.«

»Ist nur ein Kratzer, wirklich.«

Ohne auf seine Beschwichtigungen einzugehen, schob sich Anna an ihm vorbei in die Wohnung. Sie eilte ins Bad, wo sich der Kasten mit dem Verbandszeug befand.

In der Tür zum Badezimmer blieb sie wie angewurzelt stehen. Ihr Blick wanderte von den herausgerissenen Schubladen, zu den auf dem Boden verstreuten Kleidern und Kosmetikartikeln. Sie biss die Zähne zusammen und fischte in dem Chaos nach dem Verbandskasten.

Eins nach dem anderen.

Mit Desinfektionsmittel und Betaisodona bewaffnet, wandte sie sich zu ihrem Freund um.

»Setz dich.«

Folgsam ließ sich Christopher auf den Badewannenrand sinken. Er sah völlig erschöpft aus, beinahe apathisch.

Mit zitternden Fingern betupfte Anna die Wunde mit dem Desinfektionsmittel. Der scharfe Alkoholgeruch stieg ihr in die Nase und Anna verzog das Gesicht. Christopher zuckte nicht einmal mit der Wimper, während sie den Striemen vorsichtig säuberte und die bräunliche Flüssigkeit der antibakteriellen Salbe darauf strich.

»Willst du mir jetzt erzählen, was passiert ist?«

Er gab ein klägliches Stöhnen von sich, das so gar nicht zu ihrem sonst so unerschütterlichen Freund passen wollte.

»Gehen wir ins Wohnzimmer.«

»In Ordnung. Willst du was trinken? Einen Tee vielleicht?«

»Wodka.«

Sie nickte. Mit einem mulmigen Gefühl im Bauch lief sie in die Küche und folgte ihm dann mit einer Flasche und zwei Gläsern in den Salon.

Auch hier sah es nicht besser aus. Aus den Regalen gerissene Bücher, Kleidungsstücke und Scherben bedeckten den Boden. Schweigend hielt sie ihm das Getränk hin.

Ohne sie anzublicken, leerte er es in einem Zug. Das ungute Gefühl in Annas Magengegend verstärkte sich. Was in Gottes Namen war hier bloß geschehen?

»Jetzt sag schon, Christopher. Du machst mir Angst. Was war denn los bei euch?«

Er hielt den Kopf gesenkt. Trotzdem konnte sie Tränen in seinen Augen aufblitzen sehen.

»Es ist Lea«, krächzte er. »Sie – sie hat mich verlassen.«

Anna prustete. Wodkatropfen flogen aus ihrem Mund. »Was?«

Christopher vergrub das Gesicht in den Händen. »Dabei lief es in letzter Zeit doch so gut zwischen uns. Ich dachte wirklich, wir hätten das Gröbste überstanden. Aber heute ...« Er brach ab. Einige Male atmete er tief durch, dann fuhr er fort. »Sie hat gesagt, sie braucht mehr Zeit für sich. Dass sie so nicht weitermachen könne. Das sei nicht sie, nicht ihr Leben. Ich war vollkommen vor den Kopf gestoßen.«

»Das kann ich verstehen.«

»Ich habe versucht, sie von ihrem Vorhaben abzubringen. Sie hat doch Felicitas und mich, wieso reicht ihr das denn nicht?« Schwer atmend fuhr er sich mit den Fingern durchs Haar. »Ich liebe sie, Anna! Ich hätte alles für sie getan. Wirklich alles. Und was macht sie? Tritt unser gemeinsames Leben mit Füßen.« Er schnaubte. »Dann wurde sie wütend. So wütend wie heute habe ich sie noch nie zuvor erlebt.«

Anna drückte mitleidvoll seine Hand. Sie war eiskalt.

»Wie eine Verrückte ist sie durch die Wohnung gelaufen, hat Sachen in ihren Koffer geworfen. Wir haben gestritten. Schlimmer als jemals zuvor. Tassen flogen, Stühle wurden umgeworfen.« Er erschauerte.

»Der Kratzer in deinem Gesicht. War sie das?«

Christopher antwortete nicht. Doch das brauchte er auch nicht. Sein Blick sagte alles.

»Diese dumme egoistische Kuh«, brach es unvermittelt aus Anna hervor. »Wie kann sie nur! Nach allem, was ihr gemeinsam durchgemacht habt? Nach all dem, was du für sie getan hast? Der Unfall ihres Bruder, der Tod ihrer Mutter – stets warst du für sie da, hast sie aufgefangen und unterstützt. Und so dankt sie es dir?«

»Es ist nicht ihre Schuld«, wollte Christopher einwenden, doch Anna unterbrach ihn.

»Wage es nicht, sie auch noch in Schutz zu nehmen. Sie hat dich angegriffen, verdammt!«

»Lea – sie hatte im Grunde nicht vor, mich zu verlassen. Es ist einfach alles aus dem Ruder gelaufen. Mir sind die Nerven durchgegangen.«

Er füllte sein Glas mit Wodka und stürzte es hinunter.

348

»Ich kann das nicht mehr. Einen Schritt vor und dann zwei zurück. Ein paar Wochen Frieden und Harmonie. Und jedes Mal, wenn ich denke, dass wir über den Berg sind, zieht sie sich wieder zurück. Ich liebe diese Frau, aber ich kann dieses ewige Hin und Her nicht länger ertragen. Ich bin mitten in meiner Konzipientenzeit, arbeite mir den Arsch ab. Tag für Tag, Woche für Woche. Ich brauche jemanden an meiner Seite, auf den ich mich verlassen kann. Ich habe keine Kraft, ununterbrochen mit ihr zu streiten. Mir permanent Sorgen zu machen. Mich zu fragen, wo sie steckt, wenn ich nach Hause komme und sie nicht da ist.«

Er griff erneut nach der Flasche.

»Ich habe sie angefleht, zu bleiben. Ihr versichert, dass wir das gemeinsam hinbekommen. Aber sie wollte nicht auf mich hören. Ich habe ihr gesagt, dass, wenn sie jetzt geht, braucht sie nicht mehr wiederzukommen. Dass es dann vorbei wäre. Sie solle sich ihre nächsten Schritte gut überlegen. Ich war mir sicher, dass ich sie zur Vernunft bringen würde.« Er lachte bitter. »Letztlich half alles nichts. Und nun ist sie fort.«

Anna schluckte. Was sie da hörte, verstörte sie zutiefst. Ihr Blick flog zur Kinderzimmertür am anderen Ende des Raums.

»Wo ist eigentlich Felicitas? Sie hat das Ganze doch nicht mitbekommen?«

Christopher lachte bitter. »Natürlich hat sie es mitbekommen, sie hat wie am Spieß geschrien und geweint.« Er schluckte. »Meine Mutter hat sie abgeholt. Kurz bevor du gekommen bist.«

Mit einem Fluch griff Anna nun selbst nach der Flasche, um sich nachzuschenken.

»Sie wird zur Besinnung kommen. Du wirst sehen – in ein paar Wochen ist sie wieder da und wird sich unter

Tränen bei dir entschuldigen. So ist Lea nun mal. Sie braucht das Drama.«

Doch Christopher schüttelte nur den Kopf. »Das glaube ich nicht. Es ist vorbei. Diesmal wirklich.«

Dann begann er lautlos zu weinen. Dicke Tränen rannen ihm über die Wangen, vermischten sich mit geronnenem Blut.

Anna senkte den Blick. In ihrer jahrzehntelangen Freundschaft hatte sie ihn noch niemals so verzweifelt erlebt. Der Schmerz in seinen Augen traf sie bis ins Mark. Sie wusste nicht, wie sie reagieren sollte. Was sagt man jemandem, dessen Herz soeben gebrochen war? Es gab nichts, das sie tun oder sagen konnte, um es besser zu machen.

Also beschränkte sie sich darauf, tröstend die Arme um seinen Körper zu schlingen und ihn in seiner Trauer festzuhalten. Gemeinsam mit ihm den Kummer in Alkohol zu ertränken.

Sie wusste nicht, wie lange sie so dasaßen, doch irgendwann waren seine Tränen versiegt. Erschöpft sank Anna gegen die Rückenlehne der Couch.

»Wie soll ich denn jetzt nur weitermachen?«, murmelte Christopher. »Was soll ich Felicitas sagen? Sie ist doch noch so klein, sie wird nicht verstehen, warum ihre Mutter fort ist. Und wer soll sich um sie kümmern, während ich bei der Arbeit bin?«

»Wir schaffen das gemeinsam.«

»Das ist lieb von dir, Anna. Wirklich. Aber du hast dein eigenes Leben. Deinen eigenen Job. Ich kann das nicht von dir verlangen.«

»Du verlangst überhaupt nichts. Es ist meine freie Entscheidung. Und ich werde dir helfen. Ich kann Felicitas nach meinem Unterricht abholen und auf sie aufpassen, bis du mit der Arbeit fertig bist. Wofür hat man sonst Freunde?«

»Ich kann das nicht von dir verlangen«, wiederholte er. Doch sie konnte einen Funken Hoffnung in seinen Augen erkennen.

»Jetzt hör mir gut zu. Du bist mein bester Freund. Ohne dich hätte ich die Schulzeit nicht überlebt, ich bin dir also was schuldig. Wenn ich an Leas Stelle wäre, hätte ich dich niemals verlassen. Einen Mann wie dich lässt man nicht gehen. Du bist warmherzig, fürsorglich, verlässlich, treu. Der beste Mann – der beste Mensch –, den ich kenne. Ich werde immer für dich da sein.«

»Du bist auch der beste Mensch, den ich kenne.«

Ein merkwürdiger Ausdruck war auf sein Gesicht getreten. Erst jetzt wurde Anna bewusst, wie nahe sie beisammensaßen. Sie konnte sein Knie an ihrem spüren, die Wodkanote in seinem Atem riechen.

Beschämt wandte sie sich ab und spülte ihre Unsicherheit mit dem letzten Schluck Wodka hinunter. Als sie den Kopf wieder hob, waren seine Augen immer noch unverwandt auf sie gerichtet. Sein Blick glitt abwärts und blieb an ihren Lippen hängen.

Anna stockte der Atem. Er würde doch nicht ...

Wie in Zeitlupe beugte er sich vor. Zentimeter für Zentimeter kam sein Gesicht näher, dann fand sein Mund den ihren.

Die Berührung durchzuckte sie mit der Heftigkeit eines elektrischen Schlags. Instinktiv erwiderte sie den Kuss. Öffnete leicht die Lippen, konzentrierte sich auf das Gefühl seiner Zunge, die sich sanft tastend in ihrem Mund bewegte. Nach einer Weile wurden seine Bewegungen forscher. Seine Hand wanderte von ihrem Hals abwärts, streifte den Kragen ihrer Bluse, suchte ihre Brust.

Dann zerriss der Moment.

Anna zuckte zurück. Dabei stieß sie mit dem Ellbogen gegen ihr Glas, das klirrend zu Boden ging. Sie sprang auf.

»Mist. Entschuldige.« Sie bückte sich, um die Scherben aufzuklauben, doch Christopher hielt sie davon ab. »Lass nur.« Mit einer gleichgültigen Handbewegung deutete er auf das Chaos. »Ist auch schon egal. Ich mache das morgen.«

Er zog sie wieder neben sich auf die Couch. Langsam streckte er die Hand aus und strich ihr eine widerspenstige Haarsträhne aus der Stirn. Anna ließ es geschehen. Ihr Herz klopfte im Stakkato. Was zum Teufel tat sie da eigentlich?

»Christopher – nicht.« Ihre Stimme war kaum mehr als ein Flüstern.

Ernst blickte er auf sie hinab. »Wieso nicht?«

»Es ist nicht so, dass ich es nicht will. Wirklich nicht. Es ist nur ...« Sie hielt inne. »Es ist nicht der richtige Zeitpunkt. Du weißt nicht, was du da tust.«

»Du irrst dich.«

»Lea – deine *Frau* – hat dich erst vor wenigen Stunden verlassen.« Sie seufzte. »Ich bin's – Anna. Deine beste Freundin. Ich verstehe, dass du deine Trauer verarbeiten musst. Aber ich bin nicht die Richtige, um dich auf diese Weise zu trösten. Du liebst nicht mich, du liebst Lea.« Sie lachte freudlos auf. »Glaub mir, ich habe mir oft gewünscht, es wäre anders. Doch so ist es nun mal. Wenn wir das jetzt fortsetzen – das würde alles kaputtmachen. Und mir liegt zu viel an unserer Freundschaft, um sie für eine Nacht mit dir aufs Spiel zu setzen.«

»Du irrst dich«, wiederholte Christopher.

»Ach ja?«

Anna ertappte sich dabei, wie sich ihr Herz mit Hoffnung füllte und verteufelte sich zugleich dafür.

»Was, wenn ich dir sagen würde, dass ich in meinem Leben noch nie so klar gesehen habe. Dass ich dich zum ersten Mal wirklich *sehe*. Du bist meine beste Freundin, das ist wahr. Vielleicht war das das Problem mit Lea. Wir beide waren niemals Freunde.«

Erneut griff er nach Annas Kinn und zog sie zu sich heran. Küsste sie mit einer Intensität, die ihr den Atem raubte. Einen Moment ließ sie es geschehen, dann entzog sie sich ihm wieder.

»Bitte. Hör auf.«

»Ich will nicht nur eine Nacht, Anna. Glaub mir. Ich will jemanden, der für mich da ist, auf den ich mich verlassen kann. Jemanden, mit dem ich mir ein Leben aufbauen, mit dem ich alles teilen kann. Eine Partnerin. Eine stabile Beziehung. Du bist das alles für mich. Das warst du immer. Keine Ahnung, warum ich das nicht schon früher gesehen hab.«

Träume ich, fragte sich Anna unvermittelt. War das wirklich Christopher, der da zu ihr sprach?

Nach all den Jahren. Mehr als ein Jahrzehnt hatte sie sich einzureden versucht, zwischen ihnen wäre nichts als Freundschaft. Sollte er tatsächlich endlich erkannt haben, dass sie die Richtige für ihn war? Die Vorstellung klang zu schön, um wahr zu sein.

Anna erhob sich. Ihre Beine zitterten so stark, dass sie fürchtete, sie würden sie nicht tragen.

»Ich werde jetzt gehen«, sagte sie mit aller Willenskraft, die sie aufbringen konnte. »Geh schlafen, Christopher. Ich liebe dich, ich habe dich immer geliebt. Ich weiß, dass du das weißt. Wenn du wieder klar denken kannst und immer noch so empfindest, sehen wir weiter. Aber nicht heute Nacht. Wenn du einen Rückzieher machen willst, machen wir so weiter wie bisher und vergessen den heutigen Abend. Das ist okay für mich. Und wenn nicht – reden wir darüber. Wie auch immer du dich entscheidest, ich werde mich um dich und Felicitas kümmern. Du kannst dich auf mich verlassen.«

KAPITEL 54

Lea

Missmutig starrte Lea durch die Windschutzscheibe ihres Audis. Ihre Augen waren auf den parkenden Wagen vor ihr gerichtet, ein alter Ford, grau, mit eingedellter Stoßstange. Beim Gedanken an die Wohnung mehrere Stockwerke über ihr krampfte sich ihr Magen zusammen.

Kurz erwog sie, Anna anzurufen und sie zu bitten, Felicitas zu ihr hinunterzuschicken. Aber das ging natürlich nicht. Für die erste Nacht in ihrem neuen Kinderzimmer hatte die Kleine sicher massenhaft Zeug dabei. Außerdem hatte sie doch die Gelegenheit nutzen wollen, ein paar Kisten mit Klamotten mitzunehmen, die Christopher erwähnt hatte.

Ein Blick auf die Uhr am Armaturenbrett ließ sie aufstöhnen. Sie war jetzt schon zu spät dran. Trotzdem sträubte sich alles in ihr dagegen, ihrer Rivalin gegenüberzutreten. Lebhaft hatte sie noch Annas irren Gesichtsausdruck vor Augen, als sie ihr das Wasserglas ins Gesicht geschüttet hatte. Und nach dem Ausgang des gestrigen Abends konnte sie es ihr nicht einmal verdenken.

Komm schon, Lea. In einer Viertelstunde bist du wieder draußen. Rein, Felicitas und die Kisten schnappen, raus. Keine große Sache.

Widerstrebend stieg sie aus dem Wagen und lief die Stufen zum Eingang empor. Als sie den Treppenabsatz erreicht hatte, wartete Anna bereits im Türrahmen auf sie.

»Hi, Anna«, krächzte Lea. Ihre Kehle war staubtrocken.

Anna hatte die Hände vor dem Körper verschränkt, ihre Lippen waren zu einer schmalen Linie zusammengepresst. Wortlos trat sie einen Schritt beiseite, um Lea einzulassen. Kein Wort der Begrüßung, nicht einmal der Ansatz eines höflichen Lächelns. Lea sank das Herz in die Hose. Das konnte ja heiter werden.

»Felicitas! Deine Mutter ist hier. Kommst du bitte?«

»Einen Moment noch«, drang Felicitas' gedämpfte Stimme aus dem Kinderzimmer. »Ich muss noch meine Schulsachen für Montag zusammensuchen!«

Seufzend nahm Lea ihren Regenhut ab. So viel zu ihrem Plan, in einer Viertelstunde wieder draußen zu sein. Sie spürte Annas bohrende Blicke und straffte unwillkürlich die Schultern. Die Wellen der Wut, die von Anna ausgingen, ließen Lea das Blut in den Adern gefrieren.

»Christopher hat erwähnt, dass ihr noch ein paar Kisten mit meinen alten Sachen habt«, murmelte sie. »Weißt du, wo die sind? Ich würde sie gerne mitnehmen.«

Anna gab ein abfälliges Schnauben von sich. »Hältst du das wirklich für notwendig? Du wirst doch sowieso über kurz oder lang hier einziehen. Wozu also die Mühe?«

Lea schnappte nach Luft.

Beruhige dich. Lass bloß nicht zu, dass sie dich aus der Fassung bringt.

»Die Kisten. Wo sind sie?«

»Ich bitte dich, Lea. Jetzt tu doch nicht so unschuldig. Christopher war praktisch die ganze Nacht weg. Glaubst du, ich wüsste nicht, was das zu bedeuten hat?«

Die Erinnerungsfetzen, die bei diesen Worten in ihr aufstiegen, waren alles andere als hilfreich. Christopher, der ihr Gesicht in die Hände nahm und sie inbrünstig küsste. Wie er sie in ihrer Wohnung gegen die Küchenzeile presste, ihr das Kleid von den Hüften zerrte, die empfindliche Stelle auf der Innenseite ihres Oberschenkels liebkoste. Vehement schüttelte sie den Kopf, um die Bilder aus ihren Gedanken zu verbannen.

»Es – es ist nicht so, wie du denkst«, brachte sie mühsam hervor.

Anna stieß ein freudloses Lachen aus. »Ach ja? Dann hast du meinen Freund also nicht gevögelt?«

Lea zuckte zusammen, als hätte ihr jemand einen Schlag in die Magengrube versetzt.

»Meinen Ehemann, meinst du wohl.«

Kaum hatte sie die Worte ausgesprochen, hätte sie sie am liebsten zurückgenommen. Sie biss sich auf die Unterlippe.

Warum kann ich nicht ein Mal meine blöde Klappe halten?

Mit Erschrecken registrierte sie, wie sich Annas Hände zu Fäusten ballten. Instinktiv wich sie einen Schritt zurück.

»Eure Beziehung geht mich nichts an. Klär das mit Christopher«, fügte sie mit zitternder Stimme hinzu.

»Oh, das werde ich, verlass dich drauf«, zischte Anna. »Aber wo du schon mal hier bist, kann ich es dir ebenso gut persönlich sagen: Mir reicht es. Du kannst ihn haben. Ich habe die Nase voll davon, mich von euch für dumm verkaufen zu lassen. Ich bin raus.«

Ihre Hände bebten vor Zorn. »Drei Jahre, Lea. Drei lange Jahre waren wir glücklich. Christopher jedenfalls war glücklicher, als er es jemals mit dir war, so viel steht fest. Ich gratuliere – du hast es geschafft. Bist du jetzt zufrieden? Jetzt, wo du alles zerstört hast?«

Nun war es auch mit Leas Geduld am Ende.

»Woher willst du wissen, ob wir glücklich waren?«, knurrte sie. »Christopher und ich – wie lieben uns. Weder die Jahre der Trennung noch du konnten daran etwas ändern. So schrecklich kann es also nicht gewesen sein, meinst du nicht?«

Annas Miene verfinsterte sich schlagartig. Wenn Blicke töten könnten, wäre Lea tausend Tode gestorben. »Ich war Christophers beste Freundin, hast du das etwa vergessen? Ich weiß alles über eure Ehe. Und anders als deines funktioniert mein Gedächtnis hervorragend«, höhnte sie. »Eure Beziehung war eine einzige Katastrophe. Eine zerstörerische Abwärtsspirale, gespickt mit ein paar wenigen lichten Momenten. Hast du dich denn nie gefragt, woher die Narbe auf seiner Wange stammt? Ich werde es dir sagen: Das bist du gewesen.«

Lea durchforstete ihr Hirn nach einer Erinnerung, in dem Versuch, den Wahrheitsgehalt von Annas Worten zu überprüfen. Doch ihr Gedächtnis streikte hartnäckig.

»Du lügst. Das sagst du doch nur, um mir wehzutun.«

Anna zuckte die Achseln. »Frag ihn, wenn du mir nicht glaubst. Er wird es dir bestätigen.«

»Oh, das habe ich längst. Christopher meinte, es sei ein dummer Unfall gewesen. Eine Zange, die aus dem Werkzeugkasten gefallen ist.«

Einen Augenblick sah Anna überrascht aus, doch sie fing sich rasch wieder. »War ja klar, dass er versucht, dich zu beschützen.« Sie schüttelte den Kopf. »Du kannst die Wahrheit verleugnen, aber das macht sie nicht weniger wahr. Du hast ihn verletzt. Äußerlich wie innerlich. Das ist es nämlich, was du am besten kannst, nicht wahr? Alles und jeden zerstören.«

Lea zwang sich, tief durchzuatmen.

Sie schlägt um sich. Lass dich nicht darauf ein. Du musst einen kühlen Kopf bewahren.

»Anna – hör mir zu«, sagte sie in bemüht sanftem Tonfall. »Es tut mir leid, dass wir dich verletzt haben. Das war nicht meine Absicht.«

Für den Bruchteil einer Sekunde sah sie Schmerz in Annas Augen aufflackern. »Es tut dir *leid*?«, keuchte sie.

»Ich bitte dich. Spar dir deine armseligen Entschuldigungen für Christopher auf. Die ziehen bei mir nicht. Du hast das von Anfang an geplant.«

»Ich meine es ernst. Es tut mir wirklich leid. Ich wollte nicht, dass du es auf diese Weise erfährst. Aber Christopher und ich – wir gehören nun mal zusammen. Wir sind eine Familie. Hättest du an meiner Stelle nicht dasselbe getan?«

»Wie kann man nur so selbstgerecht sein«, kreischte Anna. »Es geht dir doch gar nicht um Felicitas, nicht mal um Christopher. Du egoistisches Miststück! Und ausgerechnet du ziehst die Familienkarte? Dass ich nicht lache! Mag sein, dass du biologisch gesehen Felicitas' Mutter bist. Aber eine Familie seid ihr schon seit drei Jahren nicht mehr.« Sie deutete auf ihre Brust. »Christopher und ich, wir waren eine Familie. Wir waren füreinander da, haben Freud und Leid miteinander geteilt. Das ist es nämlich, was eine Familie ausmacht.« Sie lachte freudlos auf. »Aber nach dem, was mit deiner eigenen passiert ist – kein Wunder, dass du nichts davon verstehst.«

Hatte Lea zuvor noch so etwas wie Mitleid für Anna empfunden, war es damit jetzt endgültig vorbei.

»Wage es nicht, Lo und meine Eltern da hineinzuziehen, ich warne dich!«

Anna hob die Brauen. »Ich dachte, du willst die Wahrheit wissen – hier ist sie. Du hast unsere Beziehung zerstört, genauso wie du damals deine Familie zerstört hast. Das Leben deines Bruders, das deiner Eltern, Christophers, meines. Sag schon, Lea – wer kommt als Nächstes? Felicitas?«

Lea biss die Zähne zusammen, um nicht laut loszubrüllen.

»Man kann nichts zerstören, das nicht bereits kaputt ist. Dafür bist du schon selbst verantwortlich.«

Annas Augen verengten sich zu Schlitzen. »Ausgerechnet du willst mir etwas von Verantwortung erklären? Du bist die verantwortungsloseste Person, die ich je kennengelernt habe. Das warst du immer. Aber daran erinnerst du dich ja praktischerweise nicht.«

Lea erschauerte. *Wie praktisch.* Dieselben Worte, die ihr Vater benutzt hatte. »Bitte verschone mich mit deinen vagen Anschuldigungen.« Sie schnaubte. »Ja – ich habe Christopher verlassen. Das hatten wir bereits. Seit ich wieder hier bin, ist kein einziger Tag vergangen, an dem ich das nicht bereut habe. An dem ich mich nicht gefragt habe, was wohl passiert sein mag, dass es so weit gekommen ist. Aber weißt du was? Es ist egal. Ich kann die Vergangenheit nicht ungeschehen machen. Aber ich kann versuchen, das Beste aus dem Hier und Jetzt zu machen. Also wenn du irgendetwas weißt – dann sag es. Oder lass es bleiben. Aber hör endlich mit diesen kryptischen Schuldzuweisungen auf.«

»Du willst es wirklich wissen?« Ein süffisantes Grinsen war auf Annas Gesicht erschienen. »Muss ich dich ernsthaft an den Tod deines eigenen Bruders erinnern?«

»Es war ein Unfall!«

»Mag sein. Trotzdem war es deine Schuld.«

»Lorenz ist im Eis eingebrochen. Es gab nichts, was ich hätte tun können. Lass ihn gefälligst aus dem Spiel!«

Anna lächelte wölfisch. »Du weißt es vielleicht nicht mehr, aber der See war fast komplett zugefroren in jenem Jahr. Nur in der Mitte waren noch ein paar vereinzelte dünne Stellen übrig. Hast du mal überlegt, wie er überhaupt so weit hinauslaufen konnte?«

Leas Augen weiteten sich vor Entsetzen.

»Wie meinst du das?«, hörte sie sich sagen. Die Schwäche, die aus jeder ihrer Silbe troff, schürte den Zorn in ihrer Brust. Am liebsten hätte sie Anna ihr selbstgefälliges Gehabe mit einem Fausthieb aus dem Gesicht gewischt.

»Da ja offenbar sonst niemand den Mut hat, dir die Wahrheit zu sagen, muss ich es wohl tun. Du warst diejenige, die auf Lorenz hätte aufpassen sollen. Wie lange warst du wohl abgelenkt, bis dir aufgefallen ist, dass er zu weit hinauslief? Lange. Verdammt lange. Zehn Minuten? Zwanzig? Es war deine Schuld, Lea. Du allein bist schuld an seinem Tod. Du warst nicht mal in der Lage, auf deinen eigenen Bruder aufzupassen. Und ausgerechnet du willst mir etwas von Verantwortung erzählen?«

Kalte Angst griff nach Leas Herzen. Vehement schüttelte sie den Kopf. »Nein. Das ist nicht wahr«, wimmerte sie. »Das hätte ich dir nicht zugetraut. Wie kannst du es wagen, dich an meiner traurigen Familiengeschichte zu ergötzen? Das ist wirklich letztklassig, Anna.«

»Es ist nichts als die Wahrheit. Wolltest du nicht die ganze Zeit wissen, was für ein Mensch du bist? Was du getan hast? Jetzt weißt du es. Kein Wunder, dass dein Vater dich hasst. Wenn ich an seiner Stelle wäre ...« Sie ließ den Satz unvollendet.

Lea konnte sich nur mit Mühe auf den Beinen halten. Taumelnd umklammerte sie den Türrahmen.

Das darf nicht wahr sein. Es ist eine Lüge. Anna lügt. Sie will dich doch bloß dafür bestrafen, dass Christopher dich ihr vorzieht.

Doch tief in ihrem Inneren spürte sie, dass Anna die Wahrheit gesagt hatte. Das alles war ihre Schuld. Und diese Erkenntnis brachte sie fast um den Verstand. Die Miene ihres Vaters tauchte vor ihrem inneren Auge auf. Die Abscheu in seinem vom Leben gezeichneten Gesicht.

Du erinnerst dich nicht? Wie praktisch.

Ihr Kopf war auf einmal wie leergefegt. Geblieben war der unbändige Drang, wegzulaufen. Sie musste weg von hier, weg von Anna, deren Gegenwart sie keine Sekunde länger ertragen konnte. Mit zitternden Fingern bekam sie die Türklinke zu fassen. Mit einem letzten Blick zurück floh sie aus der Wohnung. Stürmte, immer zwei Stufen auf einmal nehmend, die Treppe hinunter. Sie hielt erst inne, als sie die Haustür hinter sich ins Schloss fallen hörte.

KAPITEL 55

Lea

Lea schleppte sich durch die Straßen auf die Innenstadt zu. Ihre Beine zitterten so stark, dass sie immer wieder kurz innehalten musste, um nicht hinzufallen. Keine Chance, in diesem Zustand ein Fahrzeug zu lenken – sie hätte es bei der ersten Gelegenheit gegen eine Straßenlaterne gefahren. Dazu war ihr speiübel. Zweimal hielt sie an, um sich auf dem Gehsteig zu übergeben.

Lo. Oh Gott, Lo. Es tut mir so leid.

Es ist alles deine Schuld, hörte sie Annas Stimme durch ihre Gedanken hallen. Dann die Worte ihres Vaters.

Du erinnerst dich nicht? Wie praktisch.

Lea vergrub das Gesicht in den Händen. Es war doch ein Unfall! Ein schrecklicher Unfall!

Ach hör doch auf, dich selbst zu belügen. Es ist deine Schuld. Du hast ihn getötet. Du bist schuld an seinem Tod.

Die Dunkelheit war hereingebrochen. Trotz des Lichts der Straßenlaternen konnte Lea kaum die eigene Hand vor Augen erkennen. Dichter Nebel hatte sich über die Stadt gelegt. Keine Spur mehr von dem frühlingshaften Wetter der letzten Tage. Der Wind zerrte an ihrem Haar und peitschte ihr feuchtkalte Luft ins Gesicht. Ihren Hut hatte sie in der Eile liegen lassen.

Von einer neuerlichen Übelkeitswelle überrascht, ließ sie sich auf eine Parkbank sinken. Ihr Körper wurde von heftigem Beben erschüttert.

Die Erinnerung traf sie so unerwartet wie ein Blitz aus heiterem Himmel.

Grün getünchte Fensterläden. Gelbe Fassaden, an denen der Verputz von den Mauern blätterte. Breite Kastanienalleen. Und Schnee. Verdammt viel Schnee.

»Komm, Lea. Beeil dich! Das Eis ist noch fast unberührt!«

Blaue Augen. Strubbeliges Haar, das unter einer übergroßen Mütze hervorlugte.

Lorenz kniete nieder, vergewisserte sich, dass seine Eislaufschuhe auch fest genug saßen. Er trug die nagelneuen Eishockey-Schuhe, die er vor ein paar Wochen zum Geburtstag bekommen hatte.

»Kommst du endlich?«

»Jetzt sei nicht so ungeduldig. Wir haben noch den ganzen Nachmittag Zeit.«

Der Junge zog eine Schnute. »Du hast es versprochen!«

»Ist ja gut. Ich verabschiede mich nur eben von Christopher, dann komme ich nach.«

»Wieso hast du ihm überhaupt gesagt, dass er herkommen soll?« Lorenz stampfte mit dem Fuß auf, sodass seine Kufen tief in dem eisigen Untergrund versanken. »Das sollte doch ein Geschwisterausflug werden. Nur wie beide.«

Er bedachte Christopher mit einem feindseligen Blick.

Lea verdrehte genervt die Augen. »Lauf schon mal los, ich komme ja gleich.«

Mit einem Achselzucken und einem Gesichtsausdruck, der etwas wie mir-doch-egal sagen sollte, kehrte ihnen Lo den Rücken zu und betrat den See. In geübten Schritten lief er los, zeichnete schmale Spuren in das schneebedeckte Eis.

Lea wandte sich mit entschuldigender Miene zu Christopher um. »Was für ein Quälgeist.«

»Er will doch bloß Zeit mit dir verbringen. Ist doch süß.«

Lächelnd trat Christopher näher und umfasste ihr Gesicht mit beiden Händen. Dann beugte er sich zu ihr herab und gab ihr einen zärtlichen Kuss.

»Ich kann es ihm nicht verübeln. Auch ich kann mir nichts Schöneres vorstellen, als an diesem herrlichen Tag bei dir zu sein.«

Bibbernd drängte sich Lea an seinen warmen Körper. Öffnete die Lippen, ließ zu, dass sich seine Zunge in ihren Mund schob. Das vertraute Ziehen in ihrem Unterleib machte sich bemerkbar. Sie stöhnte.

»Wir müssen Lo unbedingt einschärfen, dass er Mama und Papa nicht verrät, dass du hier warst«, murmelte sie zwischen zwei Küssen.

Christopher strich ihr zärtlich über die Wange. »Wieso? Ich dachte, deine Eltern mögen mich.«

»Tun sie ja auch. Aber sie finden, dass ich Lorenz vernachlässige.« Sie verdrehte die Augen. »Ich bin doch nicht sein Babysitter! Ich bin achtzehn, verdammt nochmal. Wieso kapieren die beiden bloß nicht, dass ich da nicht permanent mit meinem zehnjährigen Bruder abhängen will?«

Christophers Lippen auf ihren hinderten sie am Weitersprechen.

»Also, wenn Babysitten bei euch so aussieht«, sagte er und küsste sie erneut. »Dann könnte ich mich daran gewöhnen. Ist doch super hier. Sehr romantisch.«

Lea gab ein zustimmendes Gemurmel von sich. Die schneebedeckten Wälder, der gefrorene See, die Stille – die Stimmung hatte tatsächlich etwas Magisches. Außer ihr und Christopher war niemand hier, bloß in der Ferne zog ihr Bruder seine Runden auf dem Eis. Lea schob den Gedanken an ihre Eltern beiseite. Sie genoss Christophers Atem auf ihrem Gesicht, die Berührung seiner Hände, die einen Weg unter ihre Daunenjacke gefunden hatten und sanft ihren Rücken streichelten.

»Ich denke, es ist besser, wenn ich jetzt gehe«, sagte Christopher nach einer Weile.»Und du solltest dich um Lo kümmern. Nicht, dass er uns am Ende bei deinen Eltern verpetzt.«

Lea seufzte.»Nur noch ein paar Minuten«, bettelte sie. Ihre Hand fand Christophers Hinterteil und sie zog ihn noch näher an sich. Eine halbe Ewigkeit standen sie so da, die Arme wie Ertrinkende umeinandergeschlungen. Eine Minute, zehn, zwanzig? Sie konnte es nicht sagen.

Da hörte sie ihn. Den gellenden Schrei, der von der Mitte des Sees zu ihnen herüberschallte.

Lea spitzte die Ohren.»Hast du das auch gehört?«, wisperte sie.»Was war das?«

Christopher rückte ein paar Zentimeter von ihr ab, horchte in die Stille. Er runzelte die Stirn.

»Wo ist Lorenz? Ich kann ihn nirgendwo sehen.«

Dann hörten sie ihn erneut. Den Schrei ihres Bruders, durchdringend und voller Angst.

»Hilfe! Lea! Hilf mir!«

Lea wirbelte herum. Mit wachsender Unruhe suchte sie den See nach Lo ab. In weiter Ferne glaubte sie eine dunkle Stelle im Eis auszumachen. Darin ein stecknadelgroßer Punkt – der Kopf ihres Bruders.

Oh Gott.

»Scheiße! Sieh mal! Da ist Lo! Er muss eingebrochen sein!«

Ohne Christophers Reaktion abzuwarten, sprintete Lea los, hinaus auf das Eis. Ihre Eislaufschuhe ließ sie am Ufer zurück. Dafür blieb keine Zeit.

Zu Fuß kam sie nur langsam voran. Einige Male fiel sie hin und schlug mit den Knien hart auf dem Untergrund auf. Ein stechender Schmerz durchfuhr Leas Kniescheibe, doch sie achtete nicht darauf. Eilig rappelte sie sich wieder hoch, hastete weiter. Christopher folgte ihr dicht auf den Fersen.

Endlich waren sie nahe genug herangekommen, um die Lage genauer in Augenschein zu nehmen. Das Loch im Eis maß etwa zwei Quadratmeter. Lorenz war leichenblass, seine Augen vor Panik weit aufgerissen. Verzweifelt mühte er sich, seinen Körper emporzuhieven. Doch jedes Mal, wenn Lea dachte, er hätte es geschafft, brach die Kante erneut ab und Lo fiel zurück ins eisige Wasser.

»Halte durch!«, schrie Lea. »Ich bin gleich bei dir!«

Ein unheilvolles Knacken ließ sie innehalten. Ihre Augen weiteten sich vor Entsetzen, als sie den Riss unter ihren Füßen bemerkte. Dünne Linien, die sich um sie herum ausbreiteten wie ein Spinnennetz.

»Lea.« Die Stimme ihres Bruders klang schwach. »Bitte, hilf mir!«

Lea ließ sich zu Boden sinken. Arme und Beine von sich gestreckt, robbte sie vorwärts.

»Bleib weg«, rief sie Christopher über die Schulter hinweg zu. »Uns beide wird es nicht tragen.«

Langsam kroch sie vorwärts, näher an das Loch. Das Ächzen der Eisoberfläche ignorierend, streckte sie die Hand nach der ihres Bruders aus. Zweimal entglitten ihr seine nassen Finger, dann bekam sie sie endlich zu fassen.

»Ich hab dich. Halte dich fest! Wir ziehen dich. Christopher – nimm meine Füße, ja?«

Zentimeter für Zentimeter zogen sie Lorenz' schlotternden Körper aus dem Wasser. Durchnässt wie er war, war er ungemein schwer.

»Ruf einen Krankenwagen. Ich trage ihn ans Ufer.«

Christopher schulterte Lorenz' inzwischen reglosen Körper, dann liefen sie los. Lea fingerte in ihrer Tasche nach dem Handy.

»Wir brauchen einen Krankenwagen. Schloss Laxenburg. Mein Bruder ist im Eis eingebrochen. Schnell! Er lebt, aber bitte beeilen Sie sich!«

Obwohl es eisig kalt war, war Lea schweißüberströmt, als sie das Ufer endlich erreicht hatten.

Mit bebenden Fingern schälte sich Lea aus ihrer Daunenjacke und wickelte sie eng um Lorenz. Seinen Kopf bettete sie in ihrem Schoß. Vorsichtig rieb sie ihm über die Arme. Sein Gesicht hatte eine beängstigend wächserne Farbe angenommen.

»Oh bitte, Lo«, schluchzte sie. »Halte durch. Es tut mir so leid. Das ist alles meine Schuld.«

Sie wandte sich zu Christopher um. »Geh. Fahr nach Hause. Wenn meine Eltern dich hier sehen, sind wir geliefert. Du kannst mir hier sowieso nicht helfen.«

Christopher schüttelte vehement den Kopf. »Vergiss es. Ich lasse dich doch jetzt nicht alleine.«

»Bitte, Christopher. Ich meine es ernst. Du kannst nichts mehr tun. Der Krankenwagen wird bestimmt gleich hier sein.«

Unschlüssig starrte er auf die Geschwister herab.

»Verdammt, Christopher! Geh jetzt!«, brüllte Lea ihn an.

Endlich setzte er sich in Bewegung. »Ich halte nach dem Rettungswagen Ausschau und sage ihnen, wo ihr seid.«

Lea strich über das Gesicht ihres Bruders. Er musste das Bewusstsein verloren haben, sein Atem ging flach und unregelmäßig.

»Bitte, Lo«, wimmerte Lea unter Tränen. »Tu mir das nicht an. Wach auf. Ich werde eine bessere Schwester sein. Versprochen. Nur bitte – halte durch. Lass mich nicht alleine. Ich liebe dich doch so sehr!«

KAPITEL 56

Christopher

Fröstelnd verschränkte Christopher die Arme vor der Brust. Jetzt, da die Sonne untergegangen war, war es bitterkalt und in dem leichten Mantel, den er trug, fror er erbärmlich.

Die Erschöpfung stand ihm ins Gesicht geschrieben. Der Tag in der Kanzlei hatte ihm das Äußerste abverlangt und der Schlafmangel war seiner Konzentration auch nicht gerade zuträglich gewesen. Für kommende Woche waren gleich mehrere wichtige Mandantentermine angesetzt und obwohl er sich vor lauter Arbeit kaum retten konnte, hatte er nur einen Bruchteil von dem geschafft, was er sich vorgenommen hatte.

Den ganzen Tag schon kreisten seine Gedanken um Lea.

Er sah ihr leuchtend rotes Kleid vor sich, ihr blondes Haar, den Schwung ihrer Hüften, als sie sich durch die Menge auf ihn zu bewegte. Spürte ihre Hand auf seinem Oberarm, während sie sich sanft zum Takt der Musik wiegten.

Gedankenversunken fuhr er sich über den Mund, als könnte er die Berührung ihrer Lippen noch immer fühlen. Ein wohliger Schauer lief ihm den Rücken hinunter.

In rascher Abfolge zogen die Bilder der vergangenen Nacht an ihm vorbei. Wie sie in Leas Wohnung übereinander hergefallen waren. Ihre Finger in seinem Haar, seine Hände auf ihrem Busen. Er sah sich selbst, wie er sie gegen die Wand presste, hörte das Geräusch zerreißenden

Stoffs, als er ihr Kleid beiseite schob und sich zwischen ihre Beine drängte. Er stöhnte gequält auf.

Wo hast du dich da nur wieder reinmanövriert?

Die Schuldgefühle, die er am Vorabend so beharrlich von sich geschoben hatte, prasselten jetzt nur umso heftiger auf ihn ein.

Was habe ich getan?

Er hätte mit Anna nach Hause fahren sollen, wie er es ihr versprochen hatte. Von Reue zerfressen fuhr er sich mit der Hand übers Gesicht.

Lea war sein Kryptonit. Seine Achillesferse. So war es schon immer gewesen. Mochte sein Verstand es auch besser wissen, sein Herz konnte und wollte sie einfach nicht loslassen.

Verdammt.

Was sollte er jetzt nur tun? Was sollte er Anna sagen? Er wusste, dass er eine Entscheidung treffen musste. Wie er sich verhielt, war nicht fair. Nicht gegenüber Lea, die keinen Zweifel daran gelassen hatte, was sie wollte, und noch viel weniger gegenüber Anna, seiner treuen Freundin.

Hast du deine Wahl nicht längst getroffen? Du weißt doch genau, wen du willst.

Er seufzte schwer. War er nicht inzwischen alt genug, um zu wissen, dass Liebe allein manchmal nicht ausreichte? Hatte ihn das der Verlauf seiner Ehe denn nicht gelehrt?

Abgründe, so tief wie der Marianengraben. Wortgefechte, Geschrei, Scherbenklirren, Tränen, Verzweiflung. Das Bangen, wenn Lea nicht da war, wenn er nach Hause kam. Lea, die ihm erklärte, dass das Wirtschaftsstudium nicht das Richtige für sie war. Wie er sie daraufhin anblaffte, sie müsse sich endlich entscheiden, was sie mit ihrem Leben anfangen wollte. Der Anruf von Felicitas' Lehrerin, die ihm mitteilte, dass Lea vergessen hatte, seine Tochter von der Schule abzuholen. Leas mitunter wochenlange

Abwesenheiten. Ihr permanenter Durst nach Abenteuer. Die Enttäuschung, wenn er spürte, dass sie sich mal wieder von ihm zurückzog. Die allgegenwärtige Angst, dass er sie nicht halten könne, sie am Ende doch verlieren würde. Und dann waren da die anderen Phasen. Momente tiefer Verbundenheit. Alles verzehrender Liebe. Die Gewissheit, ohne diese Frau nicht leben zu können. Und Spaß. Mit Lea hatte er immer Spaß gehabt. An ihrer Seite war es an keinem einzigen Tag ihrer Ehe langweilig gewesen.

Die Erinnerungen an ihre Beziehung fluteten seine Gedanken mit der Gewalt einer Flutwelle. Bilder aus einer Zeit, die die beste seines Lebens gewesen war und die er in den letzten Jahren so mühsam verdrängt hatte.

Sie beide, nach stundenlangem Aufstieg endlich am Gipfelkreuz angelangt. Lea, die ihn vor dem Panorama der Bad Ausseer Täler leidenschaftlich küsste.

Der Wiener Opernball. Das verlassene Klavierzimmer. Lea, die sich anmutig vor ihm auf den Flügel sinken ließ, eine stumme Aufforderung in den Augen. Wie sie kurz darauf mitten beim Sex von einer Reinigungskraft erwischt worden waren.

Emanuel, ein Studienkollege, der auf einer Party ganz unverhohlen mit ihr flirtete. Leas klimpernde Wimpern. Ihr helles Lachen über dessen Scherze, die überhaupt nicht komisch waren. Das folgende Schreiduell am Nachhauseweg.

Lea, die nach dem Sex erschöpft in seinem Armen einschlief.

Er selbst, auf Knien, wie er um ihre Hand anhielt.

Der Moment, als er das Krankenzimmer betreten und Lea mit Felicitas im Arm gesehen hatte. Ein kleines Bündel, so winzig, dass er fürchtete, es würde bei seinem bloßen Anblick zerbrechen. Das Leuchten in Leas Augen, als sie ihm seine Tochter zum ersten Mal in den Arm legte.

Und schließlich der Abend, an dem alles geendet hatte. Die furchtbaren Dinge, die sie einander an den Kopf geworfen hatten. Seine flache Hand auf ihrem Gesicht. Die roten Abdrücke auf ihrer zarten Haut. Der stechende Schmerz. Das Blut, das ihm von der Wange tropfte. Die Gewissheit, dass sie ihm endgültig entglitten war.

Und dazwischen immer wieder Lea, durchnässt und zitternd an ihn gedrängt, im Schatten der Bäume des Krapfenwaldbads.

Versprich mir, dass es für immer ist.

Gab es nach allem, was zwischen ihnen vorgefallen war, auch nur den Hauch einer Chance, dass sie die Vergangenheit überwinden könnten? Dass ihre Beziehung genau das wäre – für immer? Oder würde sie sich ihm wieder entziehen, ihn vor den Kopf stoßen, weglaufen? Konnte er das Risiko eingehen und es darauf ankommen lassen? Andersherum, könnte er mit dem Wissen leben, es nicht zumindest versucht zu haben?

Anna war das komplette Gegenteil von Lea. Sie war beständig, liebevoll, gütig. Vielleicht, nein – ganz sicher – war sie die bessere Frau. Er liebte Anna. Noch vor wenigen Monaten war er überzeugt gewesen, dass sie die Richtige war.

Er hatte einen Ring gekauft, verdammt nochmal. Hatte um ihre Hand anhalten wollen.

Aber sie war nicht Lea.

Wenn Lea im Raum war, war es, als würde alles um sie herum zu einem Brei aus Farben verschwimmen. Dann sah er nur noch sie. Sie war das Leuchten in einem Meer aus Dunkelheit.

Und obwohl sein Verstand ihm sagte, dass Anna die vernünftigere Wahl war, die bessere Partnerin, fühlte er tief in seinem Inneren, dass das niemals genug sein würde.

KAPITEL 57

Lea

Lea kauerte zusammengesunken in einer Ecke ihrer neuen Couch. Die Füße unters Kinn gezogen, die Arme um die Knie geschlungen, wippte sie mit dem Oberkörper sachte vor und zurück. Obwohl es in der Wohnung gut vierundzwanzig Grad hatte, zitterte sie am ganzen Leib. Sie hatte eine Wolldecke um den Körper gewickelt, doch die Kälte schien aus ihrem Inneren zu kommen. Sie kroch in ihre Glieder, umhüllte sie wie ein Kokon.

Sie konnte nicht sagen, wie sie es von der Parkbank nach Hause geschafft oder wie lange sie dort gesessen hatte. Sekunden, Minuten, Stunden? Sie wusste es nicht. Im Grunde war es auch egal.

Ihr Blick fiel auf die zwei einsamen Gläser auf dem Esstisch, die halbvolle Flasche Gin daneben. Ungläubig schüttelte sie den Kopf. Erst gestern hatte sie mit Christopher an ebendieser Stelle gesessen, hatte mit ihm gelacht und getrunken. Eine Nacht voller Verheißungen, Hoffnung, Verlangen. All das kam Lea auf einmal wie ein Traum vor, wie ein Schnappschuss aus einem anderen Leben.

Der Gedanke an Christopher versetzte Lea einen Stich. Wie oft hatte er sie in den vergangenen Monaten angelogen? War ihr ausgewichen, hatte vorgegeben, Lorenz' Tod sei die Folge eines Unfalls gewesen? Dabei hatte er es die ganze Zeit über gewusst.

So sehr sie Christophers gute Absichten zu schätzen wusste, hatte sie die Erkenntnis seines Verrats bis ins Mark getroffen. Diese Entscheidung war nicht an ihm gelegen. Sie hatte ein Recht darauf gehabt, zu erfahren, was passiert war, was sie zu der Person gemacht hatte, die sie heute war.

Und trotz all des Leids, das sie ihm zugefügt hatte, hatte er versucht, sie vor der Wahrheit zu schützen. Sie in dem Glauben gelassen, sie treffe keine Schuld. Ein eisiger Schauer lief ihr über den Rücken. Was hatte er ihr wohl noch alles verheimlicht?

Sie musste an die Narbe auf Christophers Wange denken. Inzwischen war sie sicher, dass Anna die Wahrheit gesagt hatte. Wie hatte sie ihm das antun können, ausgerechnet ihm, der stets nur das Beste für sie im Sinn gehabt hatte? *Er verdient etwas Besseres*, dachte sie voller Bitterkeit. *Eine Partnerin, die seiner würdig war. Jemanden wie Anna.*

Ächzend wand sich Lea aus der Decke und schnappte sich die Ginflasche vom Esstisch. Mit zitternden Fingern schraubte sie den Deckel auf. Der Gin verätzte ihre ohnehin gereizte Speiseröhre.

Sie ignorierte den Schmerz, genoss ihn sogar. Er lenkte sie von der gähnenden Leere in ihrem Herzen ab.

Lo ist tot. Und es ist deine Schuld.

Sie nahm einen weiteren Schluck aus der Flasche.

»Wer zum Teufel bist du, Lea Lamparta?«, murmelte sie in die Stille.

Sie stieß ein freudloses Lachen aus. Es war paradox. Die letzten Monate hatte sie sich nichts sehnlicher gewünscht, als eine Antwort auf diese Frage zu finden.

Die Worte ihrer Mutter kam ihr in den Sinn.

Pass auf, was du dir wünschst. Es könnte tatsächlich wahr werden.

Wie recht sie doch hatte, dachte Lea und stöhnte frustriert auf. Denn jetzt, wo sie den wohl schlimmsten Tag ihres Lebens erneut durchlebt hatte, sehnte sie sich danach, die Zeit zurückzudrehen. Sie wollte ihre Erinnerungen nicht länger zurück. Wozu auch? Sie wusste bereits alles, was sie wissen musste. Sie war eine furchtbare Person. Eine schreckliche Schwester, Ehefrau, Mutter. Ein entsetzlicher Gedanke regte sich in ihr. Wenn sie nicht mehr da wäre – gab es überhaupt irgendjemanden, der sie vermissen würde? Felicitas war bei Christopher und Anna gut aufgehoben. Ihr Vater, das einzig verbliebene Mitglied ihrer Familie, wollte nichts von ihr wissen. Sie hatte auf ganzer Linie versagt.

Natürlich – Christopher würde eine Weile um sie trauern. Aber letztendlich würde er darüber hinwegkommen. Womöglich war es für ihn noch nicht zu spät, seine Beziehung mit Anna zu retten. Zweifelsfrei waren Felicitas und er ohne sie besser dran. Und Christopher bekäme endlich die Chance, das Leben zu führen, das er verdiente. Sie stand seinem Glück doch nur im Wege. War es nicht genau das, worum er sie gebeten hatte?

Lass mich gehen, Lea. Das bist du mir schuldig.

Der Schmerz in ihrer Brust war kaum zu ertragen. Erneut führte sie die Flasche zum Mund. Wie hatte sie nur zulassen können, dass es so weit gekommen war?

Weil du unfähig bist, Verantwortung zu übernehmen. Ein egoistisches Miststück, wie Anna es treffend formuliert hat. Du bist ein schlechter Mensch. Ein blonder Todesengel, der alles und jeden, der ihm zu nahekommt, unweigerlich zerstört. Wie viele Beweise brauchst du noch, bis du das endlich begreifst?

Ächzend erhob sie sich und stolperte, die Ginflasche immer noch in der Hand, ins Badezimmer.

Sie wusste, was sie zu tun hatte.

Achtlos kippte sie den Inhalt ihres Beauty Case' auf die Fliesen. Wühlte in dem Sammelsurium aus

Lidschattenpaletten, Cremes und halbleeren Parfümflakons, die herausgefallen waren. Dann fand sie die Tabletten, die sie gesucht hatte. Die Beruhigungstabletten, die ihr Frau Spieß mitgegeben hatte. *Achten Sie darauf, nie mehr als eine davon zu nehmen.* Lea schraubte den Behälter auf und ließ den Inhalt der Dose auf ihre Handfläche purzeln. Zwölf Tabletten waren noch übrig.

Bei dem bitteren Geschmack der Pillen verzog sie angewidert das Gesicht. Rasch spülte sie ihn mit dem letzten Rest Gin hinunter.

Der Schmerz, das Leid, die Schuld – sie wollte nur, dass es aufhörte. Die Welt war ohne sie ein besserer Ort.

KAPITEL 58

Anna

Anna riss die Tür ihres Kleiderschranks auf. Ohne zu zögern langte sie hinein, zog einen Packen Kleiderhaken heraus und ließ ihn hinter sich aufs Bett fallen. Mäntel, Hosen, Kleider, Blusen. Es war ihr egal, dass die Klamotten knitterten. Alles, was sie wollte, war, möglichst schnell von hier zu verschwinden. Bevor die Willenskraft sie verließ und sie es sich noch einmal anders überlegen konnte. Anschließend nahm sie sich die Kommode neben dem Bett vor. Sie riss die erste Lade auf. Unterhosen, BHs, Strümpfe landeten auf ihren anderen Habseligkeiten auf der Matratze.

Weg. Nur weg.

Aus der Ferne hörte Anna, wie der Schlüssel im Schloss gedreht wurde. Das musste Christopher sein. Unter normalen Umständen wäre sie ihm entgegengegangen, doch nicht heute. Sie wollte ihn nicht sehen. Es war vorbei. Endgültig vorbei.

Mit zittrigen Fingern machte sie sich an der nächsten Schublade zu schaffen. Shirts und Pullover.

Sie spürte Christophers Anwesenheit, bevor sie ihn sah.

»Was zum Teufel machst du da?«

»Siehst du doch«, antwortete Anna, ohne sich zu ihm umzudrehen. Sie griff nach einem Stapel Shirts und warf ihn aufs Bett. »Ich packe.«

Mit einem Satz war Christopher bei ihr und griff nach ihrem Arm. Seine Miene schwankte zwischen Überraschung und Entsetzen.

»Jetzt warte doch, Anna. Komm mit ins Wohnzimmer. Können wir nicht wie Erwachsene miteinander sprechen?«

Sie schlug seine Hand weg. »Lass mich!«

Sofort ließ Christopher ihren Arm los.

»Worüber willst du überhaupt reden? Ich wüsste nicht, wozu das jetzt noch gut sein sollte.«

»Worüber ich reden will? Um Gottes willen, Anna! Über uns natürlich. Über gestern. Bitte sei doch vernünftig!«

Vorsichtig nahm er ihr den Packen Hosen aus der Hand und legte ihn in die Kommode zurück.

»Über uns? Oder über Lea?« Sie funkelte ihn wütend an. Dann griff sie erneut nach den Jeans.

»Du hast es mir *versprochen*, Christopher. Du hast mir versprochen, dass du bei mir bleiben würdest. Dass wir zeitig nach Hause fahren. Du wusstest genau, wie viel Überwindung es mich gekostet hat, dich auf den Ball zu begleiten, unseren ehemaligen Klassenkameraden gegenüberzutreten. Und was machst du? Lässt mich alleine ziehen und schlägst dir die Nacht um die Ohren. Ausgerechnet mit Lea.«

Christopher stöhnte. »Jetzt lass doch dieses Gerede von der Schulzeit. Ja, es war eine schwere Zeit für dich – aber das ist jetzt über zehn Jahre her! Meinst du nicht, du solltest das endlich hinter dir lassen?«

Anna schnappte hörbar nach Luft. »Meine Schulzeit war die Hölle. Gerade du weißt das besser als jeder andere«, brachte sie zwischen zusammengebissenen Zähnen hervor. »Vielleicht hast du recht und ich sollte inzwischen darüber weg sein. Aber du bist der Letzte, der darüber urteilen sollte. Ausgerechnet du, der immer noch zu sabbern beginnt, kaum dass Lea einen Raum betritt. Einer Frau, die dich, wie ich dich erinnern darf, bei jeder Gelegenheit enttäuscht hat. Immer wieder. Der Frau, die dich mitsamt ihrer sechsjährigen Tochter sitzen gelassen hat.

Wie oft muss sie dich noch enttäuschen, bis du endlich erkennst, dass Lea Gift für dich ist?«

»Du hast recht – ich hätte mit dir nach Hause fahren sollen. Entschuldige.« Es klang zerknirscht. »Doch vergiss nicht, dass du diejenige warst, die gegangen ist, ohne sich zu verabschieden.«

Anna warf frustriert die Hände in die Luft. »Was hätte ich denn sonst tun sollen? Du hast dich entschieden, Christopher. Du hast es vorgezogen, den Abend mit Lea zu verbringen, anstatt dich an unsere Abmachung zu halten.« Sie schluckte. »Meinst du, ich wüsste nicht, dass gestern etwas zwischen euch gelaufen ist? Für wie blöd haltet ihr mich eigentlich? Ich habe euch zusammen gesehen. Allein die Art, wie du sie angesehen hast, sagt alles. Die ganze Zeit über habe ich mir eingeredet, dass unsere Beziehung stark genug wäre. Dass du deine Lektion gelernt hättest. Aber auf dem Ball habe ich es endlich begriffen. Du liebst sie. Trotz allem. Und ich bin es leid, mir deine halbherzigen Entschuldigungen anzuhören, bin es leid, mitanzusehen, wie du dich nach ihr verzehrst. Ich kann das nicht. Nicht noch einmal. Das habe ich nicht verdient.«

Schwer atmend fuhr sie fort. »Ich hätte alles für dich getan, Christopher. Wirklich alles. Ich liebe dich. Das habe ich immer. Ich wollte alles. Das ganze Programm. Heiraten, Kinder, ein gemeinsames Leben. Und ich dachte, du wolltest das auch.«

Sie lachte bitter. »Ich habe ihn gefunden, wusstest du das? Den Verlobungsring. Schon vor Monaten. Seither ist kein Tag vergangen, an dem ich mich nicht gefragt habe, wann es endlich so weit ist. Aber du hast deine Meinung geändert, nicht wahr? Du willst mich nicht länger heiraten. Im Grunde deines Herzens wolltest du das nie. Erinnere dich, wie oft wir über das Thema Kinderkriegen gesprochen haben. Immer hast du gemeint, du seiest noch nicht bereit, noch einmal Vater zu werden. Und ich habe dir geglaubt. Ich wollte dir glauben. Aber jetzt weiß ich es besser. Es lag nie daran, dass du nicht bereit warst. Du willst Kinder. Du liebst Kinder. Du wolltest nur keine Kinder mit *mir*. Mag sein, dass du dir dessen nicht bewusst warst. Aber das ist die Wahrheit. Und ich glaube, es wird Zeit, dass wir sie uns eingestehen.«

Das war der Moment, in dem er sie hätte in den Arm nehmen, ihr hätte sagen müssen, dass sie sich irrte. Dass er sie immer noch heiraten wollte, es nicht erwarten könnte, ein Kind mit ihr zu bekommen. Und sie hätte ihm endlich beichten können, dass sie schwanger war.

Doch der Augenblick verstrich und Christopher tat nichts dergleichen. Er starrte sie nur aus weit aufgerissenen Augen an. Seine Arme hingen kraftlos an seinem Körper herab.

»Anna, ich ...«

Sie fiel ihm ins Wort. »Hör endlich auf, dich zu belügen. Du liebst sie noch. Seit Lea wieder da ist, hat sich zwischen uns etwas verändert. Und ich bin es leid, mich von dir zum Narren halten zu lassen. Wie gesagt – das habe ich nicht verdient.«

Ohne seine Reaktion abzuwarten, stob Anna an ihm vorbei aus dem Zimmer.

Zahnbürste, Brille, Kontaktlinsenbehälter, Schminksachen, ging sie in Gedanken durch, was ihr noch fehlte.

Christopher folgte ihr. Er schien völlig paralysiert. Als könne er nicht fassen, was da gerade passierte. Aber er hatte ihr nicht widersprochen. Der Schmerz, der sie bei dieser Erkenntnis durchzuckte, war mehr als sie ertragen konnte.

Atme, Anna, atme. Sei stark. Du schaffst das.

»Daddy!«, hörte sie auf einmal Felicitas' Stimme hinter sich. Das Mädchen drängte sich zwischen die beiden, schlang die Arme um Christophers Beine. »Ist alles in Ordnung mit euch?« Ihr Blick wanderte von Anna zu ihrem Vater und wieder zurück.

»Natürlich, Süße«, erwiderte Anna an seiner Stelle. Ihr Herz zog sich zusammen, als sie sah, wie das Kind zweifelnd die Brauen hob.

»Und warum streitet ihr dann?«

»Dein Papa und ich müssen nur ein paar Erwachsenendinge besprechen. Sei so lieb und geh in dein Zimmer, ja?« Zögerlich nickend ließ Felicitas die Beine ihres Vaters los. Dann verschwand sie mit einem letzten sorgenvollen Blick zurück in Richtung Kinderzimmer.

Christopher war in sich zusammengesunken. Er hielt den Türstock umklammert, als fürchtete er, jeden Augenblick zusammenzubrechen.

»Für dich gab es immer nur Lea«, sagte Anna leise, als die Kleine außer Hörweite war. »Erweise mir den Respekt, den ich verdiene, und sei zumindest ehrlich zu mir. Tief in dir drin weißt du, dass ich recht habe. Du kannst aufhören, gegen dein Gewissen anzukämpfen. Ich bin raus. So weh es auch tut – aber ich kann nicht mehr.«

»Anna, ich ...«, setzte er erneut an. Er schluckte hörbar. Tränen waren ihm in die Augen getreten. »Es tut mir so leid. Das Letzte, was ich wollte, war, dich zu verletzen. Und ich habe dich niemals angelogen – ich liebe dich. Und du hast recht, wir sind ein tolles Team. Aber Lea – sie war meine erste große Liebe. Und sie ist die Mutter meiner Tochter.« Beschämt ließ er den Kopf hängen.

Dann fiel sein Blick auf den Garderobenständer im Vorzimmer. Er runzelte die Stirn, als er den Hut bemerkte. Leas Hut.

»Warum ist Felicitas eigentlich noch hier? Sie sollte doch das Wochenende bei Lea verbringen.«

Anna antwortete nicht. Ein Anflug schlechten Gewissens überkam sie. Resolut schob sie den Gedanken beiseite. Es gab nichts, wofür sie sich schuldig fühlen musste. Lea hatte es nicht anders verdient.

»Woher weißt du überhaupt, dass ich den Abend mit Lea verbracht hatte?«, fragte Christopher langsam, der eins und eins zusammengezählt zu haben schien.

Anna zog instinktiv den Kopf ein. Einen Moment haderte sie mit sich, was sie ihm sagen sollte, schließlich entschied sie sich für die Wahrheit. Jetzt war es ohnehin egal.

»Sie selbst hat es mir gesagt«, brachte sie hervor, seinem Blick geflissentlich ausweichend. »Sie war hier.«

Christopher erstarrte. »Und warum ist Felicitas dann nicht bei ihr?«

Anna wagte es immer noch nicht, ihm in die Augen zu sehen.

»Was hast du zu ihr gesagt?« Christophers Stimme war plötzlich gefährlich leise.

»Wie bitte? Soll es jetzt etwa meine Schuld sein, dass sie davongelaufen ist?«

Eine neue Woge der Enttäuschung wallte in ihr hoch. Das war ja so typisch. Wie hatte sie auch nur einen Moment lang glauben können, es würde ein Mal bloß um sie gehen? Sie schluckte. Kämpfte gegen den Kloß an, der sich in ihrem Hals gebildet hatte.

»Ich will wissen, was du zu ihr gesagt hast. Lea hat sich so auf das Wochenende mit Felicitas gefreut. Was hast du getan? Warum ist sie ohne sie gefahren?«

Anna zwang sich, ihm in die Augen zu sehen. Die Enttäuschung war kalter Wut gewichen. Sie bemerkte, dass ihre Hände zitterten, und verschränkte sie rasch vor dem Körper.

Nur keine Schwäche zeigen.

»Was soll ich schon gesagt haben? Die Wahrheit. Irgendjemand musste es schließlich tun.«

Christophers Miene verhärtete sich.

»Ich will wissen, was genau du gesagt hast«, sagte er mühsam beherrscht. Ein bedrohlicher Unterton lag in seiner Stimme.

Anna richtete sich zu ihrer vollen Größe auf.

Zum Teufel mit dir, Christopher!

»Alles. Einfach alles. Woher du die Narbe auf der Wange hast. Was tatsächlich damals in Laxenburg geschehen ist. Wurde Zeit, dass Lea erfährt, was sie getan hat. Immer versuchst du, sie zu beschützen. Das ist schon so, solange ich denken kann. Hast du mal daran gedacht, dass sie die Wahrheit verdient hat?«

Christopher sah ehrlich entsetzt aus.

»Wie konntest du nur? In weniger als einem Jahr hat sie ihren Bruder und ihre Mutter verloren. Kannst du denn gar kein Mitgefühl aufbringen? Wer bist du? Die Anna, die ich kannte, war rücksichtsvoll und einfühlsam. Wer ist diese herzlose Frau, die da vor mir steht? Du bist wie eine Fremde für mich.«

Er schüttelte fassungslos den Kopf. Dann wirbelte er auf dem Absatz herum und stürmte zur Tür.

»Wohin gehst du?«, schrie Anna ihm hinterher.

Die Klinke in der Hand wandte sich Christopher zu ihr um. »Das Schlimmste verhindern. Versuchen, den Schaden wiedergutzumachen, den du angerichtet hast. Aber ich schwöre dir – wenn sich Lea was antut, geht das auf dein Konto.«

Annas Augen wurden schmal. »Dann geh doch. Tu, was du nicht lassen kannst. Zerstört euch gegenseitig. Denn ich weiß, das werdet ihr. Aber glaub ja nicht, du könntest wieder bei mir angekrochen kommen und mich um Entschuldigung bitten. Es ist vorbei. Sowas von vorbei!«

Doch Christopher war bereits im Treppenhaus verschwunden.

KAPITEL 59

Lea

Nebel. Nichts als dichte, weiße Nebelschwaden. Sie waberten durch Leas Gedanken, umhüllten sie wie eine weiche Decke aus Wärme und Behaglichkeit. Verschwunden war die Kälte in ihren Gliedmaßen, selbst der Schmerz, die erdrückende Schuld, der Selbsthass schienen von ihr gewichen zu sein.

Leas Lider wurden schwer, doch noch kämpfte sie gegen die Müdigkeit an. Sie fühlte sich seltsam leicht. Schwerelos. Als wäre ihre Seele nicht länger mit ihrem Körper verbunden. Einen bizarren Moment sah Lea sich selbst, zusammengekauert auf dem Sofa liegen. Dann verflüchtigte sich das Bild. Ihr Bewusstsein schien sich gänzlich von ihrem irdischen Leib gelöst zu haben, wanderte weg aus ihrer Wohnung, zurück in die Vergangenheit.

Wie unzählige Male zuvor in ihren Träumen erklomm sie die Treppe zum Schlafzimmer ihrer Eltern. Ihre Füße berührten den Boden kaum, flogen regelrecht über die Stufen. Ihre Finger tasteten nach der Türklinke.

Gleißendes Mondlicht umfing sie, als sie den Raum betrat, und erhellte die schemenhafte Gestalt ihrer Mutter.

Lea ließ sich auf die Bettkante sinken. Eine Weile blieb sie regungslos sitzen, sog ihren Anblick in sich auf. Ihre geliebte Mommy, ihr Fels in der Brandung, ihr Zufluchtsort.

Schmerz schnürte ihr die Kehle zu.

»Es tut mir leid, Mami«, flüsterte sie in die Stille. »Es hätte mich treffen sollen, nicht Lo. Es ist meine Schuld, dass er tot ist. Ich hätte besser auf ihn aufpassen müssen.«

Tränen liefen ihr übers Gesicht. Sie ließ es geschehen. Es würden ja doch nur Neue nachkommen.

»Ich kann es nicht ertragen, dich leiden zu sehen, Mama. Es tut mir so unendlich leid. Kannst du mir jemals verzeihen?«

Zaghaft streckte sie ihre Hand aus und strich zärtlich über die Wange ihrer Mutter. Erstaunt stellte sie fest, wie kalt ihre Haut war. Gespenstisch kalt.

Leas Finger wanderten abwärts, umfassten ihre Schulter. Rüttelten sie. Erst vorsichtig, dann immer heftiger.

»Mami, wach auf!«

Aber ihre Augen mit den langen Wimpern, die den ihren so ähnlich waren, blieben geschlossen.

Eine schreckliche Vorahnung beschlich Lea. So entsetzlich, dass sie sie nicht einmal zu denken wagte. Warum wachte ihre Mutter denn nicht auf? Sie hatte doch sonst so einen leichten Schlaf.

Ihr Blick flog umher. Fiel auf die Tablettendose auf dem Nachttisch. Sie war leer. Gestern war sie noch voll gewesen, das wusste sie genau. Sie selbst war mit ihr in der Apotheke gewesen, um die Medikamente zu kaufen.

Mit zitternden Fingern tastete sie nach dem Handgelenk ihrer Mutter. Versuchte die Kälte zu ignorieren, die von ihrem Körper ausging, konzentrierte sich ganz auf das Gefühl in ihren Fingerspitzen.

Hoffte, betete, ein Pochen zu spüren.

Doch da war nichts.

Absolut nichts.

Leas Lider flatterten und sie schlug die Augen auf. Das Schlafzimmer ihrer Eltern und der leblose Körper ihrer Mutter waren verschwunden. Wild um sich blickend registrierte sie das Meer aus Kisten um sich herum. Sie war wieder in ihrem Apartment.

Ihr Herz klopfte unregelmäßig, als hätte es auf einmal Mühe, das Blut durch ihre Adern zu pumpen. Durch den Nebelschleier fiel ihr Blick auf die Tablettendose auf dem Couchtisch, die leere Ginflasche daneben. *Was habe ich getan?* Für einen Moment schloss sie die Augen wieder, versuchte, sich zu sammeln, ihre Gedanken zu sortieren. Erneut wurde sie von einem Schwall von Erinnerungen übermannt.

Immer zwei Stufen auf einmal nehmend stürzte Lea die Treppe hinab. Sie fand ihren Vater auf dem Sofa. Er war vor dem Fernseher eingeschlafen.

»Papi, wach auf! Irgendwas stimmt nicht mit Mami! Sie rührt sich nicht und ich kann sie nicht wecken!«

»Lea, es ist spät. Lass sie in Ruhe. Sie schläft. Sie hat bestimmt nur eine Schlaftablette genommen.«

»Nein, du verstehst nicht! Die Tablettenschachtel – sie ist leer. Ich glaube, sie ist ...«

Ihr Vater setzte sich unvermittelt auf. Auf einmal war er hellwach, sein Blick spiegelte blankes Entsetzen.

Achtlos schob er sie beiseite und hastete die Treppe hinauf, wo er schluchzend vor dem regungslosen Körper seiner Frau zusammenbrach.

Das nächste, woran sie sich erinnerte, waren Blumenkränze auf einem Grab. Das deplatziert wirkende Zwitschern der Vögel auf dem Friedhof. Der Priester, der etwas von Auferstehung und Vergebung faselte. Der versteinerte Gesichtsausdruck ihres Vaters. Sie selbst, die nach seiner Hand griff. Der Stich in ihrer Brust, als er sie wegschlug und sich ein paar Schritte von ihr entfernte. Das Geräusch von Erde, das auf den heruntergelassenen Sarg prasselte. Christopher, der ihr tröstend über den Rücken strich.

Zwei Monate später. Lea stürmte mit zwei großen Koffern im Arm aus dem Haus ihrer Eltern. Ihr Vater stand mit verhärmten Gesichtsausdruck auf der Veranda und starrte auf sie herab. Tränen verschleierten Lea den Blick, als seine Augen die ihren trafen. Dann drehte er sich wortlos um und ließ die Tür hinter sich ins Schloss fallen.

Lea presste die Handflächen auf ihre Augen. Sie wollte das nicht sehen. Ertrug es nicht, den Schmerz ihrer Jugend erneut zu durchleben.

Die Erkenntnis brachte sie fast um den Verstand. Der Tod ihrer Mutter – es war kein Herzinfarkt gewesen. Sie hatte sie verlassen. Das war die bittere Wahrheit. Eine Wahrheit, die sie so verzweifelt zu verdrängen versucht hatte, dass mit ihr die gesamten Erinnerungen an die letzten dreizehn Jahre ihres Lebens ausgelöscht worden waren.

Plötzlich spürte sie Wut in sich aufwallen. Warum hatte ihre Mutter sie im Stich gelassen? Sich klammheimlich aus der Affäre gestohlen, sich feige in den Freitod geflüchtet? Sie hatte doch noch ein zweites Kind, sie, Lea, gehabt! Wieso hatte das denn nicht gereicht?

Eine strenge Stimme bahnte sich durch den Nebel ihres Bewusstseins an die Oberfläche.

Du bist keinen Deut besser als sie. Hast du für dich nicht soeben dieselbe Entscheidung getroffen? Dabei hast auch du eine Tochter.

Panik ergriff sie.

Nein. Nein, nein, nein, nein! Ich bin nicht wie meine Mutter. Ich werde nicht zulassen, dass Felicitas dasselbe durchmachen muss wie ich. Wie lange ist es her, dass ich die Tabletten genommen habe? Eine Stunde? Zwei?

Lea streckte den Arm nach dem Telefon aus, das keinen halben Meter von ihr entfernt auf dem Couchtisch lag. Doch ihre Hände verweigerten ihr den Dienst.

Sie war so müde. So unendlich müde. *Nur ein paar Minuten ausruhen. Nur für einen kurzen Moment, bis ich genug Kraft gesammelt habe.* Doch da war noch eine andere Stimme in ihrem Kopf. *Nein! Du wirst jetzt nicht schlappmachen. Streng dich an, verdammt! Kämpfe! Vielleicht ist es noch nicht zu spät!* Zentimeter um Zentimeter schoben sich ihre Finger nach vorne. Wie in Zeitlupe sah sie, wie sich ihre Fingerkuppen um das Telefon schlossen. Zudrückten.

KAPITEL 60

Lea. Damals (2007)

Lea schlug die Augen auf. Regen prasselte gegen die Fensterscheiben. Sie wälzte sich in ihrem Himmelbett auf die andere Seite, schlang die Decke enger um den Körper. Sie wollte nicht aufstehen. Wozu sollte das gut sein? Dieser Moment, gleich nach dem Erwachen, war der schlimmste des Tages. Das dumpfe Pochen in ihrer Magengegend. Das unbestimmte Gefühl, das ihr sagte, dass die Welt, wie sie sie kannte, in Trümmern lag. Die Stille, nur unterbrochen vom Trommeln ihres Herzens. Ihr Hirn, das langsam seine Tätigkeit aufnahm, ihr Gedächtnis nach der Ursache der sich anbahnenden Panikattacke durchforstete.

Die Erinnerungen, die unbarmherzig auf sie einhagelten. Der plötzlich einsetzende Schmerz, der sie in die Knie zwang.

Lea wünschte, sie könnte einfach vergessen. Könnte die Zeit zurückdrehen, zurück an den Tag, an dem noch alles in Ordnung gewesen war. Bevor ihr Leben in tausend Einzelteile zersprungen war.

Sie robbte zur Bettkante und zog den Brief unter dem Bett hervor. Das Blatt war zerknittert, die feinsäuberliche Handschrift ihrer Mutter an einigen Stellen verwischt. Verschwommen von Leas Tränen, die beim Lesen von ihren Wangen getropft waren. Seit sie den Umschlag vorgestern in der Post gefunden hatte, hatte sie ihn unzählige Male gelesen. Lea kannte ihn mittlerweile auswendig.

Lea,

meine Kleine. Wenn du diese Zeilen liest, werde ich nicht mehr hier sein.

Es tut mir so leid, dass ich nicht da bin, um deine Tränen zu trocknen. Ich hoffe, du wirst mir eines Tages verzeihen, was ich getan habe. Ich weiß, dass du meine Entscheidung nicht verstehen kannst. Aber an dem Tag, an dem Lorenz begraben wurde, starb auch ein Teil von mir.

Das eigene Kind zu Grabe zu tragen, ist das Schlimmste, das einem widerfahren kann. Eines Tages, wenn du selbst Kinder hast, wirst du wissen, was ich meine. Ich bin daran zerbrochen. Meinem Leben ein Ende zu bereiten, erschien mir als der einzige Ausweg. Der Schmerz war zu groß. Und ich bin zu schwach, ihn zu überwinden. Es tut mir so leid, dass ich dich enttäuscht habe, mein Schatz.

Wo immer ich jetzt bin, sei dir gewiss, dass es mir gut geht. Ich bin bei Lo. Und auch wenn wir nicht hier sind, um dich in den Arm zu nehmen, unsere Liebe wird niemals enden. Wir sind ein Teil von dir, leben in dir weiter, wachen über dich.

Lea, Süße. Ich weiß, dass du wütend auf mich bist. Das ist in Ordnung. Du hast alles Recht der Welt, wütend auf mich zu sein. Nur eines darfst du nicht tun: Wage es nicht, dir die Schuld an meinem Tod zu geben. Meine Entscheidung mag egoistisch und schwach sein, aber ich habe sie für mich getroffen, die Verantwortung liegt bei mir, bei mir alleine. Es gab nichts, das du hättest tun oder sagen können, um es zu verhindern.

Es wäre zu viel verlangt, dich zu bitten, nicht um mich zu trauern. Trauern ist in Ordnung. Eine Weile. Aber dann, ich bitte dich, Lea, um deiner selbst willen: Blick nach vorne. Lebe dein Leben. Du hast nur dieses eine. Ich weiß, dass du das kannst. Du bist stark. Viel stärker als ich es je war. Stärker als du glauben magst. Du bist eine Kämpferin. Das warst du schon immer.

389

Ich weiß, du machst dich für Los Tod verantwortlich. Tu das nicht. Erlaube dir, dir selbst zu verzeihen. Es war ein Unfall. Unfälle geschehen, so schrecklich sie auch sein mögen. Wenn überhaupt jemanden die Schuld trifft, dann bin ich das. Ich bin eure Mutter, ich hätte wissen müssen, dass das Eis nicht sicher ist. Du konntest nichts dafür. Auch dein Vater wird das eines Tages einsehen. Vergiss nie, wie sehr er dich liebt. Er kann es nur nicht immer zeigen.

Die Vorstellung, dass ich nicht mitansehen darf, wie du erwachsen wirst, kein Hochzeitskleid mit dir aussuchen kann, meine Enkel niemals in den Arm nehmen werde, schmerzt mich mehr als ich mit Worten ausdrücken kann.

Lass mich dir ein paar gut gemeinte Ratschläge mit auf den Weg geben.

Was auch immer du tust, tue es mit Hingabe. Mit Leidenschaft. Mit Zuversicht. Kämpfe für das, an das du glaubst, für diejenigen, die du liebst. Verschwende dein Leben nicht mit Menschen, die dir nichts bedeuten, nicht mit einem Beruf, der dir keine Freude bereitet. Hör auf deine innere Stimme, auf dein Herz. Es wird dich auf deinem Weg leiten.

Erlaube dir, zu träumen. Träume und Hoffnung sind der Stoff, aus dem das Leben gemacht ist. Und vergiss nie: Du kannst alles schaffen, was du willst. Du musst es nur wollen. Hör nie auf, an dich selbst zu glauben.

Bereue nichts. Lass dein Leben nicht von den Entscheidungen bestimmen, die du getroffen hast, mögen sie sich nachträglich auch als falsch herausstellen, nicht von denen, die du nicht getroffen hast. Jeder Tag deines Lebens birgt die Chance, dich neu zu erfinden. Und solltest du einmal nicht weiterwissen, denk an meine Worte: Es gibt immer einen Ausweg.

Hab keine Angst vor dem Urteil anderer. Die Angst lähmt dich nur, macht dich schwach. Du bist außergewöhnlich, Lea. Das wusste ich bereits, als ich dich zum ersten Mal in den Armen hielt. Lass niemals zu, dass dir jemand etwas anderes einredet. Ich liebe dich. Mehr als du dir überhaupt vorstellen kannst.

Eines noch: Du bist wunderschön, klug, blutjung. Dein ganzes Leben liegt vor dir. Kirrendorf, Wien, Österreich mag schön sein. Aber die Welt hat so viel mehr zu bieten. Da draußen gibt es Orte, so atemberaubend, dass du es dir im Traum nicht ausmalen könntest. Mein Beruf als Pilotin hat mir die Möglichkeit eröffnet, einige davon zu sehen. Versprich mir, dass du dasselbe tun wirst.

Fly, Baby, Fly, *erinnerst du dich? Und wo auch immer du bist, ich fliege mit dir.*

In Liebe, deine Mutter

KAPITEL 61

Lea. Damals (2016)

Gedankenverloren starrte Lea aus dem Küchenfenster. Die Kastanie im Hof hatte bereits die ersten Blüten hervorgebracht. In kräftigem Pink hoben sie sich von dem blauen Himmel ab. Für einen Moment schloss sie die Augen, sog den Duft des kommenden Frühlings in sich auf. Das Zwitschern der Schwalben drang an ihr Ohr und sie stellte sich vor, sie wäre eine von ihnen. Sie breitete die Flügel aus, glitt in luftigen Höhen übers Land und ließ sich von den sanften Böen im Wind treiben.

Das Vibrieren ihres Telefons auf dem Küchentisch riss sie unsanft aus ihrem Tagtraum. Sie erkannte die italienische Nummer sofort.

»Tante Angela! Seit Wochen nehme ich mir vor, mich bei dir zu melden, doch ich kam einfach nicht dazu. Wie geht es dir? Was macht die Renovierung?«

Schnauben am anderen Ende der Leitung.

»Die Handwerker rauben mir den letzten Nerv. Unverlässliches Pack. Aber ich denke, das Gröbste ist überstanden. Die Fliesen auf der Terrasse werden noch neu verlegt, dann sollte alles fertig sein.«

»Das klingt toll! Ich kann es kaum erwarten, zu sehen, was du aus dem alten Haus gemacht hast.«

»Nun, meine Liebe, das ist auch der Grund meines Anrufs. Wieso kommst du mich nicht besuchen? Immerhin ist es schon ein Jahr her, seit du zuletzt hier warst. Wir gehen schick Essen, Shoppen, lassen uns die Sonne auf den Bauch scheinen. Nur wir Mädels. Du kannst natürlich

Felicitas mitbringen. Wie wär's? Ab nächsten Mittwoch würde mir gut passen.«

»Ich weiß nicht«, sagte Lea zögerlich. »Das Angebot klingt verlockend, aber nächsten Mittwoch – das ist schon sehr kurzfristig.«

»Ein Nein lasse ich nicht gelten.« Nachdenklich ließ Lea den Blick erneut zum Fenster wandern. Folgte den Schwalben, die am Himmel ihre Kreise zogen. Die Vorstellung klang tatsächlich zu schön, um wahr zu sein. Ausgehen, Meeresfrüchte am Hafen essen, durch die Triester Innenstadt flanieren. Dem Alltag für ein paar Tage entfliehen.

Christophers finstere Miene tauchte vor ihrem inneren Auge auf und ihre Freude erfuhr einen jähen Dämpfer. Sie wusste, was er sagen würde. Ihre Beziehung stand ohnehin auf wackeligen Beinen. Sie sollte es nicht darauf ankommen lassen.

»Komm schon«, insistierte die Tante. »Wo ist das Problem? Dein Mann wird doch wohl ein paar Tage ohne dich auskommen.«

Mit einem Ruck wandte sich Lea vom Fenster ab. *Das Leben ist kurz*, sagte sie sich. Außerdem hatte Tante Angela recht. Christopher würde problemlos ohne sie klarkommen. War ja nicht so, als wäre es das erste Mal. Abgesehen davon, dass er ohnehin meist erst zu unchristlichen Zeiten von der Arbeit nach Hause kam.

»In Ordnung. Ich buche einen Flug. Vielleicht kann ich meine Schwiegermutter überreden, in der Zwischenzeit auf Felicitas aufzupassen. Dann sind wir ganz für uns.«

»Fein, mein Schatz. Ich erwarte deine E-Mail mit den Flugdaten.«

Lea unterbrach die Verbindung. Kaum hatte sie aufgehängt, bereute sie ihre Entscheidung. Christopher würde alles andere als begeistert sein.

Rasch schüttelte sie den Gedanken ab. Er war ihr Ehemann, nicht ihr Gefängniswärter, verdammt nochmal. Sollte er doch toben. Am Ende würde er einlenken. Das tat er schließlich jedes Mal.

Aufgekratzt von der Vorstellung, bereits nächste Woche um diese Zeit in einem der entzückenden Triester Innenstadtcafés zu sitzen, die sie so liebte, wandte sie sich dem Herd zu. Spontan beschloss sie, für den Abend etwas Besonderes zuzubereiten. Rindslungenbraten mit Kartoffelpüree, Christophers Leibgericht. Für Lea, die kaum einen Pürierstab bedienen konnte, eine echte Herausforderung. Vielleicht konnte sie ihn auf diese Weise ja gnädig stimmen, was ihre Reisepläne betraf.

Die Vorfreude auf Christophers anerkennende Miene entlockte ihr ein zufriedenes Lächeln.

Wie oft hatte er sich in den letzten Jahren darüber beklagt, dass ihre Mahlzeiten überwiegend aus Fertiggerichten und Lieferservice bestanden? Gewiss unzählige Male. *Du bist jetzt Mutter. Und Kinder müssen etwas Anständiges essen.*

Mit einem Anflug von Melancholie dachte sie an die Anfänge ihrer Beziehung zurück. An die Zeit, als sie bis in die frühen Morgenstunden gefeiert und Bier aus Pappbechern getrunken, zum Frühstück die kalte Pizza vom Vorabend verspeist hatten. Sie erinnerte sich an spontane Ausflüge, Rucksacktouren durch fremde Länder, Sex auf dem Fußboden. Jeder Tag ein neues Abenteuer. Das alles kam ihr vor wie aus einem anderen Leben. Wo war nur die Zeit geblieben?

Lea stieß einen tiefen Seufzer aus.

Der Alltag, dachte sie bitter. *Der Alltag war an allem schuld. Und sie waren Eltern geworden.*

Jeder Tag war wie der andere. Felicitas in den Kindergarten bringen, die Wohnung aufräumen, Besorgungen erledigen, die Kleine abholen, zum Spielplatz, Kochen, darauf warten, dass Christopher von der Arbeit nach Hause kommt, Abendessen, ins Bett fallen. Keine Rede mehr von den Abenteuerreisen, die sie so liebte, stattdessen die jährlichen Strandurlaube in Italien. All-inklusive-Betonbunker, überfüllte Strände, touristenüberflutete Straßen. Einzig der wöchentliche Tanzkurs erinnerte sie noch entfernt an die gute alte Zeit. An das Paar, das sie einmal gewesen waren. Bevor ihr Alltag zu einem kleinkarierten, spießbürgerlichen Abklatsch ihrer Träume verkommen war. Hatte sie sich ihr Leben so vorgestellt?

Es gab diese Frauen, die für die Mutterrolle geschaffen zu sein schienen. Die geborenen Mütter. Die kein anderes Gesprächsthema kannten, als das Ess- und Verdauungsverhalten ihrer Sprösslinge, den richtigen Zeitpunkt zum Abstillen, das Zahnen. Frauen, die bei den ersten gebrabbelten Wortsilben ihrer Kleinen ganz aus dem Häuschen gerieten, die beim Anflug eines Schnupfens panisch zum Arzt rannten und die sich permanent gegenseitig mit den Leistungen ihrer Kinder zu übertrumpfen suchten.

Mein Peter ist nicht einmal vier und kann bereits seinen Namen schreiben. Nichts im Vergleich zu meiner Andrea. Die konnte schon schwimmen, als sie noch in der Krabbelstube war.

Felicitas' Kindergartengruppe war voll von solchen Müttern. Lea verdrehte die Augen.

Es war nicht so, dass sie ihre Tochter nicht liebte. Natürlich tat sie das. Aber bedeutete das etwa, dass sie sich selbst aufgeben musste? Die Freuden der Mutterschaft in allen Ehren – aber war sie denn nicht immer noch ein eigenständiger Mensch, der ein Recht auf eigene Bedürfnisse, ein Leben abseits ihrer mütterlichen Pflichten, abseits des Windelwechselns und Fläschchengebens hatte? Machte sie das zu einer schlechteren Mutter?

Tief in ihrem Inneren wusste sie, dass Christopher so dachte. Dass er sich insgeheim wünschte, sie wäre mehr wie die anderen Frauen. Ein bisschen mehr wie Anna, Christophers langweilige beste Freundin, die alles richtig zu machen schien, nie etwas vergaß, leidenschaftlich Kuchen backte und ihre Freunde mit selbstgekochtem Essen verwöhnte.

Lea verzog angewidert das Gesicht. War es denn so falsch, dass sie sich mehr vom Leben erhofft hatte?

Das alles war so verdammt ungerecht! Christopher kam selten vor zehn Uhr abends nach Hause. Und wenn er dann da war, war er erschöpft und abgekämpft. Er hatte seine Arbeit. Eine Beschäftigung, die ihn geistig forderte, ihm das Äußerste abverlangte. Wo waren sie hin, die großen Pläne, Träume, Sehnsüchte? Wann waren sie zuletzt zusammen ausgegangen? Hatten einen über den Durst getrunken? Hemmungslos bis in die Morgenstunden getanzt? War es wirklich zu viel verlangt, ab und an etwas Zeit alleine verbringen zu wollen? Hatte sie denn kein Recht auf Freiheit? Sich ab und an lebendig zu fühlen?

Das Geräusch der ins Schloss fallenden Wohnungstür ließ Lea aufhorchen.

Rasch warf sie einen Blick ins Backrohr. Der Fleischklumpen in der Keramikschale hatte Flüssigkeit gelassen und schwamm in seinem rotbraunen Saft. Die Ränder waren goldbraun. Lea stieß ein stummes Dankesgebet aus.

Perfektes Timing.

Wie aufs Stichwort erschien Christophers Gestalt im Türrahmen.

»Hallo, mein Schatz.«

»Hey, Baby. Du kommst gerade recht. Das Abendessen ist gleich fertig.«

Christopher schnalzte anerkennend mit der Zunge. »Hm – riecht es hier etwa nach selbstgekochtem Essen?

Womit habe ich das denn verdient?« Grinsend drückte er ihr einen Kuss auf die Wange.

Leas lächelte stolz. »Es gibt Rindslungenbraten mit Kartoffelpüree. Geh doch schon mal ins Esszimmer, ich komme gleich nach.«

Kurz darauf ließen sie sich einander gegenüber am Esstisch nieder. Umsichtig hob Lea eine Scheibe Fleisch aus der Keramikschale und auf seinem Teller.

»Wie war dein Tag?«

»Wie immer. Ereignislos. An Nachmittag war ich mit Felicitas am Spielplatz. Jetzt ist sie völlig erschöpft und schläft. Und deiner?«

»Bis sechs pausenlos Termine. Und dann musste ich noch diesen Schriftsatz fertigschreiben – Deadline morgen um zwölf. Ich sage dir, ich kann es kaum erwarten, dass die Konzipientenzeit endlich vorbei ist. Sklaventreiber sind das! Ich bin mit meinen Kräften jetzt schon am Ende.«

Lea nickte verständnisvoll. »Du Armer. Komm, iss, bevor es kalt wird.«

Zögerlich nahm Christopher das Besteck zur Hand.

»Was ist? Stimmt etwas nicht?«

»Schatz, bist du sicher, dass der Braten lange genug im Rohr war?«, fragte er vorsichtig.

Lea warf einen prüfenden Blick auf seinen Teller. Die Scheibe war innen tatsächlich noch sehr rosa.

»Das ist Rindfleisch, das gehört so.«

Christopher hob eine Braue. Der Zweifel stand ihm ins Gesicht geschrieben.

»Ganz sicher. Bitte, iss jetzt.«

»Ich weiß deine Mühe wirklich zu schätzen, aber könnten wir meine Portion trotzdem nochmal kurz in die Pfanne geben? Du weißt doch, ich mag es nicht, wenn das Fleisch noch roh ist.«

Lea presste die Lippen aufeinander. So viel zu der erwarteten Anerkennung. Trotzig reckte sie das Kinn.

»Dann geh in die Küche und kümmere dich selbst darum.«

»Jetzt sei doch nicht gleich eingeschnappt.«

Mit tapferer Miene begann er zu essen. Lea atmete auf. Eins zu null für sie. Doch es gab ein viel wichtigeres Thema zu besprechen. Und das bot deutlich größeres Konfliktpotenzial.

»Stell dir vor, Tante Angela hat mich angerufen«, eröffnete sie das Gespräch betont beiläufig.

»Ach ja?«, erwiderte Christopher mit vollem Mund. »Und was wollte sie?«

»Erinnerst du dich noch, als ich dir von der Renovierung ihres Hauses erzählt habe? In den kommenden Tagen sollte endlich alles fertig sein. Sie hat mich eingeladen, sie zu besuchen.«

Als sie bemerkte, wie sich Christophers Nacken verkrampfte, setzte sie rasch nach: »Nur ein paar Tage. Eine Woche – maximal.«

Lea bemerkte ihre ineinander verknoteten Finger. Verärgert über ihre eigene Unsicherheit, setzte sie sich aufrechter hin und legte die Hände flach auf den Tisch.

Jetzt stell dich nicht so an. Niemand kann dir vorschreiben, was du zu tun oder zu unterlassen hast. Nicht einmal Christopher.

»Ich würde schrecklich gerne fahren. Immerhin ist es schon Ewigkeiten her, dass ich sie zuletzt gesehen habe. Ich rede mit Kerstin. Sie passt bestimmt gerne auf Felicitas auf, während ich weg bin. Du musst dich also um nichts kümmern.« Sie seufzte. »Aber natürlich habe ich Angela gesagt, dass ich erst mit dir darüber sprechen muss.«

Christopher antwortete nicht. Sein Blick war starr auf seinen Teller gerichtet. Umsichtig trennte er mit dem

Messer den Teil seines Bratenstücks ab, der noch blutig war, und schob ihn an den Tellerrand.

»Und – was sagst du?«

Endlich hob er den Kopf. »Muss das sein, Lea? Du warst doch gerade erst auf Urlaub.«

Ärger und Enttäuschung kämpften in Lea um die Oberhand. »Das ist Monate her!«

»Zwei Monate, um genau zu sein. Und davor vier Monate. Anfangs hieß es, dass du nur ein paar Tage weg sein würdest, aber am Ende waren es drei Wochen. Ich musste Anna bitten, Felicitas am Nachmittag zu übernehmen.«

Er fing Leas feindseligen Blick auf und hob abwehrend die Hände. »Wie auch immer. Warten wir noch ein bisschen. Im Juni habe ich ein paar Tage frei, dann können wir gemeinsam fahren und Felicitas mitnehmen. Wozu die Eile?«

Lea konnte sich nur mit Mühe davon abhalten, genervt die Augen zu verdrehen. Wann war es soweit gekommen, dass sie um Erlaubnis betteln musste, wenn sie verreisen wollte?

»Aber darum ging es doch gerade. Es sollte ein Mädelsurlaub werden. Nur meine Tante und ich. Ich – ich möchte wirklich gerne fahren.«

Frustriert fuhr sich Christopher mit beiden Händen durchs Haar. »Siehst du nicht, wie müde ich bin? Ich habe einen Höllentag hinter mir. Ich kann das jetzt nicht entscheiden. Lass uns am Wochenende nochmal darüber reden, ja?«

Die Wut in Leas Magen gewann die Oberhand. »Ich will aber nicht bis zum Wochenende warten. Wo ist das Problem? Es sind doch nur ein paar Tage.«

Das Klirren von Besteck auf Keramik ließ Lea jäh zusammenzucken. Christopher war aufgesprungen. Wie ein Tier im Käfig tigerte er im Esszimmer auf und ab.

»Verdammt nochmal, Lea! Was stimmt denn nicht mit dir? Ich dachte, das hätten wir mittlerweile oft genug besprochen. Du kannst nicht pausenlos abhauen und wochenlang wegbleiben. Warum versuchst du bloß ständig, dich mir zu entziehen?«

»Du verstehst das völlig falsch. Ich will mich dir doch gar nicht entziehen. Alles was ich brauche, sind ein paar Tage für mich.«

»Verdammt, Lea! Du bist Mutter, da hat man nun mal Verantwortung! Wann wirst du nur endlich erwachsen?«

Auch Lea hatte sich erhoben. Mit vor Zorn funkelnden Augen baute sie sich vor Christopher auf. »Ich wollte rücksichtsvoll sein und mich vorab mit dir abstimmen. Aber du kannst mir nichts verbieten. Wenn ich fahren will, werde ich das tun. Ich brauche deine Erlaubnis nicht.«

Christopher schien von ihrer Gegenwehr überrascht zu sein, denn er senkte die Stimme zu einem beruhigenden Tonfall.

»Lea, Schatz. Was ist los? Sag es mir. Es lief zuletzt doch so gut zwischen uns. Fühlst du dich vernachlässigt – ist es das? Ich weiß, ich habe in den letzten Wochen viel zu viel gearbeitet. Das tut mir leid. Aber das ist kein Grund, wegzulaufen. Bitte, bleib. Ich verspreche dir, dieses Wochenende haben wir mehr Zeit zusammen. Vielleicht gehen wir in den Zoo? Felicitas würde sich bestimmt freuen.«

»Der Zoo? Im Ernst?« Ungläubig schüttelte Lea den Kopf. »Du hast recht – es lief gut zwischen uns. Und weißt du auch, wieso? Weil ich genau das getan habe, was du von mir verlangst. Ich bin brav zu Hause geblieben, habe mich um den Haushalt und Felicitas gekümmert, sogar für dich gekocht! Dabei weißt du, wie sehr ich es hasse, in der Küche zu stehen.« Sie schnaubte. »Aber was ist mit mir? Mit meinen Bedürfnissen? Merkst du nicht, wie langweilig unser Leben geworden ist? Ich will etwas erleben, die Welt sehen. Ab und an ein bisschen Zeit für mich. Alles, worum ich dich bitte, sind ein paar Tage mit meiner Tante. Warum machst du deswegen bloß so einen Aufstand?«

»*Deine* Bedürfnisse? Gott, Lea! Woran fehlt es dir denn? Ich verstehe dich einfach nicht. Du hast doch alles, was du brauchst. Eine entzückende Tochter, die Wohnung deiner Träume, einen Mann, der dich abgöttisch liebt. Warum ist dir das nicht genug?« Er breitete die Arme aus, deutete um sich. »So sieht das Leben von Erwachsenen nun mal aus!«

Lea schlug mit der flachen Hand auf den Tisch neben ihnen. Erneutes Tellerklirren erklang.

»Das ist alles, was du siehst, stimmt's? Dass *du* nur *mich* brauchst. Aber ich bin nicht wie du. Ich will mehr. Tu nicht so, als wüsstest du nicht, wen du geheiratet hast. Und ich habe mich entschieden. Ich fahre. Gleich morgen früh buche ich meinen Flug.«

»Das wagst du nicht.«

Lea stemmte die Arme in die Seiten. »Und ob.«

Christophers Hände hatten sich zu Fäusten geballt. Langsam und bedrohlich kam er näher.

»Du bleibst.«

»Hörst du überhaupt, was du da sagst? Ich bin doch nicht dein Eigentum! Das ist erbärmlich. Und ausgerechnet du willst mir was von Erwachsensein erklären?«

Mit einer unwirschen Handbewegung fegte Christopher das Wasserglas vom Tisch. Es prallte neben Lea gegen die Wand. Scherben und Wassertropfen prasselten auf sie herab, durchnässten den Saum ihres Kleids.

Fassungslos starrte Lea ihren Mann an. Sein Gesicht hatte einen unnatürlichen Rotton angenommen, seine Hände bebten vor Wut. Doch sie war viel zu zornig, um

Furcht zu verspüren. Stattdessen wirbelte sie auf dem Absatz herum und stürmte aus dem Esszimmer. Im Schlafzimmer angekommen, zog sie ihre Reisetasche unter dem Bett hervor. Wahllos zog sie Kleider aus ihrem Schrank und warf sie in den Koffer.

Christopher war ihr gefolgt. Mit festem Griff packte er sie am Arm.

»Lass mich! Du tust mir weh!«

»Es reicht«, knurrte er. »Ich ertrage deine ewigen Ausflüchte nicht mehr. Sie machen mich krank, du machst mich krank. Wie lange soll das noch so gehen? Du bist achtundzwanzig, verflucht! Du kannst doch nicht dein Leben lang um die Welt reisen und Party machen!« Er schnaubte. »Ich kenne dich, Lea. Ich weiß, dass du Angst hast, wie deine Mutter zu enden – abgeschnitten von der Welt, als eine Frau, die all ihre Träume für ihren Mann und ihre Kinder aufgegeben hat. Aber du bist nicht sie. Du kannst doch nicht ewig vor deinem Leben davonlaufen!«

Bei der Erwähnung ihrer Mutter zuckte Lea unwillkürlich zusammen. »Wage es nicht, meine Familie da hineinzuziehen«, zischte sie.

»Du hast doch längst eine eigene Familie! Felicitas und ich – wir sind jetzt deine Familie. Aber diese permanenten Diskussionen, deine Ausflüchte, das Davonlaufen – wie kann ich dir nur begreiflich machen, dass es so nicht länger weitergehen kann?«

Lea wandte den Blick ab. Ihre Wangen brannten vor unterdrückter Wut. Mit bebenden Händen beförderte sie weitere Kleidungsstücke aus dem Schrank.

Wie konnte er nur! Sie war ganz und gar nicht wie ihre Mutter. Und er war nicht ihr Vater. Sie würde nicht den Fehler ihrer Eltern machen und tatenlos zusehen, wie ihr Leben zu einem spießigen Abklatsch ihrer Träume verkam.

Sie spürte den Druck seiner Hand auf ihrer Schulter. Der drohende Tonfall seiner Stimme ließ sie frösteln. »Wenn du jetzt gehst, brauchst du gar nicht erst wiederzukommen. Dann ist es aus. Du weißt, ich liebe dich, aber ich kann nicht mehr. Ich flehe dich an, tu nichts Unüberlegtes, nur weil du wütend auf mich bist. Sei die Liebe meines Lebens, die Mutter, die deine Tochter verdient. Bitte – bleib.«

Lea hielt mitten in der Bewegung inne. Langsam wandte sie sich zu ihm um. In all den Jahren ihrer Beziehung hatten sie so manchen Streit ausgefochten. Aber das Wort Trennung hatte bislang keiner von ihnen in den Mund genommen. Doch der Geist war aus der Flasche. Und einmal entwichen, ließ er sich nicht mehr einfangen.

Einen Moment haderte sie mit sich. Was sollte sie tun? Sie liebte ihren Mann. Sie wollte sich nicht von ihm trennen. Aber was bedeutete es für ihre Beziehung, wenn sie jetzt klein beigab? Würden sie nicht immer wieder an diesen Punkt kommen? Christopher würde sie niemals wieder als ebenbürtige Partnerin betrachten. Sie brauchte ihre Freiheiten. Brauchte sie wie die Luft zum Atmen. Sie konnte sich nicht ihr Leben lang einsperren lassen. Und Christopher musste lernen, das zu akzeptieren.

Mit einem Ruck befreite sie ihren Arm aus seinem Klammergriff.

»Ist das dein Ernst? Du drohst mir mit Trennung?«

»Ich versuche, dich zur Vernunft zu bringen, Herrgott nochmal!«

»*Mich* zur Vernunft zu bringen? Ich sage dir jetzt mal was: Auch ich kann so nicht länger weitermachen. Ich kann mich nicht länger von dir einsperren lassen. Ich werde nach Triest fahren. Und Felicitas nehme ich mit.«

Aus dem Augenwinkel sah Lea, wie Christopher den Arm erhob. Taumelnd wich sie zurück. Doch nicht schnell, nicht weit genug. Seine flache Hand traf ihre Wangenknochen. Ihr Kopf flog nach hinten, mit einem dumpfen Geräusch krachte sie gegen die Schranktür in ihrem Rücken. Brennender Schmerz breitete sich auf ihrer Wange aus. Wut und Demütigung drohten sie zu überwältigen. Für den Bruchteil einer Sekunde starrte sie ihren Ehemann ungläubig an. Dann ging alles sehr schnell. In einer blitzschnellen Bewegung ballte sie die Hand zur Faust und schlug zu. Sie konnte spüren, wie die empfindliche Haut unter der Wucht des Aufpralls nachgab. Hörte den erstickten Schmerzensschrei.

Entsetzt starrte Lea auf den Schnitt, den der Stein ihres Eherings auf Christophers Wange hinterlassen hatte. Konnte den Blick nicht von dem Blut abwenden, das aus der Wunde schoss. Leuchtend rot rann es ihm in Schlieren übers Gesicht und tropfte auf den Parkettboden. Jähe Panik machte sich in ihr breit. Was hatte sie getan?

»Oh Gott.« Sie machte einen unsicheren Schritt vorwärts. »Es tut mir so leid, das wollte ich nicht. Warte, ich hole den Verbandskasten.«

Christopher wich vor ihrer ausgestreckten Hand zurück. Seine Augen hatten sich verdunkelt.

»Bleib weg von mir«, keuchte er. Seine Stimme klang tief und bedrohlich. Zum ersten Mal in ihrem Leben hatte Lea Angst vor ihrem Mann.

In diesem Moment drang ein schlaftrunkenes Wispern an ihre Ohren.

»Mami? Papi?«

Lea wirbelte herum und erblickte die kleine Gestalt, die im Schlafzimmer aufgetaucht war.

Felicitas' Blick flog zwischen Christopher und Lea hin und her. Dann sah sie das Blut.

»Papi«, kreischte sie. »Papi, du blutest ja!«

Mit einem Satz war sie bei ihm und schlang schluchzend die Arme um die Beine ihres Vaters. Ihren Kopf vergrub sie in seinem Schoß.

»Was hast du gemacht, Mami? Papi blutet!«

Lea erstarrte. Das angstverzerrte Gesicht ihrer Tochter verschwamm vor ihren Augen. Auf einmal drehte sich alles in ihrem Kopf. Sie musste sich an der Schranktür festhalten, um nicht umzufallen.

»Jetzt sieh nur, was du angerichtet hast«, hörte sie Christophers Stimme wie aus weiter Ferne. »Vor den Augen unserer Tochter!«

Das brachte sie zur Besinnung.

Mit einem verzweifelten Blick auf Felicitas stob sie aus dem Schlafzimmer. In den Vorraum. Riss die Schublade der Kommode auf. Griff nach ihrem Pass. Stürmte zur Wohnungstür.

In ihrem Kopf herrschte nur ein einziger Gedanke: *Bloß weg von hier.*

Christopher war ihr gefolgt, die Hand immer noch an die Wange gepresst. Beim Anblick des Bluts, das zwischen seinen Fingern hindurchsickerte, wurde ihr übel.

»Lea, warte! Willst du das wirklich? Wenn du jetzt gehst, gibt es kein Zurück mehr. Wenn schon nicht um meinetwillen – was ist mit unserer Tochter?«

Lea gab ein ersticktes Wimmern von sich.

»Glaubst du wirklich, man würde dir das Sorgerecht zusprechen, wenn wir uns scheiden lassen? Bei deiner Vorgeschichte? Spätestens wenn herauskommt, was damals mit Lo passiert ist – kein Richter der Welt würde dir die Obsorge für ein Kind anvertrauen.«

Alle Farbe war aus Leas Gesicht gewichen. Tränen strömten ihr über die Wangen. Ein ganzes Meer aus Tränen.

»Das, das – wagst du nicht. Du würdest mir meine Tochter nicht wegnehmen.«

»Du hast keine Ahnung, was ich zu tun bereit bin, um meine Familie zu beschützen. Ich warne dich also ein letztes Mal – geh weg von der Tür.«

Lea starrte ihren Ehemann an. Die Liebe ihres Lebens, den Mann, den sie besser als sich selbst zu kennen geglaubt hatte. Wie man sich doch täuschen konnte. Ihre Beine zitterten, als sie einen Schritt vor den anderen setzte. Erst den linken Fuß anheben, mit der Ferse aufkommen, den Fuß bis zu den Zehen abrollen lassen, Gewicht verlagern. Dann der rechte Fuß. Und immer so weiter. Nach einer gefühlten Ewigkeit hatte sie die Wohnungstür erreicht. Lea legte die Finger auf die Klinke, fühlte das kühle Metall auf der Haut.

Sie warf einen letzten Blick zurück. Christopher hatte sich nicht von der Stelle bewegt, mit vor der Brust verschränkten Armen starrte er auf sie herab. Der entschlossene Ausdruck auf seinem blutverschmierten Gesicht würde sich für immer in ihre Netzhaut einbrennen.

Dann verschwand sie in der Dunkelheit.

Bloß weg von hier.

KAPITEL 62

Lea

Leas Finger umklammerten die Hände ihrer Tante. Angelas Handrücken war von violetten Adern durchzogen und bildeten einen harten Kontrast zu ihrer fast durchscheinenden Haut. Ihre Augen lagen tief in den Höhlen, von ihrer einst so vollen Haarpracht hatten nur wenige Büschel der Chemotherapie getrotzt. Wie ihre Arme, knorrigen Ästen gleich, unter dem Bettlaken hervorlugten, war sie beängstigend dünn. So dünn, dass Lea fürchtete, ein Windhauch würde ausreichen, sie endgültig in das Reich der Toten zu befördern. Als hätte der Brustkrebs nach und nach sämtliche Lebensenergie aus ihrem Körper gepresst.

Lange würde sie nicht mehr durchhalten, das wusste Lea. Ein paar Stunden, vielleicht Tage, wenn man den Ärzten Glauben schenken konnte.

Leas Lippen bewegten sich, doch kein Wort kam aus ihrem Mund. Ihrer Kehle entfuhr nur ein winselnder Laut. Hatte sie nicht schon genug Verluste erleiden müssen? Wenn es einen Gott gab, wie konnte er ihr nach allem, was sie durchgemacht hatte, auch noch ihre Tante nehmen?

»Wein nicht, Liebes.«

»Ich kann nicht anders«, schluchzte Lea. »Was soll ich nur machen, wenn du nicht mehr da bist? Ich habe doch nur noch dich!«

Knöcherne Finger schlossen sich um ihr Handgelenk.

»Die letzten Jahre mit dir waren ein Geschenk, Süße. Mehr als ich mir je erträumt habe. Dafür bin ich dir unendlich dankbar.«

Leas Körper wurde von nur noch heftigeren Weinkrämpfen geschüttelt. »Ich muss mich bei dir bedanken. Ohne dich wäre ich an der Trennung von Felicitas und Christopher zugrunde gegangen. Wie kann ich dir nur jemals danken? Ist dir überhaupt bewusst, wie lieb ich dich hab?« Die Tante strich ihr sanft über den Arm. »Das weiß ich, Süße. Glaub mir, ich weiß es. Du warst die Tochter, die ich nie hatte. Und so schwer es im Moment für dich sein mag – dein Leben wird weitergehen. Auch ohne mich.«

Tränen rannen über Leas Gesicht, tropften auf ihren Pullover, sammelten sich auf dem weißen Laken. »Es ist zu früh. Ich kann dich nicht gehen lassen. Bitte, Angela, bleib bei mir. Du darfst mich nicht alleine lassen!«

Sie beugte sich vor und schlang die Arme um den Hals ihrer Tante. Sog den unverwechselbaren Duft ihres Körpers in sich auf. Versuchte, das Gefühl von Wärme und Geborgenheit, das sie dabei durchflutete, solange wie möglich auszukosten.

Angela strich ihr sanft mit den Fingern übers Haar. »Würdest du mir einen letzten Gefallen tun?«

»Alles, was du willst.«

Ihre Tante lächelte traurig. »Ich habe einen Auftrag für dich. Für die Zeit, wenn ich nicht mehr da bin.«

»Egal, was es ist, ich tue es.«

Angela lächelte. »Kämpfe um deine Tochter. Geh zurück nach Wien. Hol sie dir zurück.«

Lea erstarrte in ihren Armen. Panik wallte in ihr hoch.

»Sie braucht dich, Lea. Jedes Kind braucht seine Mutter. Meine Schwester hat einen riesigen Fehler gemacht, als sie dich verlassen hat. Sei stärker als sie es war. Ich weiß, dass du das kannst.«

Lea stieß einen gequälten Klagelaut aus. »Das hatten wir doch bereits. Sie wird mich nicht sehen wollen. Ich habe es vermasselt, Tante Angela. Ich kann nicht zurück.

Außerdem ist da noch Christopher – er würde mich niemals in ihre Nähe lassen. Bitte versteh doch. Es ist zu spät.«
»Und noch etwas«, fuhr die Alte unbeirrt fort. »Ich wünsche mir, dass du Frieden mit deinem Vater schließt. Andreas ist ein Sturkopf, das weiß ich. Aber er ist dein Vater.« Ihre Stimme war nicht mehr als ein Röcheln, das Sprechen schien ihr Schwierigkeiten zu bereiten. »Auch er braucht dich. Und so traurig es sein mag – Felicitas und er sind alles, was dir an Familie geblieben ist.«
Vehement schüttelte Lea den Kopf. »Papa – er hasst mich. Er ist starrköpfig, nachtragend, verbittert. Er hat Los Tod nie verwunden und er gibt mir die Schuld daran. Er weiß es, und ich weiß es auch. Ich ertrage es nicht, diese alten Wunden wieder aufzureißen. Es ist zu schmerzhaft. Bitte, ich tue alles, aber verlang das nicht von mir.«
»Du kannst nicht dein Leben lang vor deiner Vergangenheit davonlaufen, Liebes. Stell dich deinen Ängsten. Wenn schon nicht für dich selbst, dann tu es für mich. Erfüll einer sterbenden Frau ihren letzten Wunsch. Mach etwas aus deinem Leben. Kämpfe um deine Familie.«
Angela versuchte sich an einem Lächeln. Wie sich dabei die dünne Haut über ihre Wangenknochen spannte, glich es mehr einer Grimasse.
»Ich – ich kann das nicht.«
»Und ob du das kannst. Du musst nur an dich glauben. So wie ich an dich glaube.«
Lea sackte kraftlos in ihren Armen zusammen.
»Na gut«, wisperte sie nach einer Weile. Sie schluckte. »Ich kann es zumindest versuchen. Für dich.«
»Lea? Lea, bist du wach?«, vernahm sie plötzlich wie aus weiter Ferne eine Stimme hinter sich.
Irritiert blickte sie über die Schulter, sah sich suchend nach der Quelle des Geräuschs um. Ihr Blick wanderte von den medizinischen Geräten zu der geschlossenen Tür.

Merkwürdig.

Rasch wandte sie sich wieder der Sterbenden vor ihr zu. Mit Entsetzen registrierte sie, wie das Gesicht ihrer Tante vor ihren Augen zu verschwimmen begann.

»Nein, bitte nicht!«

Tante Angela durfte sie jetzt nicht verlassen. Sie musste bei ihr bleiben. Sie wollte sie doch nur noch ein letztes Mal in den Arm nehmen, ihr ins Ohr flüstern, wie sehr sie sie liebte.

»Einen Moment noch! Warte!«

Doch die Erscheinung ihrer Tante verflüchtigte sich immer weiter. Eine unbarmherzige Macht zog sie weg von ihr, bis nichts geblieben war als ein Wirbel aus Farben.

Leas Lider flatterten.

»Lea? Bitte, sag doch was! Irgendwas!«

Sie spürte, wie sich eine Hand über die ihre legte. Ein tiefes Stöhnen entfuhr ihrer Kehle und beförderte sie endgültig in die Gegenwart zurück. Das dumpfe Pochen in ihrem Hinterkopf ließ sie vor Schmerz aufjaulen.

Widerwillig schlug Lea die Augen auf.

Weiße Wände und Laken, wohin sie auch blickte. Das Piepsen von medizinischen Geräten erfüllte den Raum.

Sie war im Krankenhaus, dämmerte ihr. Schon wieder.

Erst jetzt bemerkte sie den Mann, der auf dem Besucherstuhl neben ihr saß. Christopher war blass, unter seinen Augen lagen tiefe Schatten. Seine Hände ruhten auf der Decke und hielten die ihren fest umklammert.

»Was – was ist passiert?«, brachte sie mühsam hervor.

»Was passiert ist? Du hast versucht, dich umzubringen! Ein Glück, dass du doch noch rechtzeitig zur Vernunft gekommen bist und die Rettung gerufen hast. Nicht auszudenken, wenn ...« Er brach ab und schüttelte sich vor Entsetzen. »Ich habe mir ja solche Sorgen um dich gemacht!«

Wie ein Stummfilm zogen die letzten Stunden an Lea vorbei. Die Auseinandersetzung mit Anna. Die Schuldgefühle. Der Alkohol. Die Tabletten. Verschwommene Schemen eines Krankenwagens. Je weiter sich der Nebel in ihrem Kopf lichtete, desto heftiger prasselten die Erinnerungen auf sie ein. Schlag auf Schlag, schneller und immer schneller. Lea presste die Hände gegen die Augenhöhlen. Doch ihr Gedächtnis war wie die Büchse der Pandora – war sie einmal geöffnet, gab es kein Entrinnen mehr.

Die traumhaft schöne Winterlandschaft des Laxenburger Schlossparks. Ihr Bruder, der kalt und steif in ihren Armen lag. Der Mann in weißem Kittel, der mit einem betretenen Kopfschütteln aus dem Operationssaal trat. Ihre Mutter, die an der Seite ihres Vaters schluchzend zusammenbrach.

Der Abschiedsbrief ihrer Mutter. Die Verzweiflung, die Schuld, die Wut. Der Geschmack von Wodka in ihrem Mund. Wie sie ihren Vater anflehte, ihr zu verzeihen. Sein versteinerter Gesichtsausdruck, als sie ihre Habseligkeiten von der Veranda hievte. Felicitas, die ihr als Säugling in den Arm gelegt wurde. Ihr erstes Wort. *Mommy.*

Und immer wieder – Christopher. Christopher, der vor ihr kniete und um ihre Hand anhielt. Ein Wirbel aus Empfindungen. Liebe, Geborgenheit, Sicherheit. Das Gefühl der Ohnmacht, des Eingesperrtseins, der Einsamkeit. Dazwischen Aufnahmen von unberührten Stränden, Berggipfeln, kristallklaren Seen. Der auf sie herabprasselnde Scherbenregen. Wassertropfen, die ihre Beine sprenkelten. Christopher, der sie vom Schrank wegriss. Die Ohrfeige, das Blut, die Drohung, die Flucht. Wie sie am Flughafen schluchzend in Tante Angelas Arme sank. Die sonnendurchfluteten Straßen von Triest. Die Krebsdiagnose. Der blütenweiße Rosenkranz auf ihrem Sarg.

Und schließlich der Unfall. Tückisch glitzerndes Wasser, das sie unbarmherzig in die Tiefe zog. Christopher hatte ihr Mienenspiel mit wachsender Unruhe verfolgt. »Was ist?«

»Nichts. Alles gut.«

Behutsam befreite sie ihre Hände aus seinem Klammergriff.

Schweigend betrachtete Lea ihren Ehemann. Sah den Mann an, der Dreh und Angelpunkt ihres Lebens gewesen war, den sie so geliebt und der sie bis ins Mark verletzt hatte. Versuchte ihn mit dem Mann in Einklang zu bringen, nach dem sie sich die letzten Wochen verzehrt hatte. War es möglich, dass sie tatsächlich ein und dieselbe Person waren?

All die Monate hatte sie sich an den Gedanken geklammert, dass sie ihn zurückgewinnen müsse. Dass er die Liebe ihres Lebens und damit der Grund war, warum sie überhaupt erst nach Wien zurückgekehrt war. Ebendiese Zuversicht war es gewesen, die sie bei Verstand gehalten, sie daran gehindert hatte, einfach aufzugeben.

Ihr Blick wanderte über das volle Haar, die etwas zu groß geratene Nase, die Grübchen auf seinen Wangen, die sie einmal so unwiderstehlich gefunden hatte. Zum ersten Mal glaubte Lea, wirklich ihn zu sehen. Nicht die Person, die sie in ihren Träumen aus ihm gemacht hatte. Als stünde er nicht länger auf dem Podest, den sie in den letzten Monaten für ihn gezimmert hatte. Auf gewisse Weise liebte sie ihn noch immer, das spürte sie. Aber da war auch etwas anderes. Schmerz, Trauer, Resignation. Sie war nicht seinetwegen zurückgekehrt, das wurde ihr auf einen Schlag schmerzlich bewusst.

Sie musste an die Nacht denken, die sie zusammen in ihrem Apartment verbracht hatten, und das Herz wurde ihr ganz schwer. Das siebzehnjährige Mädchen in ihr liebte diesen Mann immer noch. Aber so sehr sie sich auch wünschte, es wäre anders – sie war schon lange nicht mehr dieses Mädchen. Zu viel war geschehen. Sie war eine erwachsene Frau. Und diese Frau hatte schon vor Jahren erkannt, dass Liebe alleine manchmal nicht genug war.

»Wie hast du mich gefunden?«, murmelte sie schließlich, nachdem sie sich einigermaßen gefasst hatte. »Woher wusstest du, dass ich hier sein würde?«

»Anna«, knurrte Christopher. »Sie hat mir von eurem Streit erzählt. Was sie zu dir gesagt hat. Ich bin sofort zu deiner Wohnung gefahren. Dort habe ich Sturm geläutet, aber niemand hat aufgemacht. Frau Schustermeyer, die alte Dame aus dem Appartement neben dir, hat mich schließlich ins Haus gelassen. Sie hat mitbekommen, wie du mit dem Krankenwagen abtransportiert wurdest. Es hat eine Weile gedauert, bis ich herausfand, in welches Spital sie dich gebracht hatten.« Er stockte. »Ich – ich hatte ja solche Angst um dich.«

»Es tut mir leid. Ich wollte nicht, dass du dir Sorgen machst. Ich wollte ja auch gar nicht – wollte nicht wirklich ...« Sie brach ab.

»Ich weiß, Baby.« Erneut griff er nach ihrer Hand. »Alles wird gut. Jetzt wird alles gut. Ich verspreche es dir.«

Für einen Moment ließ sie die liebevolle Geste zu, dann entzog sie sich ihm erneut.

»Keine Sorge. Ich komme schon wieder auf die Beine.«

»Natürlich wirst du das. Wir schaffen das gemeinsam. Ich werde nicht mehr von deiner Seite weichen – versprochen.«

Lea ging nicht darauf ein. »Weiß Anna, dass du hier bist?«, fragte sie stattdessen.

Seine Miene verfinsterte sich augenblicklich. »Nein. Und es spielt auch keine Rolle mehr, was sie denkt. Zwischen Anna und mir ist es aus.«

Lea richtete sich mit einem Ruck im Bett auf. Das Pochen hinter ihren Augen versetzte ihr einen schmerzhaften Stich.

»Was?«

Christopher senkte betreten den Blick. »Ja. Es ist vorbei. Endgültig.« Er schüttelte den Kopf. »Ich kann immer noch nicht fassen, was sie zu dir gesagt hat. Dass du schuld an Los Tod gewesen sein sollst. Das ist so – niederträchtig.«

Ein unwohles Gefühl regte sich in Lea. Unwillkürlich musste sie daran denken, was er damals zu ihr gesagt hatte. *Glaubst du wirklich, man würde dir das Sorgerecht zusprechen, wenn wir uns scheiden lassen? Bei deiner Vorgeschichte? Spätestens wenn herauskommt, was damals mit Lo passiert ist – kein Richter der Welt würde dir die Obsorge für ein Kind anvertrauen.*

»Ich gebe zu – was sie gesagt hat, hat mich schwer getroffen. Aber sei nicht zu streng mit ihr. Sie hatte doch bloß Angst, dich zu verlieren. Kannst du ihr das wirklich verübeln?«

Christopher verzog keine Miene.

»Letztlich macht es keinen Unterschied. Ich habe Anna endlich gestanden, dass ich noch Gefühle für dich habe. Im Grunde wusste ich das schon, als du damals überraschend zu mir in die Kanzlei gekommen bist. Ich liebe dich, Lea. Weiß Gott – ich habe mich mit Händen und Füßen dagegen gewehrt. Aber ich kann meine Gefühle nicht länger verleugnen. Es gab immer nur dich für mich. Du warst es immer.«

Er suchte ihren Blick, doch Lea wich ihm aus. Noch vor wenigen Stunden hatte sie sich nichts sehnlicher gewünscht, als ebendiese Worte aus seinem Mund zu hören. Aber jetzt, da sie ihre Erinnerungen wiedererlangt hatte, fühlte sie nur bleierne Müdigkeit.

»Was ist mit Anna? Es mag merkwürdig für dich sein, dass gerade ich das sage, aber sie liebt dich. Ihr *funktioniert* gemeinsam. Willst du das wirklich wegwerfen?« Christopher runzelte die Stirn. »Mag sein. Es ist ja auch nicht so, als würde ich Anna nicht lieben. Aber – sie ist nicht du.«

»Sie ist die bessere Frau«, insistierte Lea. »Anna und du – ihr passt besser zusammen, als wir es je getan haben. Ihr habt dieselben Werte, dieselben Vorstellungen von einem gemeinsamen Leben. Ihr seid gut zueinander. Nichts davon trifft auf uns zu.«

Sie nestelte nervös am Saum ihrer Bettdecke.

»Da ist etwas, was ich dir sagen muss. Meine Erinnerungen – sie sind wieder da. Alles ist wieder da.«

Christophers Miene hellte sich schlagartig auf. »Was? Und das sagst du erst jetzt? Lea – das ist wundervoll! Ich freue mich ja so!«

Lea nickte schwach.

Wie sollte sie es ihm nur erklären? Das, was sie ihm gleich sagen würde, würde ihm das Herz brechen. Trotzdem wusste sie, dass sie es tun musste. Wenigstens ein Mal in ihrem Leben wollte sie tun, was das Richtige war.

»Und warum schaust du dann aus, als hätte jemand einen Welpen überfahren? Was ist los? Was geht in deinem Kopf vor?«

»Der Abend unserer Trennung ...«

Christopher nickte eilig. »Ich weiß. Das war schrecklich. Der schlimmste Tag meines Lebens. Noch heute habe ich Albträume davon. Ich wollte das nicht, Lea, das musst du mir glauben. Es ist einfach alles aus dem Ruder gelaufen. Bitte verzeih mir.«

»Du hast gedroht, mir das Sorgerecht für Felicitas zu entziehen. Du hast gesagt, ich sei schuld an Los Tod. Ausgerechnet du. Dabei warst du doch dabei. Du wusstest, was wirklich passiert ist. Wie konntest du nur? Wie konntest du mir das antun?«

Er senkte schuldbewusst den Blick. »Ich weiß. Es tut mir so leid. Ich kann dir gar nicht sagen, wie sehr. Ich hatte nur solche Angst, dich zu verlieren.« Er lachte freudlos auf. »Am Ende habe ich wohl genau das damit bewirkt, was? Ich habe dich in die Enge getrieben. Dir keine andere Wahl gelassen.«

»Weißt du, was ich nicht verstehe? Die letzten Monate hast du mich glauben lassen, ich wäre schuld am Scheitern unserer Ehe. Du hast zugelassen, dass ich mich tausendmal bei dir entschuldigt, dich sprichwörtlich auf Knien um Verzeihung angefleht habe. Aber so war es nicht, oder? Keiner war schuld. Es hat nur nicht – funktioniert.«

Betretenes Schweigen machte sich zwischen ihnen breit.

»Es ist nicht so, dass ich dich nicht lieben würde«, sagte Lea schließlich mit sanfter Stimme. »Das tue ich. Aber ich kann nicht einfach da weitermachen, wo wir aufgehört haben. Wir passen nicht zusammen. Glaubst du nicht auch, dass wir in unserer Beziehung immer wieder an diesen Punkt kommen würden?«

»Ich will doch auch nicht, dass wir dort weitermachen, wo wir aufgehört haben. Wir fangen neu an. Lernen uns neu kennen. Bitte, Lea. Gib uns noch eine Chance. Wir können es schaffen.«

Lea schüttelte traurig den Kopf. »Es ist zu viel passiert. Hast du etwa vergessen, wie es zwischen uns war? Es war nicht nur der Abend der Trennung. Unsere ganze Beziehung – wir waren nicht gut füreinander.« Sie seufzte. »Ich bin nicht mehr das siebzehnjährige Mädchen, in das du dich einst verliebt hast. Ich wünschte, ich wäre es. Aber du liebst nicht *mich*, Christopher. Was du liebst, ist eine Vorstellung von mir. Die Person, die ich vielleicht hätte werden können, wenn Lo und meine Mutter noch am Leben wären. So sehr ich mir wünsche, es wäre anders – es wird nicht funktionieren.«

»Warum denn nicht, verdammt? Wir lieben uns! Bedeutet dir das etwa gar nichts?«

»Damals hat es alles für mich bedeutet. Aber wir waren noch so jung, als wir zusammengekommen sind. Sei ehrlich – wir sind zu verschieden. Du weißt es, und ich weiß es auch.«

Lea sah den Schmerz in Christophers Augen auflodern. Dann schüttelte er heftig den Kopf. »Nein. Du irrst dich. Wir können es schaffen. Ja – wir hatten schlechte Zeiten. Doch da war auch so viel Gutes zwischen uns. Ich musste dich erst verlieren, um das zu erkennen. Ich kann – ich werde das nicht einfach wegwerfen.«

»Ich erinnere mich an unsere guten Zeiten. Sie waren wunderschön. Aber sie sind eben genau das – Erinnerungen. Es tut mir leid. Ich kann nicht.«

Christopher starrte sie aus blutunterlaufenen Augen an. Lea konnte sehen, wie die Gedanken hinter seiner Stirn durcheinanderwirbelten. Allmählich schien er zu begreifen.

»Nach allem, was ich die letzten Monate deinetwegen durchgemacht habe, willst du jetzt einfach alles hinschmeißen?«, brachte er ungläubig hervor. »Du hast mein Leben völlig auf den Kopf gestellt. Deinetwegen habe ich Anna verlassen. Und jetzt willst du einfach einen Rückzieher machen?«

»Es tut mir wahnsinnig leid. Wirklich. Aber du hattest von Anfang an recht. Ich muss dich loslassen. Wir müssen einander loslassen.«

Christopher sackte auf seinem Stuhl in sich zusammen. Er sah aus, als wäre auf einen Schlag alle Kraft aus seinem Körper entwichen.

»Es war so schön«, wisperte er nach einer Weile. »Fast zu schön, um wahr zu sein.« Er hielt einen Moment inne dann senkte er resigniert den Blick. »Du bist die Liebe meines Lebens. Ich dachte, ich bin es uns schuldig, es noch ein letztes Mal zu versuchen.«

Lea spürte, wie ihr die Tränen in die Augen traten.

»Und du bist meine«, krächzte sie. »Das wird sich auch niemals ändern. Aber manchmal ist das einfach nicht genug.«

KAPITEL 63

Lea

Isabella legte den Blumenstrauß, den sie mitgebracht hatte, auf den Beistelltisch und ließ sich schwer atmend auf den Besucherstuhl sinken.

»Lea, Süße, was macht du nur für Sachen? Christopher hat angerufen und Bescheid gegeben, dass du hier bist. Was ist nur passiert? Warum hast du das getan?«

»Es tut mir leid, Isa. Ich war so dumm.«

Sie brach spontan in Tränen aus.

»Es ist aus. Zwischen Christopher und mir ist es endgültig aus.«

Isabella riss die Augen auf. »Was? Aber warum denn? Hast du nicht gesagt, der Ballabend wäre euer Durchbruch gewesen?« Tröstend strich sie ihr über den Arm. »Er hat sich also doch für Anna entschieden. Der feige Hund!«

Bei diesen Worten begann Lea nur noch heftiger zu weinen.

»Das ist es nicht. Im Gegenteil.«

Isabella runzelte die Stirn. »Okay, jetzt bin ich völlig verwirrt. Erzähl mir, was passiert ist. Von Anfang an.«

Und Lea erzählte. Berichtete haarklein von ihrer Konfrontation mit Anna, den Anschuldigungen, der unerwarteten Rückkehr ihrer Erinnerungen und schließlich von ihrer Trennung von Christopher.

»Dann ist es also wirklich vorbei?«, fragte Isabella, nachdem sie geendet hatte.

»Ja. Endgültig.« Lea seufzte. »Weißt du, die ganze Zeit war ich überzeugt, Christopher wäre der Grund, weshalb

ich nach Wien zurückgekehrt bin. Dabei war es Tante Angela. Sie hat mich am Sterbebett angefleht, um meine Tochter zu kämpfen. Frieden mit meinem Vater zu schließen.«
Erneut traten ihr Tränen in die Augen.

»Ich weiß übrigens wieder, warum ich dich damals so vehement von mir gestoßen habe. Warum ich nicht mit dir über Los Unfall gesprochen, dir die Wahrheit über Mamas Selbstmord verheimlicht habe. Ich habe mich geschämt. Die Schuld hat mich regelrecht aufgefressen. Allein der Gedanke, dass ich mit Christopher herumgeturtelt habe, während mein Bruder verunglückt ist ...« Sie erschauerte.

»Ach Lea! Und das hast du all die Jahre mit dir herumgeschleppt? Du weißt doch, dass du mir alles sagen kannst.«

»Heute weiß ich das. Aber damals – ich schätze, ich hatte einfach Angst, dass du mich für eine furchtbare Person hältst. Mich verabscheust, wie Papa. Es tut mir leid. Gerade dir hätte ich die Wahrheit anvertrauen können, das ist mir jetzt klar.«

Isabella drückte ihre Hand. »Das ist Schnee von gestern. Ich bin nur froh, dass es dir gutgeht.«

Einen Moment schien sie mit sich zu ringen, dann ergriff sie zögerlich wieder das Wort. »Wolltest du dich wirklich umbringen?«

Lea starrte betreten auf ihre gefalteten Hände. »Ja – nein – ich weiß nicht. Nicht ernsthaft. Aber die Erinnerung an Lo und Mama ...«

»Es war nicht deine Schuld, Lea«, unterbrach Isabella sie. »Du musst endlich aufhören, dich selbst für alles verantwortlich zu machen. Warum hast du dich denn nur nicht an mich gewandt?«

»Es kam mir einfach so ausweglos vor. Zum Glück bin ich gerade noch rechtzeitig zur Besinnung gekommen. Ich verspreche dir, dass so was nicht wieder vorkommen wird. Nie mehr.«

»Das hoffe ich. Die kleine Stephanie wird ihre Tauf-patin nämlich brauchen.«

Lea riss überrascht die Augen auf. »Wie? Du willst, dass ich Taufpatin deiner Tochter werde?«

»Natürlich nur, wenn du möchtest.«, sagte Isabella zaghaft. Sie tätschelte ihren Bauch. »Lange kann es jeden-falls nicht mehr dauern. Ich habe schon völlig vergessen, wie meine Füße aussehen.« Sie grinste schief.

Ein strahlendes Lächeln breitete sich auf Leas Gesicht aus.

»Ich könnte mir nichts Schöneres vorstellen.« Feier-lich hob sie die Hand zum Schwur. »Ich werde die beste Taufpatin sein, die du dir überhaupt vorstellen kannst – versprochen. Ich werde dich nicht enttäuschen. Diesmal nicht.«

KAPITEL 64

Anna

K aum fiel die Tür des Behandlungszimmers hinter Anna ins Schloss, war ihre Mutter auch schon aufgesprungen.

»Und – wie war's?«

Ächzend ließ sich Anna auf einen freien Stuhl fallen.

»Der Kleine ist schon recht groß für die vierzehnte Schwangerschaftswoche, aber der Herzschlag ist regelmäßig. Also alles bestens soweit.«

Bettina Wittmann sog keuchend die Luft ein. »*Er*?«

Anna lächelte. »Ja, *er*. Es wird ein Junge. Man konnte es auf dem Ultraschall deutlich erkennen.«

Ihre Mutter sprang auf und drückte ihre Tochter spontan an sich. Anna röchelte nach Atem.

»Aua, Mama, nicht so fest«, stöhnte sie.

»Meine Tochter bekommt einen Jungen. Ich fasse es nicht.«

Lächelnd löste sich Anna von ihr. »Ja, Mama. Ein Junge. Komm, lass uns jetzt gehen. Ich muss zu Hause noch ein paar Hausaufgaben korrigieren.«

Nachdem Anna mit der Sprechstundenhilfe einen neuen Kontrolltermin vereinbart hatte, fuhren die beiden Frauen mit dem Aufzug ins Erdgeschoss.

Die Praxis von Doktor Lipowski lag im ersten Bezirk unweit des Wiener Rathausplatzes. Helles Sonnenlicht umfing Anna, als sie ins Freie traten. Die Sonne stand tief am Horizont, die Bäume im nahegelegenen Votivpark warfen lange Schatten und ein kühles Lüftchen umspielte Annas nackte Beine. Fröstelnd zog sie die Schultern hoch und kramte in der Handtasche nach ihrem Pullover. Für April konnte es abends doch noch empfindlich frisch werden.

»Anna! Hey, Anna!«

Eine Gestalt war hinter der Hausecke hervorgetreten. Der Mann trug einen anthrazitfarbenen Anzug, dunkle Haare kräuselten sich im Wind.

Anna erstarrte.

»Christopher? Aber – was willst du denn hier?«

Sie wirbelte zu ihrer Mutter herum und riss ungläubig die Augen auf, als sie bemerkte, wie ihre Mutter schuldbewusst den Kopf senkte.

»*Du* hast ihn angerufen? Mama, wie konntest du nur?«

Bettina Wittmann trat unbehaglich von einem Bein aufs andere. »Ich dachte, es wäre an der Zeit, dass ihr euch aussprecht, mein Schatz. Er hat ein Recht, es zu erfahren, meinst du nicht auch?«

Wütend wandte sich Anna wieder an Christopher. »Was willst du hier?«, blaffte sie ihn an.

Dieser wiederum konnte die Augen nicht von Annas Körpermitte abwenden. Die Wölbung des Babybauchs unter ihrem Blusenkleid war inzwischen deutlich zu erkennen.

»Ich – ich wollte mit dir reden«, stammelte er. »Hast du ein paar Minuten? Bitte, Anna, es dauert auch nicht lange.« Er deutete auf das Kaffeehaus auf der gegenüberliegenden Straßenseite.

Die Gedanken in Annas Kopf rasten.

Das passiert gerade nicht wirklich.

Zwei Monate. Zwei ganze Monate waren vergangen, seit Anna überhastet aus ihrer gemeinsamen Wohnung ausgezogen war. Seither hatten sie sich nicht gesehen. Wann auch immer sie Felicitas von der Schule abgeholt und ihr bei den Hausaufgaben geholfen hatte, hatte sie peinlich genau darauf geachtet, das Appartement rechtzeitig zu verlassen, um Christopher nicht zufällig zu begegnen. Zwei Monate, in denen sie ihn vermisst, betrauert, herbeigesehnt, verflucht hatte. Und jetzt tauchte er aus dem Nichts wieder auf. Einfach so. Ausgerechnet vor der Praxis ihres Frauenarztes. Völlig überfordert mit der Situation blickte sie zwischen Christopher und ihrer Mutter hin und her. Wie hatte sie ihr das nur antun können? Bettina Wittmann gab ihr einen zärtlichen Schubs. »Komm schon, Liebes. Sprich mit ihm. Was sind schon fünf Minuten deiner kostbaren Zeit? Ich warte solange im Auto. Wenn du fahren willst, fahren wir. Aber ich denke, es ist wichtig, dass ihr miteinander redet.«

Anna bedachte ihre Mutter mit einem zornigen Blick. »Es lag nicht an dir, das zu entscheiden.«

Dann wandte sie sich Christopher zu. »Meinetwegen. Aber wirklich nur fünf Minuten.«

Mit einem letzten strafenden Blick auf ihre Mutter, stapfte sie voraus in Richtung des kleinen Cafés. Christopher hatte Mühe, bei ihrem forschen Tempo mitzuhalten und trippelte eilig hinter ihr her. Immer noch wütend, riss Anna die Lokaltür auf und hielt zielstrebig auf einen Platz am Fenster zu.

»Einen koffeinfreien Latte und einen Espresso für meine Begleitung, bitte«, sagte sie zu dem Ober, der eifrig herbeigeeilt war. »Und die Rechnung. Wir bleiben nicht lange.«

Mit vor der Brust verschränkten Armen funkelte sie Christopher an, der sich ihr gegenüber niedergelassen hatte.

»Du wolltest reden. Hier bin ich. Also – rede.«

Sein Blick war immer noch unverwandt auf ihren Bauch gerichtet.

»Anna, ich ...«

Anna reckte herausfordernd das Kinn. Sie dachte nicht daran, es ihm leichter zu machen als unbedingt notwendig. »Du hast mir gar nicht gesagt, dass du schwanger bist«, sprach er schließlich das Offensichtliche aus. »Darf ich fragen – ich meine – ist es von mir?« Allein für diese Frage hätte Anna ihm am liebsten eine gescheuert. Trotzdem mahnte sie sich zu Gelassenheit. *Beruhige dich. Zu viel Adrenalin ist schlecht für das Baby.* »Was hast du denn gedacht? Ich bin in der vierzehnten Woche. Von wem sollte es sonst sein, wenn nicht von dir?«

Christopher schüttelte ungläubig den Kopf. »Warum hast du mir denn nicht früher erzählt, dass du schwanger bist?«

»Hätte es einen Unterschied gemacht? Hättest du mich dann nicht Lea zuliebe verlassen?«

»Ich habe dich nicht ...« Er verstummte, als er Annas zornigen Blick auffing. »Meinst du nicht, ich hatte ein Recht, es zu erfahren? Immerhin ist es auch mein Kind. Doch natürlich hätte es das. Es – es hätte einfach alles verändert.«

Anna ließ bekümmert die Schultern sinken. »Aber genau das wollte ich nicht. Ich wollte nicht, dass es einen Unterschied machen *muss*. Ich wollte, dass du dich aus freien Stücken für mich – für uns – entscheidest. Doch das hast du nicht.« Sie stieß einen tiefen Seufzer aus. »Du bist jetzt mit Lea zusammen. Also bitte – mach es uns beiden nicht schwerer als es sein muss.«

Christopher hatte die Arme um seinen Körper geschlungen. Erst jetzt fiel Anna auf, wie dünn er geworden war, bloß noch ein Schatten seiner selbst. Beinahe hätte sie Mitleid mit ihm gehabt. Aber dann dachte sie wieder an ihr letztes Gespräch, an den Ausdruck von Verachtung in seinem Gesicht, als er sie nach Lea gefragt hatte, und das Mitgefühl verpuffte.

»Lea und ich – wir sind nicht zusammen. Es ist aus zwischen uns. Diesmal wirklich.«

Anna riss überrascht die Augen auf. Damit hatte sie nicht gerechnet.»Was?«

»Ja«, erwiderte er mit Nachdruck, den Blick erwartungsvoll auf sie gerichtet.

Anna ließ pfeifend die Luft aus ihren Wangen entweichen. Angestrengt horchte sie in sich hinein. Was war es, das sie empfand? Schadenfreude, Erleichterung, Genugtuung, Freude? Doch alles, was sie tatsächlich fühlte, war eine bleierne Schwere gepaart mit Trauer. Traurigkeit wegen dem, was hätte sein können, wenn er ihre Beziehung nicht mit Füßen getreten und damit dem Erdboden gleichgemacht hätte. Über das Leben, das sie miteinander hätten führen können.

»Was willst du jetzt von mir hören, Christopher?«, sagte sie müde.»Was ist es, das du mir unbedingt mitteilen wolltest?«

Er schien mit sich zu hadern.

»Zuallererst wollte ich dir sagen, wie leid es mir tut. Es tut mir leid, wie ich dich im letzten halben Jahr unserer Beziehung behandelt habe. Vor allem tut mir leid, was am Ballabend geschehen ist und was ich am Tag deines Auszugs zu dir gesagt habe. Es tut mir ehrlich leid. Das war nicht fair. Und abgesehen davon – fehlst du mir.«

»Du hast recht. Das war alles andere als fair.«

Eine Weile sagte keiner von ihnen ein Wort. Christopher schien darauf zu warten, dass Anna fortfuhr, doch sie schwieg beharrlich. Wortlos nippte sie an ihrem koffeinfreien Latte. Ihre Augen ruhten auf dem Mann, der einst der Mittelpunkt ihres Lebens gewesen war und für den sie heute nichts als Verachtung übrig hatte.

»Interessiert dich gar nicht, was zwischen Lea und mir vorgefallen ist?«, fragte er schließlich leise. »Willst du denn nicht darüber sprechen, was das für uns bedeutet?«

Anna hätte beinahe laut aufgelacht.

»Was das für uns bedeutet? Im Ernst? Dachtest du wirklich, ich würde nach zwei Monaten der Trennung nichts lieber wollen, als da weiterzumachen, wo wir aufgehört haben? Nach allem, was war?«

Christopher runzelte die Stirn. »Aber wir bekommen doch jetzt ein Baby. Bedeutet das nicht ...«

»*Ich* bekomme ein Baby«, unterbrach Anna ihn brüsk. »Und nein, das bedeutet es nicht.«

Sie war selbst überrascht von der Bestimmtheit in ihrer Stimme. Wo kam sie plötzlich her, diese innere Stärke? Sie wusste es nicht, aber sie gab ihr die Kraft, die sie brauchte, um die nächste Worte auszusprechen.

»Weißt du – eigentlich sollte ich mich bei Lea bedanken. Ihr beide habt mir die schmerzhafteste und zugleich wichtigste Lektion meines Lebens erteilt.«

Sie holte tief Luft und fuhr fort. »So lange ich denken kann, habe ich dich abgöttisch geliebt. Ich hätte alles für dich getan. Doch im Grunde meines Herzens wusste ich immer, dass du mich nie auf dieselbe Weise lieben würdest, wie du Lea geliebt hast. Ich habe mir eingeredet, dass das nichts ausmacht, dass meine Liebe für uns beide reicht. Aber ich habe mich geirrt. Es hätte nie gereicht. Weißt du, was das Schlimmste an unserer Trennung war? Dich zu verlieren war hart, das gebe ich zu. Aber noch schlimmer war es, zu erkennen, dass ich mich ausschließlich über unsere Freundschaft, später dann über unsere Beziehung, definiert habe. Wer war ich denn schon ohne den großartigen Christopher Taler? Jetzt weiß ich es. Ich bin es wert, genauso geliebt zu werden, wie du Lea geliebt hast. Ich habe es verdient, mit jemandem zusammen zu sein, für den ich der wichtigste Mensch auf der Welt bin – und nicht die zweite Wahl.«

Bevor Christopher Gelegenheit hatte, etwas zu erwidern, hatte sie auch schon den Kellner herbeigewinkt.

»Herr Ober – die Rechnung geht auf den Herrn.« Sie wandte sie sich zum Gehen.

»Geburtstermin ist der vierzehnte August. Ich gebe Bescheid, wenn es soweit ist.«, rief sie Christopher noch über die Schulter hinweg zu, dann verließ Anna gemäßigten Schrittes das Lokal.

Stolz brandete in ihr hoch. Es schien, als wäre eine schwere Last von ihren Schultern gefallen. Denn zum ersten Mal in ihrem Leben hatte sie nicht das Wohl anderer über das eigene gestellt. Sie hatte sich selbst gewählt.

KAPITEL 65

Lea

Lea folgte dem inzwischen vertrauten Weg zwischen den Gräbern hindurch. Die Sonne stand hoch am Himmel und tauchte die Bäume und Sträucher um sie herum in sanftes Licht. Der Kiesweg war gesäumt von Schneeglöckchen, den ersten Vorboten des kommenden Frühlings. Lea hielt einen Moment inne, genoss die Sonnenstrahlen in ihrem Gesicht. Lauschte dem Zwitschern der Vögel in den Bäumen. Ein buntes Orchester hoher Töne. Seufzend setzte sie ihren Weg fort. Wenige Minuten später erreichte sie ihr Ziel. Vor dem Grabstein ihres Bruders ging Lea in die Hocke.

»Hallo Lo«, murmelte sie. »Wie ist es da oben im Himmel? Beobachtest du mich manchmal? Wenn es so ist, hattest du bestimmt einiges zu lachen. Ich habe mich verdammt dumm angestellt in letzter Zeit.«

Mit einem traurigen Lächeln griff Lea in ihre Tasche und zog einen prächtigen Blumenstrauß daraus hervor. »Der ist für dich«, erklärte sie. »Ich werde dich ab jetzt öfter besuchen kommen. Ich weiß, ich habe dich bislang nur selten besucht. Denk bloß nicht, du wärst mir nicht wichtig gewesen – das war es nicht.«

Sie schluckte.

»Es tut mir so unendlich leid, was passiert ist. Ich kann dir gar nicht sagen, wie sehr. Ich hätte besser auf dich aufpassen müssen. Die Schwester sein, die du verdient hattest.«

Sie lauschte in die Stille. Bildete sie sich das ein, oder war das Zwitschern der Vögel auf einmal leiser geworden?

»Ich bin hier, weil ich dir was sagen muss«, fuhr sie schließlich fort. »Etwas Wichtiges.« Sie nahm all ihren Mut zusammen und erhob erneut die Stimme. »Ich kann nicht mehr, Lo. Seit deinem Tod warst du jeden Morgen der Erste, an den ich gedacht habe, abends der Letzte, bevor ich einschlief. Die Leute haben mir gesagt, dass ich weitermachen soll. Mein Leben leben. Ich konnte es nicht. Wie auch, wo du doch nicht mehr da warst? Aber so weh es tut, Lo. Ich ertrage es nicht länger, mich so zu fühlen. Ich muss dich loslassen. Denn so sehr ich mir wünsche, ungeschehen zu machen, was damals passiert ist, ich kann es nicht. Kannst du das verstehen?«

Ächzend erhob sie sich. Ihre Beine brannten von der knienden Haltung. Mit einem letzten Blick zurück, wandte sie sich ab und steuerte das Grab ihrer Mutter an.

»Hallo, Mommy«, wisperte sie.

»Ich habe dir ein Geschenk mitgebracht.«

Sie langte ein zweites Mal in den Sack und förderte einen weiteren Blumenstrauß und eine alte Schallplatte daraus zutage. Vorsichtig legte sie beides auf das Grab.

»Ich habe lange gesucht, bis ich die alte Platte endlich gefunden hatte. *Fly, baby, fly* – unser Lied, erinnerst du dich?«

In ihrem Hals hatte sich ein Kloß gebildet.

»Mein halbes Leben lang war ich wütend auf dich. So unendlich wütend. Du hast mich in deiner Trauer ausgeschlossen, nicht zugelassen, dass ich zu dir durchdringe. Dabei hätte ich dich so sehr gebraucht. Und dann hast du mich zu allem Überfluss auch noch verlassen.«

Tränen liefen ihr über die Wangen. Verstohlen wischte sie sich mit dem Ärmel über die Augen. Sie war stark. Sie würde jetzt nicht zusammenbrechen.

»Ich habe mir solche Mühe gegeben, deinen Ratschlag zu beherzigen. Bin herumgereist, habe versucht, jeden einzelnen Augenblick zu genießen. Ich war überall. Und wo ich auch war, habe ich versucht, die Welt aus deinen Augen zu sehen.«

Sie schluckte erneut.

»Aber es ist Zeit, Mama. Ich kann nicht länger weglaufen. Meine Tochter – Felicitas, sie braucht mich. Und ich kann nur eine gute Mutter für sie sein, wenn ich dich loslasse. Ich muss die Vergangenheit endlich hinter mir lassen, so schwer es auch sein mag.«

Sie seufzte.

»Ich habe eine Entscheidung getroffen, Mama. Ich will nicht länger wütend auf dich sein. Ich liebe dich. Und ich vergebe dir.«

Eine Weile stand sie einfach da, betrachtete das Grab zu ihren Füßen. Horchte in sich hinein.

Der Schmerz war noch da. Vielleicht würde er das immer sein. Trotzdem hatte sie das Gefühl, als hätte sich der Klammergriff um ihr Herz ein wenig gelockert. Als verspürte sie einen Hauch inneren Friedens.

Ihre Gedanken wanderten zu ihrer Tante. Mit einem Anflug von Wehmut dachte sie an ihr letztes Gespräch, an ihren Auftrag.

Es tut mir leid, dass ich es nicht geschafft habe, Tante Angela. Ich habe es wirklich versucht. Doch mein Vater – es ist so, wie ich gesagt hab. Er wird mir niemals verzeihen. Aber es war nicht alles vergebens, weißt du? Ich habe das fertiggebracht, was ich nie für möglich gehalten hätte. Ich habe endlich Frieden mit mir selbst geschlossen. Und was das Wichtigste ist, ich habe meine Tochter wiedergesehen. So sehr ich dich auch verflucht habe, weil du mich gezwungen hast, zurückzukehren – heute bin ich dir unendlich dankbar dafür.

Plötzlich nahm Lea im Augenwinkel eine Bewegung wahr. Ein Schatten war hinter ihr aufgetaucht. Ihr Herz machte einen Satz. Sie musste sich nicht umdrehen, um zu wissen, wer neben sie getreten war.

»Sind schön, die Blumen. Deiner Mutter hätten sie bestimmt gefallen. Lilien mochte sie.«

Lea wagte kaum zu atmen. Sie drehte sich nicht um. Als fürchtete sie, dass ihr Vater sich in Luft auflösen würde, sobald sie sich ihm zuwandte.

»Ich komme jeden Sonntag hierher. Seit jenem Jahr.«

Endlich riskierte Lea einen Blick auf die Gestalt. Doch es war keine Einbildung – er war es tatsächlich. Ihr Vater. Den alten Hut tief ins Gesicht gezogen, akkurat gekleidet, die Hände in den Taschen seiner Hose vergraben.

»Es tut mir leid, dass ich nicht öfter hier war«, wisperte Lea mit erstickter Stimme. »Ich konnte nur nicht – ich habe es nicht ertragen, sie hier liegen zu sehen.«

Der Alte nickte. Eine Weile standen sie in einträchtigem Schweigen nebeneinander und betrachteten das geschmückte Grab.

»Ich habe deinen Brief erhalten«, sagte er schließlich. »Komm die Tage doch mal bei deinem alten Herrn vorbei.«

Er streckte die Hand aus und griff ungelenk nach ihrer Schulter, drückte sie. Dann wandte er sich um und verschwand so lautlos, wie er gekommen war.

Lea blickte ihm mit offenem Mund nach. Tränen schossen ihr in die Augen. Aber diesmal waren es keine Tränen der Trauer. Es waren Freudentränen.

KAPITEL 66

Lea

Der Audi kroch über die Straßen. Langsam bahnte er sich einen Weg durch den dichten Verkehr. An einem Freitag wie diesem würde es Ewigkeiten dauern, aus der Stadt zu kommen, doch obwohl sie nur langsam vorankam, war Lea bestens gelaunt. Der Weg nach Triest war weit und sie hatte keine Eile.

Die rauchige Stimme von *The Main Ingredients* drang aus dem Lautsprecher an ihre Ohren.

There's plenty of sunshine, lover,
so give me a smile ..., you can be happy, baby,
So take my hand and you can fly.
Set yourself free.

Lea summte leise mit.

Sie betätigte einen Knopf am Armaturenbrett und das Dach ihres Cabrios schob sich nach hinten. Frische Luft drang von oben in das Fahrzeug, die Sonne stand hoch am Himmel, die Temperaturen waren für Mitte April herrlich warm.

Ihr Handy in der Mittelkonsole gab einen Laut von sich. Ohne die Fahrbahn aus den Augen zu lassen, warf Lea einen raschen Blick auf das Display. Die Nachricht war von Isabella. Das Foto eines schlafenden Neugeborenen mit ungewöhnlich dichten Locken starrte ihr aus einem rosafarbenen Gitterbett entgegen. Stephanie. Ihr Patenkind.

Lächelnd schob Lea das Telefon beiseite.

Ihre Gedanken wanderten zu Christopher. Seit jenem Nachmittag im Krankenhaus hatten sie einander nicht gesehen und – von dem einen oder anderen Telefonat abgesehen – auch nicht gehört. Die Scheidungsverhandlungen waren noch im Gange, aber die Tatsache, dass er eingewilligt hatte, dass sie Felicitas jedes zweite Wochenende zu Gesicht bekam, stimmte sie zuversichtlich, dass sie eine Lösung finden würden.

Inzwischen hatte sie den Stadtrand erreicht. Lea lenkte den Wagen auf die Autobahn und beschleunigte. Genoss den Fahrtwind, der ihr durchs Haar fuhr.

Für einen Moment schloss sie genießerisch die Augen.

Ihr war gar nicht bewusst gewesen, wie sehr sie all die Jahre unter ihren Schuldgefühlen gelitten hatte. Die Vergangenheit stets nur eine Armeslänge entfernt, jederzeit bereit, nach ihr zu greifen. Doch damit war jetzt Schluss. Mama und Tante Angela hatten recht. Sie war viel stärker, als sie je für möglich gehalten hatte.

Und was das Wichtigste war: Sie war endlich frei.

Gleich weiterlesen?

Das Schweigen der Geliebten

Thriller

Ein neuer Partner. Eine neue Familie. Eine alte Schuld.

Karolin steht vor den Trümmern ihrer Ehe. Dass Rolf jetzt in einem idyllisch gelegenen Haus im Wald mit ihren Kindern und seiner neuen Freundin Mischa Urlaub macht, besiegelt ihre persönliche Katastrophe. Als sie selbst durch eine unheilvolle Fügung ebenfalls in dem Ferienhaus landet, ist die Stimmung der Frauen zum Zerreißen gespannt.

Mischa ist überglücklich mit Rolf. Sie will alles dafür tun, damit diese Beziehung funktioniert, sich selbst mit Karolin arrangieren – bloß eines will sie nicht: Rolf eine alte Schuld beichten, die sie zunehmend mit dunklen Vorahnungen erfüllt. Ihre Angst bewahrheitet sich, als sie erkennt, dass die Dämonen ihrer Vergangenheit lebendiger sind als je zuvor und nicht nur ihr eigenes Leben bedrohen ...

Unter Schwestern

Thriller

Ihr dunkles Geheimnis wird dein Albtraum …

»Nur ein paar Tage lang, bitte.« Franziska zögert nicht lange, als ihre Zwillingsschwester Amelie bei ihr auftaucht und sie anfleht, mit ihr die Rollen zu tauschen. Schließlich haben sie beide das ihr ganzes Leben lang getan – in der Schule, selbst in ihren Beziehungen mit Männern –, und niemand ist ihnen jemals auf die Schliche gekommen. Warum soll sie Amelie, die offenbar Probleme in ihrer Ehe hat und eine Auszeit braucht, also nicht diesen Gefallen tun?

Doch als eine gemeinsame Jugendfreundin der Schwestern ermordet aufgefunden wird, beschleicht Franziska der Verdacht, dass diesmal mehr hinter dem Identitätstausch steckt. Und dann verschwindet auch noch Amelie ...

Der Schweigepakt

Thriller

**Vier Freundinnen. Eine gemeinsame Vergangenheit.
Ein tödliches Geheimnis.**

Bea, Miriam, Sarah und Clara sind unzertrennlich - bis
Clara eines Tages ohne jede Spur verschwindet. Alles deu-
tet darauf hin, dass sie einfach abgehauen ist, die Polizei
stellt die Ermittlungen schon bald ein.

Doch vierzehn Jahre später werden Claras Überreste im
Wald gefunden, und eine unheilvolle Reise in die Vergangenheit beginnt. Gut gehütete Geheimnisse drängen ans
Tageslicht und schon bald wird den Mädchen von damals
klar - der Tag der Abrechnung rückt näher ...

Gefängnis einer Ehe

Thriller

Als Rebecca ihr Sommerpraktikum bei einem führenden Pharmaunternehmen antritt und dort ihre Jugendliebe Raphael wiedertrifft, ist sie entsetzt. Er hat sich nicht nur zum Geschäftsführer hochgearbeitet, sondern ist inzwischen auch verheiratet. Trotzdem kann sie einer Affäre mit ihm nicht widerstehen.

Es erscheint ihr alles wie ein Traum, der in Erfüllung geht, bis das Verhängnis seinen Lauf nimmt. Rebecca erfährt, dass ihre Tutorin Raphaels Frau ist. Ausgerechnet Anette, die Frau, der sie den begehrten Praktikumsplatz verdankt und die sie sehr bewundert. Und Raphaels Beteuerungen über sein Unglück in der Ehe, dass seine Heirat ein Fehler war und dass Anette an psychischen Problemen leidet, kommen Rebecca zunehmend merkwürdig vor. Rebecca versteht langsam: Irgendwas stimmt mit dieser Ehe ganz gewaltig nicht …

Im Schatten deiner Schuld

Thriller

Als die junge Therapeutin Lexi hört, dass ihre Jugendliebe Charlie nach Altenhofen zurückkehrt, ist sie entsetzt. Sie ist fest entschlossen, die Schatten der Vergangenheit endlich hinter sich zu lassen, und in ihrer Zukunft gibt es für Charlie keinen Platz mehr.

Doch auch Lexis Gegenwart hat es in sich: die Auseinandersetzungen mit ihrem Verlobten häufen sich, und als sie ein Foto ihrer Schwester, aufgenommen am Tag ihres Todes, an der Windschutzscheibe ihres Autos findet, gerät ihr Leben zusehends aus den Fugen. Immer mehr merkwürdige Dinge geschehen, und obwohl alles mit Charlies Rückkehr zusammenzuhängen scheint, ist er der Einzige, der ihr zur Seite steht. Aber auch Charlie verbirgt etwas vor ihr.

Das perfekte Leben meiner Schwester

Roman

Als die neunzehnjährige Emma herausfindet, dass sie adoptiert wurde und in Wahrheit die uneheliche Tochter des reichen Wieners Ferdinand Lauderthal ist, regen sich Hoffnung und Zuversicht in ihr. Endlich sieht sie einen Ausweg aus ihrem unglücklichen Leben. Doch ihre Erwartungen werden enttäuscht. Während ihre gleichaltrige Halbschwester Céline das Leben ihrer Träume führt, will ihr Vater nichts von ihr wissen. Voller Eifersucht beschließt Emma, sich zu rächen. Als vermeintliche Studienkollegin von Céline dringt sie in deren Leben ein und stellt dieses gehörig auf den Kopf.

Bald erkennt Emma, dass nichts so ist, wie es scheint. Zwischen wachsender Zuneigung zu Céline und ihren Racheplänen gefangen, wird sie in ein Netz aus Familienintrigen gezogen, das ihr Verständnis von Gerechtigkeit auf die Probe stellt. Denn alles im Leben hat seinen Preis …

Die Autorin

Sophie Edenberg hat sich mit ihren spannenden Roman mit Schauplatz Österreich einen Namen gemacht. Der erste Roman der gebürtigen Wienerin erschien im Jahr 2020. Seitdem begeistert sie ihre Leserinnen und Leser mit vielschichten Figuren und überraschenden Wendungen. Im Jahr 2023 wurde sie für »Unter Schwestern« mit dem Kindle Storyteller Award ausgezeichnet.

Weitere Informationen über die Autorin finden Sie hier: